U0907548

新时代新作为

中华优秀文化与世界华文文学

刘小新　袁勇麟　陈舒劼　主编

江苏大学出版社
JIANGSU UNIVERSITY PRESS
镇　江

图书在版编目(CIP)数据

新时代　新作为：中华优秀文化与世界华文文学／刘小新，袁勇麟，陈舒劼主编．—镇江：江苏大学出版社，2020．2
ISBN 978-7-5684-1268-1

Ⅰ．①新…　Ⅱ．①刘…　②袁…　陈…　Ⅲ．①华文文学－文学研究－世界　Ⅳ．①I106

中国版本图书馆 CIP 数据核字(2019)第 283461 号

新时代　新作为：中华优秀文化与世界华文文学
Xin Shidai Xin Zuowei: Zhonghua Youxiu Wenhua yu Shijie Huawen Wenxue

---

主　　编/刘小新　袁勇麟　陈舒劼
责任编辑/米小鸽　徐子理
出版发行/江苏大学出版社
地　　址/江苏省镇江市梦溪园巷 30 号(邮编：212003)
电　　话/0511-84446464(传真)
网　　址/http://press.ujs.edu.cn
排　　版/镇江文苑制版印刷有限责任公司
印　　刷/句容市排印厂
开　　本/718 mm×1 000 mm　1/16
印　　张/18
字　　数/420 千字
版　　次/2020 年 2 月第 1 版　2020 年 2 月第 1 次印刷
书　　号/ISBN 978-7-5684-1268-1
定　　价/72.00 元

如有印装质量问题请与本社营销部联系(电话:0511-84440882)

目录

第一辑

第二辑

第三辑

第一辑

华文文学理论建设的几个问题

刘登翰

如果把1979年4月《花城》创刊号刊登的曾敏之先生《港澳与东南亚汉语文学一瞥》，以及同在这一年，祖国大陆9家文学刊物［北京的《当代》（第1、2期），《十月》（第3期），上海的《上海文学》（3月号、4月号）、《收获》（第5期、第6期），湖北的《长江》（第2期），安徽的《清明》（第2期）、《安徽文学》（11月号），吉林的《新苑》（第3期），广东的《作品》（9月号）］率先向大陆读者介绍了5位台湾及台湾旅美作家的16篇作品，作为祖国大陆对台港澳暨海外华文文学研究的起步，那么迄今为止，这一领域的研究，已经走过了四十年历程。

作为一门新学科的兴起，它是为改革开放的伟大历史变革所催生和推动的，也是改革开放四十年在文学学科研究上的一个重要收获。

四十年的时间虽然不长，但它在两个方面意义深长，值得我们重视：

其一，带来了中国现当代文学研究，特别是文学史书写的结构性变化。

当我们开始进入台港澳文学的研究之后，台港澳文学迥异于祖国大陆文学的历史进程和存在形态让我们意识到，中国当代文学，乃至整个20世纪的中国文学，并非只有祖国大陆一种发展模式和表现形态，还有同样属于祖国领土一翼而处于特殊状态下的台湾、香港、澳门地区的文学，这些与祖国大陆文学不尽相同的存在。我们此前的现当代文学研究，特别是文学史的书写，基本上只是对祖国大陆文学发展的历史描述和经验总结，对于应当包括台港澳文学在内的中国现当代文学整体而言，这当然是不完全的。总结20世纪中国文学的历史进程和艺术经验，包括经典作家和经典著作，不能缺失共同源于中华文化，共同处于中国历史大背景下的台湾、香港、澳门部分，这是越来越为学界认同的一个共识。

但随之而来的问题是，如何把由于历史原因而处于不同社会文化环境中的海峡两岸和香港、澳门地区的文学，融入一个以中国历史和中华文化为大背景的共同文学发展脉络或框架中来予以论述，这个问题具有挑战性。

此前研究者的大致做法是，在传统的大陆现当代文学的论述之后，增加一章或数章来分别论述台湾、香港、澳门文学，但这种“纳入式”的增加只是一个临时措施，难以体现中国文学进入20世纪以后在不同历史社会背景下秉承共同文化的不同进程和发展状况，以及不同历史经验的互相丰富。我们需要有一个能够涵纳20世纪全部中国文学发展的新的概括高度和叙述框架，这就必然带来固有的现当代文学史书写方式的结构性变化。

其二，推动了华文文学作为一个新学科的建设。

当我们最初把台湾旅外作家如白先勇、聂华苓、於梨华等人放在台湾文学中论述时，我们不安地感到，已经获得了移居国身份的台湾旅外作家，其与台湾作家的身份已经不同，放在一起作为同一类型作家讨论，显然不妥。这个问题对于香港、澳门地区的旅外作家，也同样存在。于是有了“台港澳暨海外华文文学”的称谓。但“台港澳”是中国文学，“海外华文文学”除了尚未获得移居国身份的华侨外，应当归属移居国文学中的少数族裔文学。二者在国籍身份认同上有着根本的不同，用一个“暨”字将他们并联在一起，显然有些勉强。而且“海外”相对于“海内”，是一种带有地域性的视野，并非准确的科学命名。于是有了1993年第六届世界华文文学国际研讨会上的“世界华文文学”的重新命名。但在此后的研究实践中，这一命名仍然充满了歧解和争议。其一是世界华文文学包不包括中国大陆的华文创作，还是专指中国大陆以外包括“台港澳”和“海外”的华文创作？由此便有了广义的华文文学和狭义的华文文学之分：前者认为应当包括中国大陆的华文创作，这是世界华文创作最为庞大的中国本土的创作群体，包括进来以利于和世界不同语种文学的比较与对话；后者从目前的研究实践出发，认为大陆的华文文学不仅创作数量庞大，而且已形成了一个独立的研究体系，而“台港澳”暨“海外”是在迥异于大陆的历史背景和文化环境下产生的华文创作，目前的研究尚待深入，单独列出来有利于对这一领域学术特殊性的认识和相关理论建设的加强。因此，就目前的情况而言，“台港澳暨海外华文文学”作为“世界华文文学”的狭义概念，仍普遍为学者所用。但在我看来，为使论述对象更明确，我主张把台港澳文学放在中国文学的大脉络中来讨论，而“海外”其他国家和地区的华文创作，作为世界华文文学的狭义概念，更适合目前学界研究的实际。尽管有人认为，“海外”这一概念具有不确定性，中国视世界其他国家和地区为“海外”，而站在其他国家和地区的立场，中国是他们的“海外”。但这样不就更突现了世界华文文学研究的中国立场、中国视野和中国流派？

对这一概念的另一争议是，应该叫“华文文学”还是“华人文学”？提出这一质疑的学者基于一个事实，第一代的海外移民逐渐融入移居国的社会和文化，特别他们的后裔，认同了移居国的身份，逐渐使用移居国语言进行创作将成为越来越普遍的现象。但国籍身份的改变并不等同于族裔身份、文化身份的改变。作为移居国的华裔族群仍然保持着来自母国的族裔文化，包括他们的非华文创作，仍然充分地运用这种来自父祖之邦的文化资源，表现出对于族裔文化的坚守。尽管其中可能会有些“文化误读”，但“误读”也是文化坚守中的一种交杂现象。这是已被历史证明并还将被证明下去的客观事实。因此，主张用“世界华人文学”这一称谓的学者，认为这将有利于把华人及其后裔的非华文创作也包括进来。虽然这一争议同样没有结论，但是华文文学包含着一部分华裔作家的非华文写作，仍约定俗成地成为较常使用的概念。

在这场论争中，有学者提出，利用汉字的多义性，以“世华文学”来整合两个概念：世华的“华”字，既代表华文也代表华人。不过无论称谓如何，重要的是对命名内涵的界定。我以为这个概念应该包含三个层次：（1）外在的语言形态——华文；（2）内在的文化精神——中华文化或吸收了移居国在地文化的华族文化；（3）创作主体的族性归属——华族。这三个层次实际上存在一种逻辑关系和互文关系，既包括了语言形态的华文，也包括了作品内涵的文化精神，更强调了创作主体的华族。称之“世界华文文学”，有利于阐明华文应用的世界性，因为这一概念也包括了非华族的华文创作，相对却忽略了华文文学创作主体的族属性，而我觉得创作主体的族属身份，是个关键。即使以“华文文学”名之，也不能忽略“华人”这一身份，因为语言和文化都融入在“人”这一创作主体之中。华人的华文创作和非华人的华文创作，在文化的呈现和解读上，有很大的不同。何况非华人的华文创作，数量本就不多，在庞大的华文文学体系中，当属于非主流部分。对它们的评说，更多应该属于创作者本国文学的外国语创作，除非创作者已经认同了中国的国籍身份和文化身份。

命名的迟疑不定，两个甚至多个概念的同时并用，说明这一学科还不成熟，留有许多理论空白，仍处于尚待深入的青葱状态。

在华文文学研究中，另一个有待澄清的看法是，把海外华文文学视为中国现当代文学的一部分。这种提法在研究初期已经出现，因至今仍时有所闻或在论文中时有所见，便不可被忽视。一百年来中国海外移民的身份，已有许多变化，由华侨而华人而华裔。特别是20世纪50年代中期以后，中国取消了双重国籍，移居海外并取得了所在国国籍的中华子民，其身份已不再是中国人，而成为所在国的公民。将他们的华文创作再视为“中国文学的一部分”，不仅不妥，还可能引起某些不必要的政治纠葛。这种说法较多出现在新移民文学的讨论中。确实，20 世纪 80 年代以来十分活跃的新移民文学，其作者虽移居海外并大多取得了移居国的国籍身份，但其文化认同并未改变。他们最初的文化养成是在母国获得的，其跨越两地的人生经历使其创作题材往往是从海外回眸母国的社会人生；由于海外的华文阅读市场相对狭窄，其大多数作品都寻求回到母国发表和出版，主要的读者群也在母国。他们的作品进入中国当代文学研究者的视野并对中国当代文学产生影响并不奇怪。但能否因此就将其称为“中国当代文学的一个组成部分”呢？文学史是一种区域性的国别叙述，创作主体的国籍身份是界定的首要标准。今天许多所谓的“新”移民，不少已有了三四十年甚至更长的移居历史，许多也都取得了移居国的公民身份，严格地说他们是移居国的华裔文学。他们是世界华文文学的一部分，但不是中国文学的一部分，这是必须得分清的。新移民文学如此，其他有着更漫长移居历史的第二代、第三代……的华裔文学，更是如此。

造成这一错解有一个历史背景。直到今天，在教育部的学科分类中，并没有“华文文学”这一学科，许多大学普遍将它放在二级学科“中国现当代文学”之下，或将它划归于“文艺学”之下。早期从事华文文学研究的学者，许多也是从中国现当代文学的教学与研究领域转过来的，他们带来了中国现当代文学研究的历史经验，也带来了中国现当代文学研究的习惯性思维和相似性的论题与方法，这在某种程度上造成了华文文学研究对中国现当代文学研究的依附。走出对中国现当代文学研究的依附性，认识华文文学作为一个独立学科的特殊性质的价值存在，已成为华文文学研究建构自己理论和突破当下研究瓶颈的关键之一。

这是一个系统性工程，许多相互关联的问题有待于我们解决。但我以为有两个方面的工作特别重要：

第一，确立华文文学研究的学科特殊性和不可替代性。

华文文学研究是文学研究，有文学研究的许多共同性问题需要讨论。但华文文学之所以是华文文学，而不是中国现当代文学或其他什么文学，是因为它作为“对象”自身的研究特殊性，有一系列伴随华人移民历史和生存实践而来的学术命题需要面对。正是这些特殊命题，构成了华文文学研究的特殊性质和价值存在，为其他文学研究所不可代替。粗略梳理一下，这些问题诸如：

关于华侨、华人、华裔、华族等概念的形成和差异；

关于从中国“移民”到移居地“公民”的身份转变；

关于身份认同、国家认同和文化认同的一致性和差异性；

关于华人的跨国离散生存和中华文化全球性的网状散存结构；

关于落叶归根、落地生根和灵根自植的华人生存方式的多元选择和变化；

关于华人为何文学和文学如何华人；

关于华人的世界性生存体验和母国人生回眸；

关于华人移民双重经验的跨域书写；

关于作为华人文化政治行为的华文文学与华人族群建构；

关于华文文学与“华人性”的文化表征；

关于华文文学的文本价值、历史价值、政治价值和审美价值；

等等。

这些产生于华人世界性移居历史进程中的问题，既是华人学研究的命题，也是华文文学创作和批评必须面对的问题，其独特性是其他文学所不可替代的。正是在对这些问题深入探讨的学术基础上，才存在华文文学作为一个独立学科的可能性。

第二，建设华文文学研究具有自洽性的理论、方法和诠释体系。

这里所说的“自洽性”，指的不仅是理论的完整性、系统性，更重要的是指这一理论与作为理论“对象”的华文文学自身的相互洽合；亦即华文文学的理论和方法，是从华文文学自身的创作实践中归纳而来，用以诠释自身创作现象和问题，并对相关其他文学研究具有一定的启示意义。

2004 年我和刘小新在联名发表的一篇文章《华人文化诗学——华文文学研究的范式转移》中，曾提出“华人文化诗学”的概念，企望以此作为探索华文文学研究的一种理论设想和批评实践。华文文学的特殊性使我们意识到，从形式诗学批评走向文化诗学的批评，是内在于华人历史变迁和华文文学发生、发展进程中的必然。“华人文化诗学”的概念核心，是突出华文文学创作和研究中的华人主体性地位。华人既是华文文学的创作主体，又是这一文学被描绘的主要客体，还是这一文学传播重要的受体。华人散居世界的历史波折、身份变移、文化迁易、生存吁求、族群建构、多元共存的冲突与融合等，共同构成了华文文学的主要内涵，也成为华文文学研究必然的题中之意。这就意味着华文文学批评的重心将出现两个转移：一是从以重视中华文化和中国文学对海外华文文学的影响研究，向突出华文文学中的华人主体性的转移；二是从以中国视域为主导的批评范式，向以华人为中心的“共同诗学”与“地方知识”双重视域整合的转移。

两个转移都聚焦于华文文学创作和研究如何突显“华人性”的问题。“华人性”既是对华人主体性的强调，同时又是对华文文学如何区别于其他族裔文学的文化性征的表现。华人的世界性生存，使其与黑人族裔和犹太族裔共同成为全球三个最大的散居族裔。战后半个多世纪相续兴起的黑人学、犹太学、华人学，都以他们强烈的族性文化，为自己在这个多元和多极的世界定位。在讨论美国非裔文学和犹太裔文学的诸多著作中，“黑人性”和“犹太性”，成为人们辨识他们文化行为和文学书写的重要特征。同样，“华人性”作为华人表现文化的一种族属性表征，一方面深深植根于中华民族漫长历史的文化积淀之中，是溶解在民族共同生活、共同语言、信仰、习俗与行为习惯之中的共同文化心理、文化性格、文化精神；另一方面，“华人性”又是华人离散的独特命运和生存现实所酿造的。华人的离散与聚合，导致中华文化的世界性“散存结构”。分布于异邦文化夹缝之中的华人文化，必须通过对自己族性文化的建构和播散，表现出强烈鲜明的“华人性”，才能在异邦文化夹缝中建构自我，并以独特的族裔文化，参与到所居国多元文化的共建之中。

华人在从原乡到异邦的身份变移和文化迁易中形成的文化心理、性格和精神，以及表现文化和行为方式的特殊性体现，成为区隔不同族裔之间族属性特征的标志，反映在文学书写上，是对华人生命历程和精神历程等一系列特殊命题的表达。除前文曾经提及的一些问题，还有如：华人对文化原乡和异邦生存的想象；华文文学现代化建构中的中华性、本土性和世界性的关系；华人原乡文化传统与文化资源的继承、借用和转化；华人文学母题中的漂泊/寻根与中华文学游子/乡愁母题的联系和变异；华文文学意象系统与华人族群生存的文化地理诗学的关系；等等。这些特殊命题所呈现的“华人性”特征，为“华人文化诗学”拓展了广阔的批评空间。对这些问题的诠释，不是单纯的审美分析所能完成的。研究者必须打通文本内外，将文本分析放在具体历史语境的权力话语结构之中，即通过文化诗学的路径，才能抵达这些特殊问题诠释的深层。

“华人性”是内在于华人历史迁移的生存实践之中的。它以中华文化为底色，却又融摄着世界多元文化而呈现出一种独特的文化形态。因此，“华人文化诗学”强调“共同诗学”“地方知识”及“个人经验”的整合，既重视研究华文文学作为文学的共同诗学规律，从散居世界各地的华人及其后裔的文学创作中抽象出海外华文文学共同的美学和普遍的特征，又关注不同地域、国别，不同阶层、性别和个体的文化差异，即华文文学在不同生存境遇和历史文化空间中所形成的特殊性。在“华人文化诗学”的视域中，“华人性”是一个普遍与特殊统一的概念，既是结构性的，也是建构性的。一方面“华人性”包含了普遍的“中华性”，也蕴含着“本土性”“个人性”等具体的特殊内涵；另一方面，“华人性”又是不断建构的历史范畴。对“华人性”的认识与阐释，必须返回到华人海外生存的具体性之中，返回到华文文学所置身其中的文化政治场域之中。这正是“华人文化诗学”的诠释路径。

华文文学的理论建设是多元的。中国古代文论、现代文论、西方文论等都可能被吸收进来以诠释华文文学的诸多问题。但理论和理论对象的相洽，是我们追寻的目标。“华人文化诗学”只是我们对于华文文学理论自洽性的一种以为可行的理论探讨和批评尝试。对于华文文学的理论建设，是个尚未引起足够重视的问题，华文文学研究期待走出瓶颈，更上层楼，理论是不可缺少的一级台阶。抛砖引玉，希望更多有志者共同努力。

（作者单位：福建社会科学院）

世界华文文学：全世界以汉字书写的具有跨境流动性的文学*

——兼议史书美的“华语语系文学”

朱双一

以中国大陆之外——最早主要指台港澳地区，后来扩大到全世界各地——用汉字书写的文学为研究对象的学术圈（当前这一学术圈以“中国世界华文文学学会”为核心）形成以来，有关学科名称争论不断，几经更改，至今仍有新名称接续提出。学科名称并非无关紧要，因为它关系着学科的自我定位及发展方向的抉择。其关键词汇，有“中文”“汉文”“华文”“汉语”“华语”，以及“海外”“世界”等不同用法。有的仅是一字之差，其背后却有重要意味乃至严重分歧存焉。用词之外，就实质内容而言，争议最大的莫过于：世界华文文学是否应将中国大陆文学包括在内？由此可知，争论的焦点在该名称的能指和所指、内涵和外延等相关问题上。按照索绪尔的说法，能指和所指及其间的关系具有任意性，亦即每个人都有为事物命名的权利，但作为一个成熟的学科，其命名至少要遵循索绪尔提出的另一个原则：约定俗成。任何名称由于其必要的简约性，也许无法与其实际内容完全对应，但只要在相关人群中得到普遍的认可，“约定”即是“俗成”。此外，名称的确定也要考虑其内涵和外延的适当与合理。如果说内涵乃事物与众不同的本质特性，外延则为事物的涵盖范围。根据逻辑学原理，广度的增加必然引起深度的减少，亦即外延的扩大必然要以泯灭事物的某些特殊性为代价。显然，对于一个概念而言，其外延须有一定的界限，不能过于膨胀。上述问题都是我们在确定学科名称时应该加以注意的。我们对于学科名称的辨析，就从其词义开始吧。

* 本文为国家社会科学基金重大项目“华文文学与中华文化研究”（项目批准号：14ZDB080）成果。

一、学科名称的词义辨析

以“世界华文文学”为例，该名称包括前面的“世界”、中间的“华文”、后面的“文学”三个部分。“文学”毫无疑问，争议主要在于前、中两个词。前面一词主要有“世界”和“海外”两种用法。本学科较早时候的名称曾经是“台港澳暨海外华文文学”，略显冗长，但更主要的问题是“海外”属中国本位的说法。对中国而言，新加坡是“海外”，但对新加坡来说，中国却是它的“海外”。其他所有国家也都有此问题，所以“海外华文文学”对于中国之外的华文作家而言，并不贴切。采用“世界”一词就可避免这一问题：它涵盖最广，世界上所有国家、地区都可包括在内，且相互之间并无内与外、主与次、中心与边缘的分别，所以是最妥适的用词。

相比之下，学科名称中间一词的选择最为关键，目前较为常见的有“中文”“华文”“汉文”“汉语”“华语”等五种说法。先说该词的前面一字。“中”一般为“中国”的简称，就本学科的研究对象而言，有不少并不在“中国”的范围之内，因此“中文”的说法可先排除。“华”和“汉”为民族的简称，代表着“华族”“中华民族”“汉族”等，二者含义相近，但“汉”本是朝代的名称，成为我们民族的族称，必然在汉朝之后，“汉文”“汉语”恐难涵盖汉朝之前的文学如先秦文学等；相较之下，“华”字更为久远，可以远溯至“华夏民族”，涵盖整个中华文明史。这是笔者在“华”和“汉”之间更倾向于“华”，以及在“华文”和“汉语”这两个最常见的用词之间，更愿选择“华文”的第一个理由。

再说第二个字“文”和“语”。在一般中国人的语感中，“文”代表着文字、文章，“语”代表言语、说话。闽南话只有语音而没有单独的文字，因此有“闽南语”而不会有“闽南文”的说法。“粤语”“上海话”“吴侬软语”等也是相同的情况。文学作品一般是用文字来书写进而成为我们的研究对象的，即使是民间口传文学，我们对其加以研究并撰写研究成果时，也得转化成文字方可进行。在中国古代，文学一般包括有韵的诗和无韵的文，却很少用“语”来称呼文学；“五四”之后的“白话文”和“文言文”之争，争论的对象也还是“文”而不是“语”。所以用来指称文学时，笔者在“文”和“语”之间，更倾向于前者。

不过笔者更青睐于“文”还有另一个更重要的缘由，这就是中国统一的文字在数千年的中华文化、文明乃至统一国家的发展中起了特殊的重要作用。由于语言在能指和所指上的双重任意性，人类的语言必然是成千上万、难以计数的。世界上的文字大多是表音的，不同的语音就用不同的文字来表记，所以各有各的语言文字，而它又是人们相互认同的最重要的黏合剂之一。缺乏统一的语言文字这一黏合剂，正是西欧社会分裂为小而密的众多国家的主要原因。而中国很早就有了“书同文”的传统，尽管各地语音有所差别，但文字却是一样的，即使口头上无法沟通，也可通过文字交流。更重要的是，相同的文字使得中国整个语言系统是共同的且延续数千年不辍，各地的口头语只是共同语的方言乡音而已。这也使得中国不同朝代的古书得以用相同的文字流传下来，成为不同时期、不同地域的人士都能阅读的共同经典，从而形成了共同的价值观念。中国能保持两千多年大一统的局面，“书同文”厥功至伟。

即使到了近现代，情况也还是如此。1895 年日本强占台湾岛后，限制汉语教学，要求台湾地区的人学日语，台湾文人则通过写作汉诗汉文以传承、延续汉文化。尽管他们是用闽南或客家的方言来阅读和吟诵诗文的，但文字载体却是相同的，刊登于报上也人人读得懂。这也许是当时台湾地区统称之“汉文”（如有《汉文台湾日日新报》）而不叫“汉语”的原因。前往美国和东南亚的华人也有相似的“语”“文”分离的情况。如 19 世纪后期到美国的华工，说的多是粤语；到新加坡的华侨华人，说的多是闽南语，但他们阅读的都是用汉字印刷的华文报纸、书籍，自己也是用汉字来写文章——俗称“华文”的。这也许是最早提出“华文文学”这一概念的正是东南亚华文作家的原因。他们之所以没有提“汉语文学”，可能就因为他们说的是闽南语或粤语，与人们一般所说的汉语官话、普通话，在语音上是有一定差别的。所以笔者认为，考虑到在世界各地的华人说的是各自不同的汉语方言，使用的却是共同的汉字，写出来的是用汉字组成的文章即“华文”，所以采用“华文文学”是比“汉语文学”更能代表他们的共同点，因此也是更为合适的。

“汉语”“华文”之外，“汉文”仅在日本殖民统治下的台湾地区出现过，并不普遍，可以排除；“华语”是近 10 多年来才有人提出的，后面跟着“语系”两字，对所谓“华语语系”的争议方兴未艾，且用“语”字的缺陷已如上述，所以也不适合当作本学科的名称。对此概念下文还将详加评析。

综合考虑、权衡上述情况，笔者以为，“世界华文文学”应是本学科最恰当的名称。

二、“中国是殖民者吗?”——“华语语系文学”揭谬之一

确定了“世界华文文学”为最佳学科名称，只解决了能指的问题，更重要的还有所指，即其具体的内涵和外延的问题。从一开始就出现并延续至今的有关学科名称的争论，重点更在所指上。其中一个重要焦点，就在于它与中国文学或者中国大陆文学的关系问题上。对此或许有必要回顾一下“华文文学”乃至“世界华文文学”概念的形成过程。早在1996年，许翼心、陈实的《作为一门新学科的世界华文文学》一文就指出，“华文文学”的概念，最早出现在东南亚：二战后，在新马两地，就有周容、苗秀、赵戎、方修、方北方等积极倡导“马华文学”，1948年并有“马华文学独特性”的讨论。当然，其中的“华”字代表的是“华文”或“华语”，并不明确。1979年5月，曾敏之发表了《港澳与东南亚汉语文学一瞥》①，堪称本学科的发端之作，采用的是“汉语”一词。许文对此的解释是：当时“华文文学”概念对国内学界来说仍十分陌生，所以文章“谨慎地”使用了“汉语文学”这一概念，乃是本学科研究发端之初的“探索心理”的反映。许翼心等还认为，从1983年起，“华文文学”或“海外华文文学”逐渐为学界所广泛使用；1986年2月，秦牧在《打开世界华文文学之窗》一文中，正式提出了“世界华文文学”的概念。② 同年12月在深圳召开的第3届全国研讨会上，其论文综述中继续重申了这一概念。此后被广为采用，至1991年7月香港“世界华文文学研讨会”和在中山市召开的第5届国际学术研讨会，“世界华文文学”已成为人们的共识。③ 许文20年后，2016年刘俊发表的《“世界华文文学”/“华语语系文学”视野下的“新华文学”——以〈备忘录——新加坡华文小说读本〉为中心》一文，则梳理了作为“能指”的“世界华文文学”出现之后，对其“所指”的理解所出现的分歧，其中问题之一仍是世界华文文学包不包括中国文学。据刘俊的统计，持应包括之看法者占了大多数。④

---

① 曾敏之：《港澳与东南亚汉语文学一瞥》，《花城》创刊号，1979年4月。

② 秦牧：《打开世界华文文学之窗》，《四海·港台海外华文文学》作品一辑，北京：中国文联出版公司，1986年。

③ 许翼心、陈实：《作为一门新学科的世界华文文学》，《评论和研究》，1996年第2期。

④ 刘俊：《“世界华文文学”/“华语语系文学”视野下的“新华文学”——以〈备忘录——新加坡华文小说读本〉为中心》，《暨南学报（哲学社会科学版）》，2016年第12期。

刘俊写作此文有其针对性，即所谓“华语语系文学”概念。美籍华裔学者史书美仿照法语语系（Francophone）、葡语语系（Lusophone）、西语语系（Hispanophone）、英语语系（Anglophone）等建构了“华语语系”概念（Sinophone）①，并由此扩展而成 Sinophone Literature，被译为“华语语系文学”。然而英语、法语、西班牙语、葡萄牙语的所谓“语系”“语系文学”，其实是西方殖民主义的产物，也可说是一种后殖民现象，主要指殖民地采用了殖民统治者的语言，但又有所变异和区别，比如印度被英国所殖民，所以英语成为其通行语言，但印度的英语与英国本土的英语并不完全一样。所以“英语语系文学”指的是英国殖民地（包括前殖民地）以具有本地特色的英语创作的文学，英国本土固有的“英国文学”并不包括在内。史书美的“华语语系”也完全按照这一思路加以建构，割断了本为汉语方言之一种的所谓“台语”（即闽南语）与作为民族共同语的“标准中文”的关系，实际上是毫无学理依据，也违背了语言实践的。试想现在用汉语普通话吟诵唐诗是基本押韵的，用闽南话来吟诵唐诗更是完全押韵的。不经过翻译而用两种完全不同的语言来读同一首诗却都能押韵，是不可思议的。这只能说明闽南话与汉语普通话其实属于同一种语言，前者只不过是后者的一种方言而已。

史书美所谓“华语语系文学”，并不包括中国大陆的文学，而是指像台湾文学这样大陆之外的“华语”文学，甚至包括大陆境内的少数民族文学。这样，她等于将台湾地区及大陆境内少数民族地区视为中国的“殖民地”，将普通话之于台湾，视同有如英语之于印度，想要说的是：“殖民地”台湾等采用了殖民宗主国中国的语言，却又与后者有所不同，所以形成了“华语语系文学”。这种说法显然是荒谬的，它将台湾是中国的一个省这样的关系，扭曲为中国是殖民者、台湾地区是被殖民者的关系。史书美的这一观点是她的“原创”，或是受到“台独”分裂活动重要头目史明“台独史观”的影响而产生，我们不得而知，但“台独史观”为一些台湾人士所接受并贯入其研究著述中，却是不争的事实，值得我们加以警惕和揭露。

值得欣慰的是，在此一概念尚未出现、至少是尚未被汉译而在华文文学界广为流传的 1996 年，大陆就有学者在其论文中，近乎未卜先知、打预防针似地涉及此问题，将华文文学与英语语系文学等的本质区别加以揭示：

---

① 史书美：《视觉与认同：跨太平洋华语语系表述·呈现》，杨庆华、蔡建鑫译，台北：联经出版事业公司，2013 年，第 53 页。

华文文学与英语文学、法语文学、德语文学、西班牙语文学不同。英、法、德、西等语种文学是伴随着这些帝国主义列强的侵略，以殖民文化甚至暴力征服的方式强行向世界各地推行而发展起来的。而华文文学与世界性的东方文学——比如阿拉伯文学——一样，是以一种内在生命力，和平地向世界各地蔓延的。当然，这中间又有区别，像阿拉伯文化，主要是依靠宗教和民族（或种族）的力量来完成传播的过程，华文文学却是以一种民主文化的力量，首先自发地产生在华人移民内部，作为一种生活方式，作为一种生存手段，在历程的演变（时间）和关系的更替（空间）中，以一种平康正直、从容以和的精神，道并行而不悖的态度，与当地各民族文化和文学平等交融。“诸夏用夷礼则夷之；夷狄用诸夏礼则诸夏之”，从而超越国家和种族的界线，使自己能百物皆化，达于四海。①

三、“中国中心主义”存在吗？——“华语语系文学”揭谬之二

除了“语系”问题外，“华语语系文学”概念的要害更在于其抵抗所谓“中国中心主义”的目标。史书美在其《视觉与认同：跨太平洋华语语系表述·呈现》《反离散：华语语系研究论》等书中，一再明言其挑战“中国中心主义”的初衷②，并极力宣扬“华语语系表述”中“反殖民、反中国霸权的意义”③ 和内容，贬责那些满怀乡愁地“回望中国”、从而表现出她所谓“中国中心主义”的作品。④ 后来史书美固然有一个关于“华语语系”研究并非只是挑战“中国中心主义”的表白⑤，但她将中国与美国“帝国”、将“华语语系”与作为殖民主义产物的“英语语系”等相提并论是否合适是一个问题（前已述及，兹不赘述）；所谓“中国中心主义”是否存在，它是如何被建构出来的，也许是一个更大的问题。如果所谓“中国中心主义”本身并不存在，或者它乃别有用心的人所建构出来的，那对它的

① 许翼心、陈实：《作为一门新学科的世界华文文学》，《评论和研究》，1996 年第 2 期。

② 史书美：《视觉与认同：跨太平洋华语语系表述·呈现》，杨庆华、蔡建鑫译，台北：联经出版事业公司，2013 年，第 238 页

③ 史书美：《视觉与认同：跨太平洋华语语系表述·呈现》，杨庆华、蔡建鑫译，台北：联经出版事业公司，2013 年，第 56 页。

④ 史书美：《视觉与认同：跨太平洋华语语系表述·呈现》，杨庆华、蔡建鑫译，台北：联经出版事业公司，2013 年，第 58 页。

⑤ 史书美：《反离散：华语语系研究论》，台北：联经出版事业公司，2017 年，第 225 – 226 页。

挑战和对抗，就有如堂吉诃德对着风车挥舞长矛了。

从文学史上看，“中心/边缘”的论述框架并不适用于文学领域。一个作家文学地位的高低，端赖其作品的质量，而非其职位的高低或所处地理位置的远近，如遭贬谪、被放逐的屈原，出身于西域的李白，都以其优秀作品而成为世所公认的文学大家；而写诗颇多的乾隆皇帝，却未必在文学史上留名……例子比比皆是，不胜枚举。即使有所谓的文学文化上的“中国中心主义”，其实也绝非是“中国”自身有意而为，而是自然形成的。以史书美所谓“华语语系文学”的主要生产地台湾地区为例。在东南亚华文文学中，人们常用“本土化”来描述早期华文文学的中国影响与在地创作之关系的演变，尚属温和理性，并未越出学术范畴；但在1980年以来的台湾地区，两岸文学关系往往被政治化且对抗意味愈演愈烈。1990年前后出现的多部大陆学者的台湾文学史类著作，往往引用了1925年张我军提出的“台湾文学是中国文学一支流”的重要命题，却遭到了诸如具有“收编”“统战”目的和“霸权意识”“中原沙文主义的毛病”等指责。① 然而所谓“收编”纯属无稽之谈。大陆人口众多，广大作家关心的是自己的创作如何在众多作家作品中脱颖而出，显然也未必想要“收编”台湾文学作品来与自己争夺发表、出版、得奖等机会，最多就是一般读者希望多引进一些言情、武侠作品以供消遣娱乐之用，而这与“收编”毫无关联。实际上，反倒是中国大陆之外的华文作家希望被“收编”——包括其作品能够在大陆出版和发表，以及在文学史著作中占有较多的篇幅。

当然，这只是粗浅层次的观察，有必要进行更深入的分析。除了张我军的“台湾文学是中国文学的一支流”命题外，差不多同时还有蔡孝乾提出的台湾和大陆的文学是“同云落来的雨”②。1948年杨逵的说法则是台湾新文学乃“中国新文学运动之一环”③。可见类似的说法成为当时台湾作家的共识。蔡孝乾、杨逵的说法基本上没有主和次、中心和边缘的意味，特别是“一环”说十分形象和妥恰：台湾文学正如浙江文学、四川文学、东

---

① 吴潜诚：《唐山人如何写岛屿的文学史——评〈台湾文学史〉上卷的彼岸观点》；张启疆：《“中国文学”收编史——浅析〈台港文学导论〉》，《中国论坛》，1992年第9期；陈芳明：《从发现台湾到发明台湾——现阶段中国的台湾文学史书写策略》，《殖民地摩登：现代性与台湾史观》，台北：麦田出版社，2004年；林瑞明：《两种台湾文学史——台湾VS. 中国》，成功大学台湾文学系主编《台湾文学史书写国际学术研讨会论文集1》，高雄：春晖出版社，2008年。

② 蔡孝乾：《中国新文学概观》，《台湾民报》3卷12号，1925年4月21日，第13页。

③ 杨逵：《如何建立台湾新文学》，《台湾新生报》，1948年3月29日。

北文学一样，是一个个单独的“环”，但可用一条线将其串联起来，这条线就是华文/汉字和中国文化。笔者认为，对于“一支流”说、“同云落雨”说或“一环”说，如果用“爱国主义”“民族主义”等来解释，尚属肤浅。这些命题的提出，还有着更深刻的原因和目标，这就是追求台湾社会、文化、文学的进步和现代化。目前在台湾地区，所谓日本殖民统治带给“台湾”现代化已成流行论调，然而事实正好相反，辛亥革命、“五四”以后中国的政治、文化特别是文学，开始走向革新和现代化，在当时台湾作家眼中，日本殖民统治下的台湾地区反而是一个较为封闭、落后的地方，台湾文学文化也远远落后于祖国。如 1922 年暑假时，黄呈聪曾到祖国大陆考察，发现“我们（指台湾——引者）的社会上没有一种普遍的文，使民众容易看书、看报、写信、著书，所以世界的事情不晓得，社会的里面暗黑，民众变成愚昧，故社会不能活动，这就是不进步的原因了”。① 台湾的黑暗和落后，还可在赖和的弟弟赖贤颖的《女鬼》② 等小说中再次得到确认。可以说，正是张我军等深感“五四”新文化运动后，大陆的文学比台湾文学更为先进和优秀，因此希望台湾文学能够纳入整个中国文学的范畴中，使之能够跟上祖国文学进步的步伐。“一支流”说等的提出，乃台湾作家主动归队于中国现代新文学脉络中的体现。因此可以说，早期的台湾新文学并无针对祖国的“边缘/中心”的对抗意识，反而出于追求进步的心理而向往祖国，更在必须于祖国和殖民统治者之间做出抉择时，他们毅然决然地选择了更能给他们带来新天地、新气象的祖国。

台湾文坛还曾因为“边疆文学”的说法而引发涟漪或波澜。1947 年范泉主编的上海《文艺春秋》曾在“边疆文学”专辑中与贵州、新疆题材作品一起，刊出了福州青年欧坦生以台湾“二二八”事件为背景的小说《沉醉》。这篇小说稍后被台湾作家杨逵称为“‘台湾文学’的一篇好样本”。③ 可见杨逵并不认为被称为“边疆文学”对台湾文学有什么不好，甚至还认为地处“边疆”能够增加台湾文学的特色和价值。过了 30 多年，“边疆文学”一词再次出现。文化评论家詹宏志在《书评书目》1981 年元月号发表《两种文学心灵》一文。文中出于对台湾当代文学的期许，表示了台湾文学如不自奋勉，有沦为中国“边疆文学”之虞的“杞忧”——“如果三百年

① 黄呈聪：《论普及白话文的新使命》，《台湾》第 4 年第 1 号，1923 年 1 月，汉文之部第 12 页。

② 赖贤颖：《女鬼》，原刊《台湾新文学》1 卷 2 号，1936 年 2 月，收入钟肇政等编《植有木瓜树的小镇》（《光复前台湾文学全集⑦》），台北：远景出版社，1979 年。

③ 杨逵：《“台湾文学”问答》，《台湾新生报》“桥”副刊，1948 年 6 月 25 日。

后有人在中国文学史的末章，要以一百来字来描写这三十年的我们”，而这一百字又是远离中国的，像马戏团一般充满异国情调的历史评价，那“我们三十年来的文学努力会不会成为一种徒然的浪费?”① 应该说，詹宏志这一说法本来并不全面，因为任何一个作家在文学史上的地位端赖其创作成就而非所处地理位置的边远或中近。然而他以整个中国为视野，将台湾文学归入中国文学范畴中的出发点，仍引发了一些本土派作家、评论家的不满和围攻，彭瑞金、高天生和李乔等人，纷纷撰文强调台湾文学自有“独特的历史性格”，抨击詹宏志以中国为中心去观察台湾文学。

由此可知，关于台湾文学与祖国大陆文学关系的论说——包括“一支流”说、“一环”说、“同云落雨”说甚至“边疆文学”说等——均是在两岸因某种原因而处于分隔、准分隔状态下，作为一个问题受到台湾作家的关注而由他们提出的，对其进行围攻的是另一部分台湾作家，所有这一切都并非中国大陆方面的主观作为，很难成为大陆方面具有“中国中心主义”的证据。也许正因为证据难找，从史书美的书中，似乎也难以了解她所谓“中国中心主义”具体指的是什么，有哪些具体的表现。笔者翻找了《视觉与认同：跨太平洋华语语系表述·呈现》一书，看到一处稍有具体所指，写道：“华语语系也可以表述出‘中国中心主义’，假设它永远满怀乡愁地回望中国，视中国为文化祖国或价值根源。”② 这样看来，“乡愁”书写，甚至有些作品表现了儒家价值观念，即是史书美口中的“中国中心主义”的具体内容和证据了。然而，“乡愁”是一种人之常情、普遍人性，只是中国人或许表现得特别强烈罢了。台籍作家特别是乡土文学作家同样也有乡愁描写，难道他们写自己的故乡就是政治正确的“爱台湾”，而大陆籍作家写对其故乡的乡愁，就是政治不正确的“中国中心主义”？何况外省来台的作家，“乡愁”也仅是其题材的一小部分，更多的人写的是某一地域的乡土文学，如司马中原书写淮上“乡野传闻”，朱西宁描述基督教在山东的中国化过程，小时候并未到过其故乡蒙古大草原的席慕蓉展现了被史书美归入其“华语语系”之内的作为中国境内少数民族的蒙古民族文化……构成他们创作的这些主要内容，与台籍作家以台湾情事为题材的乡土文学，从理论上说并没有多大区别，应该都是被允许的，否则骂别人是“中原沙文主

① 詹宏志：《两种文学心灵》，《书评书目》，1981 年元月号。

② 史书美：《视觉与认同：跨太平洋华语语系表述·呈现》，杨庆华、蔡建鑫译，台北：联经出版事业公司，2013 年，第 58 页。

义”“中国中心主义”，自己何尝不也是“台湾沙文主义”“台湾中心主义”？可以说，“中国中心主义”只不过是某些人出于某种特殊目的而特意建构起来的虚幻的东西。“华语语系文学”以“中国中心主义”这么一个本不存在的虚构东西作为打击对象，难道不会一拳打空，反而使自己脚底踉跄？

“华文文学”指的是用汉字书写的文学。史书美的研究对象中包括电影等，电影中的对话是口头语言，因此采用“华语”这一概念并无不可，但电影已经超出文学范畴，不在严格意义的“华文文学”的研究范围之内。由于中国语言的“言殊方”而“书同文”的特点，各地人们在读写作品时有时采用方言的语音，部分少数民族也有自己的语言，但只要采用汉字将其写出来，就属于“华文文学”的范畴，这一点殆无疑义。因此“世界华文文学”概念的关键在于如何处理自己与中国文学文化的关系。中国文学文化对于世界华文文学而言，具有源头的意义，因其使用的语言文字，乃来自中国。但中国大陆文学与各国、各地区的华文文学的关系，绝非中心与边缘的关系，而是对等互渗、相互影响的关系。它们有如一个个圆环，每个圆环自成一格，而将它们串在一起的那条线，就是共同的语言文字及其所蕴含的共同的文化——中华民族的文化。

四、世界华文文学与中国文学的两圆交叉

消除了对于“中国中心主义”虚幻概念的不必要的焦虑、对抗情绪，我们或许能够在学术层面上给“世界华文文学”下一较为明确、妥适的定义，或者说，为“世界华文文学”这一“能指”描述出相对准确的“所指”。

就字面来看，中国是世界上的一个国家，以汉字书写的中国文学自然属于世界华文文学的范畴之内。① 但笔者以为，每一概念都应有其特定的内涵和外延，如果无限制地扩大其外延，反过来有可能影响其内涵，使其失去其原有的特殊含义。所以笔者并不以为应该把中国文学笼统地、全部地归入世界华文文学之中。其理由包括：

其一，就现行学科设置而言，“中国文学”属于一级学科，“世界华文

① 严格地说，中国文学还包含非汉语的少数民族文学。但在本学科范围内讨论相关问题时，一般仅指使用汉语的文学。

文学”则连二级学科都不是，要用后者涵盖、包含前者，并不现实。目前中国文学学科的研究者超过世界华文文学研究者百倍千倍之多，他们也不可能认可和同意这样的归属。

其二，古往今来的中国文学浩如烟海，而目前世界华文文学学科实际研究的对象，其发生的时间短，数量还不多，与前者相比，相差不可以道里计，完全不在一个数量级上。以一个字面意义颇大、实际内容并不大的概念去涵盖另一个实际内容庞硕无比的范畴，并不合理，也没有必要，同样很难被人接受。

其三，也是最重要的，会造成不是世界华文文学“收编”了中国文学，反而是中国文学“收编”了世界华文文学的局面。固有的世界华文文学将如瓢水汇入了瀚海，自己与众不同的特色和特殊的价值、意义，也将逐渐消泯，因为概念外延的扩大，是以减弱和消弭其本质特征为代价的。所以世界华文文学确实不必把整个中国文学“收入囊中”。

既然如此，笔者试图转换视角来看问题。在笔者看来，世界华文文学固然不必囊括中国文学，但二者也不应是毫无交叉的两道平行线，它们的关系应该有如两个互有重叠的交叉圆：世界华文文学包括了部分的中国大陆文学，但并非全部，其取舍标准，在于是否具有跨域、跨境的流动性和能见度。也就是说，中国大陆汉语文学中具有跨域、跨境的流动性和能见度，进入了境外读者视野、为他们所阅读的部分，就具有了学科属性上的“双重身份”：既属于固有的中国文学的范畴，同时也属于世界华文文学的范畴；反之，中国文学中并非用汉字书写的，或者虽用汉字书写，但仅在境内流传而未进入境外读者视野的，则仅具有学科属性上的“单重身份”——仍是纯然的中国文学而不属于世界华文文学的范畴。当然，这里所谓“跨境流动性”，既指文学作品的流动和传播，也指文学作者、作家——包括旧、新移民及20世纪最多见的留学生——的跨境流动；进一步，对于本学科学者而言，搜寻、发掘世界各地包括长期湮没无闻的华人写作资料，使之能进入“世界华文文学”的研究视野，则是其努力方向和责任。

这一原则还可扩大到其他所有国家和地区。以历史形成的文学上相对自成单元的国家和地区——国家如马来西亚、新加坡、菲律宾、美国、加拿大、澳大利亚、英国、法国，地区如中国的台湾、香港、澳门——为单位，凡是以汉字书写的，具有跨国或跨地区流动性、进入了境外读者视野的文学作品，均既是其固有的国家、地区的文学，同时也归入世界华文文学的范畴之内。各国各地区以汉字书写的文学如果没有跨域跨境的流动性、并未进入境外读者视野的，则仍是纯然的各国各地区的文学，而不属于世界华文文学的范畴。①

因此，笔者为“世界华文文学”下的定义是：全世界以汉字书写的具有跨境、跨区域流动性的文学。这样既可对本学科的研究范围进行必要的限定，又将为本学科研究提供极大的自由度和灵活性。

值得指出的是，笔者这里强调“跨境流动性”和“进入境外读者视野”，并非仅是为了将概念的外延加以限制，避免其实际内容的无限扩张、过于庞大而失去可操作性，也不仅是为了避免诸如中国大陆文学、台港澳文学属不属于华文文学的争议，更主要的是因为这样才能凸显世界华文文学的特殊价值和意义。与不具备跨境、跨域流动性的纯然的各国、各地区文学相比，世界华文文学受到境外不同文化视野的检视，与其固有的文化形成激荡，实现了多元文化的交融和汇聚，这也许正是世界华文文学的特殊价值之所在，也是其存在、发展的理由之所在。

（作者单位：厦门大学）

① 笔者在写作本文时，看到许翼心、陈实发表于1996年的《作为一门新学科的世界华文文学》一文，认为世界华文文学是一种研究文学关系的学科，即研究世界华文文学与中国文学关系、华文文学与世界文学关系、各国各地区华文文学相互关系的学科。世界华文文学研究也包括中国文学研究，但主要研究的不是中国文学本身。中国文学本身的研究主要由中国文学（包括中国古代文学、中国近代文学、中国现当代文学等）学科来承担。世界华文文学研究的主要是世界华文文学与中国文学的“关系”，研究中国文学如何在世界各地传播和演变，研究世界各地华文文学与中国文学的共同性与差异性，研究中国文学对世界各地华文文学的影响及两者之间的相互影响。这种观点与笔者虽不完全相同，但有一定的相似性，让笔者颇有吾道不孤的感觉。

华人移民文学与时代担当

王列耀

此次论坛的题目我觉得特别好："诗情雅意与时代担当"。近期的海外华文文学有一个很大的变化。前些年当我们研究海外华文文学、谈论海外华文文学意义的时候，比较多的是从文化学的角度来谈的，我们觉得它更加经典；但是近十多年来，它发生了很大变化，已经具有了双重价值：既具有文化学上的价值，更具有了文学意义上的价值，尤其近些年来，它的文学意义更加凸显。

华文文学是一个多面体，我们在定义华文文学的时候，它起码包含了三种主体的写作：一种是华人移民的华文文学，第二种是华人后裔的华文文学，第三种是非华人的华文文学。由于主体的不同，他们创作的趋向及特征和思维方式都是不一样的，正因为这样，华文文学才显得丰富多彩，才凸显出它的意义。

华文文学现在面临着一个大时代，也面临着一个大挑战。现在所有的移民作家所面临的，跟以前的移民作家或者侨民作家不同，中国不再是一个弱小、挨打、被迫、无奈的国家，祖籍国的由弱到强、逐渐地繁荣崛起，对每一个移民作家的心灵、心理、创作等方面产生了很大影响，所以这一代的移民作家不同于当年的移民作家，他们有自身的优势和特质。但同时他们又面临很大的挑战，那就是商业化的问题。电影、电视剧的改编，出版社的选择，有时会迫使作家在写作时牺牲自我。还有一个就是自媒体、新媒体的介入。现在新媒体文学平台，包括网络文学，关注的是两条线，一条是法规线，一条就是点击率。只要不触碰法规，点击率高，就是好的；这对文学形成了很大的冲击。除此之外，海外文学作家还必须要回答一个更大的问题，那就是海外华文文学，它的独特性到底在哪里？它怎么不同于中国的本土文学，又怎么不同于所在国的主流文学？要想立足于世界移民文学之林，就要真正把海外华文文学的独特性和不可替代性完全地展示出来，形成其真正意义上的独特：独特的经验、独特的主题、独特的表达方式、独特的思考……它应该是一个独特的学科，从创作和研究而言，它都应该是独特的。

近些年来，华人移民文学为什么能够取得这么多的成就？是因为它有很多新的特质，其中有几个非常突出。第一个就是边缘写作，但“边缘”这个词，不再是我们过去意义上那种社会的边缘，而是相对地进入了社会主流的边缘，是主流与核心的边缘；新的边缘，产生新的写作视点、写作风格、写作特色。第二个是身份的变化，从移民变成了公民。公民意味着责任，意味着忠诚，意味着义务，意味着一些放弃，所以公民身份的写作和侨民身份的写作是不一样的，这是新的一种变化，一定会在文学创作中体现出来，值得重视和研究。第三个是创作上的自由度。所有移民文学里都有一种现象，叫心灵的流亡，就是在取得新的公民身份之后的心灵流亡，跟过去的侨民文学时代所谓的落叶归根是不一样的，它是一种主动的“隔”，一种自我放逐的流亡。来自中国的移民，始终拥有着一种中国情结，一种对中国文化刻骨铭心的眷念。他们的这种中国文化情结，决定了他们心灵的永远流亡。写作随着时代发展在不断地变化，但是流亡是永远的，为灵魂而写作是永远的，背着灵魂行走、思考，是永远的。

海外华文文学是一种具有特殊属性与独特意义的文学。它是所在国的少数族裔文学，对所在国的主动融入与客观之“隔”，对祖籍国的挚爱——这份爱因为时间、地理、身份上的阻隔而愈发深沉，这些使得海外移民作家有着特殊的经验、特殊的视野、特殊的表达方式，使他们在创作上呈现出多面性和不可替代性，别的作家写不出来——美国的主流作家写不出来，中国的当代作家也写不出来，只有海外作家才能写得出来。另外，海外华文文学有很多题材是别人无法写或者写不好的，甚至是除了这一个国家的华人移民作家，其他国的华人移民作家也写不好的。

“背着灵魂去流浪，背着灵魂回家乡”，这是海外华文文学最独特的创作内涵与创作特色。华人移民作家应该珍惜这些独特性，并以此在世界移民文学之林中去抢占自己的应有地位，这就是我们应该有的时代担当。

（作者单位：暨南大学文学院）

经年拾花传馨香

——泰华散文一瞥

袁勇麟

2018年7月，在曼谷见到泰国留中总会文艺写作学会编选出版的《春暖花开》时，正值初夏，虽已过“春暖”，却是“花开”当时。这样的时节，阅读这样的文章，有如馨香盈怀，是一道明媚的灿烂，更是一份熨帖的温暖。

泰国留学中国大学校友总会于2002年11月3日正式成立，其宗旨为：增进在泰国留学的中国各大学校友及所有留学中国校友的友谊合作；发挥对泰中两国情况熟悉的特长，促进两国传统友谊和经济、科技、文化、教育等方面的交流合作，充分发挥桥梁与纽带作用。成立以来，总会相继出版了《留中岁月》（2003年）、《湄南情怀》（2004年）、《窗内窗外》（2006年）、《平台试步》（2007年）、《湄江漫步》（2008年）、《河边风景》（2009年）、《椰林放歌》（2010年）、《蕉雨情浓》（2011年）、《水过留痕》（2012年）、《雨后彩虹》（2013年）、《湄河心语》（2014年）、《岁月写真》（2015年）、《春华秋实》（2016年）、《春色满园》（2016年）、《七月赏花》（2017年），以及《春暖花开》（2018年）等十几本文集，琳琅满目，美不胜收。

这本《春暖花开》收录了老中青几代人的作品，年纪最大的苏林华先生1948年毕业于厦门大学，此外有大量毕业于20世纪50年代至21世纪的不同年龄层次的留中学子的作品。除了为数不多的几篇诗歌和短篇小说之外，其余皆为散文，由此可见散文在泰华文学中的分量。作为海外华文文学的一个分支，泰华文学具有独特的风情，散文又自成一格而繁华璀璨一方园地。

对于泰华散文，早年我曾在拙作《当代汉语散文流变论》中有过一番论析：泰国华文文学在二战后经历短暂的复苏期，20世纪五六十年代由于政治原因“在乍寒乍暖的气候中成长”，直到20世纪70年代末期，中泰两国关系趋于友善，泰华文学才开始再度崛起，并在20世纪八九十年代开始出现“一个高潮”。泰国汉语散文的发展历程也大致相类似，泰国著名散文家司马攻先生就曾指出：“泰华的散文于四十年代播种，而在七十年代开花，八十年代结果。”“到了八十年代，泰华的散文创作，无论在量上、质上均有了迅速的发展和提升，从而代替了短篇小说的地位，成为一个高踞泰华文坛的文类。”“九十年代泰华散文的趋向，将是八十年代的伸展，散文创作无论在质上、量上尚是泰华文学中较为强劲的一个文类。”

早在20世纪20年代泰华文学发轫之初，泰华散文就同步登上文坛，但比起短篇小说和新诗的蓬勃态势，泰华散文始终不太繁盛。那时泰华散文作者所写的散文，大多数都是表现一种天涯羁旅、不胜落寞的情怀，抱着“独在异乡为异客”的心情来抒发心中的苦闷。20世纪三四十年代以后，随着时间的推移，大部分归化的华侨“落地生根”。泰华散文作者的立场有所改变，“虽然他们的作品之中也有怀故，也有乡念、乡愁，但是他们是立身在泰国，以泰国为主去怀念故乡，以及回忆小时的往事，他们的心已安定下来，再没有精神彷徨和失落感”。直至进入20世纪80年代，泰华散文才开始显示出发展劲头并日益兴盛。用“佳作如林，名家辈出”来形容当代泰华散文的成就是毫不为过的，仅20世纪80年代泰华作家出版的散文集就达到二十多本，其数量不仅超过了同时期出版的诗集和小说集，而且超过此前泰华文坛所出版的散文集的总和。进入20世纪90年代，泰华作者所出版的书，绝大多数都是散文集。这些散文集包括司马攻的《明月水中来》《司马攻散文选》《冷热篇》《踏影集》、梦莉的《烟湖更添一段愁》《在月光下砌座小塔》《人在天涯》《梦莉散文选》《片片晚霞点点帆》《心祭》、年腊梅的《长春藤》《弄斧集》、姚宗伟的《欧游见闻录》《东游随笔》《瓦罐里开的花》，饶公桥的《椰风蕉雨》、史青的《北游鳞爪》、陈博文的《三不斋谈薮》《畅言集》《雨声絮语》等，以及散文合集《泰华散文集》《轻风吹在湄江上》《湄江消夏集》《尽在不言中》等。尤为重要的是，不少泰华散文名家已开始逐渐形成了自己独特的个人风格，如司马攻的广博精深、清新隽永，梦莉的哀怨幽凄、柔美淡雅，年腊梅的亲切自然、微中见著，姚宗伟的真切诚挚、纯朴婉约，白翎的晶莹明净、苍凉凄清，饶公桥的质朴刚健、深沉豪放，白令梅的朴素自然、清纯淡远，等等。因此有论者指出：“在短短的一个年代中，一下子涌现出这么多风格独标的名家好手，这不但在几十年来的泰华文学史上是从未有过的，就是在整个的世界华文文学领域中也是极为少见的。”

在我看来，在一个汉语为非官方语言的国家，能够代际延传、坚持不懈地从事华文文学创作，尤其在散文领域有所拓展创新，无论数量或者质量都不断提升，这其中的意义已经超越了文学审美的价值，更具有文化承续和传播的内涵，值得我们关注并重视。泰华散文在当代开始走向繁荣，当然与华文教育的日益普及有密切的关系，而更深层的原因，恐怕还在于散文这种言志抒情表意的文学体裁，与展现创作者个性风采和主体精神的高度契合性。一般认为，散文是一种抒发作者真情实感、写作方式灵活的记叙类文学体裁，相较于小说的虚构叙述和诗歌的象征化意象经营，散文的取材更加广阔，形式更加丰富，结构更加自由，表现手法更加灵活。广义上的散文，既包括一般的记叙和抒情类随笔，还包括通讯、杂文、游记等。体式的丰富拓展了表现的形式，散文既可以记叙事件，又可以塑造人物，既可以抒发主观意绪，又可以发表议论，甚至可以探求冥思哲理……这极大增强了文本内部审美空间的弹性张力，使之成为人们最倾心的文学创作实践，也因此成为亦商亦文的泰华作者们最普遍的文类选择。

然而散文看似易为，但真正优秀的散文佳作却并不易得。如何以精巧而不生硬的逻辑谋篇布局，如何以灵妙而非矫揉的文字传情达意，如何在有限的篇章内完整地演绎和生动地表现，确切地张扬主体性情和明睿的思想，都是看似随散不拘的散文形式对创作者文学功底的真正试炼。其实无论散文外延形式如何拓展变化，其内里本质都是唯一的，即强调个性自我，抒发本真自然，追求自由独立。要做到从主体经验世界出发，张扬个性而不耽溺主观世界、抒发自然而不流于庸常琐屑、追求自由而不匮乏明睿哲思，确实是一件不容易的事。正如有论者指出："散文似茶，随笔如酒，是有它不多，无它却少的必需品。阅读好的散文，如在虎跑喝龙井，看斜雨轻洒绿竹，听清泉伴着松涛，能得天然韵味。反之，好比把茶叶闷放在衣箱里，串了樟脑味，沏出茶来，喝起来绝不是一种享受。品味好的随笔，如在鉴湖饮加饭，原汁原味，越喝越香，耐琢磨，堪把玩。恍若对座而语，读文如读人，到声气相通处，恨不浮一大白而后快。若是那些自恋文字，狗屁文章，杂之以讼棍笔墨，文革腔调，存无端咬人之心，有谋财害命之嫌，连烧菜的黄酒都不配，只剩下酸浑涩臭，只好往阴沟里倾倒了。"正是从这个意义上，我认为泰华散文最显著的特征，也是最打动我之处，就在于其中质朴无华而澄澈明净的自然与纯粹，有如一盏醇香悠远的茗茶，色泽温润馥雅，滋味甘美清新，不事张扬，不显锋芒，却质朴熨实，本真率性，正是散文的本义初心。

《春暖花开》的作者，大多不是"专业选手"，他们或是学校教师，或是出版社编辑，甚至有旅游公司导游和工程建筑师，而新世代中，则多半还是正在求学的学子，林林总总，遍布各行各业。这也正是泰华文学别具一格之处：非专业而提笔行书，跨领域而有志于文，身份的多元造就了视野的敞亮辽阔、思维的活跃积极和行文的自由灵活。因此可以看到，集册中的作品题材取摄广泛，大到家国情怀，小至花鸟鱼虫，于天地俯仰间记录人事代谢；文本内容也十分丰富，既有往事琐忆的人情冷暖，又有行走游记的物事缤纷，既有婚恋家庭的日常琐事，又有人生修养的励志哲思，在粉面千秋里言说古今往来，可以说是相当精彩。

当然，如前所述，作品集并不全是散文，还有《芭提雅诗写生》《诗三首》《春日的告别》的烂漫诗歌、《请相信我》《孽缘》的纪实与虚构小说，甚至还有《三言两语》的箴言警语这样别出心裁的形式，可以说是真正的体裁不限，形式不拘，范围不设。所以我更愿意视这本文集为“随谈录”：从心而作，有感而发，是性情的挥洒，更是思想的记录。而在这些看似随散的缤纷万象中，其实酝酿着一份独特精粹的光芒，就是对母源中国的文化追溯与情感认同，这成了承续不同世代、联络不同群体、沟通不同形式载体的重要凝聚力。20 世纪 40 年代至 70 年代，老一辈泰国华侨远离故土，求生异域的人生经历，成为他们生命中挥之不去的深沉底色，流露于笔下的，便是对乡土人事的深情回望。这份情感是欲语还休的挚爱，也是月满西楼的怅惘，是即使行走在曼妙热烈的曼谷秋景中，也无法忘却北京烂漫浓郁秋韵的眷恋；是默吟自己的姓名，仍是关于时代岁月的记忆。

而从 20 世纪 80 年代开始，新生代华人的乡土情结则更复杂地表现为对居住地的认同和对母源地的追溯。相较于前辈人的回顾和守望，他们对母源国族的认同更丰富地表现为追问和寻觅。他们于当地生活的融入最明显地表现在对中文的陌生。许多华裔新生代只会说泰语和英语，中文反而成为必须额外学习的语言，由此容易造成民族文化的疏离。很多泰国华裔新生代很长时间都是从新闻讯息中了解中国，于是他们对中国文化的认知和理解，就不可避免地存在模糊与偏差。曾经有学者对此表示担心，认为泰国主流社会在 20 世纪 50 年代至 70 年代限制华文教育，致使 40 岁以下的华裔不懂华文，泰华文坛青黄不接，后继乏人，担虑泰华文学会逐渐没落乃至消泯。然而从目前状况来看，这种疑虑已可破解，这也是让我们欣慰和欢喜的地方。一方面，即使身处泰国，父辈族群仍坚持言传身教的文化传承，始终温热着新生代身体中的文化血脉；而另一方面，中国的迅猛发展，在国际上的日益强大，也让意欲参与国际合作与竞争的新生代们，能够更加主动而自觉地接近自己的母源。而更重要的是，华裔新生代因为身份的多元可能，而具备了观察与考虑中国和中国文化的多维视野，摆脱了执着的眷恋和惆怅的不舍，他们更增添了一份清醒的审视和理性的思辨。正如在泰国担任汉语志愿者教师的刘桦津在《初遇暹罗的 Kru Jin》中所感慨的：“如今在泰国已经三年了，深刻地体会到中泰两国的地缘相近，血缘相亲，文化相通。看到那么多的人这么热情地学习汉语，那么喜欢我们的中国文化，真的由衷地感到开心和自豪。”同时，“身处泰国，得以从另外一个视角看到祖国，另一片土地感受到祖国”。去粗取精、去伪存真，实现中华民族传统文化的现代化转型，探索中国现代国际化的创新路径，也许我们可以对华裔新生代寄予这份美好的期望。

必须指出的是，泰华文学的发展除了一代代华人的薪火传承之外，很大程度上还得益于泰国华人协会和组织提供的广阔平台。早期泰国的华文报如《新中原报》《中华日报》《星暹日报》《世界日报》等副刊和众多的文学刊物给作者提供了很多发表平台，而近 20 年来，泰华作协与世界各国各地区的文化团体，尤其是中国的频繁交流与互动，更推动了泰华文坛创作队伍的不断壮大。此次《春暖花开》文集的出版发行，就得益于泰国留中总会的策划和组织。罗铁英是现任主席，廖锡麟、张永青是留中总会的前主席，现任永远名誉主席，他们不仅为本书的编辑做出了大量扎实的工作，而且自己笔耕不辍，好书撰文：罗铁英写了《留中学子的“家”》，廖锡麟写了《泰国远程汉语教育的春天》，张永青写了《外婆　外婆家》，文章一并收录其中，对于新生代从事华文文学创作是一个很好的示范和带领。我们有理由相信，在这些赤诚眷恋祖国、真诚热爱中华文化与中国语言文字的侨团、侨领前辈的引领和凝聚下，泰华文学可以代际承传而四季芬芳，馨香满盈。

（作者单位：福建师范大学文学院）

世界华文文学与中华传统美学

陈美霞

世界华文文学与中华传统文化关系密切。儒释道在中国人的日常生活和精神生活中占有重要的地位。儒家的“士以天下为己任”、佛教的空无超脱、道家的逍遥自然无不熏陶着历代读书人。中国文艺形成了与西方迥然不同的美学风格，佛禅思想与道家思想的作用不可小视。传统文化的熏陶使得世界华文文学在意象创造、意境营造、表现形式等方面继承了中华传统美学的某些特征。

一、世界华文文学与佛禅意境

意境是中华传统美学的一个核心范畴。意境的形成根源于中华民族传统文化的沃土。佛家的“空”和禅宗的“悟”对“意境”的形成和发展有着重要推动作用。因为佛禅观念的引入，对“意境”的追求成为唐以后诗人自觉的行为。“意境”一词，最先出现于唐代，王昌龄在《诗格》中提出诗有三境：一是物境，二是情境，三是意境。叶朗先生认为：“所谓‘意境’，就是超越具体的有限的物象、事件、场景，进入无限的时间和空间，即所谓‘胸罗宇宙，思接千古’，从而对整个人生、历史、宇宙获得一种哲理性的感受和领悟。一方面超越有限的‘象’（‘取之象外’、‘象外之象’），另一方面‘象’也就从对于某个具体事物、场景的感受上升为整个人生的感受。这种带有哲理性的人生感、历史感、宇宙感，就是‘意境’的意蕴。”① 相对于叶朗对“意境”必须具有哲理性意蕴的强调，宗白华先生认为“意境”是主客体相互感知交融而诞生的。“主观的生命情调与客观的自然景象交融互渗，成就一个鸢飞鱼跃、活泼玲珑、渊然而深的灵境；这灵境就是构成艺术之所以为艺术的‘意境’。”② 宗白华认为“意境”是

---

① 叶朗：《说意境》，《文艺研究》，1998 年第 1 期。

② 宗白华：《美学散步》，上海：上海人民出版社，1981 年，第 70 页。

情景交融的产物，是心灵对外在景象的映射。中国古典诗文素来重视意境的营造，海外华文文学深受中国传统文化的影响，在艺术形式上同样追求意境美感：一方面是受佛教“空”的观念的影响所呈现的“苍凉”和幻灭；另一方面则是受禅宗影响而充满空灵和智慧。

（一）佛家的沧桑意境

《金刚经》言“一切有为法，如梦幻泡影，如雾亦如电，应作如是观”。中国人深受佛家思想的熏陶，不少古典文学作品都流露出人生无常、世事如梦的玄虚思想。佛家“空”的古典意境在《红楼梦》中尤为明显，全书始于“梦”，终于“梦”，凸显了人生如梦、万般皆空的意味。荣华富贵，不过是过眼云烟，荣、宁二府再荣耀也逃不过火烬烟灭的厄运；宝、黛情深意长，还不是落个生离死别；大观园里的如花美眷，终究在逝水流年里颠沛流离、委身尘土。人，不过是在轮回里到尘世走一遭，经历悲欢离合，然后再度匆匆离去。世界华文文学的诸多作品同样可见佛教“色空”观念的投射，华人在异国他乡、在离散漂泊中更易感受人世变迁的沧桑、命运波折的无奈及人世之无常无实。白先勇如此描述自己旅美初期经历文化冲击后重新创作的感受：“黄庭坚的词：‘去国十年，老尽十年心。’不必十年，一年已足……”① 空间的位移更易唤起沧桑和幻灭。白先勇也在多个场合表示自己对《红楼梦》的喜爱，《红楼梦》的佛禅意境无疑对白先勇等作家影响颇深。

白先勇的《台北人》题词——献给先父母及他们忧患重重的时代，首版有诗“旧时王谢堂前燕，飞入寻常百姓家”，刘禹锡的《乌衣巷》与小说人物改朝换代后沧海桑田的命运相得益彰。刘俊教授曾指出白先勇作品沉潜着“无常感”与“沧桑感”。②《游园惊梦》《梁父吟》《孤恋花》……这些小说题目即有一种空无凄清的挽歌味道。《台北人》《纽约客》的小说人物要么从富贵中跌落尘世自我放逐（《谪仙记》中的李彤），要么在旧日的繁华梦中不愿意醒来（《永远的尹雪艳》中的人物），或者是梦醒后的无奈（《游园惊梦》）……白先勇自陈宋词对他影响很大，他尤其喜欢南宋词的历史感与沧桑感。③ 因此，白先勇的作品亦有着宋词的意象、意境，除了《红楼梦》《牡丹亭》等“梦幻”作品的影响外，苏轼等词人“人生如梦”的

---

① 白先勇：《蓦然回首》，台北：尔雅出版社，1984 年，第 77 – 78 页。

② 刘俊：《悲悯情怀》，台北：尔雅出版社，1995 年，第 25 – 26 页。

③ 刘俊：《文学创作：个人·家庭·历史·传统——访白先勇》，《东方丛刊》，2007 年第 1 期。

感叹对其作品的无常沧桑之佛禅意境也不无影响。

（二）庄禅的圆融和智慧

人们在形容比较超脱空灵的文艺风格或者文艺思想时，往往用“庄禅”。庄禅意境既有老庄“齐物”“逍遥”“自然”的因子，又有禅宗“空无”“顿悟”的理趣。庄子影响了陶渊明、苏东坡等一大批文人，他们在入世受挫之时，往往能以老庄的逍遥之道自我解脱，并始终坚持理想意志，不随波逐流。禅宗兼收佛家与道家之长，是佛教中国本土化的产物。“禅是中国人接触佛教大乘义后体认到自己心灵的深处而灿烂地发挥到哲学境界与艺术境界。”① 禅宗对中国文学艺术影响深远，唐宋时期不少文人皆与禅师、僧侣交往密切，同时纵情山水，在自然中体会人生的禅意，王维、苏轼、黄庭坚等人的山水诗充满空灵的禅味和意境。海外华文作家远离祖国，在异质文化包围中更易体会古典文化的魅力及其保持的必要，中华文化也是他们身份认同的重要媒介。他们有意延续传统诗文的审美风格，注重意境的营造，甚至直接化用传统的诗歌意象来营造古典意境。如许世旭的《月声》：

请到月光下走入花圃
不必看它的花瓣、花纹、花蕊，
只要走过，便有满袖粘粘的香。
等你走累，请你停步
你会听见点点滴滴的石泉，
还有空山月声。

不难看出，“便有满袖粘粘的香”，袭自李清照“暗香盈袖”的诗词意境。而“你会听见点点滴滴的石泉，还有空山月声”，则化用了王维“明月松间照，清泉石上流”“空山不见人，但闻人语响”的意境。王维诗画深受禅宗影响，“空”字是他诗歌中的高频词汇。许世旭的《月声》短短几句诗巧妙借用古人的意境再现现代人的心境。美华作品集《刘荒田的美国小品》中“黄花本身构不成春天的美学，它的美，加入观赏者的陶醉才得完成”，简单的话语蕴含着庄禅美学“物我相融、天人合一”的理趣。

新加坡诗人王润华在《山水诗》集的序言中指出：“美必须有内涵，尤其要有哲理内涵”，“我就像老庄，带着思辨的形式、解说的语态走出，这

---

① 宗白华：《美学散步》，上海：上海人民出版社，1981 年，第 76 页。

样哲理就不会抽象地存在诗里，它会化为艺术的血肉和灵魂”。[①] 从王润华的自白可以看出他的诗歌师法王维、崇尚老庄。王润华的《牧牛》描画了如此景象：“中午我在绿杨古溪边下棋写诗/我的牛也在青松下低头吃着/一尘不染的花草/我和王居士喝茶聊天/我的牛便邀请八哥在头上唱歌”。有论者认为此诗有陶渊明笔下“采菊东篱下，悠然见南山”的意境，也有王维山水田园诗的禅味。[②] 王润华在《牧牛》后记中写道：“这十首诗，是看了鼎州梁山廓庵师远禅师所作的《十牛图颂》有感而作。原图以牛与牧人来表现修禅之过程与理想，象征人如何由迷起悟，众生耽于迷执，忘失本性，终于不认得自己，寻觅本性是我近年的主要内心探讨工作……”毋庸置疑，王润华作诗的缘起乃是观禅师之画作，恰巧画作内容是通过牛与牧人表现修禅过程的种种困惑、动摇，诗人由此想起自身对“本性”的寻找与坚守。由“禅师”的“禅画”到诗人观画后的“悟”，诗人对自我的追寻，难免令人想起陶渊明《饮酒》诗歌中“出处”的矛盾困惑。陶潜善于“以感写思”[③]，有建功立业的儒家理想，逢晋宋易代之际政治倾轧、官场黑暗，勇于退隐躬耕。庄禅意境的诗文有一种超脱旷达之感，并非单纯的出世，更有抱负难展、人生失意的调整与退守，这恰恰是一种大智慧。陶渊明之躬耕田园就是为了保持自我，《饮酒》《杂诗》《咏贫士》等组诗即表现他人生选择过程中的挣扎，以及最终坚持“自我实现”的人生境界。王诗的意境虽然无法比拟陶诗，《牧牛》通过寻牛、牧牛、骑牛、忘牛等一系列过程，却也勾画了一幅自然古朴的田园牧歌图，充满隐逸的淡定和庄禅的意味。

二、世界华文文学与自然美学

“自然”是中华传统诗学的重要范畴，其核心内涵是“无为”，即顺其自然，顺应事物本性。“自然”美学源自道家思想，主要来自老子的“人法地，地法天，天法道，道法自然”。这里的“自然”是指“道”的自然而然的状态，即要求摒弃过多的人为干预，做到“无为”。庄子也说过“无为而才自然矣”“莫之为而常自然”“顺物自然而无容私焉”，庄子的“自然”

① 王润华：《山水诗》自序，转引自杨剑龙《论王润华的自然山水诗》，《华文文学》，1997年第1期。

② 杨剑龙：《论王润华的自然山水诗》，《华文文学》，1997年第1期。

③ 叶嘉莹：《叶嘉莹说汉魏六朝诗》，北京：中华书局，2015年，第409－442页。

也不是指自然界或大自然，指的是道和道的行为方式——自然无为及体现了自然无为特征的“天”。① 叶维廉在《中国诗学》里说：“中国一直都以‘自然’为诗的最高理想，自然也者，不见斧凿痕也。但这并非不用技巧之意，一首诗应该把意象、语字、述义处理到一个程度，读者阅读时，根本不会觉得有意象、语字、述义的存在；传统中所谓‘浑然’，亦即艺术化作自然之意，好比我们一览群山，感到的是自然而成的全景的气象，而非注意构成该气象的每一个独立的山头。”② 中国诗歌的语言和意境是浑然天成、不露痕迹，从而“恢复了生命中活泼、本真的东西”。③ 毋庸置疑，“自然”是中国古典美学的元范畴，乃指文艺作品“任真”“拙淡”“天然”“本色”等审美特征。

“自然”美学强调“清水出芙蓉，天然去雕饰”的境界，即注重文艺的“冲淡”和“本色”。对“淡”与“自然”的关系，徐复观有过很精辟的论述：“淡由玄而出，淡是由有限以通向无限的联结点。顺乎万物自然之性，而不加以人工矫饰之力，此之谓淡。”④ 最切合道家自然美学的首推陶潜的诗文，宋朝陈师道《后山诗话》曾说“渊明不为诗，写其胸中之妙耳”。也就是说陶渊明并非有意操弄技巧作诗，他为诗的初衷是自我抒怀。即便运用比喻、象征等修辞手法，也是出于更好地传达所思所感的需要。因此，陶氏诗文内里所寄托的情意再复杂，在外在形式上也只是冲淡平和、不事雕琢。

世界华文文学继承了中华美学传统，在艺术表现上同样不脱离“自然”境界的追求。不少海外华人创作的诗歌和散文平白如话，乍看平淡无奇，细品则韵味无穷。比如马来西亚诗人吴岸就很善于运用朴素的言语和象征、比喻等手法，把诗歌丰富蕴藉的内涵通过平淡如水的字词表达出来。他的《人行道》就是这样的诗作：

在一亩天地里
人行道太漫长
清早

---

① 王建疆：《修养·境界·审美——儒道释修养美学解读》，北京：中国社会科学出版社，2003年，第82页。

② 叶维廉：《中国诗学》，北京：生活·读书·新知三联书店，1992年，第289页。

③《道家思想的前瞻精神——专访叶维廉先生》，http://news.guoxue.com/print.php?articleid=8632。

④ 徐复观：《中国艺术精神》，上海：华东师范大学出版社，2001年，第254页。

踏着它奔跑
黄昏
踩着它踱步
一月
一年
十年
竟无法抵达它的尽头
在一亩天地里

《人行道》看似平淡简单，其实隽永深刻。表面看起来是写城市空间的狭窄，城中人天天在局促的空间中活动；但诗歌的深层却是人生价值和意义的追问："一亩天地"人们竟然"无法抵达"，似近又远，如同人生看似平白其实难以参透。这首诗并非毫无技巧，而是诗人吴岸巧妙地采用隐喻的表现手法，以"人行道"比喻人生道路，以"一亩天地"比喻生活其间的空间环境，同时"无法抵达"则暗示了人难以超越自身所处的环境，只能在客观条件允许的情况下发挥主观能动性。诗的结尾处与开头呼应："在一亩天地里"，同时还起到了强化抒情效果的作用，有一唱三叹的意味。

海外华文作家大多身兼多职，写作是兴趣爱好而非谋生手段。内心的兴思感发是其创作动力，道家"自然美学"无疑暗合写作初衷。如此的创作心境，使作者能以超越的心态面对笔下文字，作品与作者的生命体验融为一体。这在他们的散文创作中尤其明显，简洁朴素的文字后面是真情实感的自然流露，不去刻意雕琢和粉饰，读起来轻松舒缓。《刘荒田美国小品》文字风格即是如此，以朴素简易的文字一针见血地指出"他者"对照下的文化差异。他的《视线之内》从离别时候的凝望，引申开写中国人的含蓄、西方人的开放。"这样的凝望，可算东方人表达情感的独特方式。洋人爱明来，感谢的话，尊敬的话，当面说尽；拥抱，亲吻，面对面地进行；连开拆礼物，也得当面。"在《点穿不点穿》中，刘荒田认为"中国人爱用暗示，洋人爱明来"，面对不同文化应该"到哪座山唱哪首歌"。不少海外作家作品，文字虽平白通俗却蕴含着绵长的诗情诗意，简简单单的字句潜存着对故国家园、对民族同胞的大爱，平和的叙述却孕育着对现实、对社会的深沉关怀。

三、世界华文文学与意象创造

中华传统美学的审美本体论系统是以意象为基本范畴的。“意象”的前身为“象”，源于《易·系辞》“圣人立象以尽意”；再到魏晋时期，王弼关于“言”“象”“意”三者关系的哲学论述；及至南朝，刘勰明言“意象”之说并第一次提出“意象”一词：“玄解之宰，寻声律而定墨；独照之匠，窥意象而运斤。”（《文心雕龙·神思》）唐代，王昌龄在《诗格》中对“意象”加以阐发：“一曰生思。久用精思，未契意象，力疲智竭，放安神思，心偶照镜，率然而生。二曰感思。寻味前言，吟讽古制，感而生思。三曰取思。搜求于象，心入于境，神会于物，因心而得。”从此“物象”与“心意”被联系起来，“意象”乃是客观物象与主观心意的融合。“意象”塑造远在概念提出之前就存在，不同的诗人有着不同的意象选择。意象作为符号，有着特殊的内涵及其延续性，例如，屈原的“香草美人”意象、陶渊明笔下的“松”“菊”“鸟”意象都给人特定的心理感觉。月亮、落花、微雨、孤云等亦是中国历代诗人所喜好的意象。意象派诗人庞德并不讳言自身的意象创造手法乃学习中国古典诗文，海外华文诗人在传统文化的熏陶中，对古典诗文表现手法自是不会陌生。海外华文作家的意象创造不仅承袭自中华传统美学，他们所运用的意象还深具中国味道。

（一）古典诗词意象

海外作家身居异地他乡，重视保持本民族的文化命脉，传统文化往往得到了较好的保护和继承。不少华文作家，因为家学渊源，有着深厚的中国古典艺术根基。菲华诗人云鹤就是典型的一例，无论是从他的早期还是晚期作品中都可以看出来中国古典文学的熏染。他少年时期同时接受了来自台湾的现代主义的影响，传统与现代的融入与嫁接，成就了云鹤的诗歌艺术。云鹤诗作善用古色古香的字词，他笔下的“燕子”“落花”“晚钟”“琴声”“夕阳”“暮色”等意象显然源自古典诗词。这些字眼背后是古代无数诗人诗作叠加起来的特定的情境与感觉结构。云鹤的可贵之处在于融古典意象于现代人生体验，善于勾连跨越时代的不相关的人事与物象，从而获得表现上的效果。比如他的《乡心》：

——飞翔岂止于俯视
是云，就化为雨，为露
降落、洒开、渗入每寸泥土

小径等待久违的步伐，石屋
把斑驳留与谁看？
鸡啼来晨晖，雀噪压枝
几声犬吠吠出了乡音
当炊烟残酷地旋入暮色
山突然退去，留下夕阳
烘干了望归的眼

就这样站着，望归的人
站成一棵树
欲拥抱什么似的
向天空摊开千手

《乡心》中“云”“小径”“鸡啼”“炊烟”都是古典诗词中常见的意象，“云”有漂泊的意味，而“小径”“鸡啼”“炊烟”则容易让人有“寻常人家”“怀乡”“归家”等联想。白先勇亦有相似的意象群落，“几乎是固执而又不厌其烦地总是反复出现对月亮、花、梦、冬日、色彩、太阳、歌（曲）的描写”。刘俊教授指出：“意象群落在白先勇小说中的出现，不但为作品增添了一个新的艺术‘因素’，波荡起一个新的艺术‘圈层’，同时也是对中国传统文学精神的继承，和对小说艺术的一种不无创意的发挥。”① 白先勇曾说文学创作他是由宋词入门的②，他的小说充满了古典诗词意象，甚至人物的命名都源自宋词词牌，如《游园惊梦》中的蓝田玉、桂枝象。③

不少华文诗人深受中国古典诗文的浸染，融古典意象于现代诗作，甚至直接化用古典诗词中富有意涵的诗句。如林方的《纸飞机》：“无数的纸飞机/偏有一只，沉甸甸地/任飞也飞不起/只因那天/在我们之前杨柳依依/我们之后霏霏细雨。”诗歌结尾无疑是化用“昔我往矣，杨柳依依；今我来思，雨雪霏霏”这一《诗经》名句。林方这一古典诗词的化用，无疑拓宽了诗歌的想象空间，令读者思接千载，发思古之幽情。旅美作家刘荒田的小品文，不乏落花、黄花、冷雨等意象，与“鸟”相关的主题最是频繁。

---

① 刘俊：《论白先勇小说中的意象群落》，《学术论坛》，1994 年第 2 期。

② 刘俊：《文学创作：个人·家庭·历史·传统——访白先勇》，《东方丛刊》，2007 年第 1 期。

③ 刘俊：《文学创作：个人·家庭·历史·传统——访白先勇》，《东方丛刊》，2007 年第 1 期。

“鸟”意象的出现，到底是偶然，还是作者潜意识深处向往自由自在的流露呢？无独有偶，“鸟”是阮籍、陶潜等诗人喜爱的意象，区别在于阮籍笔下的“鸟”更具体，有特定内涵，陶氏笔下的“鸟”则随他心思情意而有不同的象征意涵。

（二）中国符号式的意象

海外华人作家因为离散与漂泊情怀，往往喜欢在作品中运用中国符号式的意象，比如“长江”“黄河”“龙”“炎帝”“屈原”等。这些中国符号式的意象往往寄托着他们对祖国的情思和怀想，对故土家园和文化血脉的追忆，更是中华民族集体记忆的无意识沉淀。旅居加拿大的诗人洛夫的近作《漂木》充满了中国故土的意象，如黄浦江、宝岛台湾、李白等，通过中国符号来彰显他的漂泊的天涯美学。无独有偶，泰国诗人曾心的诗作亦充满了中国意象，既有澜沧江、桂林等中国自然景观极具代表性的典型，也有炎帝、屈原、孙中山、诸葛亮等中华民族的伟大人物。曾心的《大理石》，看诗名一般人会以为是状物白描或者盛赞大理石某种品质品性的诗作，阅读全诗才知道峰回路转，全然不是那么回事。曾心先从叙事入手，“我从云南回来，/旅行袋里重如铅”两句平白如话的起始指明大理石的来路和源头，为后面的借物抒情作铺垫。“内人打开瞧，/春风满面——/这片像澜沧江之水，/那片如桂林的山；/这片像黄山的云，/那片如内蒙古的大草原。”澜沧江、桂林、黄山、内蒙古，在华人世界可以说是家喻户晓的中国典型景观，虽然以明喻的手法来写，但依然是虚写，诗人夫妇有了中国山山水水的热爱，才会在自我潜意识里形成如此相似的感觉。从自然事物大理石入手，以写意虚拟的手法表达对祖国山河的热爱——“/这时，/我才偶然发现，/我带回的不仅是片片的大理石，/而是中国壁壁的锦绣河山”。蓦然回首，中国锦绣山河的亮丽风景一直在心头，只要有心，山水亦是处处有情，所以曾心先生带回泰国的就不仅仅是“片片大理石”，而是可以勾起无限回忆、缓解绵长思念的凭借。而《酿》则是通过“龙”“方块字”等中国特有意象来观照世界华人：

五千年中华文化
　酿
　　全世界龙子龙孙

一个个方块字
　酿

一代代的诗篇

中华民族五千年历史文化酝酿中华民族龙之血统，中国方块字酝酿华人世界璀璨的诗篇。《酿》这一首短诗把中国历史、种族、文字都包容进去。

（三）汉字意象

除了中国古典诗词常用的传统意象和象征中国意味的符号意象外，新加坡诗人王润华以汉字象形特征为抒情对象的组诗《象外象》创造了别具一格的“汉字意象”，把方块字的象形特质及其意象美用诗歌的形式传达了出来，素来颇受论者推崇。王润华的汉字意象诗，不仅仅表现了汉字作为象形文字的意象美，同时也可以看出他对汉字不同解释的取舍和思考，从中可以看出诗人对中国传统文化的理解。例如《象外象》的第三首“武”：

我的鞋子
踏着你昔日的足印寻找
你的威武——
荷戟行至
国史馆前

当我抬头
你却只剩下一只足
　　　　一把戈
悬挂于精武门上

关于“武”的定义，人们长期以来约定俗成地接受《左传》“止戈为武”的解释（《左传·宣公十二年》)。这个释义包含了儒家学派“仁”的理念和墨家学派“兼爱”“非攻”的理想。直到近代甲骨文出土后，才发现原来“武”的左边并不是“止”，而是一个脚印，“脚印”再配上右边的“戈”，不难发现古人造字的原意并非是消极自卫，而是拿起武器，雄赳赳气昂昂走向战场，是主动进攻以“武力”来保持和平。这与停止兵戎相见、化干戈为玉帛的一厢情愿的儒家释义恰恰相反。“踏着你昔日的足印寻找/你的威武”的诗句，彰显了“武”字的最初内涵，弘扬古人的尚武精神；今昔对比，国史馆前只剩“足”“戈”悬挂，含蓄蕴藉地点出近代中国落后挨打的屈辱历史。王润华通过文字把象形字“武”栩栩如生地描绘了出来，赋予“武”视觉冲击。其实，唐宋时期的诗歌创作就追求“诗画”一体，通过文字浮现画面效果，最典型的要数诗人王维，“诗中有画，画中有诗”即是赞誉他的。王润华的汉字意象诗颇具视觉意味，暗合中国古典的“诗画”传统。

综上所述，探讨世界华文文学与中华传统美学的关系，旨在厘清世界华文文学与西方文学迥然不同的文艺风格，阐释世界华文文学与中国传统文化的内在联系。自然美学、意境、意象等都是中华传统美学的重要范畴。限于篇幅，笔者仅从佛禅意境、自然美学与意象创造等方面展开论述，更深入的研究留待未来继续努力。

（作者单位：福建社会科学院文学研究所）

“汉语新文学”与文化中国情怀

沈庆利　王炳欣

自2004年在《东南学术》杂志发表《另起新概念：试说“汉语新文学”》一文起，朱寿桐教授一直致力于“汉语新文学”的倡导和建构。2010年，由他担纲主编、集结众多学人撰著的《汉语新文学通史》，堪称将“汉语新文学”观念运用于文学史写作的一次极富挑战性的宝贵实践；2011年《“汉语新文学”倡言》一书出版，集中荟萃了作者对“汉语新文学”的理论构想及其在学界引起的反响；2018年又出版新著《汉语新文学通论》，堪称“汉语新文学”的集大成之论。笔者认为，“汉语新文学”成为目前华文文学研究界最值得关注、也最具学术生命力的理论概念之一，既与学界整合海内外华文文学的执着努力不无关系，又折射出蕴藏于海内外华人学者心中已久的某种文化中国情怀。因此，一方面以现代新儒家的“文化中国”理念对“汉语新文学”加以探讨是可行的学术尝试；另一方面“汉语新文学”也可成为建构现代“文化中国”的一种行之有效的话语方式。

一、海内外华文文学整合与“汉语新文学”

“汉语新文学”概念的提出，与海内外华文文学研究界的两大“思潮”相关：其一是内地学界自20世纪80年代开启的“重写文学史”运动及其对“中国现代文学”“中国当代文学”一类学科概念的反思；其二是台港暨海外华文文学研究界试图打破“海外”与“海内”之间的复杂纠葛，以“文化同一性”建构“华文文学的大同世界”的学术理想和实践。

大陆学界目前普遍通行的“中国现当代文学”这一学科概念，系由“中国现代文学”和“中国当代文学”组合而成。“中国现代文学”的前身乃“中国新文学”，而“中国新文学”又是在“五四新文学”基础上的延伸和拓展。从“五四”新文化运动中诞生的“新文学”很快发展为现代中国文学的主潮，不仅“五四”新文学的倡导者和实践者们如鲁迅、胡适等人逐渐认可了“中国新文学”的说法，1935 年出版的《中国新文学大系》更在集中展示新文学辉煌成就的同时使得这一概念广为传播、深入人心，得到了广泛认同。然而差不多与此同时，“就产生了以‘中国现代文学’这一后被证明更易于被人接受的概念取代原有‘中国新文学’概念的学术尝试”。[①] 至 20 世纪 50 年代，在社会心理和政治意识形态的共同作用下，“中国现代文学”逐渐取代了“中国新文学”的惯性说法，在海内外学术文化界形成一种难以撼动的“绝对优势”。而 1949 年新中国成立以后的“新中国文学”抑或“建国以来的文学”，则被冠以“中国当代文学”的名称，成为“更具时代活力和影响力的批评概念和学科命题”。[②] 在学科管理和教学科研人员的权衡撮合下，“中国现当代文学”这一明显带有“拼凑”性质的学术和学科概念得以形成，不仅在国内学界成为“最具权威性和最富领导力”的概念之一，还将影响力辐射到台港暨海外汉语文化圈。

在朱寿桐看来，作为“拼凑”型的“中国现当代文学”概念所体现的“某种拙稚与不严密”是显而易见的：首先，它与现代中国多民族和多种语言文学的实际状况“名不副实”，中国现当代文学研究界长期以来高举“中国”现当代文学研究之大旗，研究范围却并未脱离“汉语新文学”之实际，从而“自说自话地缩小了研究范围，典型地属于一种名不副实的学术操作”；其次，“中国现当代文学”也难以“理直气壮”地对流散到世界各地的海外华文文学加以囊括和整合。应当承认，朱寿桐对“中国现当代文学”之概念的批判和省思相当敏锐且富有洞见，学界也不止一人对这一概念的“漏洞”和“不严谨”提出过质疑和修正意见。早在 1985 年，钱理群、陈平原、黄子平等学者试图以“二十世纪中国文学”这一概念，打通约定俗成的“近代、现代、当代”区隔，从而“把文学自身发生发展的阶段完整性作为独立研究的对象”。[③] 陈思和则提出“中国新文学整体观”，主张打破因政治而设立的文学史发展的界限，“从宏观的角度上把握其内在的精神和发展规律”。[④] 1988 年《上海文论》开辟“重写文学史”专栏，对既有文学史叙述模式进行全方位反思，试图改变“长期以来支配我们文学史研究的一种流行观点，即那种仅仅以庸俗社会学和狭隘的而非广义的政治标准

---

① 朱寿桐：《汉语新文学通论》，北京：生活·读书·新知，2018 年，第 32 页。

② 朱寿桐：《汉语新文学通论》，北京：生活·读书·新知，2018 年，第 33 页。

③ 黄子平、陈平原、钱理群：《论“二十世纪中国文学”》，《文学评论》，1985 年第 5 期。

④ 陈思和：《中国新文学整体观》，上海：上海文艺出版社，1987 年，第 35 页。

来衡量一切文学现象并以此来代替或排斥艺术审美评论的史论观”。① 此后学界相继涌现出了大量现当代文学史和20世纪中国文学史论著，基本上都是沿着这一思路相继展开的，取得的众多学术成果早已有目共睹，笔者在此不再赘述。

而在对海内外华文文学的整合过程中，学者们同样延续了20世纪80年代“重写文学史”的思路，以整体性的宏观视角考察海内外华文文学的多元脉络。如黄万华提出的“20世纪华文文学”和“20世纪汉语文学”观念，刘登翰基于“分流与整合”脉络而提出的“二十世纪中国文学的整体视野”，以及周宁在“世界华文文学一体化”基础上提出的“文学中华”论述等。这类研究模式都试图以动态的、多元的“（文化）中华”观念取代“中国”这一称谓中暗含的政治中心取向。有论者将华文文学研究中的这种整体性视野称之为“大同诗学”，并认为“中华性”构成了“华文文学研究‘大同诗学’的经验和理论基础”。② 尽管从文学发生学角度看，20世纪的台港暨海外华文文学乃中华文化“花果飘零”的历史结晶，然而无论是“中国现（当）代文学”还是“20世纪中国文学”等概念，当面对“海外”华文文学这一“异己”空间时，却常常由于意识形态的对立和“国族认同”而导致某种程度的“分裂”，进而阻隔了华文文学整体性的理论建构。而“当炎黄子孙无法共同认同一种政体、一个权力集团，而相互间的血缘亲情又无法割舍时”，“中国性和中华性之间的转换就是自然的了”。③

与上述在20世纪中国（华）文学史框架内对华文文学加以整合不同，“汉语新文学”的提出，意在以“汉语”这一语种属性突破因国族归属和国族认同而导致的区隔和“分裂”；又强调了“五四”新文化运动以来“新文学”传统的文化历史意义和价值表述；同时在此基础上把学界目前已约定俗成的“中国现当代文学”“台港澳文学”和“海外华文文学”等概念，统统整合在“汉语新文学”之下，使之共同组合成一个全球性的“汉语语言、汉语文化平台”，形成一个“地不分海内海外，时不分现代当代，政治不分国共，社会不分‘社’‘资’，人不分南北，文不分类型”的汉语言文学的“大同世界”抑或“文学乌托邦”，进而将“五四”新文化运动以来

① 陈思和、王晓明：《主持人的话》，《上海文论》，1989年第5期。

② 刘小新：《大同诗学想象与地方知识的建构——华文文学研究的两种路径及其整合》，《东南学术》，2004年第3期。

③ 黄万华：《变动不居：20世纪华文文学的文化态势》，《苏州科技大学学报（社会科学版）》，1999年第5期。

不断涌现和时有创新的世界各地的华文文学，提升为堪与英语文学、法语文学、俄语文学比肩的“世界大语种文学”。① 朱寿桐在这里反复强调的“语种”意识，的确是着眼于“世界文学”起伏演变的宏阔舞台有感而发，也更突显了华人作家以现代汉语为媒介创作更多华文作品的责任意识；这也使得“汉语新文学”相对于其他类似概念，更蕴含一种聚结“海内外”的学术整合力。

二、汉语“言语社团”与文化中国“话语社群”

如何面对“中国”这一浩瀚辽阔且深厚久远，融汇了语言、文化、历史和社会政治等多重领域的共同体，不仅是台港暨海外华文文学研究界绕不过的一道“门槛”，更是建构“（全球）华文文学大同世界”所面临的重大理论命题。依照朱寿桐的论述，“汉语新文学”的概念优势就是最大限度地“突破了国家板块、政治地域对于新文学的某种规定和制约”。② 在他看来，学术概念如同事物的名称和个人姓名，“一个深有影响的学术概念或学科名称都会通过它内含的关键词及其所具有的张力，暗示出甚至强调着其所要求的学术预期”。而“中国现当代文学”之类以“中国”为关键词的学术概念，“必然在学术预期中强化国家意识”。③ 相对而言，由“汉语”“新文学”等关键词构成的学术概念则淡化了国家主导的政治意识形态和国族属性考量，有助于引导研究者们“沉潜到汉语审美表达的社会语言学、文化学和美学、文学的学术层面”④，由此不仅可以有效弥合因不同政治意识形态而导致的文学史“断裂”，也有助于文学史写作过程中尽可能摆脱社会政治对文学本体的遮蔽，超越政治地理学的立场，打破不同国族之间的壁垒与隔阂，完整呈现全球范围内汉语新文学跨区域、跨文化和“跨越”意识形态的整体历史面貌和演变轨迹。以朱寿桐主编的《汉语新文学通史》写作框架为例，该书每一编都以某一历史时空最具鲜明特色的文学主潮为标志，言简意赅地概括了不同时代的文学特征，在彰显文学自身演变历程的同时，一改以往文学史以宏观的线性时间为叙述线索的逻辑，而在时间

---

① 朱寿桐：《汉语新文学通论》，北京：生活·读书·新知三联书店，2018 年，第 4 页。

② 朱寿桐：《汉语新文学：作为一种概念的学术优势》，《暨南学报（哲学社会科学版）》，2009 年第 1 期。

③ 朱寿桐：《汉语新文学通论》，北京：生活·读书·新知三联书店，2018 年，第 37 页。

④ 朱寿桐：《汉语新文学通论》，北京：生活·读书·新知三联书店，2018 年，第 38 页。

性的基础上彰显空间地域的丰富多重特征，注重共时状态下不同空间的文学面貌，从而大大强化了文学自身的本体地位；至于社会政治和历史变迁无论怎样异彩纷呈，则不过是流变中的文学这一历史主体抑或“主角”背后的“舞美背景”而已。

“中国”作为一个具有多重内涵的概念，在不同历史时期和不同时空语境下常常具有迥然不同的含义，其内涵和外延也大不相同。历史上没有一个朝代称之为“中国”，“中国”一词最早是作为方位名词出现在古代历史典籍中的，其早期的含义是指“帝王之都”“中心之城”；汉唐以后的中原政权虽然不时出现以“中国”自居并将对方蔑称为“虏”“夷”的情形，但“这些王朝及其所代表的历史都不适合概称为历史意义和时代意义的‘中国’，更何况‘中国’概念还远远没有如此明确的上古甚至远古时期”。[①] 相反，以汉语为载体的汉语文学至少已绵延了5000年，将这些以汉语记录书写的歌吟演绎笼统称为“中国文学”，在朱寿桐等学者看来，显然是不科学、不严密的。

“汉语新文学”通过“善意地隐匿”现代汉语文学的国家属性而彰显其（汉语）语言属性，在有效缓解部分海外华人作家认同焦虑的同时，大大助益于在当前全球范围内被分割成不同国家和区域、不同“板块”和政治归属的华文文学格局的有效整合。文学终究是语言的艺术，无论是文学思潮和流派的形成与演化，还是文学作品所呈现的艺术成就、审美风格，以及创作主体的个性旨趣，最终都要落实到语言这一“本体”之中才有意义；无论多么高深的文学理论，离开语言这一坚实的基础和“媒介”，则很容易异化为无源之水、无本之木，抑或可望而不即的“空中楼阁”。语言是媒介，但又不仅仅是媒介；语言是工具，其意义却又远远超出了一般意义的“工具”范畴。有西方语言学和心理学者甚至认为，“语言结构”对于我们的认知方式和思维模式具有决定意义，某种意义上可以说是语言在“使用”着我们。

朱寿桐借用韦勒克的著名论断“语言是文学的材料，但不同于石头和颜色，它不是惰性材料，而带有某一语种的文化传统”[②]，详细论证了语言“背后”的文化原型和文化传统对于文学创作的决定性意义。作为语言艺术

---

① 朱寿桐：《汉语新文学通论》，北京：生活·读书·新知三联书店，2018年，第51页。

② ［美］韦勒克：《文学的本质》，沈立岩主编《昂地西方文学理论名著精读》，天津：南开大学出版社，2005年，第6－7页。

的文学，"其表现的是一个语言共同体的文化认同最生动、最鲜活的部分。"① 通过落实汉语新文学的现代汉语属性特征，建构起一个全球华人的"文学共同体"，在此基础上凸显其"语言共同体"特征，进一步打造一个超越政治地理和国族归属的"文化共同体"。——由此朱寿桐创建和倡导"汉语新文学"的思路可谓一目了然。而这或许也是"汉语新文学"倡导者们反复强调汉语新文学的"文化伦理关怀"，着眼于以汉语新文学建构"言语社团"的用心所在。正如同一种语言天然地构成了同一种语境一样，使用同一种语言写作的文学作品，也在客观上构成一个"天然的、无法用国族分别或政治疏隔加以分割的整体形态"。② 而在海内外学术界搭建起一个关于"汉语新文学"的学术平台以后，"国家政体和相应的国民归宿感"自然就会"被模糊到较为次要的色泽，文化传统和文化归宿感就会变成一个不言而喻的文化共同体"。③ 在笔者看来，此种通过淡化"中国"之政治意识形态而着意开掘"汉语"文化传统和心理属性的思路，恰恰是文化中国情怀的一种典型体现。

关于"文化中国"这一概念的话语来源和历史演变，已有学者专文考察和论述，笔者也曾在《论海外语境下的"文化中国"》等文章中有过详细探析。恰如杜维明所说："'文化中国'概念的兴起意味着狭隘的国家主义和民族主义已经不能够主宰论说的基本方向。"④ 为了摆脱"狭隘的国家主义和民族主义"的羁绊，突破政治中国观念的现实不足和种种纠葛，杜维明等海外华人学者在20世纪90年代积极倡导"文化中国"理念，逐渐建构起了一套关乎文化中国的话语体系。朱寿桐的"汉语新文学"概念虽然很难说是该话语体系的直接产物，但同样表现出了对于"政治中国"之现实困境的理性认知，并试图通过学术实践突破"政治中国"话语的羁绊。依照杜维明的说法，"文化中国"这一概念的提出，是要在"以权力和金钱为议论主题的话语"之外，"开创一个落实日常生活而又能展现艺术美感、道德关切、宗教情操的公众领域"。⑤ 杜维明的理想愿景和理论构想是，将

---

① 朱寿桐主编：《汉语新文学史》（上），广州：广东人民出版社，2010年，第13页。
② 朱寿桐：《汉语新文学通论》，北京：生活·读书·新知三联书店，2018年，第41页。
③ 朱寿桐：《汉语新文学的文化伦理意义》，《文艺争鸣》，2011年第5期。
④ 杜维明：《关于文化中国的含义》，《杜维明文集（第五卷）》，武汉：武汉出版社，2002年，第410页。
⑤ 杜维明：《培育"文化中国"》，《杜维明文集（第五卷）》，武汉：武汉出版社，2002年，第427页。

“文化中国”打造成一个“以沟通理性为方式的、从想象逐步落实日常生活中的‘话语社群’”。① 稍加比较便可发现，这与朱寿桐等学者试图以“汉语新文学”建构一个超地域、超国族认同的全球范围内的“言语社团”及其文化共同体思路，几乎如出一辙。

虽然杜维明倡导的文化中国“话语社群”集结了不同语言、不同信仰，乃至不同肤色、不同种群的所有受中国文化影响或对其感兴趣的人们（例如杜维明所界定的文化中国的“第三意义世界”，包括所有从事中国文化研究的外国学者和接触中国文化的读者、听众等），与朱寿桐通过“汉语新文学”突出强化“（现代）汉语”的语言属性不同，但通过平台强化“对话与沟通”，实现华人社群和华人文化的“整合与整体性建构”的宗旨却是一致的。无论是“汉语新文学”视野下的“语言共同体”，还是“文化中国”建构中的“话语共同体”，两者都试图以中华传统文化来打破以政治意识形态为基点的身份认同，实现最大限度团结海内外华人的诉求；两者都试图避开（抑或超越）区域及国家形态的“法理限制”，强化海内外华人（作家）的文化心理和文化历史归属感。但比较来看，两种论述模式又表现出不同的视角。朱寿桐一方面宣称在汉语新文学搭建的文学与文化共同体内，“所有合格的也是合适的文学家都会被自然地、伦理地置于同一地位平等地对待”②；另一方面又反复强调中国大陆的文化中心地位，在某些海外学者看来或许仍表现出一种根深蒂固的“中国中心主义”意识。朱寿桐对此也坦言：“汉语新文学在概念表述上虽然略去了‘中国’的主导语，同时也略去了‘中国’概念的限制性，不过中国中心的地位反而得到了理念的加强，得到了预设性的阐释，得到了无可争辩的认同，甚至得到了切实的提倡。”③ 而杜维明提出的“边缘即中心”、“以外缘”影响“中心”的主张，强调在“文化中国”这一共同体内的多中心、多元化观念，甚至认为“外缘的转化潜力至巨，似乎不可避免地将深深影响未来若干年里文化中国的思想论说”。④ 此种彰显“外缘”的表述或许更符合全球华人世界的现实状况和复杂态势，也值得“汉语新文学”理论加以借鉴。

---

① 杜维明：《培育“文化中国”》，《杜维明文集（第五卷）》，武汉：武汉出版社，2002 年，第 428 页。

② 朱寿桐：《汉语新文学的文化伦理意义》，《文艺争鸣》，2011 年第 5 期。

③ 朱寿桐：《汉语新文学：一种文学范围的学术呈现》，《理论学刊》，2010 年第 6 期。

④ 杜维明：《文化中国：以外缘为中心》，《杜维明文集（第五卷）》，武汉：武汉出版社，2002 年，第 407 页。

三、回望“新文学”与展望“新文化（共同体）”

“汉语新文学”概念的提出，“从某种意义上是对新文学‘名学’传统的恢复”①，在朱寿桐看来，“就新文学而言，全世界的汉语写作所承续和发扬的都是‘五四’新文学的伟大传统，这一传统所带来并鲜活地体现的现代汉语巨大的审美表现力和逐渐成熟的表现风格，越来越明显地镶嵌在人类文明的审美记忆之中，参与其中的每一个区域的汉语写作者都程度不同地作有贡献并与有荣焉”。② 通过“汉语新文学”的理论建构回望“五四”、传承“五四”传统的文化启蒙主义情怀“斑斑可见”。

“新文学”一词在现代中国社会的首次出现，可追溯到胡适在1916年4月创作的《沁园春·誓诗》一诗：“为大中华，造新文学，此业吾曹欲让谁?”③ 诗句鲜明体现了胡适那一代文化先驱率先发动文学革命，试图以“新文学”启蒙社会大众，重新铸造“大中华”，建构现代（新）中国的责任感和“豪情壮志”。尽管晚清民初时期已出现了不少文学变革的思潮，如黄遵宪的“诗界革命”主张，梁启超对“新民说”和“新小说”的鼓吹，都在思想文化界产生了不小影响，但并没有对在社会上普遍通行的传统文学和（文言）语言构成严重威胁。陈独秀、胡适等人发动的新文学运动，却是一场全方位的、彻底的文学革新运动。它直接诉诸文学语言的本体变革，以现代白话文这一“活的语言”形式挑战传统文言文所代表的“死的语言”体系，以语言文体的变革促发文学传统的颠覆性变革，再以文学自身的变革影响整个文化传统和社会价值观的更新。

“五四”文学革命运动产生的社会影响和历史意义远远溢出了文学领域，对现代中国整个价值观念和思维方式的变革起到了关键作用。新文学运动由此也成为整个“五四”新文化运动中最具思想活力和话语影响力的组成部分。颇为吊诡的是，“五四”文化先驱尽管对传统文学“文以载道”中的封建礼教之“道”进行了颠覆性批判，但同时又赋予文学以救国救民、启蒙大众的崭新社会责任。文学“载道”的工具属性不仅没有削弱，反而在文化启蒙和对“新思想”的输入中被进一步强化。

---

① 朱寿桐：《汉语新文学通论》，北京：生活·读书·新知三联书店，2018年，第3页。

② 朱寿桐主编：《汉语新文学史》（上），广州：广东人民出版社，2010年，第12页。

③ 胡适：《四十自述》，合肥：安徽教育出版社，2006年，第108页。

发生于1919年5月4日的“五四”事件与“五四”新文化运动既不可“混为一谈”，也不可能完全“区隔”。自1915年陈独秀在上海创办《青年杂志》（后改为《新青年》）起，随着“五四”新文化运动的序幕渐次拉开，引领时代风骚的先进知识分子在当时几乎占领了舆论阵地的中心。他们利用自己大学教授、“青年导师”的身份强化话语权，鼓动文学革命和思想革命；“五四”事件的爆发既是这一思想启蒙运动直接影响下的“结果”，又是将这一运动推至高潮并在更大更广范围蔓延的“导火索”。作为思想启蒙运动和社会政治运动的结合体，“维护民族的生存和独立”无疑是五四运动最主要的目的，而自鸦片战争以后的所有重大社会运动和变革思潮，事实上都与这一“目的”紧密相关。① 面临中华民族有“被开除球籍”之危险的局势，民众对民族独立和自我更新的诉求就愈发强烈和“迫不及待”；而中华民族要真正实现独立富强，中国社会要真正完成全方位的现代化宏伟目标，那么人的解放和社会的公平公正是必不可少的基础前提。“五四”时期知识分子们凝聚而成的这一历史共识，直至今天仍发挥作用。

将西方现代社会的主流观念引入中国，并以此为参照系，对古代中国数千年传习而来的文化体系进行反思性批判和价值重估，是“五四”新文化运动的主要内容。“五四”新文化运动所具有的彻底“反传统”倾向与当时的时代语境息息相关，如果反对传统不够彻底坚决，在当时就不足以起到振聋发聩、震撼人心的社会效能，也难以发动全方位的思想文化革新运动。在文化先驱们看来，那些从西方输入的核心理念和基本价值观念，如科学、民主、自由、平等、博爱等，作为西方文化传统孕育的产物，要完成与中华本土文化传统体系的“无缝对接”，就必须采取一种“矫枉过正”的激进策略才能使其深入人心。这种将科学（“赛先生”）、民主（“德先生”）所代表的新文化观念与“国粹”“旧文学”直接对应的思维方式，在当时是颇具代表性的，胡适的“全盘西化”主张也与此相辅相成。不过“五四”文化先驱们“激进反传统”的姿态，及其以高亢高昂的情绪激发青年心灵的“启蒙”方式，无论在当时还是对后来的社会变革都产生了一定的负面效应。尤其在一些文化保守主义者如梁漱溟等人眼中，陈独秀等人主张的“伦理觉悟”近似于拿刀刺向中国文化的“咽喉”处，简直是一种不计后果的“搏命”之举。在“五四”文化先驱对中国文化传统的批判和

① 参见［美］周策纵：《五四运动：现代中国的思想革命》，南京：江苏人民出版社，1996年，第359页。

"声讨"下,"中国不单火炮、铁甲、声、光、化、电、政治制度不及西方,乃至道德都不对的!"① 梁漱溟的观点虽然有些危言耸听,但他对现代中国社会如何"现代"、怎样"中国",如何在追求现代化路途中不失其"中国性"这一无法回避的问题的关注和思考,在那个"群情激昂""狂飙突进"的时代代表了一种冷静、冷峻和理性的历史省察意识。颇有意味的是,梁漱溟的"保守"观点在后来的海外华人学者如余英时、林毓生、杜维明等人那里得到延续和发挥。他们更多地是从"文化命脉"的立场探究现代中国社会变革与"中国意识的危机"之间的复杂关联。而在另一方面,更多秉持启蒙心态、肩负启蒙文化使命的国内知识分子却对"五四"启蒙传统在现代中国社会的被迫"中断",尤其是"救亡压倒启蒙"引以为憾。在他们看来,只要国家走向繁荣富强及全方位现代化,以及人的全方位解放仍未最终实现,五四运动开启的文化启蒙的历史使命也就远未完成。

朱寿桐等当代学人无疑属于后一类知识分子之列,但难能可贵的是这些当代中国知识分子早已走出了"五四"文人"激情大于理性"的时代偏颇,而更倾向于以一种更加厚重的科学理性、历史理性去认识和反思"五四"新文化传统。在《论汉语新文学传统中的科学因素》一文中,朱寿桐既痛感于"五四"文化先驱引来的"德先生"(民主)虽然"构成了汉语新文学的精神质量",却没有在"落实或示范具体的民主体制、政治框架"过程中发挥多少作用,更对求真求实的科学精神只是外在于新文学传统建设的"理想类型",而未能内化为"新文学发展的'灵魂'或'内在'因素"惋惜不已。在他看来,作为"理想类型"的科学精神与新文学传统"更多、更普遍地构成的乃是悖论关系",从而造成"科学"概念在现代中国文人这里的"漫漶与变异",并进一步导致了现代中国"社会科学"及"人文理性"的文学化倾向。在他看来"这种文学化的运作反而悖离了科学精神"。② 笔者认为朱寿桐的这一分析堪称切中要害之论。由于文学家和文学革命在"五四"以来的文化启蒙运动中长期居于中心地位,也在某种程度上导致了启蒙思潮的文学化、情绪化倾向和科学理性精神的相对欠缺。这一倾向甚至影响到了人们对"科学"概念的情绪化、情感化理解及其解释。而如何站到科学理性的立场批判性地反思"五四"新文化运动所开辟的伟大传统,并加以继承和发扬,应是当代人文学者不可推卸的责任。在

---

① 梁漱溟:《东西文学及其哲学》,北京:商务印书馆,2003 年,第 15 页。
② 朱寿桐:《论汉语新文学传统中的科学因素》,《学术月刊》,2013 年第 3 期。

某种意义上，我们每个人都是“五四”新文化运动的受惠者，当然也可以成为“五四”新文化运动的批判者和超越者。对“五四”精神的承续，最重要的乃是对“五四”文化先驱“大无畏”的批判反思意识和“实事求是”之科学理性精神的继承与发扬。

“汉语新文学”倡导者们一方面努力回归“五四”传统，传承和弘扬“五四”精神，另一方面又深入五四新文化运动的历史现场，对文化先驱们“某种历史的偏激”给予理论上的清理。在朱寿桐看来，“五四”时期出现的“全盘西化”“废除汉字”一类过激言论，既反映了新文学先驱追求“新文学世界性”过程中过于急切的焦躁心态，又折射出他们关于新文学追寻世界性因素的“表层反思”：“将传统文化中的不认同因素全部归结为（语言）载体的祸端，不仅是偏执和错误的考察，而且是相当表面性的理解。”①今天的我们不仅不再以“废灭汉字”作为一种文化诉求，相反却更应重视汉语人文学术的“原语价值”，加快“汉语文学研究规范”的理论建构。——此可视为“汉语新文学”倡导者们既自觉传承“五四”又努力超越“五四”的一种具体理论探索，也与余英时、杜维明等海外华人学者对五四新文化运动的批判性继承和超越的文化立场颇为近似。“汉语新文学”倡导者所追求的以（现代）汉语为纽带，连接起古代与现代、“海内”与“海外”，致力于寻求传统中国与现代中国、“海外视野下的中国”与“中国”之间的“最大公约数”，最大限度地实现全球汉语文学乃至华人群体的有机“整合”，共建共筑“文化共同体”的理想，也与杜维明等海外新儒家学者积极倡导的“通过对中国文化的研究来建设一个现代的文化中国”的学术目标②，不无相似之处。至于“汉语新文学”倡导者所展望和建构的这一“文化共同体”，跟杜维明等现代新儒家追求的以儒家理念为核心的“话语社群”两者之间，有着怎样的“最大公约数”，则是另当别论的事情。

“汉语新文学”倡导者所建构的“文化共同体”，首先是“五四”新文学和新文化传统的产物，其次必然要在中国传统文化的基础上缔造而成。它既要体现无数中华儿女百余年来梦寐以求的“（中）国”之独立富强、“（中国）人”的自由解放，以及社会公正公平的伟大理想，也要最大限度地与全球华人对共同心灵家园的向往相契合。它在中华民族的绵绵历史中

---

① 朱寿桐：《汉语新文学通论》，北京：生活·读书·新知三联书店，2018 年，第 106 页。

② 杜维明：《儒家精神取向的当代价值》，北京：北京大学出版社，2016 年，第 87 页。

必然呈现从未有过的“全新”特质，但绝不是抛弃旧传统后凭空建立的“空中楼阁”。与之相应的关键问题是：在文化领域要如何对中国传统文化观念进行创造性的现代转化；具体到文学领域，则面临着“新文学如何成为新传统乃至进入到汉语文学的大传统之中”的问题。但正如有论者所说，这却是“汉语新文学”概念中一个“不太被人关注的方面”，也是倡导者“没有继续深入阐释的问题”。①“汉语新文学”理论建构如何突破这一“软肋”，应是其倡导者们今后着重探讨的理论话题。虽然“五四”新文化和新文学早已成为中华文化传统不可或缺的组成部分，但传统与现代、“新”与“旧”之间的对立紧张关系依然需要进一步化解和融汇。就此而言，杜维明提出的“在启蒙心态的基础上化解启蒙心态”② 的思路同样不无借鉴意义。

（作者单位：北京师范大学文学院）

---

① 张福贵：《对近年来中国现当代文学几种命名的反思》，《中国现代文学研究丛刊》，2016 年第 9 期。

② 杜维明：《化解启蒙心态》，《杜维明文集（第五卷）》，武汉：武汉出版社，2002 年，第 261 页。

泰华抗战时期文学创作述略

苏永延

在抗日战争时期，因泰国所处的地理位置及政治环境等因素影响，泰华抗战文学在东南亚华文文学史上一向寂寂无闻，尤其是跟战斗到最后一刻的新马文学、菲华文学等相比，更是不起眼的存在。因为泰华文学在1939年就处于逆境之中，许多报社关闭，文学创作处于极其消沉的状态，所以在抗战文学方面，泰华作家大体都处于缺席状态，这也是泰华文学界一向认为尴尬的事。但是，从泰华抗日英烈传里可以看到，许多泰国华侨纷纷归国参战，许多人甚至付出了生命的代价，难道文学创作竟然会缺席吗？这是令人百思不得其解的地方。

现实生活中，无声的存在，不等于不存在。泰华抗战文学其实是十分兴旺的，只不过它们都被尘封于历史的硝烟之中，只有把这些灰尘掸去，“千古难磨真面目，江山不尽闲风月，有晨钟暮鼓，送君边，听真切”（杨潮观《吟风阁序》）。此诗虽为谈戏，其实用于描述泰华抗战文学的特点，也是十分真切的。现以泰国《中华民报》1937—1939年的文艺副刊所刊登的部分作品为例，谈谈泰华抗战文学的一些特点。

泰华抗战文学与其他东南亚国家的抗战文学一样，都是与中国的抗战浪潮遥相呼应的，宣传了海外华人华侨炽热的爱国情怀，以及与入侵的日寇进行殊死斗争的坚强决心，这一总特征是没有变化的。因此，摹情状景，在体现中国及海外华侨同心协力抗战的故事，刻画广大爱国华侨如何多方支持祖国的抗战热情，惩治认贼作父的汉奸等方面，都有着异曲同工之妙。同时，又因为泰国的独特地位，泰华抗战文学也具有其他国家所没有的现象，那就是在炽热的大潮里，依然涌动着一股冰冷的压制力量，时隐时现，终于将这股热潮压制乃至窒息消灭，可谓东南亚各国中最先消逝的，“出师未捷身先死”，令后辈的泰华作家扼腕叹息。现就这几个方面的创作略作阐述，以作抛砖引玉之用。

一、戮力同心，悲壮雄浑

卢沟桥事变发生后，泰华社会虽然没有像中国的报纸那样迅速意识到事关民族存亡的危险，但两周左右，整个泰国社会的华人华侨纷纷起来行动，以文学为武器，投入轰轰烈烈的抗战潮流中去了。

这股潮流体现出了海内外中华儿女戮力同心、同仇敌忾的英雄气概和坚定决心。在这一时期，叙述中国发生的抗战事迹，无论胜负悲喜，都能牵动广大泰国华侨们的心。俞振基《大刀队杀敌目击记》① 的故事写的是1937 年 9 月份在上海浦东，中国军队成功地伏击了一支小股日军，并取得了辉煌的战绩。在浦东的一个小镇上，40 多人的日军从此经过，中国军队在街巷里埋伏等他们的到来，"此时除了敌军急促的皮鞋声，自己心房震颤声而外，大地沉寂得像座死城"。这是大战前的宁静，如暴风雨来临前的忽然平静。"突然，从两旁街房里，叫了一声'杀'！接着我们的士兵便一齐勇敢地冲了出来，像春雷，像地震。"20 多名士兵用刀砍杀鬼子，不到 5 分钟就消灭了 25 名日军，只有一名士兵牺牲。这是发生在战争过程中的中国军队的一次小型的局部胜利，极大地鼓励了全国军民的抗战热忱。特别是以亲历者的写法，增加了故事的真实可感性，属于报告文学的范畴。这种事在中国并不是个案。《民报》还以新闻的方式，报道了广东名拳师马树荣佛堂歼敌记。这是以文言文写成的报告文学，生动地反映出佛山百姓自发抗日，夜袭日本军营，杀敌百余人，威震华南的故事；剽悍的民风，不屈坚韧的民族特性，在这一场小小战斗中不断地得到强化。

但战争历来不是浪漫的说书或轻描淡写的事，它时时与死亡、流血紧密相连，是残酷的。长虹的《战士》就描写一位在战斗中左手负伤的战士，在医院接受救治时，回忆战斗的场景，为自己负伤而感到焦躁不安，盼望早点再上战场。"医院同一个俘虏收容所没有什么区别，但是它虽然俘虏了我的身体，却不能够俘虏我的意志。"② 这是战争中的士兵急切的保家卫国心态的生动体现。由于战争的残酷，其巨大的伤亡也给人留下深深的刺痛。白慧的《一个悲壮的故事》③ 写几个朋友从河北回来，在伤兵车上见到一个

---

① 俞振基：《大刀队杀敌目击记》，《中华民报》，《蕉雨》，1937 年 10 月 26 日。

② 长虹：《战士》，《中华民报》，《椰风》，1938 年 3 月 16 日。

③ 白慧：《一个悲壮的故事》，《中华民报》，《蕉雨》，1937 年 12 月 31 日。

断臂的排长，他们一个排有二十几个伤员，是在涿州作战时受伤的骑兵，奉命后撤，由于担架不足，轻伤的自己走，三个重伤员走不动，请排长给他们补一枪，排长不忍下手，为了不连累部队的撤退，三位伤员匍匐着爬到井边，投井自尽。排长“睁大那双血红的眼睛，恨恨地说：‘我认得那一口井的，我认得那一口井的。’”这是无数战士视死如归的英雄气概激励着人们前赴后继、共赴国难的真实写照。在悲壮中隐隐又有一股豪气冲天，这就是民族宁死不屈的精神，它支撑起民族强大的战斗力。

战场上的流血牺牲是动人心魄的，但民间所遭受的苦难则是无声而长久的。《夜的卖唱声》（小郎）① 反映的是流落他乡的难民们那种生死两难的境地。老七是卖唱的，因行情不好，日子难过，又加上犯了鸦片瘾，愈发觉得日子艰辛。工厂的工人们无工可做，以批发市场为生的小商小贩们也难以度日。但是这种苦难的日子，比起唐山的生活，还有一定的诱惑力，因为唐山的生活更像“地狱”，黎塘村被烧光，莲塘村烧一半，村中逃不出去的都死于“××鬼子”手里，“一阵狂风吹了灯，他们打一个寒噤，各人拉起破被蒙住了头，无声无气地等待着饥饿、死亡”。这是一部写于1939年7月30日的作品，真实而沉重，但细心的读者会发现一个很值得注意的细节，“××鬼子”，明显指的是“日本鬼子”，但作者却用“××鬼子”来替代，可见泰国社会对谈论“日本”的事务已经噤若寒蝉。

对苦难、毁灭的叙述，除了真实地再现日本侵略者的罪恶外，更重要的是作家们以这样的方式激起广大读者的恐惧、愤怒，以及由此引发的强烈爱国感情。这就是文学创作所要达到的鼓舞人心、唤醒民众的目的。还有一种唤醒的方式，就是写正面的带着强烈鼓动色彩的作品，让读者觉得铿锵有力、催人上进。

曼因的《我警告你》② 表面上是对太阳的滥施淫威发出警告，实际上是对日本侵略者的狂妄、残暴行径做出愤怒的警告，一切万物都“焦头烂额”，“在火坑中燃烧”，“由它压迫/由它摧残/它可自由地扬威/它可自由地作恶”。侵略者虽然可以逞一时之快，但一旦反抗时机和力量成熟时，“风起云涌”，“大雨淋漓”，它的“炎威”自然就荡然无存。作者用自然界的物象来比喻战争中正义与邪恶的抗衡，还是显得比较隐晦，更多的诗人则是以直抒胸臆之法来体现的。

---

① 小郎：《夜的卖唱声》，《中华民报》，1939年8月1日。

② 曼因：《我警告你》，《中华民报》，《椰风》，1937年7月26日。

卢沟桥事变，意味着民族面临生死抉择关头，番仔的《复活吧！祖国》① 高声发出呐喊："古老的祖国/脱去了壳的灵魂/复活吧！/几千年来——/大地在震撼/火山将崩塌/毁灭的火焰已燃到你周身。"这是作者在披耶太发出的抗战呐喊，其实也是中华儿女的共同心声，他们已经没有退路，也没有回头的可能，只能在血战中辟出一条新生的道路来。蔡蓁的《死的抉择》② 用设问的方式向读者提出方案："死在香蜜温柔的醉乡里？/还是死在枪林弹雨的战场上？"其实答案早已明了，没有人会乖乖束手就擒，任人宰割。同样是死，在战场上的拼杀，你死我活的决斗中，或许尚有存活的希望。无数"热血青年已高撞争取自由的巨钟"。

战争的毁灭，给人带来死亡的恐惧，同时也激发了人们求生的大无畏的勇气和毅力，这一旦迸发出来，将产生不可思议的威力，成就一番伟业。鲁迅曾经非常感慨地认为，中国近代的衰败，乃是因为国人都是一盘散沙，故而屡屡受尽列强的凌辱，日本侵略者的屠杀把中国人对死的恐惧化为"水泥"，于是一切"散沙"尽数化成坚不可摧的长城，掀起了浩荡无边的抗战汪洋。

数十年过去了，读着这些节奏明快而又带着悲壮雄浑的文字，抗战的硝烟，战场上的号角，仿佛依然震天动地，经久不歇。民族先辈的精神之光依然照亮着后代子孙的心灵。

二、赤子精诚，激昂慷慨

一个时代有一个时代的内容，当抗战烽火正盛的时候，抗战就成为中华民族最大的政治，生产、生活无不沾染上战争的色彩，精诚爱国成为中华儿女的共同信念，于是战争就成为全民的共识，渗入泰华社会生活的方方面面。

湘柳的《元宵之夜》③ 这篇作品从标题上来看，是写喜庆热闹场面的，但因为置身于国难当头的时代，喜庆就变成了一种行文的铺垫，写战争才是作者的真实意图。散文以泰国元宵之夜，"我"与"K"，还有妹妹去看元宵晚会，果然非常热闹，珠光宝气、太平盛世的样子。到了仔角草场，

① 番仔：《复活吧！祖国》，《中华民报》，1937 年 10 月 13 日。
② 蔡蓁：《死的抉择》，《中华民报》，1937 年 10 月 29 日。
③ 湘柳：《元宵之夜》，《中华民报》，1938 年 3 月 8 日。

天下起大雨，人们纷纷避雨，这在泰国也属于正常现象，但作者把笔触荡开，联想到当年马路示威群众被水龙狂喷的样子，路灯犹如探照灯，炮声正如机关枪响，火药味犹如战场硝烟……联想到此，作者又感到痛心疾首。平心而论，喜庆与战争，本来是毫不相关的两件事，根本没有可类比之处，但是，身处战争的时代，虽为平静祥和的异国他乡，心里挂念着遥远祖国的安危，眼前的一切美景又不知不觉化作战争的图景，一颗赤诚的爱国心跃然纸上。

不仅是美景欣赏，即使被称为与政治最不相关的个人感情——爱情，也不知不觉染上了那个时代的色调，这也是不可避免的。沈婴的《动摇》① 就是这样一篇作品。芬是个"头脑明晰"的女性，她爱上一个爱国青年，一心想着反侵略斗争，并大胆地号召姐妹们不再做奴隶，但有人报以冷笑甚至有人害怕她、远离她。后来芬发现其爱侣有很强的名士气，爱的只是一些美的表面，并不想做些踏踏实实的工作，终于怕吃苦而偷偷溜走了。作者刻画了一个十分可笑的灵魂，"一个怯弱的青年，为了骗取一个女性的爱，不惜去滥充一个民族斗士"。但是当他无法承担这种对国家、民族大爱任务的时候，他的漂亮外衣自然就黯然失色，乃至被人唾弃。在作品里，坚贞与动摇、坚强与软弱、实在与虚伪，形成了鲜明的对比。人物的精神境界自此有了鲜明的分野。

在泰华社会里，即使是普通百姓，他们对祖国抗战的形势也是十分关心的，只是因为每个人生活方式及处境各异，对抗战的思考与感受也十分复杂。茜沙的《祈望》② 以难民的角度，回忆从战乱的大陆逃往南洋的可怕经历，因为在祖国目睹了种种日军轮奸、刺杀等残酷的行径，只好逃往南洋，"变做一个铁色的黑人，一个没有家可归的难民"。"盼望着光明会早一天降临在这黑暗的人间。"这是从死里逃生者的角度来反映难民的苦难心态，他们对和平安宁生活的向往比任何人都要真切诚恳，他们的心比海外华侨的心来得更急切。当然，广大海外华侨对祖国的深重灾难并不是袖手旁观，而是感同身受。他们以自己力所能及的方式，从事着抗日的有关事务。云平的小说《苦恼的夜》③ 就是描写这样一个小店员的形象。钟洪是泰国一个普通的店员，他为人和善，也很爱国，只是身体不好，一直犹豫着

① 沈婴：《动摇》，《中华民报》，《椰风》，1939 年 7 月 27 日。
② 茜沙：《祈望》，《中华民报》，1938 年 12 月 30 日。
③ 云平：《苦恼的夜》，《中华民报》，1938 年 3 月 15 日。

自己的身体能否承受艰苦的抗日斗争的需要，是否回国参战，心中徬徨不已。有一天，他发现老板偷卖日货，这无异于为虎作伥，钟洪的爱国心激发起了他强烈的反抗意识，他情愿饿死也不做那没有人格的工作。这篇小说所塑造的都是一些平凡的小人物，但从他们身上，可以折射出强烈的爱国主义光芒，以及伟大的人格魅力。

在泰国，许多华文作家所从事的工作与教育、出版等工作密切相关，所以他们的笔下，不时出现学校生活的描写。其中就有关于学生抗日行动的体现，真实反映出那个时代广大侨胞的强烈爱国激情。哨克《祖国是可爱的》① 写一位14岁的4年级学生阿兰，本来生性活泼，聪明漂亮，但近来意志消沉，原来她通过报纸看到广州沦陷的消息，担心家乡亲人的安危。但当她得知这是一种战略撤退时，又高兴起来，不久之后，她就随父亲回国参战了。而烈娜的《爱的熄灭》② 描写一个活泼可爱的孩子，特地买了一把纸刀，说是要来杀“××鬼”，不幸的是孩子得了急病身亡，令李先生陷入十分悲痛之中。虽然孩子并没有因抗日而牺牲，他的思想行为恰恰印证了他单纯、坚强的爱国主义信念。

克夫的《音乐课》③ 通过儿童之间的打架，来调和与折中华社内部的混乱的认识。小学生大狗学完抗战爱国歌曲后就动手追打高皮，原因是高皮的父亲卖日货，被人用人粪涂满招牌，高皮吃零食，不捐钱，被称为“小汉奸”。经过老师的调解，大家认识到，高皮父亲的过错不能怪到孩子身上，同学之间互相提醒、劝解、启发才是解决问题的好方法，从而统一了认识。虽然小说刻画的是学校中的一段小剪影，却让人看到了积极向上、同仇敌忾的祖国新一代的精神面貌，他们虽身处国外，依然牵挂着祖国的一切，并努力团结起来，同御外侮。方涛的《国布新衣》④ 通过中学生穿国布新衣，上升到支援祖国抗战、支援难民的思想高度，这都是与抗日的内容息息相关的。

在学校的学生都能自觉统一于抗日大局的形势下，其背后是泰华社会的抗战共识，他们不仅思想一致，而且勇敢地付诸行动。《逃》（西克、孤鸿、椰子、曼因执笔）⑤ 通过青年教师、工人、学生在决定是否回国参加抗

① 哨克：《祖国是可爱的》，《中华民报》，1938年12月14日。
② 烈娜：《爱的熄灭》，《中华民报》，1938年12月22日。
③ 克夫：《音乐课》，《中华民报》，1938年12月27日。
④ 方涛：《国布新衣》，《中华民报》，1938年3月22日。
⑤ 西克，等：《逃》，《中华民报》，1938年3月19日。

战的事情展开，其中有个学生蔡特蓁，因牵挂母亲没人赡养而犹豫不决，经过劝说后，认识到父母赡养虽然重要，但国家民族的生存更加重要，不能看着同胞在敌人的蹂躏下丧生，于是大家同意一起逃回祖国抗战。这出戏剧写的是自古以来忠孝不能两全的难题，但孝其实有大孝、小孝之别，孝自己的父母为小孝，忠于国家，则以天下人父母为父母，又可视为大孝。二者其实并没有矛盾，而且合乎情理。泰华青年有这种大爱大孝的精神，就是感天动地的。

惠雄的《侨胞的光荣》① 是一篇报告文学，描绘了在码头上，泰国社会各阶层的人们送别“暹罗华侨归国报务义勇队”的战士们，这些归国的战士来自泰华社会各行各业，他们纷纷发表感言，要“保卫我们的锦绣河山”，“以身许国”，“把××赶出去，把悲苦的中国，变成一个快乐的天国”。这都是体现了归国队员的赤子情怀。他们代表着三百万泰国华侨的共同心声。根据史料记载，许多潮汕籍的泰国华侨青年，在祖国从事抗战活动，许多人付出了青春甚至生命的代价，他们的功勋将彪炳史册，永为后人所回忆。

三、罗网惩奸，快意恩仇

抗日战争是中华民族与日本侵略者之间的生存斗争，存在着你死我活的殊死斗争状态，因此，不仅在中国，在泰国的华侨们也以形式各异的方式支援着祖国的抗战，其中一个重要的举措就是彻底断绝与日本的经济活动，此为抵制日货，一定程度上扼制了日本经济机器的活力，同时也杜绝了泄漏民族机密信息渠道存在的可能。当然，一种米养百种人，世上也有唯利是图的人，他们不顾民族安危，无视民族节操，只想着趁机赚取超额利润，这类为人不齿者有一个固定的称呼——“汉奸”。“汉奸”成为抗战时期最为人所不齿的人类渣滓。

曹圣在《汉奸的死刑》② 里写道，汉奸是“啜取祖宗汗血的强盗/出卖民族生命的死囚”。“强盗”“死囚”就是汉奸的性质与应有的下场。一切有正义感的人都可以消灭他们，扫除民族的害人虫，“毁灭他们旖旎的梦幻”，“让野鸟来啄掉你的肝藏/让炮灰火葬了你！/让万人的践踏惩戒了你！/你

---

① 惠雄：《侨胞的光荣》，《中华民报》，1938 年 3 月 10 日。

② 曹圣：《汉奸的死刑》，《中华民报》，1938 年 12 月 19 日。

啊！就让野鬼做了伙伴/伴送你渡过地狱/这人间世再还遗下你的臭名”。诗歌当中使用的语词及意境充满着刻毒的诅咒，作家用世上最愤怒、恶毒的语言来形容这一类人，表达出他们对汉奸的极大蔑视，因为汉奸简直不是人，是吃里爬外的民族败类。椰子写的报告文学《汉奸》① 就用详细、具体的笔法，描写汉奸被处决的经过。黎明时分，士兵捆住了两个汉奸，一个胖子，一个瘦子，他们都穿着西装，显得是上层社会人士，因受了敌人每月 50 块钱的收买，当了汉奸，被捕后，二位被拖到西门刑场执行枪决，枪声响后，“血似潮涌般从他们底脑袋流了下来，手子合得很紧，急在空中挥舞，脚儿也不断地地上乱伸，身子抖得更使人害怕”。从文字描述来看，以目前的审美标准而言，这种充满血腥、暴力的文字依然让人感到惊心动魄，但是如果结合当时的社会氛围来看，则又呈现出另一种快意恩仇的意味，汉奸是十恶不赦的，他们认贼为父，死有余辜。他们死亡的现状越是恐怖、血腥，读者似乎越能从中得到某种快乐。围观的人走光了，“刑场上只颠倒着两个直底的残尸，受着阳光底熏晒!”汉奸连收尸人都没有，他们已丧失了做人的资格，一切都是咎由自取。

当汉奸成为过街老鼠，人人喊打的时候，他们的声名狼藉自然也是不言而喻的。社会也不时有大义灭亲的现象出现。黄征的戏剧《一个臭钱》② 就是反映大义灭亲的事迹。在东北农村，有个很顽皮的孩子，名为阿狗，从小娇惯成性，不肯干活，即使放牛，也向父母讨到钱才肯干。这种好逸恶劳的坏习惯，放在平时只能称为不良品性，还谈不上十恶不赦的程度。但是阿狗有一天发现了一位躲在水沟里逃避日军追捕的抗联战士，为了得到一个钱的赏赐，他就跑去告密，导致抗联战士牺牲。父亲得知后大怒，“小小就当起了汉奸，小小就做起了卖国贼!”悲愤地飞起一脚，把阿狗踢得昏死过去。只为一个臭钱，居然断送他人性命，出卖自己的灵魂，实在是罪不可赦，这与年少无知无关。这出戏在当时引起了强烈的共鸣，并在泰华夜校里公演过，引起了很大的反响。阿狗当汉奸，是他的年纪尚幼，好坏不清所致，尚有一点可以原谅之处，但是如果作为成年人，当了汉奸，就成为全民的公敌。

潺潺的《弑父》③ 所写的故事，则有些令人难以置信。萍是一个中学

---

① 椰子:《汉奸》,《中华民报》, 1937 年 10 月 4 日。
② 黄征:《一个臭钱》,《中华民报》, 1938 年 12 月 12 日。
③ 潺潺:《弑父》,《中华民报》, 1938 年 12 月 7、8 日连载。

生，他很爱国，但是他的父亲却买卖日货，被人称为“汉奸”，自然萍也就成了“汉奸子”。他曾经很痛苦，甚至想自杀，经过朋友劝说后才打消念头。不过，他想到自己的不幸是由父亲造成的，就准备消灭“汉奸”，于是买刀准备弑父。第一次喝醉了，没有做成；第二次动手前，心中十分犹豫，矛盾斗争非常激烈；第三次终于下手杀死父亲，后被判无期徒刑。从道义上来说，大义灭亲自然没有错，但是萍用这种手段，从肉体上消灭亲人，也确实反常。萍父虽是汉奸，可以受到惩罚，但他该受到什么样的惩罚，应该由社会而定，而不是萍一个人可以决定的。这样以极端的手段来消灭生命，有些残忍，类似的事情可能有，但不是社会的主流认识，方法上也不可取。

汉奸的名号，在抗战时期已是声名狼藉，他们为一己私利而出卖国家、民族的前途与利益，无论怎么说都是不应该的。他们受到惩戒的下场也是自寻死路而已。虽然已经过去几十年了，但是这种民族的公敌，无论在将来什么时代，都不可能有翻身重新漂白的机会。高云览曾写过散文《翻脸》①，写一对青年男女在花前月下闲谈，几乎是海誓山盟般的问答，男子激动地问，假如他变成穷光蛋了，女子表示会依然爱他；于是又问如果成为挑粪工、猪头三、小瘪三、哈巴狗……，女子都表示会爱着他。而后，男的抛出最后一个问题：变成“汉奸”会爱他吗？女子马上给他一耳光并立即断绝关系。这位女子的反应可谓旗帜鲜明，恋爱可以不分贫富贵贱、寿夭穷通，但它也不是盲目的、无原则无底线的，即须以一个起码的中国人作为前提。一旦突破了这条底线，那么这种人还有什么不敢做的呢？这位女子的反应是对的，她认为男子是没有原则的唯利是图的家伙，根本不值得托付终身。这对话的意味深长之处在于，“汉奸”已成为全民的公敌，是人人得而诛之的角色。无论是马华还是泰华文学，对惩奸的叙述，都有着异曲同工之妙。

四、摹情状景，真实微细

抗日战争是残酷激烈的，发动战争的日本侵略者则是泯灭人性的战争机器，但世界的复杂性在于，在许多充满兽性和罪恶的人群中，也存在着些许善的光芒，这也是真实存在的。泰华作家在呼吁全民抗战的时候，也

① 云览：《翻脸》（1938年11月9日），《马华新文学大系七·散文集》，第417页。

不忘以辩证的眼光来看待战争过程中，某些人性善良的一面，虽然显得很微弱，但还说明良心未泯，或许有转变的可能。

海鸥《一个兵的心情》① 写的是一个日本兵，在“草木凋零/北风怒吼/又是萧煞的寒冬”时节，思念家乡、思念老母、爱妻、娇儿的心理活动。在中国的土地上，日本兵见到了许多同胞残杀无辜中国人的场面，把许多人家弄得家破人亡，“女人的痛泣/孩儿的凄啼/眼前支那的惨象/我的家乡呵！/何尝不是这样?”中国人家破人亡，而日本兵远离家乡，赴异国作战，他们的家庭虽未人亡，却也已经破了。性质上是比较接近的，他由此推想到“支那的人们也有：/父母兄弟姐妹/侵略他们做什么？/蹂躏他们做什么/呵，呵！我的家乡呵！/我要跑到你的怀里去/远离这残酷的战争/远离这没人道的战争。”这是作者于1938年3月5日写于北埠的一首诗歌，他以第一人称的方式，直抒胸臆，把某些具有良知的日本兵的心灵世界用某个侧面的方式表述出来。他的着眼点是选择人性中共同的爱、善良这一类的角度出发，描绘出这位士兵的负罪感和强烈的反省意识，说明他良知未泯，尚有一点可救的希望；说明了战争一旦启动，它就成为拦不住的恶魔，许多生命就是这样或主动或被动地被吞噬掉。及早回头，犹可上岸。曹松有云：“泽国江山入战图，生民何计乐樵苏。凭君莫问封侯事，一将功成万骨枯。”“传闻一战百神愁，两岸强兵过未休。谁道沧江总无事，近来长共血争流。”这些写于一千多年前的文字，放在现在读起来，也是令人惊心动魄的。

战争意味着死亡和血腥，同时它又有正义与非正义之别：为了正义而亡，其价值可重于泰山，其精神可彪炳千古；为不义而战，则纵然喋血沙场，也是毫无意义的。这首诗就点出了日本兵的清醒的一面，认识到战事延长，意味着更多的死亡，是很不值得的。铁亢的小说《运输兵阿部信一》② 写的就是一名反战的日军士兵。阿部信一是一名日本运输兵，有一次他执行运输弹药任务时，出于要“为日华劳苦大众的生存而奋斗”的崇高信仰，杀掉同行的士兵谷崎，把车开到游击区停下来，等待中国的游击队员前来收取弹药，但杳无人影。此时，日军也在不断逼近。信一遂写好遗书，欲将这六万发子弹献给中华劳苦大众，随后自杀。赶来的游击队员们向他致以崇高的敬礼。类似的反战的人多了，日本法西斯的嚣张气焰就会

① 海鸥：《一个兵的心情》，《中华民报》，《椰风》，1938年3月16日。
② 原载1938年1月23日《星洲日报·文艺周刊》，《马华新文学大系·小说二集》。

小了。丁玲也写过戏剧《河内一郎》反映河内一郎从受蒙蔽到清醒认识的思想转变过程。杜埃也写了《俘虏审问记》，讲了西仁智雄认识到受军国主义思想的麻痹而逐渐清醒的经过。

从战争的全局来说，这一类反战、厌战的描写，虽然不能扭转战争的总体格局，但抗战是一个总体性的活动，有正面，有侧面，再小的力量也是力量，不加以争取，就会化为于己不利的因素。因此，我们对这一类作品的意义和价值，也应作如是观，他们虽然是敌人之一，但又和残暴成性者不同，是值得争取和分化的对象。泰华诗歌中，从这样一种人性的高度，来考察、发掘人性中善的光芒、爱的火花，也是难能可贵了。

五、鬼影幢幢，幽隐恍惚

抗战时期的泰华文学，其处境是十分微妙的。跟东南亚其他地区的抗战文学相比，泰华文学的写作并不如这些国家作品的直接，在感情表达上也相对比较谨慎含蓄，特别是对泰国本土的华文写作，以及泰华抗日的活动的正面、具体的描写的作品，不是很多。我们可以从潺潺的《九六六号》① 这篇作品看出其中的端倪来。

《九六六号》写某一天清晨，六个泰国警察冲到九六六号家进行大搜查活动，这个家的主人叫乃旺，是中国人的后代，同时也惊醒了其胖妻夜通愈——夜通愈是一半中国人血统，一半暹罗人的血统，不过他们都已经不会讲中国话了。自然，警察也没有找到什么反动的证据，依然把乃旺带走并遣返中国，唯一的理由就是他是中国籍。这个故事看起来很荒唐，其实作家用这种方式隐晦地表达了在泰国从事抗日活动的艰难性。

泰国与菲律宾、印尼、马来西亚等地不同，它是东南亚诸国中唯一没有被殖民的国家。在形式上，它是一个具有自己主权的国度，当然这种主权的存在也是十分脆弱的，是在列强的夹缝中谋得生存的。马华抗战文学，是受英国殖民当局默许的、同情的，并没有受到压制，所以发展相当快。菲华、印华文学在此时也是如此。但在泰国却不一样，泰国的执政当局采取向日本人妥协的政策，在1938年之后，华文报纸的日子就日益困难了，动辄得咎，作者、编者在用词上无不小心翼翼。我们从许多作品里，只要涉及“日本”二字，皆以“××”来代替，可见人们小心到何等程度，这

① 潺潺：《九六六号》，《中华民报》，1938年12月24日。

在其他东南亚国家的文学作品里是没有的。

从这篇作品的故事细节及内容可以看出，轰轰烈烈的泰华抗日文学，其背后若隐若现地飘浮着幢幢鬼影，压制抗战文学的阴影正逐渐逼近。现实也证明了1938—1939年大量泰华报纸被查封，作家星散，泰华文学陷入沉寂阶段，反观其他东南亚国家的华文文学，依然如火如荼地开展，这是令广大泰华作家痛心不已之处。

1941年，日本强行借道泰国，往南攻打马来西亚，并迅速占领马来西亚、新加坡，泰国维持着表面的独立，华文报纸也有若干份在活动，但是已经丧失了原来的精气神，只是傀儡一般的传声筒。最典型的词汇转变，也是对日本军队的称呼，1939年以前的日军，有的时报用“日寇”“鬼子”之类的称呼；1939年以后的华文报刊中，是称之为“皇军”。其文学创作，也大抵涉及风花雪月这类的内容，营造一种表面上的太平与繁荣，其底下则是十分严酷的镇压与钳制。

泰华作家巧妙地用《九六六号》委婉地讽刺泰国政府投靠日本侵略者的丑恶行径，预示着扑灭华文抗战之火风暴即将到来。

泰华抗战文学，与东南亚其他国家的华文文学一样，都坚持奋战到最后一刻，只不过这个最后一刻不是被日本侵略者的铁蹄所扑灭，而是被当时反华的泰国政府当局所取缔，体现了泰华文学坚忍顽强的特质。

（作者单位：厦门大学中文系）

中华文化与《联合报副刊》20世纪五六十年代文学图景

李光辉

文学生产在文化场域中进行，需要从中吸收文化资源进行文学的“酿制”，“社会空间中存在各种各样的场域，而文化场是文学生产的重要场域”。[①] 就台湾的文学生产来说，其文化语境复杂，因此也造就其不同时期殊异的文学景观。起步于20世纪50代初的《联合报副刊》（以下简称“联副”）文学生产，是中华（传统）文化给予其最初的滋养，可以说20世纪50年代至60年代的“联副”的文学生产中，无处不散发着中华文化的馨香。

一、中华文化的“泛文学”呈现

有着悠久历史的中华民族，创造和积淀了博大精深的中华文化，也产生过大量优秀的传统文学作品，这一切既构成了“联副”文学生产的文化语境，也构成了其取之不尽、用之不竭的文化源泉。在20世纪五六十年代“联副”的文学生产当中，有许多关于传统文化、传统文学的回溯，造就了一些独特的“泛文学”景观。

首先，各类考据文章频现。我国文史考据传统由来已久，至清乾嘉时期大盛起来。“‘考据’也称‘考证’，指在文本诠释中，根据资料进行的考核、证实和说明。”[②] 考据普遍应用于各类文史研究当中，是我国传统学术研究的重要方法之一，却与华文报纸副刊结下过不解之缘，形成了副刊考据文章的传统。就20世纪五六十年代“联副”的文学生产来说，文学、文化考据类的文章很多，这一方面是对华文报纸副刊“考据”传统的一种承继，另一方面也是文学创作多受政治掣肘时的一种选择。该时期“联副”中的考据文章涉及广泛，既包括传统文学作品的相关考据，也包括其他民

---

① 吴玉杰：《文化场域与文学新思维》，北京：社会科学文献出版社，2013年，第225页。

② 康宁：《儒家诠释学研究》，哈尔滨：黑龙江大学出版社，2015年，第47页。

俗民风、名物等文化事项的考据，多以知识性杂文的方式出现，兼具了学术性与可读性，在读者中较受欢迎。

“中国的文学传统，源远流长而且作品辉煌，跟世界其他民族相比之下，更显突出。”① 传统文学名著具有较高的社会认识度，围绕这些经典名著展开的考据，既有学术性又不乏趣味性、可读性，“联副”早期围绕这些经典名著的考据文章很多。如汉镛《西游记新考》，在大胆否定前人有关《西游记》中孙悟空原型考证的基础上，得出了孙悟空的原型是“封神榜书中的梅山七怪之一——袁洪脱化而来”② 的结论，并且给出了考据《西游记》与《封神榜》后发现的六点理由。围绕《水浒传》中的人、事、物，曲颖生也有系列的考据文章，都涵盖于“水浒人物考释”“水浒事物考释”两个专栏当中，包括了《高俅》③、《天王堂》④、《吴学究绰号的由来》⑤等。这些考据文章都不落俗套，多选择特别的考据对象。比如《吴学究绰号的由来》，并不研究梁山泊军师吴用的“征战计划”“政治建设”等常规题目，而是盯着“他学究一号得名的原委，及他未发迹时，在教育界的地位及情形”⑥ 这一话题之上，进而考据了宋末的学校体制，整篇文章有一定的学术性，但读来却并不枯燥。20 世纪 50 年代早期，“联副”中此类考据文章非常多见。1953 年年底林海音接编“联副”以后强化文学性，增加文学创作的分量，“但不能完全摒弃非文学性的……总要做到开卷有益，不要消闲性浓才好”⑦，考据类的“泛文学性”内容此后有所减少，但是仍然有相当的分量。

“中华文化的载体，不是别的，正是汉语言文字”⑧，此阶段“联副”中围绕语言、民俗、名物等文化事项展开的考据文章也很多。比如《“张三李四”称谓探源》⑨，就考察我国语言中以“张三李四”代不确指人物的起源及流变。借助多部古籍的考据，厘清了“张三李四”的称谓自后汉发端

① 杜国清：《现代主义文学论丛：台湾文学与世华文学》，台北：台大出版中心，2015 年，第 350 页。

② 汉镛：《西游记新考》，《联合副刊》，1952 年 1 月 6 日。

③ 曲颖生：《高俅大方》，《联合副刊》，1953 年 3 月 2 日。

④ 曲颖生：《天王堂》，《联合副刊》，1953 年 3 月 3 日。

⑤ 曲颖生：《吴学究绰号的由来》，《联合副刊》，1953 年 4 月 9 日。

⑥ 曲颖生：《吴学究绰号的由来》，《联合副刊》，1953 年 4 月 9 日。

⑦ 林海音：《流水十年间》，联副三十年文学大系编委会《联副三十年文学大系·史料卷·风云三十年》，台北：联合报社，1981 年，第 96 页。

⑧ 杨匡汉：《中国文化中的台湾文学》，武汉：长江文艺出版社，2002 年，第 2 页。

⑨ 曲颖生：《“张三李四”称谓探源》，《联合副刊》，1953 年 4 月 20 日。

至宋代定型的过程。“大方家杂钞”专栏当中有《“大小”的问题》① 一文，研讨自古以来中国语言中有关大小便的动名词搭配问题，原本难登大雅之堂的话题，作者却引《庄子》《汉书》等古籍为据论述之，读来不但风趣幽默，而且富有知识性。考释传统节日寒食节的《寒食考》②，笔名磊庵的作者结合对《史记》《左传》《刘向新序》等多篇古籍的考察，探寻传统寒食节的源头及其背后丰富的文化意涵，文章学术味道较浓。此类考据性的文章，在该时期的“联副”当中还有很多。

其次，轶闻掌故类文章多见。“文化是历史的投影，是历史可以理解的方面”③，在内蕴丰富、博大精深的中华文化中，各类轶闻掌故往往就作为历史的投影，构成中华文化的组成部分，而且是其中最生动活泼富有生命力的部分。这部分文化资源，历来也是文艺副刊休闲、消遣性内容经营的重点，“联副”当然也不例外。

20 世纪五六十年代，“联副”中有不少轻松幽默、妙趣横生的逸闻掌故类的文章，以我国历史文化当中的旧闻、人物、知识等为大宗，多以小品文的形式出现。如棐笃的有关历史名人轶事的文章《汲黯魏徵韩休之憨直》④、《郭子仪守法》⑤ 等，前者是关于历史上明主与谏臣间的轶事，后者则讲述了中唐名臣郭子仪“知理守法不自骄满”的几件轶事。20 世纪 50 年代初期，“联副”中有多个以轶闻掌故类文章为主的专栏，比如 1952 年老彭的“读史小记”专栏，1953 年小芋的“切豆腐干室随笔”专栏、王钧的“饮苦茶斋笔记”专栏，1954 年的“涵碧楼碎墨”专栏等，当中分别刊有《萧规曹随》⑥、《贾生痛哭》⑦、《功亏一篑》⑧、《谈隐士》⑨、《捷才》⑩、《苏小妹》⑪ 等有关历史掌故、人物轶事的文章。与考据类文章不同，轶闻掌故类文章对于稗史、趣闻、传说等，都给予直接的呈现而不事溯源、考据，不具学术目的，以满足读者休闲性、消遣性阅读需求为主。例如，在

---

① 大方：《“大小”的问题》，《联合副刊》，1953 年 12 月 29 日。
② 磊庵：《寒食考》，《联合副刊》，1957 年 4 月 5 日。
③ 陈孔立：《台湾史事解读》，北京：九州出版社，2013 年，第 46 页。
④ 棐笃：《汲黯魏徵韩休之憨直》，《联合副刊》，1952 年 7 月 4 日。
⑤ 棐笃：《郭子仪守法》，《联合副刊》，1952 年 7 月 8 日。
⑥ 老彭：《萧规曹随》，《联合副刊》，1952 年 10 月 1 日。
⑦ 老彭：《贾生痛哭》，《联合副刊》，1952 年 11 月 4 日。
⑧ 小芋：《功亏一篑》，《联合副刊》，1953 年 2 月 14 日。
⑨ 王钧：《谈隐士》，《联合副刊》，1953 年 6 月 10 日。
⑩ 王钧：《捷才》，《联合副刊》，1953 年 7 月 16 日。
⑪ 磊庵：《苏小妹》，《联合副刊》，1954 年 4 月 28 日。

《谈太监》一文中，作者丁冬讲述了“太监”这一我国特有现象的发展历史，行文轻松风趣，所言信马由缰、不求证据，谈及造成太监的方式时，甚至说：“我有一个朋友说太监的造成有两种……”①。再如磊庵的《苏小妹》，主要描述了民间有关苏小妹在大洪水时，舍身挽救徐州城及百姓的传说，却托词“今身在客中，要供考注的书籍，没有一本……”②，对苏小妹的真实身份及命运不予考察。其他还有人物轶闻《曾文正有妾》③、有关戏曲服装知识的《时世妆》④、关于唐代杂耍与百戏知识的《唐百戏》⑤、掌故《窦尔敦·秦翁》⑥、《董永与孝感县的遗迹》⑦ 等。到了 20 世纪 60 年代中期以后，“联副”中直接反映中华文化的逸闻掌故类的文章就显著减少了，与之相对的，是像《英国的温莎古堡》⑧、《明末日本乞师记》⑨、《自由女神像的故事》⑩ 等，反映外国名人轶事、趣闻掌故的译介文章却多了起来，而这恰恰与此时期各类外国文化“横的移植”同步。

再次，中国传统文学作品的评论颇多。总体上来看，20 世纪五六十年代台湾文学批评很不景气，“台湾文学创作在战斗文艺的氛围中尝试开创文学的各种可能，文学批评却相形荒凉”⑪，这种状况一直持续到 20 世纪 60 年代中期。如郑明娳所言：“文学创作与文学批评应该是辫结式双向成长，文学创作的水平高，就会出现与其相应的批评……”⑫ 当时的情况是，国民党当局迁台后，“在文学方面，不仅查禁‘30 年代’革命文艺，凡‘五四’以来稍有进步意义的作品均不准流传，切断了台湾文学与新文学传统的联系”⑬，而当局所提倡的“战斗文艺”虽不乏优秀作品，但是风貌单一，艺

① 丁冬：《谈太监》，《联合副刊》，1954 年 3 月 16 日。
② 磊庵：《苏小妹》，《联合副刊》，1954 年 4 月 28 日。
③ 孟还：《曾文正有妾》，《联合副刊》，1957 年 8 月 26 日。
④ 朴人：《时世装》，《联合副刊》，1961 年 11 月 23 日。
⑤ 朴人：《唐百戏》，《联合副刊》，1961 年 12 月 15 日。
⑥ 朱介凡：《窦尔敦·秦翁》，《联合副刊》，1962 年 9 月 3 日。
⑦ 庄练：《董永与孝感县的遗迹》，《联合副刊》，1964 年 1 月 4 日。
⑧ 汉石译：《英国的温莎古堡》，《联合副刊》，1964 年 3 月 6 日。
⑨ 李嘉：《明末日本乞师记》，《联合副刊》，1968 年 4 月 5 日。
⑩ 山译：《自由女神像的故事》，《联合副刊》，1968 年 8 月 4 日。
⑪ 卢纬雯：《颜元叔与狂飙的文学批评年代》，中兴大学中国文学研究所硕士论文，2008 年 1 月，第 1 页。
⑫ 郑明娳：《文学现象总序》，《当代台湾文学大系·文学现象卷》，台北：正中书局，1993 年，第 4 页。
⑬ 翁光宇：《台湾新诗简论》，中国世界华文文学学会编《直挂云帆济沧海：世界华文文学研究三十年论文集》，北京：中国文史出版社，2012 年，第 96 页。

术价值有限，至于其他的文学创作尝试，距离产生经典仍需假以时日，可供文学批评选择的文本范围非常狭窄。这样看来，20 世纪 60 年代中期之前台湾文学批评凋敝的局面，也就不难理解了。就“联副”来看，20 世纪 50 年代至 60 年代中期，文学批评总体上亦不景气，朝向中国传统文学尤其是传统经典文学的批评，几乎成为必然的选择，也构成了对中华传统文学、文化的一种特殊的回溯。

20 世纪 50 年代“联副”中的文学批评，以古典文学作品为主要对象，多沿用传统的古典文学研究方法，“呈现在其中的更多是‘感悟的灵光’”①，也就是以所谓的“印象式批评”为主。研究古典诗词，以短札形式出现的诗话、词话不少。比如曲颖生的《马致远：秋思》②，从“秋思”一词说开去，分析唐以来诗词在“辞藻、思想、用韵”等三个方面的变化。作为 20 世纪 50 年代“联副”中最重要的古体诗作者，湘阴龙子同时期也开设有“古调今弹”专栏，其中有不少古诗词研究的文章，如《古代情诗溯源》、《古诗中的劳动之声》③、《诗史之祖》④ 等。谷怀也有一系列讨论“口语诗”的文章，在《李白的思想与口语文艺》中对“口语文艺”进行了定性：“一首好诗，也必然是性灵与情感汇合而成的。性情的自然流露，便是天籁，天籁而形成之于言以成诗，就是口语文艺。”⑤ 之后还有《女诗人与口语诗》⑥、《宋元词曲与口语文艺》⑦ 等文章。

此一时期，“联副”中有关传统文学理论梳理的文章也有一些。比如《性灵》一文开宗明义地说：“为诗须有性灵，为文亦然”⑧，文中通过对不同时期多首古体诗歌的分析，强调“性灵”之于诗、文创作的重要性。再如禾子的《穷而后工》一文，讨论文学史上“穷而后工”的著名命题。同类文章还包括：《谈八股文》⑨、《我对‘穷而后工’的理解》⑩、《中国俗文

① 肖瑞峰：《关于古典文学研究方法的思考》，《文艺理论研究》，1987 年第 2 期。
② 曲颖生：《马致远：秋思》，《联合副刊》，1951 年 10 月 9 日。
③ 湘阴龙子：《古诗中的劳动之声》，《联合副刊》，1953 年 8 月 31 日。
④ 湘阴龙子：《诗史之祖》，《联合副刊》，1953 年 9 月 12 日。
⑤ 谷怀：《李白的思想与口语文艺》，《联合副刊》，1958 年 9 月 19 日。
⑥ 谷怀：《女诗人与口语诗》，《联合副刊》，1958 年 11 月 13 日。
⑦ 谷怀：《宋元词曲与口语文艺》，《联合副刊》，1960 年 11 月 8 日。
⑧ 弘今：《性灵》，《联合副刊》，1952 年 5 月 8 日。
⑨ 容若：《谈八股文》，《联合副刊》，1953 年 2 月 25 日。
⑩ 魏子云：《我对“穷而后工”的理解》，《联合副刊》，1958 年 9 月 29 日。

学中的人物性格刻画》①、《近视眼——俗文学的人物》② 等。表 1 统计了 1952 年至 1962 年“联副”中文学批评与理论文章的情况，从中我们不难发现，20 世纪 50 年代中期以前，“联副”中以中国传统文学批评及理论为主，而此后外国文学批评与理论多了起来并且逐渐占据了绝对的上峰。

表 1 1952—1962 年“联副”文学批评与理论情况统计表③

年份	总数（篇）	传统文学相关总数（篇）	占比	外国文学相关总数（篇）	占比
1952	34	20	59%	3	8%
1953	52	26	50%	9	17%
1954	41	9	22%	11	27%
1955	39	2	5%	5	12%
1956	33	4	12%	8	24%
1957	8	5	62%	2	25%
1958	58	12	20%	28	48%
1959	105	3	3%	93	89%
1960	90	2	2%	85	94%
1961	70	8	11%	47	67%
1962	79	8	10%	54	68%

二、文学创作中的中华文化印痕

对于台湾文学生产来说，中华文化的影响远不止于前述的“泛文学性”内容方面，也同样深刻影响着台湾文学的创作，“我们可以通过对半个世纪以来台湾文学作品的分析，清楚地看到中国传统文化精神在其中涌动”。④这种情况在 20 世纪 50 年代至 60 年代尤其明显，该时期“联副”的文学创作当中，有着大量的中华文化痕迹的存在。

首先，看古体诗、词创作。“一个民族的文学，是那个民族的文化的一个璀璨的组成部分”⑤，中国传统文学尤其是古典文学，作为中华文化的一

① 娄子匡：《中国俗文学中的人物性格刻画》，《联合副刊》，1963 年 1 月 1 日。

② 娄子匡：《近视眼——俗文学的人物刻画》，《联合副刊》，1963 年 2 月 11 日。

③ “联副”三十年文学大系编辑委员会：《联副三十年总目（上）》，台北：联合报社，1982 年。

④ 蓝天：《台湾文学场域的中国文化属性》，《南京师范大学学报（社会科学版）》，2009 年第 2 期。

⑤ 陈映真：《中华文化和台湾文学》，《世界华文文学论坛》，2005 年第 4 期。

部分，深刻影响着包括台湾文学在内的文学创作活动。20 世纪 50 年代至 60 年代，特别是 20 世纪 50 年代早期，“联副”的文学创作当中有着不少古典文学、传统文化的印记。

传统文学影响印记最鲜明的当数古体诗词的创作。就台湾文坛来看，新、旧诗创作的沿革与变迁情况较为复杂，经历过“五四”新文学革命、新/旧诗论战及二战后的“国语运动”等变革，旧诗创作“不得不面对旧诗已属白话文学对立物的尴尬性，因为这样的古典文体，与国语运动言文一致体的现代化理想，显然有所背离”①，因此台湾光复之后旧诗社及旧诗创作逐渐式微。该时期“联副”中的旧体诗创作，最具代表性的要数湘阴龙子了，20 世纪 50 年代中期之前他的旧体诗词较为密集地出现在“联副”当中。例如《还俗尼》②、《华屋泪》③、《秧歌怨》④、《英·雄·带》⑤ 等不少，湘阴龙子本人说这些诗词属于“反共文学”的行列，但其“新乐府”旧体诗的特征却非常鲜明。“反共”主题之外，湘阴龙子的旧体诗词创作还包括不少吟咏风物、寄情山水的律诗，如《龙山寺夜景》⑥、《夜游淡水河边小巷陌》⑦、《春雨到基隆》⑧ 等。关于湘阴龙子的古体诗、词创作，同时期“联副”中的一篇评论认为：“取材都是眼前事物，写新意，创新格，只为学力到，笔力健，思想深，感情富，善于胎息古人，而不着痕迹。不但做到旧瓶装新酒，而且装的，都是佳酿。”⑨ 该时期其他作者如方希陆、郭敏行等人，也有较多古体诗词刊于“联副”，比如《端节感怀》⑩、《北投之夜》⑪、《江干赋别》⑫、《秋怀》⑬ 等，个体作者偶发性的创作也还有一些，这当中既有律诗也有词，在格律、韵味与风格等方面都较为严格地因循了

---

① 黄美娥：《战后台湾文学典范的建构与挑战：从鲁迅到于右任——兼论新/旧文学的消长》，《台湾史研究》，2015 年第 4 期。
② 湘阴龙子：《还俗尼》，《联合副刊》，1951 年 9 月 23 日。
③ 湘阴龙子：《华屋泪》，《联合副刊》，1951 年 10 月 16 日。
④ 湘阴龙子：《秧歌怨》，《联合副刊》，1953 年 2 月 28 日。
⑤ 湘阴龙子：《英·雄·带》，《联合副刊》，1953 年 3 月 5 日。
⑥ 湘阴龙子：《龙山寺夜景》，《联合副刊》，1951 年 12 月 30 日。
⑦ 湘阴龙子：《夜游淡水河边小巷陌》，《联合副刊》，1952 年 1 月 4 日。
⑧ 湘阴龙子：《春雨到基隆》，《联合副刊》，1952 年 4 月 13 日。
⑨ 禅叟：《勉励湘阴龙子》，《联合副刊》，1952 年 1 月 11 日。
⑩ 方希陆：《端节感怀》，《联合副刊》，1953 年 6 月 15 日。
⑪ 方希陆：《北投之夜》，《联合副刊》，1953 年 7 月 1 日。
⑫ 郭敏行：《江干赋别》，《联合副刊》，1953 年 8 月 3 日。
⑬ 郭敏行：《秋怀》，《联合副刊》，1953 年 9 月 16 日。

古典诗词的审美规范。

其次，看“故事新编体”小说的盛行。“所谓故事新编体小说，是指以小说的形式对古代历史文献、神话、传说、典籍、人物进行的有意识的改编或重写。”[①] 20 世纪 50 年代初期，“联副”的“故事新编”专栏中连续密集地刊载此类小说。比如《夫子浮海》[②] 就改编孔夫子及众弟子的故事，以讽刺大陆的土改运动与文化改革。小说《宝玉出家》[③] 则将古典名著《红楼梦》贾府中诸人物搬到了台湾，宝玉成为一个崇洋媚外的公子哥，最终当了洋和尚——信教后出国去了，小说目的在于讽刺当时台湾日益严重的崇洋媚外的社会风气。该专栏当中还有不少同类型小说，比如《西门大郎归来》[④]、《宋江晋京》[⑤] 等，甚至到了 1957 年还有小说《云长拒婚》[⑥]。另外，在“旧史新绎”专栏中也有《黄巢决策记》[⑦]、《再上梁山》[⑧] 等小说，还有以单篇形式存在的《孔子逃出铁幕》[⑨]、《宋江碰壁》[⑩]、《孔子囤粮记》[⑪] 等小说，同样属于“故事新编体”小说。此类小说都是从传统文学、历史文献当中寻找“文学母题”与“故事原型”，“打破固有的时空观念，把古时和今时、古事和今事糅合在一起”[⑫]，在对“原型”的模仿与改造中生成了新的文学意涵。这些小说多有着较为强烈的批判色彩，部分着意于批判、针砭当时台湾社会的不良风气，更多的则属于“反共小说”，抛开意识形态属性不论，其对古典文学、传统文化的承袭却是不言而喻的。

再次，看“乡愁”主题散文的高产。中华民族历来是一个安土重迁的民族，其成员对土地都有着深深的眷恋，“乡土情结”浓厚，一旦离开原生土地就会不断地牵动乡愁，这些都沉淀于中华文化当中，反映在文学上就

---

① 杨灿：《论故事新编体〈青蛇〉的叙事手法》，《中南大学学报（社会科学版）》，2008 年第 3 期。
② 风力：《夫子浮海》，《联合副刊》，1951 年 9 月 29 日。
③ 花郎：《宝玉出家》，《联合副刊》，1953 年 2 月 9 日。
④ 花郎：《西门大郎归来》，《联合副刊》，1953 年 4 月 7 日。
⑤ 昔云：《宋江晋京》，《联合副刊》，1953 年 4 月 15 日。
⑥ 菲夫：《云长拒婚》，《联合副刊》，1957 年 8 月 23 日。
⑦ 秉逭：《黄巢决策记》，《联合副刊》，1953 年 4 月 11 日。
⑧ 王千：《再上梁山》，《联合副刊》，1953 年 3 月 31 日。
⑨ 燕南：《孔子逃出铁幕》，《联合副刊》，1953 年 4 月 10 日。
⑩ 燕南：《宋江碰壁》，《联合副刊》，1953 年 4 月 19 日。
⑪ 燕南：《孔子囤粮记》，《联合副刊》，1953 年 4 月 24 日。
⑫ 汤哲声：《故事新编：中国现代小说的一种文体存在　兼论陆士谔〈新水浒〉、〈新三国〉、〈新野叟曝言〉》，《明清小说研究》，2001 年第 1 期。

是“乡愁”文学的传统。“乡愁”之音，自古以来就在诗词歌赋等各类文学作品当中不绝于耳，形成了我国文学中的“乡愁”母题，“‘乡愁’的音响一直在中华文学传统的城堡上空萦绕，也一直在‘中国文学的游牧民族’的心灵深处回荡”。[①] 就“联副”来看，20 世纪五六十年代的文学生产当中有大量“乡愁”主题的作品产生，以散文创作为主。

有关家乡的记忆，直接呈现乡愁的散文在该时期的“联副”中很多。经历羁旅、离散之后的游子，直接在纸上筑起了“望乡之台”。如，《岁暮乡思》[②]《忆扬州》[③]《故园之思》等，每一篇都是直抒胸臆的“乡愁”散文。以《故园之思》为例，开头就有：

每次，当我想到我离乡背井，避难来台，辗转已经十年时，就忍不住泫然欲涕；我怀念着故乡的每一寸土地和一草一木以及逝去了的许多在家乡时的美好日子。[④]

在开门见山的寥寥数语间，毕璞道尽了“游子”们共同的刻骨乡愁与由此产生的创作冲动。同类的散文还包括《乡思》[⑤]《故乡》[⑥] 等。“乡愁”本是一种抽象的情愫，却常常被人们投射在具体的事物、事象之上，这些事象也成了寄托乡思、乡愁的载体，对这些“富于民族色彩故国风物”[⑦] 的回忆与描摹，也构成了该时期“联副”中另一类重要的乡愁散文类型。正所谓“月是故乡明”“水是故乡甜”，故乡的一切在“乡愁”的浸润下都变得美好起来了，在《柳的怀念》[⑧] 中故乡的柳分外婀娜：

台湾似乎很少看到柳，但在我们江南地方，无论乡村城郭，大都种植着杨柳，春天来时，随风摇曳，那舒徐的绿意和婀娜柔媚的姿态，正如一位明眸皓齿的娴雅少女……

在立础的《金针忆》《沙冻瓜》[⑨] 中，回忆里两种食物的美味，后来在台湾却再难尝到了，作者思考个中原因道：“不知是客地心情的作祟？抑或

---

① 杨匡汉：《中华文化母题与海外华文文学》，武汉：长江文艺出版社，2008 年，第 57 页。
② 雪茵：《岁暮相思》，《联合副刊》，1954 年 1 月 13 日。
③ 虞汝扬：《忆扬州》，《联合副刊》，1954 年 1 月 22 日。
④ 毕璞：《故园之思》，《联合副刊》，1959 年 8 月 7 日。
⑤ 萧白：《乡思》，《联合副刊》，1966 年 4 月 6 日。
⑥ 谢冰莹：《故乡》，《联合副刊》，1958 年 9 月 8 日。
⑦ 徐学：《当代台湾文学与中华文化》，厦门：鹭江出版社，2007 年，第 26 页。
⑧ 蕾芷：《柳的怀念》，《联合副刊》，1957 年 4 月 18 日。
⑨ 立础：《沙冻瓜》，《联合副刊》，1962 年 8 月 1 日。

是味觉的改变？总觉得缺少它原来那股清新浓郁味”①，回忆中的那些食物的美味，当然有着乡愁作为作料。此类乡愁散文在该时期的“联副”中很普遍，包括《故乡的苹果》②《话雪》③《故乡的集会》④《上海的秋天》⑤《柳笛》⑥ 等。

一些专栏中更有系列化的乡愁散文刊载。早期的如 1954 年 3、4 月份的“故都揽胜”专栏中，连续有散文介绍潭柘寺、戒坛寺、居庸关、八达岭等北京的名胜古迹，在访古、揽胜与知识散播中传递着乡愁。林海音称北平为“我的第二故乡”⑦，20 世纪 60 年代初她在“联副”中有“北平漫笔”专栏，接连刊载《换取灯儿的》⑧《看华表》⑨《陈谷子、烂芝麻》等多篇散文，在对古都北平风物记忆的细致书写中，纾解着对第二故乡浓浓的乡愁。就像她在《陈谷子、烂芝麻》中写到的：“我漫写北平，是为了多么想念她，写一写我对那地方的情感，情感发泄在格子稿纸上，苦思的心情就会好些。”⑩ 散文名家琦君有《晒晒暖》⑪《小时候》⑫ 等散文，将故乡浙江永嘉的生活记忆写得温馨动人。梅逊也有系列散文包括《玉蜀黍的怀念》《看收》⑬《祖父的槽坊》⑭ 等，也很具有代表性。20 世纪五六十年代“联副”的文学创作，尤其是散文“作品满溢着怀乡之情、忧国之思，题材颇多为故国山河的眷念，战乱流离的漂泊”。⑮

三、结语

中华文化源远流长，其对台湾文学生产的影响一直存在，20 世纪五六

① 立础：《金针忆》，《联合副刊》，1959 年 11 月 27 日。
② 薛振家：《故乡的苹果》，《联合副刊》，1955 年 2 月 16 日。
③ 方舟：《话雪》，《联合副刊》，1956 年 1 月 20 日。
④ 杨念慈：《故乡的集会》，《联合副刊》，1957 年 9 月 13 日。
⑤ 盛爱耐：《上海的秋天》，《联合副刊》，1958 年 10 月 14 日。
⑥ 立础：《柳笛》，《联合副刊》，1962 年 4 月 22 日。
⑦ 林海音：《城南旧事》，北京：海豚出版社，2015 年，第 188 页。
⑧ 林海音：《换取灯儿的》，《联合副刊》，1961 年 11 月 4 日。
⑨ 林海音：《看华表》，《联合副刊》，1961 年 11 月 5 日。
⑩ 林海音：《陈谷子、烂芝麻》，《联合副刊》，1961 年 11 月 5 日。
⑪ 琦君：《晒晒暖》，《联合副刊》，1962 年 1 月 13 日。
⑫ 琦君：《小时候》，《联合副刊》，1962 年 2 月 20 日。
⑬ 梅逊：《看收》，《联合副刊》，1963 年 4 月 4 日。
⑭ 梅逊：《祖父的槽坊》，《联合副刊》，1963 年 4 月 20 日。
⑮ 联副三十年文学大系编辑委员会：《风云三十年》，台北：联合报社，1982 年，第 3 页。

十年代“联副”的创作班底以迁台“文人”“武士”为主，更使得这种影响在该时期“联副”的文学生产中体现得深刻而充分。“当意识形态的符咒还严重紧箍台湾”①，“反共文学”与“战斗文艺”仍然充斥文坛之时，正是中华传统文化、传统文学为“联副”的文学生产提供了最初的滋养，“展现在文学生产场域里，则常常是对连带的历史谱系、创作类型——甚至包括容易附会的文学传统细微支流——赋予正当性，承认其美学资源的时令价值（民间文学、‘中国传统文化’、抒情传统）”②，也由此生成了上述的中华传统文化直接呈现的“泛文学”，以及古体诗词、乡愁文学等文学景观（当然远不止这些）。吹尽政治的沙粒，上述诸多文学与“泛文学”景观，也是该时期“联副”文学生产中具有较高艺术价值的部分，穿透那些文字的表面，我们不难看到中华文化、文学的底色，嗅出中华文化的馨香。

（作者单位：福建师范大学福清分校）

① 张黛芬：《台湾文学：特定的民族文化形态》，《世界华文文学论坛》，2001 年第 3 期。

② ［美］张诵圣：《当代台湾文学场域》，镇江：江苏大学出版社，2015 年，第 291 页。

第二辑

走过三十年

杨际岚

一

40年前，在拨乱反正鼎故革新的历史大转折之中，长期被视为“禁区”的台湾、香港、澳门文学和海外华文文学研究得以开展，作家作品逐步得到推介。

20世纪70年代末80年代初，在福建，厦门大学率先开设台湾文学课程，福建人民出版社出版台湾文学图书，福建社会科学院文学研究所开始将台湾文学作为研究方向，《福建文学》增辟“台湾文学之窗”专栏。1982年6月10日至6月16日，由中国当代文学学会港台文学研究会、中山大学中文系、暨南大学中文系、华南师范学院中文系、厦门大学台湾研究所、福建社会科学院文学研究所、福建人民出版社联合发起，“首届台湾香港文学学术讨论会”于暨南大学举行。两年之后，福建社会科学院、厦门大学台湾研究所、福建人民出版社和中山大学、暨南大学、华南师范学院联合主办“全国第二次台湾香港文学学术讨论会”，于1984年4月22日至4月29日在厦门大学举行。来自北京、上海、天津、广东、广西、四川、甘肃、辽宁、安徽、江苏、福建等地的台港文学研究者和实际工作者，以及香港地区作家、学者近百人出席了会议。1986年，“第三届全国台港及海外华文文学学术讨论会”在深圳大学举行。发起单位中，有厦门大学、福建社会科学院文学研究所、海峡文艺出版社（前身为福建人民出版社文艺编辑室）、《台港文学选刊》编辑部（后改为《台港文学选刊》杂志社）等。

那时，刘登翰编选了“当时堪称规模庞大”的《台湾现代诗选》，收录40位诗人387首（组）作品。这一阶段，黄重添、庄明萱、阙丰龄合著的《台湾文学概观》，黄重添的《台湾当代小说艺术采光》，张默芸的《乡恋·哲理·亲情——台港文学散论》，包恒新的《台湾现代文学简述》《台湾知识词典》等，由福建人民出版社、鹭江出版社等相继出版。海峡文艺出版社陆续出版了第一、二、三届全国研讨会论文集，以及“台湾文学丛书”等数十种作品集；大型文学丛刊《海峡》“立足福建，面向全国，兼顾海外”，着力于文学交流工作。我国第一家专门介绍台湾、香港、澳门地区和海外华文作家作品的文学期刊《台港文学选刊》于1984年9月创办，尽心尽力地发挥“瞭望台港社会的文学窗口，联系海峡两岸的文化纽带”的作用。福建日渐形成高等院校、科研机构、出版单位“三位一体”的态势，有力推动台港澳及海外华文文学的介绍与研究。乘“天时、地利、人和”之便，上述几个相关单位积极谋划组建全省性的学术团体。

1988年11月5日，福建省台湾香港暨海外华文文学研究会成立大会在福州举行。省委常委、宣传部部长何少川，宣传部副部长、省对外文化交流协会副会长许怀中，出席大会并表示祝贺。何少川部长在讲话中指出：“这几年，我省在台、港和海外华文文学研究方面，得天时地利之便，从零星作品介绍进展到系统性的观察，从一般表面现象的叙述、简评到比较深入的专题探讨，在这样一个基础上，台湾、香港暨海外华文文学研究会的成立，将有助于把这项工作推向新的层次。”他提出了三点希望：其一，“希望研究会能起桥梁纽带作用，通过多种形式的学术交流活动，多交朋友，广泛团结海内外文学研究工作者，促进两岸的直接对话，发挥我们中华民族每个成员在祖国统一的历史责任中应有的作用”。其二，“要在我省现有的基础上，逐步壮大华文文学的研究队伍，发展科研力量”。其三，“作为文学研究本身，这是一个亟待深化的部分，必须在实践中逐渐总结，形成系统性的理论研究”。何少川部长强调：“福建的地理环境、人文环境、文化形态与台、港和东南亚有千丝万缕的联系，这是我们的优势，要充分利用，力求在研究的深度和广度上不断有新的拓展。”①

北京、广东、海南、安徽、湖北、辽宁等地和福建省文学界、学术界、传媒界人士70多人出席大会。福建省文联秘书长陈章武代表文联致贺，并宣读祝贺单位名单，其中有中国当代文学研究会、中国当代文学学会港台文学研究会、中国社会科学院《文学评论》编辑部等。中央民族学院教授、“台湾学者”白少帆代表与会的省外来宾致贺。他热情表示：“自从大陆学界自发地开始对台港文学、海外华文文学进行学术研究，十年以来，你们乃是在这项工作朝着第二阶段进发的路径上，首先报出番号、挂起旗帜的一营精锐、一支劲旅；你们是受期待的，受托付的。你们因为是青春的，

① 何少川：《把台、港暨海外华文文学研究推向新的层次》，《台港文学选刊》，1988年第6期。

而又是趋向于成熟的，你们必将丰收。”

从那时到如今，历经三十载，可谓“三十而立”。

二

“三十而立”，立于“人”。

在福建，台港澳暨海外华文文学研究领域，研究队伍从无到有，从小到大。

笔者曾在一次会上心生感慨，即席发言。“文革”初期，“反动学术权威”首当其冲。随后不久，“走资派”成了“运动重点”。前者有知识，后者有权力。二者自然而然变成被批斗人群之两端。时过境迁，个中玄妙却依然耐人寻味。学术权威乃学科建设之本、之魄。很难想象，假如没有学术前辈们的“勇为天下先”，这一学科领域还能够出现今日之气象？在当年，从事台港澳暨海外华文文学研究，远远处于“主流”之外。另眼看待者，大有人在。冷眼以对，乃至横眉相向者，也不乏其人。

幸好历史总在螺旋式上升。尽管来路上有坎坷，有荆棘，“三十年河东，三十年河西”，就这么过来了。

1988 年研究会成立时，选举产生了理事会。理事七名：华侨大学中文系王耀辉，福建社科院文学所刘登翰，厦大海外函授学院庄明萱，海峡文艺出版社林承璜，《台港文学选刊》杨际岚，厦大台湾研究所黄重添，厦大海外函授学院蔡师仁；会长刘登翰、庄明萱，秘书长杨际岚；聘请省作协主席郭风、省版协副主席杨云为顾问。此后，队伍不断壮大，机构逐步健全，并有序地进行数次换届，吸收了一批又一批新人，增添了新鲜血液。

创会至今，研究会同仁中，郭风、杨云二位老人，厦门大学庄明萱、黄重添，华侨大学顾圣皓，黎明大学方航仙，海峡文艺出版社林承璜，海潮摄影出版社叶恩忠，《台港文学选刊》杂志社廖一鸣等已先后辞世。这其中既有劳苦功高的前辈，也有英年早逝的同道。抚今追昔，倍感拓荒者们的不易和可贵。

所幸者，薪火传承，事业永不停歇，“长江后浪推前浪”之势尤其喜人。中生代承前启后，成为研究团队的核心和中坚。华文文学专业方向毕业的硕士和博士，当在百人以上。从事相关岗位的中青年高级专业人员，数量颇为可观。

在 1991 年 8 月，时任会长刘登翰在研究会工作总结中写道：“在研究会活动中，我们比较注意培养和发挥青年骨干的作用。目前如厦大徐学、朱二，福建社科院汪毅夫等，都是全国台湾文学研究界中引起注意的年轻研究者。”当时，汪毅夫、徐学、朱二才四十岁上下，便颇受推崇。不少同仁间，弃“文人相轻”之气一改而为“文人相亲”。多年之后，汪毅夫回顾往昔的学术之路，十分感慨：“1987 年 11 月，我从福建师范大学调到福建社会科学院。在母校，我攻读的研究生专业和担任的教学业务乃是中国现代文学。到了新的工作岗位，我不得不用半年时间来研读当时已出的各种研究台湾文学的论著和论文。我注意到，我的学友徐学和朱二（他们也是中国现代文学专业的研究生），在台湾文学研究方面已经把学分修得满满当当的，有了骄人的成绩。于是，心生妄想：愚钝如我，当十年用功，期与徐学和朱二齐名。我也注意到，在台湾文学研究领域，台湾近代文学研究相对薄弱，台湾近代文学研究的学者和学术成果亦相当稀缺。于是又发愿于心：以台湾近代文学为近十年的主要研究方向。”“从 1988 年 4 月迄于 1998 年 4 月恰届满十年之期。徐学和朱二在十年里各出了很多成果，领先更多，我遥望而不可即，齐名之想当然只是说说而已的笑谈。但我同徐学和朱二、同其他学友的友谊历十年而毫不褪色。”这些年，汪毅夫为政为文有口皆碑。他所说的“笑谈”，无异于为研究会的良好会风留下佐证，为“文人相亲”留下一段“美谈”。

1997 年 4 月下旬，在福建省画院召开的“世纪之交的台港澳暨海外华文文学研究”青年学者座谈会，充分肯定了既往的显著成绩，同时，坦诚探究存在的诸多问题。会议综述写道：“会上，前辈学者对青年寄予厚望，殷切期许青年学者们在今后承担更多的学术任务，逐渐成为台港澳暨海外华文文学研究群落的主力，推动研究取得新的突破性的进展。”令人十分欣喜的是，前辈学者的殷切期许并没有落空。

三

“三十而立”，立于“事”。

福建省台港澳暨海外华文文学研究会（1999 年更名）创立之前，省内有关部门、单位就作为发起单位，参与举办第一届、第二届和第三届全国性学术研讨会。1988 年创会后，便把举办各类学术会议当作研究会的重要活动方式。

其中，包括三次较大规模的全国性和国际性学术活动。

1999 年 10 月 11 日至 10 月 15 日，第十届世界华文文学国际学术研讨会在泉州举行。研讨会由中国世界华文文学学会筹委会和华侨大学联合主办，研究会全力配合并积极参与。与会代表 100 多人。大会主题是“华文文学：世纪的总结和前瞻”，主要分为以下五个论题：（1）20 世纪华文文学的文化渊源与重要主题、历史任务与共同经验；（2）各国、各地区华文文学的文化特征、美学追求、特殊经验与现实困扰；（3）近年来华文文学发展中的若干理论问题；（4）当前华文文学发展的新的特征、态势与走向，如何开拓华文文学的新境界；（5）近 20 年华文文学研究的学术检讨与前瞻。

2009 年 7 月 22 日至 7 月 29 日，第三届全国高校教师世界华文文学课程高级进修班暨第二届世界华文文学教学工作研讨会在武夷山市举行。进修班和研讨会由中国世界华文文学学会和福建师范大学文学院联合主办，暨南大学出版社、《台港文学选刊》杂志社协办，福建省台港澳暨海外华文文学研究会承办。全国各地代表及来自美国、韩国的作家、学者 70 多人出席了会议。

2012 年 10 月 26 日至 10 月 29 日，第十七届世界华文文学国际学术研讨会暨中国世界华文文学学会成立 10 周年、世界华文文学学科建设 30 周年纪念大会在福州举行。研讨会和纪念大会由中国世界华文文学学会、福建师范大学主办，福建师范大学文学院、福建省台港澳暨海外华文文学研究会承办。会议中心议题是“学术史视野中的华文文学”。分议题为：（1）海外华文文学的源流与学术轨迹；（2）台湾文学的历史经验与前沿话题；（3）不同地区华文创作特征的比较研究；（4）百年华文文学的经典化问题；（5）华文文学与华语传媒的跨界互动；（6）华文文学理论批评家的诗学贡献；（7）女性华文文学论坛；（8）青年学者论坛。与会代表有 180 多人。

全国性专题类研讨会也曾举办数场。其中有“世纪之交的台港澳暨海外华文文学研究”青年学者座谈会（1997）和第二届世界华文文学中青年学者论坛（2001），前者实际上是第一届中青年学者论坛并依此往后类推。

其他则多为以本省为主的学术会议，或独家主办，或联合主办，或承办，或参与举办。合作单位为高校、科研机构、学术团体、媒体等。出席人数在 50 至 80 名。其中多场为国际学术研讨会，与会代表不限于本省，还扩大到其他省、市、自治区，乃至境外、海外，“敞开大门”，广开言路。

此外，还举办过几场小型专题会议，人数不多（二三十名），主题集中，针对性强，讨论比较深入。

这里，仅列举福建省台港澳暨海外华文文学研究会举办的学术会议，其他学术团体（如厦门市东南亚华文文学研究会）和学术机构也曾举办类型多样、议题广泛的学术会议。多方形成合力，共同推动台港澳暨海外华文文学学科建设。

四

“三十而立”，立于“文”。

学科建设离不开研究文本的选择、推介和积累。在福建，海峡文艺出版社、鹭江出版社、海风出版社等出版社，《台港文学选刊》《海峡》等文学期刊，一些报纸副刊，做了大量介绍工作，特别在 20 世纪八九十年代，向广大读者提供了许多台港澳暨海外华文文学作品，也为学术研究、学科建设提供了有效的文本支持。

1984 年 4 月下旬，“全国第二次台湾香港文学学术讨论会”在厦门大学举行。原籍福清的香港三联书店资深编辑梅子（张志和）也到会。会后，笔者同其，以及海峡文艺出版社林承璜等一同乘火车返回福州。“在列车上，谈起办刊的事”，“憧憬过台港澳暨海外华文文学作品‘回家探亲’的盛况”。纪念《台港文学选刊》创刊 10 周年和 20 周年时，梅子在贺函中均提及往事。广大读者的热切期盼，省委宣传部和新闻出版部门的有力支持，省文联有关领导和编辑人员的果敢抉择，梅子等香港朋友的热情倡议，共同催生了《台港文学选刊》。

回溯往昔，由于历史的和人为的因素，台湾海峡波汹涛涌，两岸阻隔数十载。曾有一位四川读者撰文真切表述了当年的深刻感受：从噩梦中醒来后，渴望了解别的人是怎样生存及汉语写作存在的其他潜在可能和样式；渴望生活、渴望阅读的情绪交织在一起，构成了一种强烈的社会需要；这种正当需求最终就以《台港文学选刊》这样的形式找到了公开的位置；这样，“一种杂志就把我们的个人生活和历史结合在一起了”。作为福建省文联主办、主管，大陆第一家、目前也是唯一一家专门介绍台港澳暨海外华文作品的文学期刊，《台港文学选刊》伴随改革开放大潮，走近千千万万读者。

寒来暑往，跋山涉水，《台港文学选刊》一路走来，始终得到广大读者和许多作家学者的高度关注与热忱勉励。著名散文家郭风曾表示：“由于两岸文化交流的日见频繁和发展，若干年来，我能够经常阅读台湾作家的作品；这包括发表于台湾报纸副刊、期刊杂志上的作品及文学书籍，包括阅读诸如在福建创办的《台港文学选刊》和海峡文艺出版社所推荐、所发行的大量台湾作家的作品。”著名诗人洛夫称道《台港文学选刊》:“完成的不仅是一座桥梁的使命/更是一种海内外中国人的/千万缕情的交融/千万颗心的凝聚的工作。”

《台港文学选刊》伴随台港澳暨海外华文文学学科建设的发展而成长。许多学者十分热诚地推荐作品，撰写评论，提供各种帮助，对《台港文学选刊》给予强有力的支持。由他们选编出版的作品为数甚多，影响广泛。注重推介作品与逐步深化研究相辅相成，成为学科发端与成长的鲜明特色。

《台港文学选刊》这一缩影，清晰地呈现了学科建设中“三十而立”立于“文”的独特轨迹和突出作用。

五

“三十而立”，立于“论”。

三十年来，福建省台港澳暨海外华文文学研究硕果累累。论文以千篇计，专著以百部计，论文集也达数十部。

福建省台港澳暨海外华文文学研究会创会之初，组织全省相关研究人员撰写《台湾文学史》。编委会由刘登翰、庄明萱、黄重添、林承璜任主编，王耀辉、林正让、杨际岚任编委。全书分上、下卷，一百二十多万字，于 1991 年 6 月和 1993 年 1 月由海峡文艺出版社出版，反响良好，曾荣获第一届“中国图书奖”、华东地区优秀文艺图书一等奖、福建省社会科学优秀成果一等奖。2008 年，《台湾文学史》被列入“中国文库”（文学类）第三辑，并由中国出版集团现代教育出版社重版发行。

该会发扬学术精神，致力于华文文学发展脉络的梳理与整合，团结全省本学科领域学者，在“大中华”和“大文化”两个维度框架构建下开展台港澳及海外华文文学研究，取得了一系列学术成果。

相较而言，“三十而立”，立于“论”，尤显紧迫。当年，中国世界华文文学学会创立前后，在报刊上进行了一场热烈的学术讨论。福建的一些学者踊跃发表各自意见。讨论主要围绕世界华文文学的定位而展开。正如刘登翰一篇论文的篇名——“命名、依据和学科定位”，如何“命名”？依据何在？怎样给予“学科定位”？这些都涉及至关重要的学理层面的课题，实质上反映了理论架构这一根本性问题。关于“世界华文文学”的命名，至今众说纷纭，莫衷一是。或广泛指称世界范围内以“华文”创作的文学作品（实乃“汉语言文学”），或集中称谓“台港澳暨海外华文文学”，或专门用以表述“海外华文文学”，等等。笔者倾向于第一种，亦即理应涵括中国大陆，在学科研究上，侧重于台港澳暨海外华文文学，同时关注中国大陆文学与台港澳文学，以及与海外华文文学相关联、相衔接、相交叠的部分。

就研究方向与学术成果而言，福建省台港澳暨海外华文文学研究会的同仁所做的努力主要在于“台港澳暨海外华文文学”研究。因而，这篇回顾相应地主要限于这一方面，而且限于省研究会这一学术团体，限于研究会的整体性学术活动。加之未能广泛收集研究会诸同仁的个人学术成果，因而不可避免地带来描述的简略与粗疏。这是显而易见的。

（作者单位：福建省文联《台港文学选刊》杂志社）

城乡地景与文学风景：文学空间考现学*

凌　逾

传统文学理论认为，小说有三要素：人物、情节、环境。过去，小说以人物塑造为主，“文学即人学”。其后，以情节为主，冒险小说、成长小说、侦探小说、科幻小说等兴盛。后来，以环境为主，省思空间的宽窄长短、多重维度、历史向度等问题，地图小说、建筑小说、味觉地理小说、地志文学、考现文学等兴起。小说是时间的艺术，但在空间研究无限膨胀的今世，给文学风景注入了地景因素，让空间尽情发挥，走向前台，成为主角，更有突破，这是后现代空间叙事学的重要发展趋向。不仅文学注重空间转向，艺术也如是，文学艺术与地理学、人类学、社会学的跨学科创意日益丰富。

一、香港文学的现代考现

考现学，以空间为考察对象的学问。考现学注重田野或者都市的考证，运用人类学、博物学、社会学、新闻传播学的研究方法，以耳目鼻代替阅读，走进街巷田园，据实调查，考察当下，在日常细节中发现别有意味的符号，在实物中体验时间的轨迹，借用文学的非虚构叙述、绘画摄影的写实功能，形成科学、客观、翔实的报告，挖掘符号意义。

考古学，以时间为考察对象的学问。考古学根据古代人类活动遗留下来的物质资料，研究人类古代社会的历史。

考现学与考古学呼应，基础都在于调查发掘，从田埂到都市。但是，考古学挖掘古代历史；考现学观察当下空间，对目前现实世界进行考古，以考古的精神打量省思日常人事。

考现学用于文学创作，能碰撞出新意。香港作为中西文化交汇之地，

* 本文为国家社会科学基金重大项目“华文文学与中华文化研究”（批准号：14ZDB080）的阶段性成果。

现代性与后现代性交织，本土性与全球性水乳交融，是独一无二的国际化大都市。香港作家们、学人们都特别喜欢漫游城市，挖掘港湾、街道、郊野、离岛的里里外外。20 世纪初，地景文学有舒巷城《鲤鱼门的雾》《香港仔的月亮》、李育中《维多利亚市北角》、黄雨《萧顿球场的黄昏》、夏果《香港·船的城》、苏海《电车社会》等。西西 1975 年的长篇《我城》是悠游文学范本，有露营山野者说："世界原来是这样的，要你耐心去慢慢看，你总能发现一些美好的事物，事物的出现，又十分偶然，使你感到诧异惊讶。"文学散步，文学考现，实地考察，认识香港文学和文化面貌，让读者亲历其境，直观感受文化现场。

学者着意进行考现，缘起于 1991 年《香港文学散步》。① 作者卢玮銮(小思，1939—)② 是香港中文大学教授，1973 年赴日本京都大学访学一年。该书为早期香港文学空间绘图，还原鲜活的民国往事、文人的香港文学活动，如鲁迅、萧红、蔡元培、许地山、施蛰存……梳理南来作家的演讲创作、贡献事迹、居住遗址、相关评论等资料，饱含对前辈文人顶礼膜拜的敬重，对香港吾土的深情，交织出历史与时空的复调，史料扎实，文笔优美。该书以诗文、地景、路线、照片跨界呈现的方式，以精美图文志形式重绘文学地图，凝结集体记忆，引领读者走过大街小巷，寻访名人足迹，成为香港文化旅游的指南针。该书有新订、增订、内地等多版本。③ 这部经典名著影响了后来一大批作品。

受该书启发，香港地区教育部门 2000 年策划，2001 年 2 月施行，由小思带两百多人游历，就《香港文学散步》所涉的文人行走空间，重回香港现代文学现场：鲁迅演讲地基督教青年会小礼堂，蔡元培公祭举办地南华体育场，许地山任教的香港大学中文系，戴望舒写《我用残损的手掌》的域多利监狱，萧红埋骨的浅水湾……且新增了不少文学地景活动，如孔圣堂、六国饭店、达德学院等，补充了善写香港故事的张爱玲、王安忆的资料，作文学、思想、情感散步，举办了成功的跨媒介活动——文学地理行脚。

---

① 小思：《香港文学散步》，香港：商务印书馆，1991 年。

② 卢玮銮研究南来作家的论著《香港的忧郁——文人笔下的香港（1925—1941）》《香港文踪——内地作家南来及其文化活动》《"南来作家"浅说》《香港故事：个人回忆与文学思考》，整理出大批书目资料等。

③ 小思：《香港文学散步》（增订本），香港：商务印书馆，2008 年。

自2012年起，香港每年都有“香港文学深度体验”活动[①]，如文学景点考察、学校经验分享会及文学夏令营，通过文学景点实地考察，推广香港文学。同时创设“香港文学地景资料库”网站[②]：储存十八区文学地景的数据，包括文学篇章、景点地图、散步路线、笔记纸，让人重温散步经历，自行规划文学散步路线，共享文学教学资源。该网站作为“轻松散步学中文”计划成果之一，由香港中文大学香港文学研究中心与大学图书馆共同营运，获语文教育及研究常务委员会资助。各活动成果于2014、2016年结集为《走进香港文学风景》卷一、卷二。将日本考现学方法用于香港文学研究，《香港文学散步》及系列活动让人耳目一新。

二、考现学创意源起与云涌

考现学为何会萌芽？这源起于1933年日本关东大地震，今和次郎用博物学和人类学方法考察地震和灾区，开启了灾后重建和社会学研究，并启发了建筑师和艺术家。1960年，日本民众抗议日美协议，以地砖作为武器走上街头表达诉求。赤濑川原平敏锐地发现，地砖的破坏和减少反映出冲突最激烈地区的进展情况，借此可考察现有“历史”。1986年，赤濑川原平和藤森照信、南伸坊合编《路上观察学入门》[③]，成立“路上观察学社”，考现重审东京乃至日本，该著作于2014年在台湾翻译出版。20多年后，藤森照信又重组“路上观察团”，和台湾学者一起进行路上观察。

人类为什么需要考现？从心理学而言，人类的选择性认知会过滤无用信息，熟视无睹，优化效率。但这有误差：什么信息有用，通过什么方式过滤？如今城市日益碎片化，认知城市要靠观察，发现有趣事情，仿佛此时眼睛才属于自己，城市才令人自在。

在路上观察什么？“托马斯物件”术语很能体现考现精神。这些物件如不知通往哪里的楼梯、无出口的过道、悬空的门等。在城市边角挖掘看似无意义、本不能存在的物件，仔细写生画像、拍照描画，发现符号意义，像禅师琢磨无解的公案。追寻无解，更追寻有解，观察矮墙，考察电线

---

① 马辉洪、杜嘉兴、麦乐文：《重拾文学阅读的初衷——浅析“香港文学深度体验”计划的实践》，《现代情报》，2016年第8期。

② 香港文学地景资料库：http：//hkliteraryscenes. wikidot. com/start

③ 赤濑川原平、藤森照信、南伸坊合编：《路上观察学入门》，严可婷、黄碧君、林皎碧译，台北：行人文化实验室，2014年。

杆……在常见中发现不常见，在可能中发现不可能，在不可能中发展可能，有利于小中见大，有利于反思城市运作和人类活动，这是建筑师、城市规划师的直接经验来源，艺术家则间接梳理城市文化脉络。

全书引导人们听从街道的呼唤，成为路上观察者，捡拾建物碎片，观察女高中生制服，侦探龙士町建筑，观察江户某日地上一尺，考察下水道盖子、对面楼住户情况等，包罗万象，以博物学为父，提供理论和方法指引。例如，水井盖会说话，日本的人孔盖让人进去作业，或不用进去就能作业。林丈二为某区每个水井盖画像，分析设置原因、功用、周边环境等，借此挖掘此地所发生事件和背后的原因，分析历史情况，在破坏与重建的交汇点得到启蒙。

考现要先做方案，寻找路线，带卷尺、量角器、纸笔、录音机、摄像机等工具，测量拍摄，绘图制表。每个观察点都会产生数据，持续观察，就会建构出意义的力量，得到不同的发现，整理反思，有利于建构出更真实而特有的城市。

在考现学家眼里，世上无一事不有趣。脚印见出森林悲剧，老鹰、猫头鹰与兔窝的恶战。街头像影视剧、废墟门槛、围墙水沟，桥边漂流物、图标信号，每个物件角落都有故事韵味，都有症状，让人掉入时光的想象。

考现学难点在于，不能失去观看事物的新鲜感，否则就只是单调记录。危机感可以是观察的动机，如知名物件就要消失，让人落寞。当然，乐趣才是最主要的动机。考现学家立志做一个城市趣味学的彗星猎人：起初以为只是尾随一条狗，结果却进入了一个意想不到的全新世界。一层层地剥去物件本身的实用性外衣，根本处的相通结构会显现，才会渗透出美学的韵味。

20 世纪考现学、漫游风思潮席卷全球。从历史横切面来看，某种社会思潮的出现，是大量地域文化共振的结果。现实主义、新写实主义思潮与考现学有共同的母乳。经历劫难或远赴异域之后，考现往往成为最实用的观察之道。

德国犹太人瓦尔特·本雅明（1892—1940）流落巴黎，发现故乡柏林的复制品，开始城市考现，创造出关键词“浪游者”（flanerie）。他像波德莱尔般闲逛市井，敏于观察城市空间，透视人的生存状态。他一生颠沛流离，浪游于马赛、佛罗伦萨、那不勒斯、莫斯科等城市之间，自杀于西班牙小镇。他赞扬超现实主义，把时间转变成空间，把历史变迁转为神秘当下构成的世界，体察物体的文化特质和隐喻的象征意义。他发现了城市考现的新视角，拓展了城市研究方法，发现了城市的现代性意义。

美国文坛也感染过考现学的风气。1957 年 4 月，杰克·凯鲁亚克写就《在路上》，讲述一伙男女沿途搭车横越美国、墨西哥，一路狂喝滥饮，耽迷酒色，经过精疲力竭的漫长放荡后，开始笃信东方禅宗，感悟到生命的意义。此书令舆论哗然，毁誉参半，但影响了整整一代美国人的生活方式，被公认为 20 世纪 60 年代嬉皮士运动的经典。历经两次世界大战劫难之后，欧美艺术家都在东方文化中寻找思想灵感，成为一时风潮。

20 世纪 60 年代末，法国罗兰·巴特（1915—1980）亲临日本，考察挖掘日本日常符号文化，《符号帝国》① 是日本行的思考结晶。该书又名《符号禅意东洋风》，落脚点是佛家“空无、空”观念，在东方禅宗思想中，找到灵魂的皈依点。空指关系性的存在，诸法无自性，诸行无常，诸法无我，万物皆是因缘条件聚合的结果，缘聚则现，缘散则灭。佛家诠释现象世界空性，破解人类对于现象世界的固有本质的虚幻执着，解构形而上学思想。罗兰·巴特认为，日本文化符号的总特征是禅意，悟是种强烈的地震，使知识或主体产生摇摆，创造出无言之境。写作本身是种悟。他从元语言的角度，发现“意义的空无”，如日语的功能性后缀词广泛和接续词的复杂性，意味着主体通过预防性、重复性、拖延性及坚持性等手段，将主体变成空无言语的巨大外皮。② 作者对这细节的阐释，一跃而上升到哲学与思想，并批评了西方的形而上学。

《符号帝国》从常见物事中发现日本文化意义，聚焦于不起眼的物事符号，如筷子、清汤、弹球游戏、车站、包装等，撷取 26 个符号，从语言、饮食、空间、礼仪、戏剧、俳句、人体等层面，发现东方文化的符号意义。日常不起眼，易被遮蔽。在外来者西方客看来，越日常的东方人事越独特，因此成就了东方与西方符号比较的《符号帝国》。

法国米歇尔·德赛图（1925—1986）提出体验城市有两种视角：鸟瞰、步行。如果从高空俯瞰城市，空间组织者、城市规划者、地图绘制者会通过远距离投射，强调整齐划一的空间感，制造出全球城市的复制品，而忽略了城市的日常生活。如果从步行角度考现城市，会强调日常生活体验，讲究从人性角度寻找“看不见的城市”，以人为本，会远比俯瞰时的二维画

---

① ［法］罗兰·巴特：《符号帝国》，孙乃修译，北京：商务印书馆，1994 年。

② 王东在《别跟我说你懂日本》中指出，日语的片假名或平假名、音读或训读“双轨制”本身并无多大需要，似乎就是故意隐藏所指。（王东：《别跟我说你懂日本》，南京：江苏文艺出版社，2010 年。）

面复杂得多。大众在日常文化实践的逃遁和规避行为，即抵制，如游戏、步行、烹饪和购物等，抵制对象是压制性规训，既不离开其势力范围，却又得以逃避其规训，即避让但不逃离。微观城市实践未受到权力的监督或排斥，反而在不断增长的非法性中得到巩固，逃过城市的衰败，并渗透到社会监督的网络之中，继续存留。

寻找失去的脚步，德赛图强调要将语言学的修辞方法用到走路行为，如同阅读一本书，走路行为之于城市，就如同陈述行为之于语言，行走于城市相当于陈述城市。步行者的陈述展现了三个瞬间：现时性、间断性和阶段性，陈述行为与空间系统区别的关键在于步行过程，跳过了起连接作用的部分。行走城市，不是一览无余的枯燥，而是复杂的，通过主观选择，勾勒出富有韵律的画面。城市是人的步行所能触及的空间。行走是关于缺失和寻找适合之物的不可定义的过程，被城市多样化聚集起来的漫步行为，是宏大的剥夺地点的社会经历。如今，中国又出现新的呼声——“城市规划应重视步行者视角”。① 时下，推进城市的现代化，又有复古趋势，向“骑行城市、步行城市”回归。

考现学萌芽于人类学、社会学领域，但很快就延伸到文学，因为考现是文学重新出发、另类打造的新方法。考现要细致科学地记录空间，但客观环境的考察总难免有主观意念的渗透，因而也要借助文学的力量。现当代作家越来越像考现学家，以路人眼光，在路上观察，考据城市。张爱玲写过游目名文《道路以目》，将上海的日常生活写得活色生香。海派的摩登现代性曾很受法国浪游哲学的影响，而港派文学曾很受海派文学的影响。香港是移民城市，香港作家颠沛流离的迁徙经验，对空间、地理等因素更有敏感意识。小思《香港文学散步》的现代考现可谓一石激起千层浪，当代香港作家开始有意识地寻找文学风景与空间地景的融合点，在法国随性浪游的基础上，吸取日本考现科学的独到方法，不仅个体践行，还有丰富的群体考现活动。

三、香港文学的个体当代考现

如果说，前辈文人多以过客身份观照香港，较少有切肤之感，那么，后来涌现的一批作品，则由切实生活于香港的当代文人所写，对寄身之地

---

① 朱力、张楠：《城市规划应重视步行者视角》，《人民日报》，2016 年 8 月 4 日。

爱恨真切，弥漫本土性、在地感，情真意挚。20 世纪 70 年代，香港有一批行友，常常一起探索香港各处地方，意在重新书写香港，找到本土地景的文学和文化价值。

已故作家梁秉钧（笔名也斯）也是出色的城市观察者，深得考现学精髓，善于写诗、为文、拍摄、跨界布展。2005 年，《也斯的香港》问世，收录 34 篇文章，165 帧照片。空间摄录如数家珍，如新界、西边街、添马舰、兰桂坊、铜锣湾……“他贴近地面，像蜗牛和比目鱼，感受周围的事情，与草蜢发生感情，向石头提出抗议。他相信缓缓前进，感受一切。有些事情在匆忙中就遗漏了。”① 也斯如此描画格拉斯，其实是夫子自道。照片系列又分“都市、橱窗、食物、人物、新界”等主题，宁愿做素人摄影者，不怕别人嫌弃拍得零碎，因为拍照就像写作的副产品，是观察和留神的练习，是速写和记录，在城市中捡拾光影，是探索、思考、观看世界的一种方式。写人，既有诺贝尔奖获得者格拉斯，也有大厨韬哥；既有舞蹈家梅卓燕，也有武功高手李小龙。写事，既讲文学、电影，也讲戏剧、粤曲等；既讲经济商业，也讲建筑艺术。也斯眼中的世界现出自身的趣味，富有当下性和现代感：“税局是浪漫主义者，估计一个膨胀了的明天。银行这个现实主义者，却还在追讨你上个月的差错。”② 他写无家可归的诗，说数码港好似大众的乌托邦，赞以缓慢为主题的双年展，感悟兰桂坊的忧郁……西九龙提议建“唔显眼博物馆”，因文化其实是社区中众人生活的情态、积累的智慧与共识。也斯自谦《也斯的香港》也是不显眼的文字与影像。其实，该书提供了考现文学的极佳范例。

也斯还有一篇《爱美丽在屯门》，讲生于元朗长于屯门的爱美丽，丧母后，父亲抑郁，孝女于是抱着观音与各类美食合照，将照片邮寄给父亲，想唤起其生趣。为此，她每周走遍屯门大街小巷，漫游西新界各地食肆，游踪所及，重新感悟风土人情。超凡脱俗的白瓷观音与柴米油盐的市井日常奇异地五味杂陈，竟然好像没有违和感，但是文后的调侃揶揄还是流露出矛盾无奈感，诗人考现的老辣力道果然不与人同。

一方水土总能成就一方名家，就像鲁迅的绍兴、沈从文的湘西、老舍的北京、郁达夫的杭州、莫言的高密、王安忆的上海。1997 年前后，董启章出版了《地图集》《永盛街兴衰史》《V 城繁胜录》等系列作品，省思香

① 也斯：《也斯的香港》，香港：三联书店（香港）有限公司，2005 年，第 35 页。
② 也斯：《也斯的香港》，香港：三联书店（香港）有限公司，2005 年，第 62 页。

港城市民间空间，进行拆解正史式的描述。凌逾认为，《地图集》以地图为主角，借地图而漫游香港，省思权力、种族、性别的古今更替，既考古也考现，开创出地图空间叙事学。①

2005年，潘国灵出版《城市学：香港文化笔记》，自言方向感不好，总迷路，实为“飘一代”，非常游魂，或许是射手座的天性使然，对浪游哲学心有戚戚，开局先写足三节，探讨本雅明之复兴、忧郁、悖论，明确要以浪游方法来研究城市文化。潘国灵游走于香港街头，用镜头和笔头记录点滴细节：地上以屏幕作为城市景观，地下则连成了拱廊街；为地铁画像，又加以解构；分析豪宅修辞美学，以景观作为卖点；聆听城市声音译码，造就卡拉OK空间论；关注空间标志、后殖民情结、SARS集体记忆等。“如果中环是成年人的城市心脏，铜锣湾是年轻人的购物商场，那湾仔的年轮实则是一团光谱，由满脸风霜的，到新世纪的。也可以说，湾仔是Multi-age的，它是一个年龄综合体。”② 香港不仅有中环价值，还有离岛价值。浪游者观察别人也观察自己，自我即他我，单个自我变成众多自我：悲观与理想主义、阳刚与阴柔、入世与遁世、抽离与投入、香港人与非香港人，在矛盾之间游离不定。如果说，《香港文学散步》是对文学名家们在香港的踪迹和文字感悟力的考现，那么，《城市学：香港文化笔记》就是潘国灵个人对香港城市当下的考现，借着慧眼、笔墨、摄影，写出灵性的文字。他做新纪实摄影师，练诗人的必修课，更接近日本考现学的真义。

2008年，廖伟棠诗集《和幽灵一起的香港漫游》问世，配数十幅黑白照片，装帧精美，内容充实，获第十届香港中文文学双年奖。第一辑考古，为“幽灵的地志学”，拜访香港近现代历史景点，思古怀旧。第二辑考现，为“不失者的街道图”，立足香港现实人事。第三辑想象，为“未隐士的岛屿记”，漂游离岛找寻另类生活可能。行走考现，蒸馏出诗句，如“过时的纯洁使我们的欲望变得怀旧”，这是诗人首部纯写香港的诗集。

2013年，诗人、学者陈智德③出版《地文志：追忆香港地方与文学》④，为香港区域空间塑像，寻找香港文学地图，如达德学院的诗人、北角抒情

---

① 凌逾：《后现代的香港空间叙事》，《文学评论》，2009年第6期。

② 潘国灵：《城市学：香港文化笔记》，上海：上海人民出版社，2008年，第69页。

③ 陈智德评论集《愔斋书话》于2007年获第九届中文文学双年奖评论组推荐奖，诗集《市场，去死吧》于2009年获第十届中文文学双年奖新诗组推荐奖，2012年获选参加美国爱荷华大学“国际写作计划”。

④ 陈智德：《地文志：追忆香港地方与文学》，台北：联经出版事业公司，2013年。

诗、虎地学院的文学踪影……追寻香港的文艺前世，觅得遗落的文化史、书店史、文学人物史、十年生灭的香港文艺刊物等。陈国球称之为“我城景物略”，王德威称之为“破却陆沉、抒情考古”。该书以地方空间串接文学历史的线索，笔端带诗、带情，为现当代版的香港文学行脚。

《地文志：追忆香港地方与文学》以个人成长史为经，以香港文学渗透为纬。全书两卷。上卷“破却陆沉”，梳理香港前辈和同代作者的香港城市故事、经验描写，以文学笔法描画香港地区，述说、引用、评论，再加论者自身的地方生活体验，互相印证。下卷“艺文丛谈”，讲书与城——香港的老书店、二楼书店、文艺刊物，寻找文化的历史烟尘。全书糅合不同文类：地方纪事、掌故拾遗、成长回忆、文学谈片，还时常穿插个人及他人的诗作，引导读者再认识地方空间，为香港文化身世补白。该书以介于文学书写和历史钩沉的方式，保留一代人对城市经验的记忆，引用诗歌自我回溯和反省，让人想象在特定历史情景下港人的世界。

梁文道主持《开卷八分钟》①，推介过《地文志：追忆香港地方与文学》，谈成长共同体经验，触动港人心扉。写香港既批判、追忆、关怀，还承接大传统和世界。描写地方前世今生，借文学史跟地方史对话，谈个人对地方看法，不以学者考证写法，而以诗为证，显现出在新闻、统计资料中难见的真实。如写小时候去九龙城寨，攀上高耸而狭窄的木楼梯，像只流窜的蟑螂。有人被审判的电视新闻画面，大人们有的切齿愤慨，有的低声婉叹。傍晚过后收音机播送鬼故事，传来乐曲锣鼓喧天女声婉转，夹杂众人不息的争闹，我不知应该掩耳还是学习。② 这些细节很有考现学意味。

以外来者眼光观察香港，以双脚行走，以双手书写，写游记考现书，刘克襄的《四分之三的香港：行山、穿村、遇见风水林》③ 于2014年问世，获“亚洲周刊十大好书”“台北书展非小说类大奖”“开卷十大好书”“华文好书2016年度好书奖”，可见反响之大。作者十多年前已在台湾进行自然观察、历史旅行与旧路探勘，有《野狗之丘》《风鸟皮诺查》《台湾鸟类研究开拓史》《永远的信天翁》《11元的铁道旅行》等20余部作品。2006年作者受邀到港讲学，课余热衷行山，挖掘隐藏版香港：“香港有四分之三

---

① 梁文道：《开卷八分钟》：http://book.ifeng.com/kaijuanbafenzhong/wendang/detail_2014_05/19/181828_0.shtml

② 谭以诺：《陈智德式的“书言志”——〈地文志〉的香港地景》，《字花》第47期，2014年1月至2月。

③ 刘克襄：《四分之三的香港：行山、穿村、遇见风水林》，台北：远流出版公司，2014年。

的郊野，四分之一的城市，城市和郊野如此接近，是世界上其他城市所没有的，但人们只看到香港的四分之一，却不知其余四分之三的意义。”香港本是生态城市，保留英国式铺法的水泥小径，行人行走山间，随处可见有机农场、自然学校的教育场地，寺庙也多，没有过度开发的干扰。一个台湾外来客让人重新发现香港不仅有国际性、城市性，更有乡野性、自然性，可见实地考现的突破性意义。

四、香港文学的集体当代考现

也斯自 1997 年从香港大学转到位于新界的岭南大学后，开办“中文文学创作”课程，广邀名作家讲学，带领学生读书写作，行山蹚水，开始踏入考现行列。新界占香港 80% 的土地面积，香港还有 60% 左右的郊野公园不被重视。进入新世纪后，也斯策划组织了一系列的漫游写作丛书，如《西新界故事》《自然旅游创作——新界风物》等，痴迷其中，自得其乐，独树一帜。

《西新界故事》① 写的是老师带领大学生寻找西新界的地方掌故和故事，写出了地方性、独特性、本土性，如海岸特色、城乡变迁、香港风情等。题目已让人趣味盎然。此书不仅对比地理空间的历史与当下，如《中葡战争的叙述（九径山）》《海岸历史四写（屯门港）》《屯门史地考（屯门）》，也有对制度与人情的剖析，如《乡间的蜗牛与名校的火箭（元朗）》《轻铁族（轻铁）》《急症（屯门医院）》等；既有他者的故事，如《蓝月亮（白泥）》，也有被遗忘的故事，如《神秘婆婆（大兴邨、建生邨）》；既有边缘栏目，如《福来村的眼泪（荃湾）》《汀九山村不能忘灭的日子（汀九）》等，也有得也斯的味觉地理学真传者，如萧欣浩的《厨神（青松观）》、崔倩的《周记茶餐厅（井财街）》等。每篇习作后附鉴赏点评，还有也斯后记《西新界故事如何说》、郑政恒的《香港西新界文学作品举隅》等。

关于《自然旅游创作——新界风物》②。策划团队先请名家讲课，刘克襄讲“我在香港的自然观察和书写”“我的十二堂课和三回郊野旅行”“最近的台湾铁道旅行”，考现见趣事闻信手拈来，幽默风趣，如男生刮青苔为爱情信物，如撰文为台湾吉安寿丰火车站鼓吹，带旺了游客，却被站长记

① 梁秉钧策划：《西新界故事》，香港：香港教育图书公司，2011 年。
② 梁秉钧策划：《自然旅游创作——新界风物》，香港：香港教育图书公司，2013 年。

恨，因增大了工作量。后来一女生借刘克襄之名买不到火车票，而借余光中之名，才买到了票。叶辉讲“新界风物书写写作”，外来者能写出很好的方物志，如叶灵凤，如英国人香乐思亥乌德被日军囚于赤柱监狱三年零八个月，从铁窗静观四时野外生态，而写了《香港的鸟类》《野外香港》《香港漫游》等书。游为了远，高远、深远、平远。游为了兴，兴尽而返。日本本居宣长提出“物哀”概念，主客一体，哀更倾向于心神的淡然、归真、净化。物哀的意义在于从博物美学感悟到消失美学；风物书写的意义在于文学的精神保育，通过写作回到时间和空间的童年状态。该书还有黄淑娴的导言，宋子江的编者小语。2012 年上半年，刘教授还带领学生周末上山下海，不下十五回，引导学生写作考现文学，并点评习作。青年学生郊野旅行，考现细节涵括岭南猫、荔枝、豆腐、凉茶、菜心、街市、轻铁、稻田、耕作、离岛、风水、行山、涉水、郊野……万事万物均可入诸笔端，不拘一格，行文洒脱。如刘少杰《小巷风情》说，“要了解一个家庭的背景，气味是最先入为主的方法”①，如信佛人家的神主牌和檀香味，大户人家的馥郁悠游香气，劳力家庭的酸酸嗖嗖鞋味，老夫妇家的药油香……卢曦廷《廿蚊鱼蛋》写卖鱼蛋的黄伯一贯闲适自在，他说：“钱又唔会赚得晒，我又唔嗱揾唔够，咁心急做乜呀?”② 学生们亲身体验游历再写作，纷纷说收获丰富，感悟到细心和探究精神是写作的要素，发现很多被忽略的地方，这次游历让人重新审视世界。

2005 年，《沙巴翁的城市漫游》③ 问世。策划者为香港大学张美君教授，她觉得沙巴翁这港式改良的法式舶来甜品，恰似香港文化混血的食物隐喻。她以沙巴翁统摄集体之魂，组织港大师生自 2003 年起漫步香港，将阅读经验转化为书写实验，群策群力集成一书，可谓香港集体式“考现学、路上观察学”范例。沙巴翁小组用脚寻找城市日常，借摄像机、画笔勾画声色空间，用思想去丈量城市的无限广度和深度。运用阿巴斯的“逆向幻觉、似曾相识”理论来呈现梦幻感：城市之间日益相似，真实事物仿佛电视般的表象，人们只相信不存在的影像，对实际存在的真像却视而不见，类于波德里亚的仿真理论。这种考现不再是超写实的追求极致真实，而是生出超现实的梦幻感，见出难以被人觉察的另类真实。集体考现又各抒己

① 梁秉钧策划：《自然旅游创作——新界风物》，香港：香港教育图书公司，2013 年，第 119 页。
② 梁秉钧策划：《自然旅游创作——新界风物》，香港：香港教育图书公司，2013 年，第 184 页。
③ 张美君编：《沙巴翁的城市漫游》，香港：红出版，2005 年。

见，《沙巴翁的城市漫游》开拓出城市呈现的立体多棱叙事视角，这比西西《我城》的多声道叙事视角更复杂多元，拓展出文化考现的多种可能。

2014 年 7 月 16 日至 22 日，第 25 届香港书展“文艺廊”向《香港文学散步》致敬，特设四个主题展区：“港岛文学漫步”“年度作家董启章专区在世界中写作，为世界而写”“书香人情 香港书业世纪回眸”“中华文化漫步——福建行”。“港岛文学漫步”展出了 25 位文学家书写香港空间的文字，辅以照片及录像。香港作家雕琢香港十八区空间，各有拿手好戏。如也斯以系列街道诗、饮食诗雕刻形象香港；董启章编撰“V 城、永盛街”，《地图集》梳爬百年香港地图，以地志史作文学实验。作家们各有自己的心水之地：张爱玲讲浅水湾爱情，舒巷城说西湾河穷小子，西西描画土瓜湾大厦，叶辉写筲箕湾，昆南写旺角，马国明写荃湾，王良和写大埔；余光中、黄国彬、黄维梁、梁锡华为沙田增色，学者派诗文自成一体。导演也为香港空间增色，如许鞍华《疯劫》取景西环，《撞到正》取景长洲，《女人四十》在大埔，还有《天水围的日与夜》《天水围的夜与雾》。书展还邀请了刘克襄、刘智鹏、刘伟成、许鞍华、邝可怡、朗天等举行三场分享会，与读者深入分享港岛文学文人故事。

2016 年，《叠印：漫步香港文学地景》① 两册文集出版。该书也受启发于《香港文学散步》，为香港中文大学的香港文学研究中心“走进香港文学风景”计划项目②，主编为樊善标、马辉洪、邹芷茵。18 位作者以年轻新锐作家为主，各自慢行于香港 18 区。李凯琳往大埔，张婉雯写中文大学的沙田饮食日常，邓小桦讲西贡调景岭的影子纺织，阿三写奎青，徐焯贤写荃湾，郑政恒说屯门沧桑，陈德锦捕捉元朗铁路与古巷的文化踪影，袁兆昌讲上水仿佛踩踏着别人的土地，廖伟棠抒发离岛与诗的姻缘，刘伟成思索湾仔带群路的水火共塑怎样的怀抱，吕永佳谈中西区，苏伟柟游东区探究闲人是怎样炼成的，梁璇筠在香港仔的海、岸和岛之间闻海，陈子谦说旺角们，邹文律想象深水埗苏屋村鹰巢山下有城堡和公主，唐睿“禹步”黄大仙，陈丽娟游九龙，阿修走蓝田。

该书感悟该地的人物、风物或故事，以文字写生造景，回应不同作家的地景作品，与前辈记忆对话，展示社区各异的风貌特色，展示历史、文

---

① 樊善标、马辉洪、邹芷茵主编：《叠印：漫步香港文学地景》，香港：商务印书馆（香港）有限公司，2016 年。

② http：//www. hkcd. com. hk/content/2016 - 10/09/content_ 3595490. html.

学的厚度，结实厚重，有文学穿透力。欣赏着离岛野趣，廖伟棠以咸鱼视角看世界，诗云："风熠熠写字。我在看海/数雨点的韵脚。"① （叠印二）欣赏着虎地郊野，郑政恒感悟自己在"建筑起文学的义冢，令弃置消失的作品，有安顿的居所，直至这些文学的义冢，再度被遗忘，那时候还有没有人搜集收拾呢?"② （叠印二）唐睿以意识流手法描画黄大仙区，以禹步之姿行走漫游，既指巫师残腿拖行之姿，也隐指道士"步罡踏斗"之法，同行友人一路探讨"夺舍"——"除了占据别人的躯体，还继承占据对象的意识、记忆和能力"。③（叠印一）而写者则多次插话问及命运，文尾曰："许多的生命和生命的样式今天都已逐渐或者完全消逝，于是我决定用文字堆起一座祭坛，为你们为我想念的，一一招魂。"④ （叠印一）全文在仙气缭绕的神魂颠倒的境界中，考现时移世易的地景路径，也考察求索修炼的心灵路径。

文学景点集体考察，在场考现，群体之间思想激荡，击起生化反应，这文游远比商游购物来得雅致、有品。近年，香港文界这类活动大盛，已成热潮，甚至成为新的创意文化品牌。香港，不只有购物天堂一面，它还自造出了丰硕的跨界创意文化殿堂。

五、考现文学、地志文化的拓展与未来

考现文学、地志文学、地景文学、文学地理学，文学风景与地理风景跨界，行万里路与读万卷书巧妙结合，文学呈现与图片呈现跨界打通，视觉图文与听觉声音融通，成就全新的文学活动、创意写作实践。这些非小说类创作搭建起虚构与非虚构的桥梁，重思文学艺术与生活的远近关系，城乡地景与文学风景拓展出全新的对话关系。

近年来，台湾地志空间书写盛行。方梓指出，作者书写故乡、旅行走踏之地或钟情某些所在，以情与地志、人与空间角度书写脚下的土地景物，

---

① 樊善标、马辉洪、邹芷茵主编：《叠印：漫步香港文学地景》，香港：商务印书馆（香港）有限公司，2016 年，第 167 页。

② 樊善标、马辉洪、邹芷茵主编：《叠印：漫步香港文学地景》，香港：商务印书馆（香港）有限公司，2016 年，第 122 页。

③ 樊善标、马辉洪、邹芷茵主编：《叠印：漫步香港文学地景》，香港：商务印书馆（香港）有限公司，2016 年，第 150 页。

④ 樊善标、马辉洪、邹芷茵主编：《叠印：漫步香港文学地景》，香港：商务印书馆（香港）有限公司，2016 年，第 169 页。

呈现地理、地貌、人文等特色，如方梓的《采采卷耳》、郝誉翔的《温泉洗去我们的忧伤》等。2013 年台湾推动“阅读文学地景”，邀请近百位文学作家亲口朗诵自己书写的地景散文，林文义朗读 20 年前漫步人文小镇大溪的散文《记得大嵙崁》，向阳诵读年少所写的《银杏的仰望》，看到银杏就想起故乡南投鹿谷宁静的月下风景。该项目收录 250 篇佳作，让书迷“听”见文字脉动的声音。①

台湾学者前来香港的行脚有刘克襄。大陆学者前往台湾的行脚有李娜，她深入台湾地区少数民族居住地，同吃同住同甘苦，做田野调查，做扎实的人类学、社会学、文学音乐研究，写就《流浪之歌：林班歌，部落志》② 和《无悔——陈明忠回忆录》③ 两书，文笔优美流畅，开创田野调查类新书写形式，为学界瞩目。

文学采风，实地考察，重返现场，追溯过往，感悟变迁，时下这类文学活动日益兴盛。中国社科院文学所有当代中国史读书会，配合每年举办的社会史视野下的现当代文学研讨会，进行采风调研，这两年主要研究合作化时期乡村和文学，最近两次集中探访赵树理和柳青，重点调研山西晋城、长治的村庄，陕西长安区、榆林地区的文学地景，成果刊载于《人间思想》大陆版，已有七期。

2014 年，澳门有行脚考现文学《文学风景——澳门历史城区文学游

---

① 林连金：《台推“阅读文学地景”百位作家响应》，2013 - 11 - 30 16：20，台海网，http：//www.taihainet.com/news/twnews/twsh/2013 - 11 - 30/1173937.html。

② 李娜：《流浪之歌：林班歌，部落志》，台北：人间出版社，2014 年。20 世纪 90 年代，台湾地区少数民族当代创作歌曲进入流行乐坛。其实，台湾地区少数民族一直在创作，部落早已拥有自己的流行音乐。20 世纪 50 年代至 70 年代，在伐木外销争取外汇政策下，部落族人受雇在“林班”做育苗、砍草、整地的工作，开始现代意义上的货币劳动。在单调的劳动工作中产生了一种歌谣：从部落的旋律和腔调而来，逐渐以新学习的普通话为主，跨部落、跨族群地流传；又从部落的篝火旁，唱到城市的工地中，唱到远洋的渔船上，唱着思恋和流浪。歌词直白，却蕴含了半个世纪的悲欢离合；曲调简短，却融汇了千年古调、日本演歌、西洋民歌及流行音乐的元素；它是一无所有的劳动者的慰藉，也是回顾来路、思考未来的武器。这些歌谣，烙印着台湾地区少数民族从传统氏族社会走入现代社会的足迹。究其起源，我们称之为“林班歌谣”。

③ 李娜整理编辑，吕正惠校订：《无悔——陈明忠回忆录》，台北：人间出版社，2014 年。陈明忠，1929 年 1 月 2 日生于高雄冈山，知名社会运动家、社会主义理论家，在戒严时期两度被捕入狱，是台湾最后一位政治死刑犯，坐了 21 年的黑牢。“二二八事件”时，是台中农学院学生兼谢雪红领导的二七部队（到埔里后改编为“台湾民主联军”）突袭队长。一生经历日本殖民统治、“二二八事件”、五十年代白色恐怖、党外民主运动。该书经过多次访谈，再由李娜编辑整理、吕正惠校订，展现出如台湾地区历史般波澜壮阔的陈明忠一生。

踪》[①]，彭海铃撰文，梁倩瑜插图，水彩插图虚幻拼贴，暖色温馨，还有黑白工笔画的建筑图，写实严谨。全书以澳门历史城区的参观路线为经，以中外作者的文学作品为纬，走一趟世界遗产之旅，访一次文学之路，章节按游走名胜的线路铺排，考掘背后的传奇人事、历史变迁、掌故逸事。该书考现的成分少些，考古的成分多些。

依照考现学、漫游美学理论，结合本地实际，可省思如何进行中华传统文化符号再造（如民乐、曲艺、国画、书法、对联、灯谜、歇后语等），北、上、广、深等城市如何对比考现、如何比较空间扩展。广州有城中村改造；港澳地小则有填海造地，城市空间承载压力日增，郊区城市化，向天空和地下索取空间，有摩天大楼、地铁建设。但各城市自有内涵，不同的历史文化底蕴、居民构成，都令城市变迁各有差异，值得浪游者去游荡和发现。

漫游生成新意。2007 年，日本艺人关口知宏搭铁路走遍中国，拍成纪录片《中国铁道大纪行》，其曰"居乡不觉、异乡有悟"，深得考现学的精髓。2017 年央视纪录频道大型航拍纪录片《航拍中国》热播，以空中俯瞰的新视角，再现世界文化遗产、自然风光和风土人情，给人带来全新体验。全系列计划拍摄 23 个省、5 个自治区、4 个直辖市和 2 个特别行政区，蓝图宏伟。港台有繁盛的考现文学成果，这源于港台几代人漂泊离散的经历，最初多为逃难，后来多为海外求学、回归就职、畅游世界等，丰富的游历异乡经历，给港台文学打下了独一无二的戳记。其实，考现学适合作为世界华文文学研究的方法论。

文学空间的考现学，在西方文学中又称为"地志文学"，以某地方为文本题材或主体，强调写实的价值和地域风情。地志书写，还包括掌故方志、博物志、地理文献、航海日记、旅游指南等。[②] 如果说，旅游指南是指路的；那么，地志文学是指心的，不仅是客观的地志，也含藏着写作者的情感，满载地缘，满载人情。近年，关于文学文化与地理学科的研究日益丰富，有迈克·克朗的《文化地理学》、陈正祥的《中国文化地理》、杨义的《重绘中国文学地图》、曾大兴的《文学地理学》等。不同于传统文学的自然书写、山水诗人、田园派、乡土派，考现文学、地志文学、地景文学不仅有抒情的意味，还有科学的成分；不仅注重想象，更注重非虚构的成分；

① 彭海铃文，梁倩瑜图：《文学风景——澳门历史城区文学游踪》，澳门特别行政区政府文化局，2014 年。

② 邹芷茵：《文学地景的趣味与价值》，收入樊善标、马辉洪、邹芷茵主编《叠印：漫步香港文学地景》，香港：商务印书馆（香港）有限公司，2016 年。

更细致入微，而不是大而化之；强调文字与影像并重，给人重返现场的魔力感；既有社会责任，也有科学考察；不仅是自然作家，更是自然社会科考作家，由小及大，进而通盘考虑。

地志文学、自然书写与生态文学息息相关。刘克襄在香港行山发现，客家人注重风水林①，相信有此才能人才辈出。刘克襄由此总结出香港的风水山林美学："涌生咸草、围立大榕、家伴龙眼、屋偎黄皮、村出白兰、林藏沉香。"风水说明生态环境的重要性，古人早已知之。当今世界，人们全球满天飞，哪一处的风水决定了其人生的走向呢？也真说不准。近三十年来，全球的自然环境变化太快，生态理论也随之日新月异。过去的风水学局限于一时一地，实为地域学。而今日的生态学更注重环球同此凉热，通盘考虑，实为地球学。未来的生态学，可能需要考虑的范围更加广阔，实为宇宙学。

时下热门的地景文学类型，更具有全球性，考察再现方法更多元丰富，融汇日本的考现学及路上观察学、法国的现代主义浪游派、美国的在路上风潮、港台漫游式创作，互相感应，共振共鸣，世界各地的创意实践可对读，再思考再出发。考现学切实地发现各地本土文化符号特色会变得创意盎然。各地渐渐涌现出独特的考现符号创意文化，衍生出很多创新主题。考现学发展壮大，发扬光大，可变成艺术创造的方法。

考现学与考古学如何整合？考现目的可以是保存优秀的传统文化，也可以是关注地方物事的生长与消失，挖掘空间符号的意义。有些国度善于保养传统文化之道，在全球化的同时，没有反传统，没有革故而后鼎新，而是对传统不离不弃，善加化用。传统文化因此不仅未曾死去，反而是再造再生，发扬光大。独创力关系到国家兴亡。传统文化创意可以含藏在每个角落，如文学、建筑、物品学、传统戏剧、花样滑冰等方方面面。

未来社会继续朝智能化、数字化发展。假设摄像头无处不在之后，城市内外的一切将更加尽收眼底，无时无刻地记录，将产生出海量的考现大数据。若分析这些真实的大数据，将得出什么结论？在大数据时代，大数据的考现学、观察学，将如何突破？多提一些新颖有趣的前瞻问题，或许能在将来催生出更精细深入的数据考现学、智能考现学等学问。

（作者单位：华南师范大学文学院）

---

① 梁秉钧策划：《自然旅游创作——新界风物》，香港：香港教育图书公司，2013 年，第 10－11 页。

美食书写中的家国情怀

——美籍华文女作家周芬娜的美食随笔论

戴冠青

周芬娜是美籍华文女作家，曾经担任过“海外华文文学女作家协会”第九任会长。她的著作颇丰，以散文随笔写作为主，重要代表作有：《绕着地球吃》《春之东京小旅行》《饮馔中国》《品味传奇》《新上海美食纪行》《带着舌头去旅行》《人生真滋味：记忆中的美味与情怀》（下文简称《人生真滋味》）《丝路》《云南》《旧金山》等。这些散文随笔大多以美食书写为主，她以美食记忆为线索，将丰富的生活阅历、人生体验外化于可感的美食书写中，给读者带来了独特的审美体验，其中所透露出的家国情怀、生命追求和审美趣味深沉独特而耐人寻味。本文试图以美食随笔集《人生真滋味：记忆中的美味与情怀》（下文简称《人生真滋味》）为例来探讨周芬娜美食书写的独特内涵和审美取向。

一、美食书写中的生命情怀

在周芬娜的美食随笔集《人生真滋味》里，女作家通过一个个生活故事和美食品味追忆亲人故友，字里行间充满了她对故土的眷念、对家人的牵挂、对祖国的热爱之情，其中所传达的生命诉求和审美取向，深沉而厚重。相比其他美食写作，周芬娜在作品中寄予了更多的深情，其中既有深沉的家国情怀，也有温暖的人生追求和独特的审美趣味。通过充满深情的美食书写，女作家传递出了一种海外华人热爱生活、心系家国的生命诉求，在带给我们审美品味的同时，也带来了心灵的感动。

在美食书写中寄托家国情怀可以说是《人生真滋味》的一个重要特征。书中许多美食制作的书写，看似不经意的如实描述，其实蕴含了女作家对家乡亲人的深厚感情。在《月桃粽与野姜粽》一文中写包粽子，写遗憾自己不会包粽子，不是包得叶断米漏，就是形状不周正，拿不出去；写父母来美国看她，知道她对粽子的热爱，特地从台湾带来粽叶、糯米和其他食材，在家里仔仔细细地包粽子，温柔得就像对待自己的孩子一样。其中对小祖母制作粽子的过程有这样一段描述：

> 她细细地将五花猪肉、香菇、鱿鱼切丝，以葱油酥爆香，混炒成香喷喷的粽馅，有时还放咸蛋黄，一起包在混入花生的长糯里，裹入发软的月桃叶中，包出一颗颗玲珑的粽子，然后十个一串地放在大锅里，大火煮熟，挂在通风处放冷。①

这一段描述体现了一个贤惠能干的小祖母形象，其中蕴含着她从厨房中建立起的在作者心目中不可替代的地位和作者对她的尊敬。小祖母制作的是外乡人很少见的月桃粽，而月桃粽正是她的故乡台湾屏东的特产，由此也可以清晰地触摸到作家对于故乡的情感，对于家乡美食的深沉眷念。而端午结粽又是中华民族纪念爱国诗人屈原的传统习俗，所以作家以粽子这一美食来寄托她的家国念想，间接地表达了自己的爱国情怀，粽子其实已经成了这种故土情结的象征物。在周芬娜的书写中，我们还可以看到，相比海外风味，周芬娜是更认同祖国美食的，特别是对寓意团圆的除夕年菜更是念念不忘。在《小祖母的年菜》一文中她是如此描述灌香肠的：

> 她在半肥半瘦的猪肉里加点酱油，加点糖，加点五香粉，然后她再撑开肠衣，将鲜红的肉馅慢慢灌进去，灌满后打个死结，再一条条地挂在屋檐下风干，风一吹进来迎风招展，红红火火的，揭开了过年的序幕。②

香肠是中国人家庭过年必做的传统美食，同年糕一样，象征团圆幸福。而且，她不仅叙写中国年菜的制作花样之多，还叙写了不同地域年菜的不同口味，说明饮食差异既是环境所别，也是地域的生活习惯所致。作家常年定居国外，年味较淡，思念家乡的味道愈发心切。因此，与其说在国外欠缺的是年味，不如说欠缺的是家乡的风土人情。在这里，作家对年菜制作花样和口味的细致描绘，不仅渲染了故乡浓浓的年味，也传达出作家对中国过年氛围的热切期盼。由此可见，作家写包粽子，写准备年菜，其实是在怀念小祖母，怀念妈妈，怀念她们做过的饭菜和粽子的美味，其中所透露的家国情怀可触可摸，蕴藉而深沉。

---

① 周芬娜：《人生真滋味：记忆中的美味与情怀》，长春：吉林出版集团有限责任公司，2014 年，第160－169 页。

② 周芬娜：《人生真滋味：记忆中的美味与情怀》，长春：吉林出版集团有限责任公司，2014 年，第160－169 页。

周芬娜的美食书写还蕴含着她美好温暖的生命诉求。在《妈妈的拿手菜》《小祖母的年菜》《父亲之味》《外祖父的传奇》等篇章中，作家写贤惠的母亲给孩子做照烧烤猪肉，写能干的小祖母给一家人准备了一桌年菜，写味蕾精准的父亲带一家人去吃的夜宵，写让人崇敬的外祖父狩猎带来的野味。许多美食记忆储存了幸福的味道，灌注着满满的爱和浓浓的亲情。例如，因为她的老家在台湾屏东，冬天晴暖清凉，所以她的妈妈喜欢在这个季节做油炸牛蒡天妇罗、凉拌马铃薯沙拉。在《妈妈的拿手菜》里有这样一段描写：

几乎所有的鱼虾蔬果，都可以拿来炸天妇罗，妈妈认为牛蒡有种特殊的清香，牛蒡天妇罗的滋味不是其他蔬果比得上的，细长灰白的牛蒡从地底下挖出来，皮上总沾着许多泥土，她好整以暇地将牛蒡洗涮干净，削皮切丝，蘸粉油炸，在油锅前忙得满头大汗，却乐在其中。①

这是专属于妈妈和她的孩子们的美食记忆，也是幸福与快乐的味道，看得出女作家在努力呈现生活中的美好，让人倍觉温暖。虽然其中也蕴含着淡淡的忧伤，因为《人生真滋味》出版的时候，疼爱她的小祖母、外祖父都去世了，母亲不久后也去世了，作品中许多关于幸福的描写，都已成为过去时，但这更引发了她对亲情的追忆和对亲人带给她的幸福的忆念，因而字里行间也充溢了对于美好温暖的更深切的生命诉求，让人分外感动和向往。

追求生活的品味和独特的审美趣味也是周芬娜美食书写的重要特征。在她的美食书写中，我们看到她注重生活的品质，追求饮食的氛围，讲究饮食的器皿、风味乃至文化背景。她会在文中细述不同颜色的浓缩咖啡胶囊的不同风味，褐黑色的是意大利风情，香槟色的是哥伦比亚风情，金黄色的是巴西风情；也会透露制作鲜花美食的诀窍，新鲜的金莲花可以拌沙拉食用，也可以当调味品、入药、泡茶，还可以做金莲叶美奶滋、煮汤，体现了人与自然的相融相依。她还在每篇散文中配上了精美的图片，图文并茂地讲述动情的美食故事，让读者感同身受，身历其境，得到共鸣。她追求生活情趣，把日常生活过成了诗，追求诗意和精致，她写道："每一个清晨对我而言，都是一个崭新的开始。一杯杯滋味各异的浓缩咖啡，为我

① 周芬娜：《人生真滋味：记忆中的美味与情怀》，长春：吉林出版集团有限责任公司，2014 年，第160－169 页。

揭开了四季清晨的序幕：金黄的深秋，萧瑟的寒冬，鹅黄的早春，浓绿的夏日，都有了不同的风景……”① 由此可以捕捉到女作家精致高雅的生活态度。她还注重味蕾与嗅蕾的双重感受和体验，在这种感受和体验中传达自己力求完美的审美追求。在《咖啡与香水》一文中，她借女作家彭顺台（Melinda）的话写道：“世界上最幸福的两件事：在女人的香水中睡去，在咖啡的香味中醒来。这两种美妙芳香的浓缩液体，刺激着不同的感官，令人灵感勃发……”② 正因为对咖啡的厚爱，她还常常把生活品味的追求融入咖啡的品尝之中，从中品出“咖啡男孩”的故事，品出既苦涩又甜蜜的日本街头饮食的味道，品出幸福的感觉，在怀旧的情怀中书写生活的情趣，这都体现了作家美食书写中的审美趣味及其独特的生命追求。

二、人生经验与生命追求的独特投射

周芬娜热衷于中国的美食书写，这与她热爱生活、心系家国的生命追求是分不开的。她生在台湾屏东，去台北求学，有美国的留学经验，后又留在国外工作，近来她又经常回国旅游。这使她有机会遍尝台湾家常菜、屏东菜和台北菜等各式各样的中华美食和西式美味，感受到中西美食的不同风格和差异。丰富的各地生活经验同样丰富了她的味蕾，也丰富了她的美食体验，激发了她通过美食书写来传达自己人生感悟的愿望。特别是长居国外对西餐的不适应和排斥使她越发怀念家乡的味道，这也促使她去书写自己的美食记忆，来宣泄自己的家国念想，消解自己味蕾缺失的苦闷。“人在域外，特定的经验对于这些华文作家来说是融入心灵的”③，可以说，通过美食记忆来传达自己的人生体验和对中国美食的深情呼唤是周芬娜美食书写的主要原因之一。

对亲人和故土家园的牵挂和忆念则是久居异国他乡的女作家书写家乡美食的一个重要原因。我们可以看到，在周芬娜的美食书写中，常会流露这样的情感：写母亲，必然与母亲有关的美食制作联系在一起；写小祖母，必然与小祖母生前的美味制作联系在一起；写父亲，同样与父亲有关的美

① 周芬娜：《人生真滋味：记忆中的美味与情怀》，长春：吉林出版集团有限责任公司，2014 年，第160－169 页。

② 周芬娜：《人生真滋味：记忆中的美味与情怀》，长春：吉林出版集团有限责任公司，2014 年，第160－169 页。

③ 许忆：《旧时光的味道》，武汉：长江文艺出版社，2013 年，第 256 页。

食故事相关。这三个人对她的一生都有着重要影响，思念着家乡的美味，实际是在怀念自己的亲人：那颗月桃粽承载着她对小祖母和妈妈的记忆，那半夜的日式料理配啤酒承载着她对父亲的深情，那满桌的年夜饭又是对家人团圆的殷切期盼。在周芬娜的美食书写中，隐藏着贤惠的妈妈、慈祥的小祖母、挑剔的爸爸、传奇的外祖父给予她的深深的爱。这些亲人的爱，在她的心中沉淀，她是幸福的人；当小祖母、外祖父、妈妈相继去世后，她感受到了深深的忧伤和痛惜，她希望通过书写把生活中的美好分享给读者，稀释自己的忧伤和痛惜之情。因此，在美食书写中，她回忆妈妈的味道，怀念已逝的亲情，钩沉亲人的爱，分享童年的幸福，在传达自己的美食体验时，也释放着她对亲人、对家国的牵挂和温暖美好的生命追求，字里行间，一位海外华人女作家深厚感人的亲情、乡情和家国情扑面而来，感人至深。

对中国美食的无限钟情也是周芬娜书写家乡美食的另一原因。女作家热爱中国美食，她在中国各地游历，拜访当地名人故居，遍尝神州美食，深切感受到中国美食的博大精深，这是西餐所不可比拟的。她以祖籍为河南洛阳而自豪，在《洛阳女儿行》一文中她写道："难怪我虽土生土长于台湾，却总有人以为我是河南人或山东人，在洛阳街上行走，我也常看到一些眉目轮廓与我酷似的当地妇女，几度令我激动不已。"① 在这里，我们不难触摸到她深沉的故土情结。她不仅钟情中国美食，而且对中国美食文化进行了深入探究，在她的笔下，哪怕是各种地方小点心都有着各自的生命或故事。如《品味传奇 2：大唐风范与民国味儿》一文就给我们展现了一幅历史文化飨宴图，她在其中讲述了袁世凯与天津菜、林则徐与福州菜、周恩来与北京烤鸭等动人的名人轶事，让我们在品尝美食的同时，也领略到了中国历史文化的独特内涵，认识到一位女作家力图弘扬中国美食文化的用心。在《人生真滋味》中，我们还可以看到，周芬娜所书写的美食都是自己亲身经历过、体验过，也用心品味过的，每一道菜都贯注了她的精神投入和生命认同。在《饮馔中国》的自序中，她介绍说，正宗扬州"红楼宴"四海皆知，福州聚春园"佛跳墙"名过其实，曲阜"孔府菜"惊喜连连……只有亲身品味过，才会比较出这些菜的不同特点。因此，与其说她在书写美食故事，不如说她是一个传播中国饮食文化的使者。有学者认为，

---

① 周芬娜：《人生真滋味：记忆中的美味与情怀》，长春：吉林出版集团有限责任公司，2014 年，第160－169 页。

“这种经验并不一定有固定的形式，甚至不必讲究任何形式，也能滋生出心灵的长度，于是新移民作家对生命、对生存、对梦想的体味拥有更多层面的深切理解”。① 可见，美食书写作为一种艺术形式，承载了周芬娜的家国情怀，表现出了她对故土家园和亲人的牵挂，对中华民族生活的认同，是久居异国的海外华人的人生经验与生命追求的独特投射。

三、家国情怀与亲情守望的审美传达

美食书写是饮食文化的书面表达形式，当饮食成为一种文化符号的标签，它所具备的功能意义就会由简单的满足人的基本生活需求升华至精神层面的追求。由此可见，周芬娜的美食书写具有独特的审美价值。

首先，她为读者提供了把握家国情怀的独特视角。作为一个久居异国的海外华人，对故国家园总有一种积淀深厚的乡愁情结，与其他海外作家不同的是，周芬娜巧妙地把自己的家国情怀融入了具体可感的美食书写中，让读者通过舌尖上的感觉，去体会乡愁的味道和作家深入骨髓的生命守望，真实而亲切。在《人生真滋味》中，她试图通过美食书写守望有家的幸福，有故乡的情缘，这种感情赋予具体可感的美食书写，非常亲切温馨。吃粽子、包粽子等制作家常菜的过程既是对妈妈和小祖母等亲人的怀念，也是对难忘的妈妈味道的坚守。而写妈妈的味道、小祖母的味道其实都是在寻找一份丢失的亲情，她们虽然都离开了，可是那亲切的独特的美食手艺，却成了怀念家人的一种实实在在的方式，它可以怀念流逝的时光，可以纪念至亲至爱的亲人，还可以带来心灵的慰藉，释放自己的乡愁情结，由此给读者带来了独特的共鸣和由衷的心灵感动。在中国文化里，家庭、故乡、国家三者是相通的，亲情是基于血缘关系的情感，乡情的基础又是亲情，乡愁可以升华为家国情怀，所体现出的归属感是民族文化认同的基础。民以食为天，美食文化体现了民族文化的根源意识，周芬娜通过美食书写、舌尖上的感觉去守望亲情、乡情和家国情，给读者带来了独特的审美体验和审美感动。

其次，周芬娜也给读者带来了独特的生活品味。《人生真滋味》中的每一个图文并茂的篇章都传达出女作家自己对各地美食文化的审美判断和情感诉求，都是自己独特深入的生活体验和审美考察的结晶，都体现出自己

① 林乃燊：《略论中外饮食文化交流》，《海交史研究》，1993 年第 1 期。

鲜明的生活态度和审美追求，真实亲切又生动感人。在这些篇章中，读者可以通过美食书写把握女作家所试图传达的生活品味和审美趣味，既朴实又精致，雅俗共赏，让我们领略到了中国美食的博大精深和温暖亲切，感受到了亲人的深爱和亲情的可贵，领悟到了人生要用心用情去珍惜的真滋味。因此可以说，周芬娜的美食书写，既生动演绎了她珍惜亲情、守望美好的生命诉求和审美追求，也给读者带来了独特的生活品味。

总之，《人生真滋味》是一部书写一位美籍华文女作家生命情怀的美食随笔集，周芬娜以美食记忆为线索，将丰富的生活阅历、人生经验外化于具体可感的美食书写中，给读者带来了独特的审美体验，也别具匠心地表现出了女作家深沉的家国情怀、温暖的生命诉求和独特的审美趣味，体现出她珍惜亲情、追求美好生活的审美取向。这一美食书写与女作家丰富的生活体验、深沉的家国情缘和对中国美食的无限钟情是分不开的，她通过充满深情的美食书写，传递出了一位海外华人女作家热爱生活、心系家国的生命诉求，在带给我们审美品味的同时，也带来了心灵的感动和独特的审美启迪。

（作者单位：泉州师范学院文学与传播学院）

《南京不哭》中的人性书写*

张　婷　李诠林

“人性”是一个复杂的概念。古往今来，思想家、哲学家对人性都有不同的理解与阐释。在中国哲学中，存在着“性善论”“性恶论”“性有善有恶论”“性无善无恶论”之说。孟子提出“人性本善”之说，他认为“水信无分于东西。无分于上下乎？人性之善也，犹水之就下也。人无有不善，水无有不下……”① 孟子将人的本性与水相比较，旨在说明人的善性是与生俱来的，是不言而喻的。而荀子则主张性恶论，“人之性恶。其善者伪也”②，但他也认为后天教化可以由恶化善。告子以主张“无善无恶论”著称，他说：“性犹湍水也，决诸东方则东流，决诸西方则西流。人性之无分于善不善，犹水之无分于东西也。”③ 世硕认为人性有善有恶，人生来就有善与恶的不同本性，而要保持和发扬这种先天的本性，则在于养。后天养之善性，则善性不断增长；养之恶性，则恶性不断增长。可见，人性的确是一个复杂的概念。在文学作品中，往往有很多作家观照着“人性”，正如谢有顺教授所说：“小说对生命的勘探、考证，借由实证主义的写作精神和自觉的文体意识来落实、表达，这是生命的敞开，也是生命的学问。”④ 一个作家对生命持怎样的态度，他的作品中亦体现着他生命的学问。郑洪先生的《南京不哭》关切的正是人性，是他对人性的思考、对逝去生命的一种惋惜与铭记。在他的小说中，人性之善与人性之对立表现得淋漓尽致。

---

* 国家自然科学基金项目（项目编号：41571142）、福建省新世纪优秀人才支持计划项目（项目编号：JA13078S）、国家民族事务委员会项目（项目编号：2018－GMB－051）、福建省社科规划项目（FJ2019B056）。

① 詹石窗：《新编中国哲学史》，北京：中国书店，2002年，第75页。

② 詹石窗：《新编中国哲学史》，北京：中国书店，2002年，第81页。

③ 白平：《孟子详解》，北京：人民文学出版社，2014年，第287页。

④ 谢有顺：《小说是生命的学问》，《小说评论》，2012年第6期。

一、关于作品

《南京不哭》历经 10 年的创作时间。这部作品出自美国麻省理工学院物理学教授郑洪先生之手。郑洪先生为何会写一部关于南京大屠杀的作品？一切都源于1995 年4 月13 日下午的一个以“迷思·记忆·历史”为专题的研讨会。“台上讲话围绕着一个主题：日本在二战中为了卫护他们特有的文化，抵抗西方的文化侵略，受伤最重，所受的苦难最多。他们又说，如果不是某某，某某事件，也许美国不会把原子弹投在广岛和长崎。”① 作者举手发言，主持人并不理睬作者的抗议。“过了一些时候，一本 MIT 杂志，名为 Technology Review，登了一篇关于长岛事件的长文。由一位讨论会主讲人执笔。我写了一封信回驳，过了好几个月登了出来，里面的警句几乎全被删掉，剩下只有半页。”② 正因为这样，《南京不哭》才会问世，这是作者深切而有力的回答。此外，郑洪从小在战火中长大，他深知逃难的艰辛和抗战的煎熬，因此，他义不容辞把这个历史的教训写下来，留给世世代代、千千万万的子孙。

《南京不哭》有别于揭露丰富史料、寻求历史真相的《南京大屠杀》，有别于揭露暴行、展现日军人性异变的《金陵十三钗》，也有别于立足受难和拯救、再现日军疯狂兽性的《南京安魂曲》，它是一部有温度的小说，作者用饱含深情的话语记录下了一连串的历史事件，用人性化的叙述还原了真实的故事。小说以陈梅一家的遭遇和任克文一生的轨迹为主要线索，把80 年前大时代中主人公的悲欢离合一一呈现。《南京不哭》没有大笔墨渲染战争的残酷，也剔除了嘶喊和啼哭堆砌出的悲情，而是把人物置于一种非常态的战争境遇下，诱发和逼迫小人物展示人性的选择和被选择。小说以第三人称的视角展开叙述，故事更真实，更具有说服力。作为一名业余作家，作者对语言有一定的驾驭能力。朴实语言的背后实则暗藏着某种巨大的张力。

---

① 郑洪：《我为什么写〈南京不哭〉》，《中华读书报》，2016 年 12 月 21 日。
② 郑洪：《我为什么写〈南京不哭〉》，《中华读书报》，2016 年 12 月 21 日。

二、小说中的人性表现

（一）人性之善

对人性善的关注与叙述是小说着重表现的主题，善的背后集亲情、友情、爱情及国际主义情怀于一身。战争是人类的非常态生活，人类似乎具有一种反抗外来强迫力量介入的精神品质和行动能力，正是这种精神力量和行动能力使人类在灾难境遇下不断地反抗，也正是在这种境遇下，人类不仅表现出了坚强、团结，更超越了对立、分歧，彰显出了“众志成城”和普世性的人性力量。

1. 亲情

1937年的南京城里，陈梅与父母和弟妹过着富足的生活。虽然母亲重男轻女，但这种观念并没有改变陈梅对这个家的爱。陈梅小的时候，家里生活很拮据，食不果腹的日子持续了很长一段时间，但父亲依然辛勤劳动，凭着诚恳、踏实肯干的精神，成了一家小店的老板。陈梅一家的日子开始有了起色，衣食无忧的生活却因为南京大屠杀而终止。为了躲避日本人的轰炸，陈梅一家不得不逃到防空洞里。她看到爸爸没有进洞，气愤得大喊，而此时父亲正忙着拉扯几个儿子进洞。“陈梅知道爸爸已经进了洞，虽然黑暗中看不见，还是放心了一点。过了好一会，陈梅的眼睛慢慢适应了洞中的黑暗，看到爸爸竟然在身旁不远处，才笃定下来。”① 尽管作者用极平淡的话语描述了陈梅的心理、父亲的动作，但读者依然可以感受到家人在他们每个人心中的分量。他们在去国际安全区的路上遇到日本兵。父亲被枪杀，母亲和妹妹被刺刀杀死，家人惨死激起了兄妹的反抗行为。“四毛本来站在后面，脸无人色，这时忽然像发了疯。他奔过去抓住了日本兵的裤子，像狗一样啃他的腿。二毛和三毛也跟着去咬日本兵另一条腿，把他咬得乱蹦乱叫。”② 这种反抗行为是亲情使然。

2. 爱情

朱迪是任克文的妻子，在他们乘坐帕奈号离开南京的时候遭遇了日本重型轰炸机的轰炸。怀孕的朱迪和重病的任克文相濡以沫的夫妻情感在这里得到了很好的诠释。在火球如暴雨倾落的危急时刻，朱迪一心想着任克

---

① 郑洪：《南京不哭》，南京：译林出版社，2017年，第256页。

② 郑洪：《南京不哭》，南京：译林出版社，2017年，第259页。

文的安全。“朱迪从炮艇的左侧跑下甲板。爆炸声紧跟着她的脚步。一个又一个小洞在她脚跟周围裂开，木屑在她的脚踝跳舞。奇迹！她冲下楼梯时一点儿也没有受伤，跑得仿佛比子弹还快。”① 在如此紧张的氛围里，朱迪仿佛拥有特异功能，作者实际上想展现出她行为的高尚，以及夫妻间的生死与共、不离不弃。两人挣扎着保护对方、挣扎着离开房间的情景实在让人动容。逃离帕奈号后，朱迪和克文在船员的帮助下，历经千辛万苦逃到了一块沼泽地，此时任克文的病情越来越危急，朱迪把身上的大衣给了冷风中瑟瑟发抖的任克文。朱迪知道任克文对国家的重要性，尽管她有孕在身，尽管她自己也瑟瑟发抖，但危急时刻，她依然把丈夫的安危放在首位，患难与共的爱情得到了强有力的彰显。

3. 友情

任克文在美留学期间，与约翰·温思策结下了深厚的友谊。约翰是一个正义、聪明而单纯的人。在麻省理工学院学习期间，每当任克文受到了不公正的待遇，约翰都会挺身而出。且不说约翰是为了教授的荣誉或者是为了追寻祖父的足迹而来到南京，如果不是因为任克文和朱迪在南京，我想约翰也不会毅然决然来到一个他根本不熟悉的环境。在日本特务计划加害约翰时，任克文催他赶紧逃回美国，甚至还买好了船票，答应帮他把行李寄回美国，但约翰想到他祖父的善良与勇敢，便决定留在南京，像他祖父一样帮助受难的中国人。“这几天我一直在问我自己：如果爷爷是我，他现在怎么办？刚才我找到了答案：留下来帮你造飞机。克文，滚你的臭皮蛋！你反对也好，赞成也好，我就是不走，看你有什么办法把我赶出南京！”② 约翰耍赖的态度其实在表明他留下来的决心，甚至他在给女朋友辛西娅的信中也写道：“克文催促我当日收拾一切立即回美。克文的研究是他的性命。他这样做，就是把我的性命置于他的性命之上。我不能接受，因为一个人不能在患难之时离开他的朋友。”③ 人性中有趋利避害的特性，在约翰身上，我们看到他选择的不是对自我的保护而是一种超越了民族的大义，他不是为了躲避自身不受伤害而是为了帮助中国人民躲避日本人的侵害。

---

① 郑洪：《南京不哭》，南京：译林出版社，2017 年，第 239 页。
② 郑洪：《南京不哭》，南京：译林出版社，2017 年，第 178 页。
③ 郑洪：《南京不哭》，南京：译林出版社，2017 年，第 179 页。

4. 国家情

任克文赴美留学，他本可以在理论物理方向获得巨大的科研成就，但是他转到了机械工程系，进入了航空工程组，并且博士毕业后他放弃了留在美国的大好前程毅然回到中国。他的选择被很多人视为不可理喻，但是不懂这种不可理喻的人，大概是过于自私的人。任克文的选择证明了他的清醒，证明了他具有的爱国精神，他比任何人都知道祖国面临的困难，他比任何人都知道祖国最需要什么。

1937 年 12 月 4 日，日本飞机已经侵入南京的上空，任克文和他的团队正在谈论制造马达的事情。然而“闪雷照亮了天空。一连串的爆炸震撼了房间，屋顶的一角坍塌下来，碎片如暴雹般落下。人人都用双手护住头部”。① 在如此紧张的氛围里，任克文发出了一丝紧张又坚定的声音：“我们还有一个大问题需要解决：飞机舱身不规律的振动。”② 紧张的战事无法撼动任克文的工作，更没有撼动他制造飞机用以保家卫国的信心。国家有难，匹夫有责。

在战事相当紧急的时候，出于自身或家庭安全的考虑，很多有一点财力或机会的人都会选择逃离。任克文也把他的父母和妹妹送到火车站，让他们去往相对安全的地方，“克文在火车站跪下来向父母亲磕头”③，“我听见他一个字一个字地说‘儿子不孝，国家有难，移孝作忠，义无反顾。’说完泪流满面”。④ 作者巧妙地从约翰的视角表现了任克文的爱国精神与忠诚之心，他行为的崇高与悲壮、他舍弃小我而顾全大我的精神在此刻得到了完美的诠释。

5. 国际主义情怀

在直面南京大屠杀这一历史事件时，国际安全区是一个让人无法忽视的叙事空间。“这是西方人根据世界战争的基本法则和人道主义理念而自觉设立的区域，目的在于保护那些非战争平民的生命安全，拒绝暴力双方的介入。”⑤ 国际安全区在战时的南京发挥了惊人的作用，难民有了相对安全的避难空间，特别是女性，安全区里的成员冒着生命危险帮助中国女性免

① 郑洪：《南京不哭》，南京：译林出版社，2017 年，第 211 页。
② 郑洪：《南京不哭》，南京：译林出版社，2017 年，第 212 页。
③ 郑洪：《南京不哭》，南京：译林出版社，2017 年，第 217 页。
④ 郑洪：《南京不哭》，南京：译林出版社，2017 年，第 217 页。
⑤ 洪治纲：《集体记忆的重构与现代性的反思——以〈南京大屠杀〉〈金陵十三钗〉和〈南京安魂曲〉为例》，《中国现代文学研究丛刊》，2012 年第 10 期。

受日本人的侵害。金陵女子学院的院长明妮·魏特琳是难民心中的活菩萨。出于怜悯，出于对日军行为的憎恨，她挺身而出保护了千千万万的女性。面对着日军的威胁、掌掴，她丝毫没有动摇救助伤病、保护女性的决心。文章多次写到魏特琳与日军将领的交涉及紧张的救人行为，不仅从人物的行为层面上表现了南京城内的惨烈状况，也再现了魏特琳等国际友人的勇敢、无私。

约翰也是国际安全区的一员。单纯的约翰在战事开始时不相信报纸上血淋淋的事件，因为他觉得一个文明国家的公民组成的军队应该有一些纪律。直到范先生告诉他日本人在郑妈村子里的暴行，他在即将离开南京前做了一个新的决定：我要留在南京，在国家安全区委会工作。“克文说，委员长以国士待我，我不能在危难中抛弃他的老百姓。”① 约翰借用克文的话来表明自己的忠心，不仅说明了朋友对他的影响，也说明在灾难面前，具有人道主义情怀的国际友人会伸出援助之手，这已经上升为一种国际主义精神。

（二）人性之对立

1937 年 12 月 13 日，日本军进入南京古城。这座古城见证了随后六个多星期里的日军兽行。日军疯狂地实行“三光政策”，30 多万无辜的市民和中国士兵死于日军手下。南京城内，尸体遍野，发臭的尸体成了狗的食物。南京城外的江河，浮尸层层，浸泡在浓浓的血水中。与“三光政策”相伴的，还有随处可见的强奸和抢劫。“在南京街头，许多女性尸体双腿大张，阴道中被日本士兵恶意塞进木棍、树枝和杂草等物。”② 他们的所作所为更多的是一种动物性的存在和行为，他们以疯狂的残杀展示了人性的残忍、暴虐和穷凶极恶，展示了日本侵略者躯壳深处用文明掩藏着的残缺的人性。

1. 生死之摆荡

生与死的二元对立是人性中最突出的一组对立关系。陈梅在遭遇日军的侵害时，尽管她无力反抗，但面对着日军的羞辱，她没有放弃生存的信念，求生的意志仍使她变得无比坚强，最终生存了下来。如果说陈梅的求生只是个体的挣扎，那约翰的“求死”则显得无比崇高与伟大。约翰被日本人绑架后，面临着生与死的考验。“他用棍子不停地打在约翰右肩的足球旧伤处，无法忍受这种剧痛，约翰在一声惨叫后晕倒。”③ “水流入他的肺

① 郑洪：《南京不哭》，南京：译林出版社，2017 年，第 231 页。

② 张纯如：《南京大屠杀》，北京：中信出版社，2013 年，第 77 页。

③ 郑洪：《南京不哭》，南京：译林出版社，2017 年，第 305 页。

叶，他的气管好像被撕裂，内脏也在焚烧。他张开大口喘气。更多的水灌进来，他疯狂地挣着手脚上的绳索。"[1]"约翰不停地晕过去，泼在腹部的冷水又把他淋醒，窒息后又窒息的痛苦比他小时候的溺水难忍十倍。"[2]"灌水的时间一直不停，痛苦的程度一直升高，超出他的极限。"[3]"视觉渐渐消失，约翰感觉不到自己的身体，他放弃了活下去的希望。事实上，这种没有终结的折磨比死亡更难消受。"[4]经历了日本人的百般折磨，约翰的意志已经消磨殆尽，但他并没有说出飞机的藏地，他做好了死的准备。作者在这里巧妙地运用了虚实结合的手法，把约翰向神求死的状态与现实的折磨加以对比，突出了日本特务的狠毒与粗暴。作者写约翰向神道歉，在神的庇护下到达了灵魂升华之地，作者试图借用西方宗教来缓解约翰煎熬的内心，但现实是不断地被掌掴。这个外国人的坚强与隐忍最终使他逃离了日本特务的魔掌。日本特务的残忍手段几乎超出了人类所能理解的限度，这也进一步证明约翰具有不畏惧死亡的信念。

2. 爱恨之交织

1946 年 3 月，南京的街头上，日本降兵在清扫街道。陈梅遇到了当年杀害她家人的日本军官酒井。出于对家人的爱与和对酒井的恨，陈梅失去了理性，在街头上暴打这个让她痛失家人的日本兵。"我每天睡觉之前，都会温习一下他的脸。"[5]"我牢牢记住他脸上的每一个细节。你只要给我看他的一只眼睛，我就能把他认出来。"[6]八年之间，陈梅以一种极其痛苦的方式记住这张脸、这个人。我想一切都是源于恨。陈梅希望军事法庭还她家人及死去同胞一个公道，希望判处酒井的罪行，这种心理反应正如王海明书中提到的"复仇心之恨"，"复仇心是对有意伤害自己的人所产生的也有意给他以伤害的心理"。[7]且审判过程中酒井的冷漠与他没有一丝悔意和内疚的表情让陈梅更困惑，但这种复仇之心在审判结束后得到了释怀。陈梅对酒井的态度是在去监狱看酒井的时候发生转变的，酒井盯着陈梅手里的八宝饭，这一细节触到了陈梅，让她想起了和大毛步行去重庆的艰难一刻，

① 郑洪：《南京不哭》，南京：译林出版社，2017 年，第 307 页。
② 郑洪：《南京不哭》，南京：译林出版社，2017 年，第 307 页。
③ 郑洪：《南京不哭》，南京：译林出版社，2017 年，第 308 页。
④ 郑洪：《南京不哭》，南京：译林出版社，2017 年，第 308 页。
⑤ 郑洪：《南京不哭》，南京：译林出版社，2017 年，第 338 页。
⑥ 郑洪：《南京不哭》，南京：译林出版社，2017 年，第 338 页。
⑦ 王海明：《人性论》，北京：商务出版社，2005 年，第 73 页。

在饥饿与死亡的边缘，小林伸出了援手，那时的陈梅发誓“有一天我会用同样的爱心，帮助一个饥饿的人”。① 尽管酒井是她恨的人，但陈梅还是把八宝饭递给了他。在恨的同时依然存在着爱，这才是最鲜明的人性。酒井被宣判有罪的结果如陈梅所愿，尽管陈梅对酒井的看法有所改变，但远不足以抵消他的罪行。审判结束后，酒井才向陈梅道歉并希望得到她的原谅，甚至更希望有朝一日陈梅能跟自己的女儿见面。“我有一个女儿，她的名字是道子。她的相片在银坠的夹层里面，六个月大的时候拍的。我希望有一天你们两人能够见面。我希望你们见面时握个手。”② 酒井身体里恶的种子在最后时刻终于向善发芽。陈梅也终于理解了任克文的话，“人是善与恶的两栖动物。我们所有的人，你和我都不例外，身体里面都有一个邪恶的种子和一个善良的种子。我们可以成长为其中之一”。③ 作者通过写酒井这一希望，其实也在暗示着人性善与恶的和解，中日关系的和解。

3. 灵肉之冲突

灵与肉的冲突是一个人内心世界中理性与欲望二元对立的表现。用弗洛伊德的人格理论解释即“本我”“自我”和“超我”的失调。小说中存在着多处灵肉之矛盾，孙起与钱英、范东美与小青、日本兵与中国女性。孙起和钱英想要私奔，却遭到了钱母的阻止，因为钱母唯一值钱的是她的女儿。多年后，孙起回来找钱英，钱英把初夜留给了她第一个爱的人。在孙起与钱英的复杂关系中，我们看到了人性的弱点和社会历史的复杂关系。在范东美与小青身上，体现着社会伦理道德与对追求爱情之间的矛盾。小青是范家的小丫头，她只希望求得一个姨太太的地位，但范东美沉迷于中国传统文化，忽略了他身边的仆人。小青知道范东美给不了她名分，于是选择把中国女孩宁死也要保护的初夜给了范东美，以此来结束他们之间的关系。日军对中国女性的强暴、奸杀，无疑是本我、自我和超我失衡的结果。这种结果如张纯如所说的：“毫无疑问，这是世界历史上最大规模的强奸事件之一。”④ “他们不仅奸杀南京城里各种年龄的妇女，而且鸡奸中国男性取乐，甚至胁迫中国家庭成员在日军面前乱伦。”⑤ “陈梅扶着大毛走出大

① 郑洪：《南京不哭》，南京：译林出版社，2017 年，第 322 页。

② 郑洪：《南京不哭》，南京：译林出版社，2017 年，第 351 页。

③ 郑洪：《南京不哭》，南京：译林出版社，2017 年，第 351 页

④ 张纯如：《南京大屠杀》，北京：中信出版社，2013 年，第 71 页。

⑤ 洪治纲：《集体记忆的重构与现代性的反思——以〈南京大屠杀〉〈金陵十三钗〉和〈南京安魂曲〉为例》，《中国现代文学研究丛刊》，2012 年第 10 期。

门。她看到一个女人赤着下身躺在客厅里，嘴巴张开，两眼突出，一个玻璃瓶插在阴部。”① 由陈梅的所见，可以看出日军扭曲的心理。尽管作者没有选取日军暴行作为叙事的重心，但以小见大，我们可以窥见日军完全丧失人性的兽性本质，我们永远无法真正了解受害者的精神损失。

三、书写人性的策略

《南京不哭》采取了主、辅线并行的叙事结构，线索一是陈梅一家的命运，线索二是任克文和约翰的生活、工作轨迹，辅线是范先生对中国传统文化的痴迷、孙起与钱英的故事，以及国民政府的军事政策。文章的设置看似毫无技巧，但细细品读则发现作者在结构安排、语言运用上有着精心的营构。

作者从平常的家庭故事入手，引出若干故事。这些故事统一于作者对“人性”的书写，亲情、爱情、友情、国家情和国际主义情怀架构起了小说的叙事脉络。这些有温度的故事又组成了三部曲，每部曲的每个章节又将这些故事加以穿插叙述，使读者跟随作者的行文去感受 80 多年前的悲欢离合。不同的叙事空间的转换使读者可以从多个角度观照人性。小说以第三人称叙述故事，客观、冷静地还原了南京大屠杀的血腥场景和事件，这种“去虚构化”的叙事策略把小人物在战争中挣扎生存的真实情况，人与人之间复杂的关系，以及人物宝贵的精神，令人发指的日军暴行一一呈现。

在语言上，不动声色、平淡无奇的字里行间却蕴含着作者真挚的感情。郑洪先生并非专业作家，但平淡的文字里具有一种穿透力，冷静的文字里蕴藏着某种张力。“你没有看到南京《新民报》今天头版上面的照片？一个笑容满面的日本兵一手提着一个龇牙咧嘴的人头，一手倒挽着一把武士刀，好像刚刚钓鱼回来的样子。”② 钓鱼的悠闲与日兵的残暴、“笑容满面”与“龇牙咧嘴”的对比无不在讽刺着日军的残暴，“笑容满面”的人在砍杀人头时不怀半点恐惧，反而得意扬扬地炫耀自己的战绩，而“龇牙咧嘴”的平民百姓又经过了怎样的挣扎。“几个日本士兵开枪，满地白烟。几个难民像骨牌一样跌在地上。许多日本士兵提着枪左捅右扎，难民们叫喊着四散

① 郑洪：《南京不哭》，南京：译林出版社，2017 年，第 275 页。
② 郑洪：《南京不哭》，南京：译林出版社，2017 年，第 219 页。

奔逃，却被墙壁反弹回来，犹如冻蝇钻窗。”① 骨牌倒下很容易，生命在那一刻倒下也很容易，在人墙中找不到一个缝隙能逃离，即使对生怀着强烈的愿望，也终究逃离不出日兵的枪底。从类似的文字中可以看出日军的残暴，人们逃难的艰苦处境，也可以看出郑洪先生对人性的思考。

郑洪先生以人性化的书写还原了历史的灾难场景，他不仅仅为了让人类铭记这一历史时刻，它更启示我们人类反思自身的行为、思想，以避免灾难重演。

（作者单位：福建师范大学文学院）

① 郑洪：《南京不哭》，南京：译林出版社，2017 年，第 257 页。

伤心人别有怀抱：《伤心者》的隐语演绎与时代显影

陈舒劼

“看了《伤心者》，不哭的话，正常吗?”许多读者在网络上以反问的方式强调了对《伤心者》的喜爱。相对而言，伤心垂泪并不是科幻小说阅读期待的标配，《伤心者》携带的巨大情感能量，应该是它在2003年斩获中国当代科幻小说最高荣誉“银河奖”的缘由之一。这部两万余字的小说，在被誉为中国当代科幻“四大天王”之一的何夕的创作中占有重要地位。① 科幻想象更迭迅速，而《伤心者》至今令人动容，必然有其独特之处。它的叙事就像案发现场一般，隐藏着许多令人疑惑的细节，有意无意地勾勒出了一个潜在的、也更为宏大的观念世界。这，或许才是“伤心人”念兹在兹的“别有怀抱”。

一、“伤心”及其时代现场

《伤心者》不是需要消耗大量脑力的科幻小说，不像威廉·吉布森的《神经漫游者》；它也不是保留情节开放性、留下无尽遐想的科幻小说，不像阿瑟·克拉克的《2001：太空漫游》和《与罗摩相会》；它也不具备宏大的体量，不像阿西莫夫的“基地”系列和弗兰克·赫伯特的“沙丘”系列。对文本细读的工作来说，《伤心者》绝非千头万绪交织缠绕的现场。小说的主线，就是诺贝尔物理学奖获得者何宏伟借用基于“大统一理论”的时空转换设备，复原了150年前一位被埋没的天才数学家的一生。这位名叫何夕的数学家独立提出并于1999年完成了“微连续理论”，该理论成果根本未

① “何夕的代表作是《六道众生》和《伤心者》，这两篇分别作为他两部小说集的开篇，在何夕作品中占有重要地位，拥有广泛的读者影响力。”郭凯：《平行世界中的独行者——何夕科幻作品中20世纪90年代后科技时代背景下的英雄主义叙事》，姚义贤、王卫英主编《百年中国科幻小说精品赏析》，北京：科学普及出版社，2017年，第1508页。

曾进入当时的理论界，却直接促成了150年后“大统一理论”方程式的诞生，而这一方程式是“人类最伟大的科学梦想，从某种意义上讲是人类认识的终极”。① 何宏伟承认，他无意中得到的何夕的著作，帮助他跨越了无法逾越的障碍，完成了超越时代的理论杰作。

然而，何夕的人生不像他提出的理论那般，等到了扬眉吐气的一天。理想无法实现，抱负无以施展，硕士毕业前就发了疯，靠下岗母亲的抚养在医院里呆傻地活了二十年之后死去，何夕的一生寂寂无闻。小说叙事围绕着何夕努力推出其“微连续理论”的核心，详细地展示了他与其主要社会关系的生活场景。母亲夏群芳、女友江雪、导师刘青、计算机系硕士同学老麦、已经毕业的同门师兄和计算机公司老板老康，再加上出版商“胖眼镜”和150年后的理论继承者何宏伟，这就是何夕的全部关联者。令人遗憾的是，这并不复杂的人际关系，也大多没有给何夕带来最终的愉悦。夏群芳给了何夕最无私的母爱，而何夕对夏群芳的无微不至感到厌烦，干脆地拿走了买断母亲27年工龄的存折。即使在意识到自己的理论彻底被世界抛弃时，“何夕内心里却有一个声音在说，这个世界上你唯一不用感到内疚的只有母亲”。② 女友江雪曾给何夕带来一段甜蜜的时光，她顶着父亲的压力、舍友的嘲讽、老麦和老康的追求，始终忠于自己对何夕的感情和价值判断。可这段感情终究没有拗断冰冷的现实逻辑，江雪在赴美苦苦等待何夕未果之后，被老康摘下了何夕送给她的定情信物。导师刘青也是影响何夕的重要人物之一，他给何夕上第一节课时所说的第一句话“探索就意味着寂寞”，实际上给了探索“微连续理论”的何夕很大的精神鼓舞。何夕提交《微连续原本》之后，刘青坦承“我不知道它能用来干什么”，“我们的研究终究要获得应用才是有意义的”。③ 然而，刘青在劝阻何夕不要孤注一掷地把全部精力和经济都投入“微连续理论”之时，他同样尽全力帮助何夕解决具体的困难，帮何夕申请校内资助，替何夕向老康的借贷做担保，在《微连续原本》出版后原价买上一套，刘青已经做了他力所能及的一切。但也正是刘青走出何夕家很远后把买来的《微连续原本》扔进路旁垃圾桶的举动，和江雪的情变一起彻底击垮了何夕的内心。与此相比，老麦、老康和“胖眼镜”给何夕带来的难堪或屈辱就不值细说。他们三人，尤其是

① 何夕：《伤心者》，南京：江苏凤凰文艺出版社，2015年，第35页。
② 何夕：《伤心者》，南京：江苏凤凰文艺出版社，2015年，第33页。
③ 何夕：《伤心者》，南京：江苏凤凰文艺出版社，2015年，第15页。

后两者，鲜明地代表了物质利益的强势和虚伪。总之，随着“微连续理论”获得公开承认的理想的破灭，何夕所有的人际关系都走到了尽头，无边的黑幕徐徐地从他的心灵世界上空降下，一个疯子诞生了。

《伤心者》的意图当然不止于刻画何夕和他的伤心人生，在小说的结尾，何宏伟用一连串曾被历史掩埋的姓名强调了何夕的典型性。阿波洛尼乌斯、伽罗华、凯莱、莱姆伯脱、高斯、黎曼、罗巴切夫斯基等人，此刻都站到了何夕的身后。贡献与获得之间的落差，在《伤心者》中并不是偶然，而是带有偶然面具的必然。有中国当代文学阅读经验的细读者，很容易复原出《伤心者》前后的文本历史。在新时期之初，徐迟发表于1978年第1期《人民文学》上的报告文学《哥德巴赫猜想》，谌容发表于1980年第1期《收获》上的中篇小说《人到中年》，都涉及知识分子为理想奋斗又挣扎于生活旋涡的主题。《哥德巴赫猜想》中的陈景润在被造反派绞掉了电灯的暗屋中，以床板为桌证明“(1+2)”，贫病交加、无人理睬，到了濒死的境地。《人到中年》里的医院院长赵天辉，一位经历政治风波而又复出的高级知识分子，面对长年全身心奉献给工作、突然倒下的眼科大夫陆文婷时只能感叹道，“拿手术刀的不如拿剃头刀的”。[①] 20世纪90年代中后期到21世纪之初的几年内——1999年年底完成的《伤心者》就处于这一时段，再次集中出现了一批表现知识分子理想屈服于世俗欲望和利益的小说。在格非的《欲望的旗帜》中，一位哲学研究者因痴迷学术而发疯，但他靠做生意时经历的蝇营狗苟成功自救。“他们公司的副董事长曾经因为研究这个问题（先有鸡还是先有蛋）坐过牢，还发过疯，不过后来一旦做起生意来，病就全好了。”[②] 张者的《桃李》开篇就认真地分析高校里对研究生导师的新称呼“老板”，这个词汇象征着“知识”与“经济”的“融会贯通”。在何顿的《荒芜之旅》中，一位知识分子痛苦地在日记中承认，“这个时代不是做学问的时代”。[③] 在阎真的《沧浪之水》里，主人公池大为的自白几乎就是对精神世界沦陷的总结：“按说每个朝代知识分子都是社会的最后一道道德堤坝，可今天这个堤坝已经倒了。连他们都在按利润最大化的方式操作人生，成了操作主义者”，“在这个时代，我们遇到了精神上的严峻挑战，我得承认这一点。我们没有足够强健的精神力量来回应这种挑战，在不觉

---

① 谌容：《人到中年》，张忆编《人到中年》，香港：中国文学出版社，1993年，第18页。
② 格非：《欲望的旗帜》，南京：江苏文艺出版社，1996年，第59页。
③ 何顿：《荒芜之旅》，北京：中国青年出版社，2001年，第50页。

中，就被打败了，缴械投降了”。[1] 这批小说共同的意见是，市场经济的生机勃勃给知识分子的理想实践带来了更多的诱惑和挑战。陈景润们无须只依靠笔和纸来演算，也不再有政治风波的干扰；陆文婷们不必再感叹收入的拮据，也不用为专业研究后继无人而担忧。可新问题带来的精神痛苦似乎不见得有多少减轻。这一切，都是理解《伤心者》必要的外部信息。《伤心者》和这批小说一样，都是时代的产物，尽管作者把时间往后拨快了 150 年，可聚焦的还是 1999 年，这个诞生了伟大的“微连续理论”，而又埋葬了它的年代。

然而，把《伤心者》放回时代文学语境之中，却直接暴露了它的破绽。

二、被蓄意安排的“伤心”

《伤心者》虽属科幻，但它却自觉遵守了现实主义小说的规则，所有的叙事前提都与现实生活相同。读者不用去理解“外星生活环境”那样一个新的叙事语境。可这样一来，许多刺眼的问题就出现了，围绕在“伤心”的周边。

为什么不发表论文？为什么不参加学术会议？为什么没有任何发表学术观点的渠道？从情节中抽身出来的读者可能都会有这样的疑问。如砖头般厚，分上中下三卷，何夕的《微连续原本》积十年之功，并非一朝一夕所得。这个伟大的理论应该经由许多局部的积累和突破所形成，完全可以在漫长的时间中转化出一些具体的成果，而学术论文就是其中再自然不过的一种形态。如果说达到“人类认识的终极”这样级别的学术研究，连几篇论文都转化不出来、一点发表学术观点的机会都找不到，这就与小说的基本设定产生了强烈的冲突。何夕所处的 1999 年的学术环境，不可能比陈景润当年还差，可陈景润恰恰是通过《科学通报》和《中国科学》发表了论文《大偶数表为一个素数及一个不超过两个素数的乘积之和》，完成了“（1+2）”的证明。《哥德巴赫猜想》将陈景润的专研转化为攀登“神山”的生动场景：“他跋涉在数学的崎岖山路，吃力地迈动步伐。在抽象思维的高原，他向陡峭的巉岩升登，降下又升登！……一张又一张运算的稿纸，像漫天大雪似的飞舞，铺满了大地。数字、符号、引理、公式、逻辑、推

---

① 阎真：《沧浪之水》，北京：人民文学出版社，2001 年，第 394、409 页。

理，积在楼板上，有三尺深。忽然化为膝下群山，雪莲万千。”[①]《伤心者》中同样将何宏伟未偶遇“微连续理论”时的束手无策，形容为面对“神山”的无奈：“此后我一直同其他人一样徘徊在神山的脚下，已经看得见上面的万丈光芒但却无法靠近一步。”[②] 即便不考虑二者之间是否存在有目的的相似，也不禁要发问：陈景润当年仅凭一己之力攀上所研究领域高峰的路径，为自己的理论面世不惜一切代价的何夕为何始终回避？无论如何，出版专著都不是唯一的一条路，更何况，其他路径的理论传播效率不见得就比专著低。

何夕如此执着于将自己的理论出版，出版真的如此重要吗？它究竟有什么意义呢？一些读者可能会将何夕所收到的那些再清晰不过的警示视为经济因素考量的结果，如刘青说服校方资助失败之后曾解释说，学校不同意将“微连续理论”作为攻关课题，“你知道的，学校的经费很紧张，所以出书的事……”。[③] 但“微连续理论”没有得到它应有的理论承认，其根本不在于经济因素，书到底是出了，一本都卖不出去，送图书馆没人要，连怜惜何夕的刘青也只能把它扔进垃圾堆。“读不懂”才是最重要的。刘青在说学校经费紧张时，前边还有一句话：“没有人认为这是有用的东西。”[④] 在此之前，刘青在小说中说的第一句话就是“我已经尽力了”[⑤]，这里就包含了专业理解力方面的因素。尽管，刘青当时的心理旁白仅是通过第三人称全知视角表露出来——“他并没有完全看懂手稿”，但“我不知道它能用来干什么”[⑥] 的表述，已经让“何夕有些发怔，他听出了刘青语中的意思”。[⑦] 导师刘青读不懂，师兄老康读不懂，校方的态度显然也是“读不懂”。何夕难道寄望于出版了就会有人读懂？这根本不符合一个正常科研人员的心智。如果何夕质疑周边同行的能力又不愿意向学术刊物投稿，那他还可以向更权威的学术机构、更高的学术层级展示自己的理论成果。何夕需要的是学术界的“承认”，而不是出版，他非出版不可的举动，就像一个明知自己快饿死的人不去找食物而去找筷子或刀叉。从这个意义上说，刘青的举动也

---

① 徐迟：《哥德巴赫猜想》，北京：人民文学出版社，2017 年，第 47－48 页。
② 何夕：《伤心者》，南京：江苏凤凰文艺出版社，2015 年，第 36 页。
③ 何夕：《伤心者》，南京：江苏凤凰文艺出版社，2015 年，第 24 页。
④ 何夕：《伤心者》，南京：江苏凤凰文艺出版社，2015 年，第 24 页。
⑤ 何夕：《伤心者》，南京：江苏凤凰文艺出版社，2015 年，第 14 页。
⑥ 何夕：《伤心者》，南京：江苏凤凰文艺出版社，2015 年，第 15 页。
⑦ 何夕：《伤心者》，南京：江苏凤凰文艺出版社，2015 年，第 16 页。

是不合小说叙事设定的前提的。刘青对何夕的善意，焦点也都落到了何夕著作的出版之上，他没有向同行尤其是此领域内较为权威的专家推荐过何夕或其理论。小说从头到尾都没有表现出刘青在这方面的努力，他似乎是从石头缝里蹦出来的导师。归根结底，“微连续理论”的出版与否根本无足轻重，在小说中，出版它的唯一功能就是让150年之后的何宏伟偶遇。既然是彻底的小概率事件，手稿也能承担“偶遇”何宏伟的功能。可没有任何意义的出版，却成为纠缠何夕等人的心结，直接把何夕逼上了绝境。小说如此有选择地展现了学术研究的路径、违背其秉持的现实逻辑，也令人好奇。与这种重大冲突相比，何夕为什么在那么拮据的情况下没有“货比三家”地直接接受了“胖眼镜”的高价出版，似乎也没有必要在意了。

何夕“伤心”的一生充满了偶然，但不是建立在必然之上的偶然，而大多是违背必然的偶然。1999年左右的硕士毕业生，即便是从事基础数学研究，即便是做不出重大理论贡献的庸常之辈，也能在专业领域之内甚至之外找到生存的空间。何夕既然灵珠在手，可以从容地发表论文，参加学术会议，扩大自己的影响力，这与他毕业找工作、发展与江雪的爱情完全不矛盾，甚至还有极大的裨益。他已经为“微连续理论”奋斗了十年，为什么在硕士毕业前突然要不惜一切代价地出版论著呢？把责任归结到江雪身上行不通，她本人没有给何夕任何现实的压力。巧合既然已经如此之多，就干脆让它再多担待一点吧。何夕在送别老康时想到了自己专著遭到导师和学校图书馆的遗弃，此时又恰好看到自己与江雪的定情物被老康用来擦鼻涕，就此发疯。何宏伟这样重要的科学家，居然会跑到一幢“正被推倒”的旧楼之中，从而“见到了一套装在密封袋里的书”①，就凭借着这本何夕遗著突破了理论瓶颈，这和武侠小说主人公无意中得到武功秘籍从而天下无敌太相似。《伤心者》在小说的结尾拉出了一大串杰出的科学家为何夕这样的“伤心者”证明，但实际上《伤心者》没能合逻辑地再现伟大科学成就诞生过程中不可避免的悲壮。在《红楼梦》和武侠小说之间，《伤心者》显然和后者更气味相投。《红楼梦》的伟大之处就在于，它的诸多细节缓慢而又坚决地指向那个结局，所有的生活场景和细节共同铸就了历史的必然。“经典文学的特征毋宁是，必须将跌宕的幅度限制于历史逻辑的许可范围。”② 类型文学或说大众文学，不需要接受这种约束。《伤心者》从表面

---

① 何夕：《伤心者》，南京：江苏凤凰文艺出版社，2015年，第36页。

② 南帆：《文学理论十讲》，福州：福建教育出版社，2018年，第161页。

上看似乎签订了一个带有明显历史逻辑性的严肃契约，可它的叙事又明显逸出了这个范围。

作为作者的何夕导演了这一切，他蓄意安排了一场跨越时空的“伤心”，又留下了太多的破绽。福楼拜为救不活自己笔下的包法利夫人而伤心，何夕让自己笔下的何夕在脱离常识和逻辑的情节里发起了疯。那么，他一定有自己的缘由。

三、谁是伤心者？

为什么要制造“伤心”的一幕？考虑到“伤心”是蓄意安排、矛盾丛生的场景，在分析为何制造伤心这个问题之前，有必要理清另一个问题：“谁是伤心者”。

“伤心者”，其实是在小说尾声时借由何宏伟概括而出的。“伤心”这个词，在主人公何夕的人生旅途中并没有被点明。某种意义上，正如之前所分析的，何夕原本不必如此伤心，除了作者强烈的意图，没有哪种力量能把何夕逼上绝路。“伤心”源于何宏伟观看何夕一生的感受：“尽管我想忍住但还是流下了泪水。我觉得照片上的母亲和儿子是那样亲密，他们都是那样善良，而同时他们又是那样——伤心。是的，他们真的很伤心。”① 同时，这种“伤心”也成为将何夕和历史上曾被埋没的科学家相联系的要素：“我看着手里的半页纸，上面的每一个名字都是那样的伤心。‘也许我们应该永远记住这样一些人。’”② 当然，“伤心”也顺便成了向“何夕”们致敬的理由，何宏伟读完那些科学家的名字后，“世界沉默了，为了这些伤心的名字，为了这些伤心的名字后面那千百年寂寞的时光”。③ 何夕的伤心和何宏伟的伤心一样，传导出叙事者何夕的意图，这是两个被贴上伤心标签的人物。

接下来被锁定的伤心者，似乎非何夕之母夏群芳莫属。可能有读者会觉得，夏群芳才是这个故事里最令人同情的人。小说一开始，就让她提着十来斤的东西多绕了五公里去看隔几个小时就会回到家里的儿子。这个细节似乎是在预告，夏群芳就是以苦为乐的角色。她身处社会底层，拮据困

---

① 何夕：《伤心者》，南京：江苏凤凰文艺出版社，2015 年，第 38 页。

② 何夕：《伤心者》，南京：江苏凤凰文艺出版社，2015 年，第 39 页。

③ 何夕：《伤心者》，南京：江苏凤凰文艺出版社，2015 年，第 39 – 40 页。

顿，时常与外人鄙夷的目光相伴，却始终对生活充满热情。其中重要的缘由，就是她对儿子何夕的深爱。夏群芳无私地奉献着母爱，她为儿子的每一个行为自豪，执着地认为所有对儿子的不认同都是终将得到纠正的偏见。这样的母亲多少有些盲视和偏执，但夏群芳让人不忍苛责的原因，在于她不仅无私，还包容和担当。她不让何夕成为社会的负担，在何夕疯了之后又扛起了20年的生活重担，直至生命的终结。周围的评议和看法肯定会影响到夏群芳，开始时，“夏群芳的心中早就有了主见，自己的儿子可没有什么不好，儿子的专业也是顶好，那些不会用人的单位是有眼无珠，迟早要后悔死的。夏群芳有时没事就在想，有一天等何夕读完硕士后找个好工作一定要气气当初那些不识好歹的人，想到得意处便笑出声来”。[①] 夏群芳对何夕的自信，包含着社会对硕士研究生这一群体的价值肯定。夏群芳此时的自豪，兼有母性和社会性的成分。到何夕疯了的时候，匆匆赶来的夏群芳“从看到何夕的时刻起，她的目光就变了，变得安定而坚定……她的独生子就在她的面前，他没有被飞机撞，这让她觉得没来由的踏实……何夕现在就像他小时候一样，乖得让人心痛，安静得让人心痛”。[②] 能彻底放下儿子出人头地的期望，当然是母亲之爱的彻底和无私使然。早在夏群芳将何夕的《微连续原本》送到小学还对他谎称是出售的时候，她心里应该对何夕理论不能为社会所接受有了准备。当失败贴到面颊、再也无法回避的时候，还是母爱给了夏群芳力量。不能说夏群芳不是“伤心者”，但她“施爱者”的色彩明显超过了“伤心者”，如果没有深沉的爱，始终拮据的她不可能在何夕疯了之后又坚持了20年。

不要忘记了江雪。江雪和何夕的邂逅，以及他们俩幼童时做邻居的经历，让他们走到了一块儿。小说的叙事竭力将江雪描绘成无物质需求的恋人，竭力突显她对何夕“这个人”的欣赏。可人总处于社会关系之中，难道江雪对何夕的爱，就不含有某些现实因素的考量吗？答案自然是否定的。江雪爱何夕不假，但这种爱同时包含着某种预期。恋爱初期，江雪毫不在意自己的几个女友戏谑地将何夕称为“你的老教授”，是因为除了少时的情感基础外，江雪对何夕迟早会成为远非庸众、众人艳羡的“教授”坚信不疑。她觉得何夕充满灵气，“她从未见过谁拥有这样一双睿智而深邃的眼

---

① 何夕：《伤心者》，南京：江苏凤凰文艺出版社，2015年，第4页。
② 何夕：《伤心者》，南京：江苏凤凰文艺出版社，2015年，第35页。

睛”。[1]“老”在这个意义语境中成为增添“教授”魅力与风采的修饰，而非女友们眼光中的衰老与落伍。当“教授”终成画饼、恋人隔海遥望，江雪被老康解开脑后的蝴蝶结只是时间问题。此时读者会回想起来，江雪出国时对何夕说“如果你真反对的话我就不去了”[2]“你不要用这种口气对我说话好吗。这让我觉得失去了依靠”[3]之时，她对恋爱中现实或物质的需求一直都在，只不过被欣赏和爱恋遮掩住了而已，它终将随时间的淘洗而“水落石出”，这也是自然而然的事。一旦期望彻底破碎，江雪必然伤心，也必然会走出伤心——小说叙事已经证明了这一点。江雪在给何夕的最后一封信中坦白：“我的泪水止不住地往下流，但这并非因为对你的爱，而是我在恨自己为何改变了对你的爱——我本以为那是不可能的事。”[4]因此，江雪也不是小说里真正的伤心者。

导师刘青为何夕操了不少心，但他同样不可能是小说叙事所真正在意的那个“伤心者”。他到何夕家中全价买下了何夕的《微连续原本》，走出很长一段距离后把书原封不动地扔进路边垃圾桶，这个细节说明刘青已经在心里放弃了何夕。何夕的心血连进门的资格都没有，刘青不想再与何夕发生哪怕是在回忆中的联系。

那么，小说真正想塑造的“伤心者”，是不是只有那个行为根本不合逻辑的何夕，以及作为叙事意图传话者的何宏伟呢？当然不止于此。“看了《伤心者》，不哭的话，正常吗?”流传于网络中的认同表明，小说《伤心者》真正塑造的“伤心者”，可能正是读者，不少读者为这部小说动容。1998 年，银河奖从专家投票改为读者投票，《伤心者》以压倒性优势获得第十五届“银河奖”，就是赢得读者认同的明证之一。[5]赢得读者的承认，是否就意味着小说的叙事意图得到了最终的承认？

---

① 何夕：《伤心者》，南京：江苏凤凰文艺出版社，2015 年，第 6 页。

② 何夕：《伤心者》，南京：江苏凤凰文艺出版社，2015 年，第 23 页。

③ 何夕：《伤心者》，南京：江苏凤凰文艺出版社，2015 年，第 24 页。

④ 何夕：《伤心者》，南京：江苏凤凰文艺出版社，2015 年，第 29 页。

⑤ 网络上另外也有读者喜欢《伤心者》的报道。“我们从网上进行调查，您早期的作品中最受欢迎的应该还是《伤心者》，网上有很多关于它的讨论，还有好多人说看了这个之后，很多人上大学的时候义无反顾地去学了数学专业。”陈晔、郭明娟：《何夕：我不是爱情圣手 写什么比怎么写重要》，http://www.chinawriter.com.cn/n1/2016/0708/c404081 - 28539085.html。

四、虚构的承诺与认同的幻象

小说的叙事意图究竟是什么？何宏伟说："对有些东西是不应该过多地讲求回报的，你不应该要求它们长出漂亮的叶子和花来，因为它们是根。"① "根"是什么？怎么理解这篇科幻小说开头时提到的"宿命"？作为科幻类型的作品，《伤心者》为什么几乎不介绍"微连续理论"的理论本身？为何极力减少科学想象的成分？

所谓的"根"，显然就是指无法直接带来回报的基础研究。科学技术的推进是个复杂的系统，其风险因素高人所共知。仅在新技术发明这个范围内，"研究表明，95% 的研发项目没有产生任何结果，只有 5% 的项目最后取得可以申请专利的技术。另外，申请专利以后的技术并非都有商业价值，因为有些新技术生产出来的产品消费者不喜欢。……申请专利的技术中，十之一二最终投入商业生产，给公司带来回报。另外的 80% ～ 90% 被束之高阁"。② 因此，显然是应该归类于"根"性的基础性研究的"微连续理论"，原本就不会以外界的即时反应为最后的价值判断。《伤心者》没有赋予"根"性的"微连续理论"以强烈的实践性色彩，但这种倾向在何夕稍后完成的另外一篇小说《田园》里，又有着不同的表达。《田园》里的主人公何夕推出的研发结晶不是"微连续理论"，而是"木禾"——使粮食与树木融为一体、粮食生产变得几乎没有成本、粮食作物将成为野草一样的一项生物技术。《田园》里的何夕认为，"只有那些最最'基本'的东西才会真正有用。除此外那些所谓新潮技术，所谓领先科技，最终都是些好看但却作用不大的肥皂泡罢了"。③ "木禾"是此番言论的正面榜样，而风靡的"脑域"技术成了反面教材，这与《伤心者》中何夕的"根"的论调几乎如出一辙。然而，《田园》里的"木禾"技术相比于《伤心者》中的"微连续理论"，其实践转化能力要明显提升很多，究竟什么是"基本"、什么是"有用"，其实是参照物衬托、叙述设定的结果。"木禾"和"微连续理论"之间的差异，可能不小于"木禾"和"脑域"技术的差距，这些表述都涉及同一个关键问题：科学如何通过自我表述而获取认同。

---

① 何夕：《伤心者》，南京：江苏凤凰文艺出版社，2015 年，第 39 页。

② 林毅夫：《后发优势与后发劣势——与杨小凯教授商榷》，《经济学（季刊）》，2003 年第 4 期（总第 8 期）。

③ 何夕：《田园》，《伤心者》，南京：江苏凤凰文艺出版社，2015 年，第 202 页。

尽力扭转现实中科学理论的实践逻辑、极力调低小说中的科幻因素，《伤心者》所在意的，是科学理论研究与其社会认同获得之间的关系。大众的刻板印象之中，科学家总是严肃冷峻、不苟言笑，保持着和普通人之间的距离，这种基调推向极致，就是“科学怪人”，有着异于常人的习惯和做派。可归根结底，科学理论的推进和先进技术的研发，都离不开其社会土壤。只要人的社会属性没有被铲除，就没有“纯而又纯”的科研。作为“科学活动的一个组成部分”的科幻①，更是必然地携带着社会性的考量：“所有的科幻小说本质上都具有社会性。”② 《伤心者》的“伤心”在于，“超前性”的科学研究，往往不被学术共同体所理解，也不为大众所接纳。这两个“痛点”，其实在中国当代文学中不乏先例，尤其是后者。《哥德巴赫猜想》中，陈景润研究的“（1+2）”被群众嘲笑，《三体》中用来逃亡的光速飞船计划因为无法通过民众的伦理认同而破产。即便后来的历史证明了超前理论的正确，这也仅是对当事人没有实质意义的名誉弥补。刘慈欣的《流浪地球》里，坚信科学家做出的太阳灾变理论预言的少数人，因无法被大众所理解而被处以冰冻极刑，当太阳灾变果真降临之时，这些人类的保护者却已经成为站立在冰面上的五千多尊雕像。科学研究的成果如何被大众所了解和认同，是《伤心者》“伤心”叙事的关注所在。《伤心者》中何夕这样的理论先行者们的付出及成就与得到的社会认可之间形成了巨大的反差，而每个受惠于这些伟大人物的普通人，应该为他们的遭遇感到伤心。同理可推，包括读者在内的普通人，都应该向从阿波洛尼乌斯到“何夕”的未被承认的先行者们致敬。这才是《伤心者》“伤心”的认同指向。它替未来的大众向未来的理论先行者们做出一个虚构的允诺：我们终将记住你们的贡献，即便这些贡献还暂时不为我们所知。这个虚构的允诺虽然不可能有任何制度的保障，但却是激励先行者们的强大精神动力，抚慰那些可能存在的孤独的灵魂，成为先行者隐姓埋名的最后支撑。所以何夕才有底气说出“微连续理论”就是他的“宿命”。虚构的允诺是为鼓励无私的科研奉献而做出的允诺，以巨大的现实牺牲来赋值迟来的崇高意义。当然，这种承诺的确得到过历史的支持，司马迁在《报任安书》中说：“以著此书，藏之名山，传之其人，通邑大都，则仆偿前辱之责，虽万被戮，

① 江晓原、穆蕴秋：《新科学史：科幻研究》，上海：上海交通大学出版社，2016 年，第 16 页。

② ［美］汤姆·默伊兰：《“社会的”对决社会政治的》，王逢振主编《外国科幻论文精选》，重庆：重庆出版社，2008 年，第 167 页。

岂有悔哉？”就是这种文化心理的经典表述。

《伤心者》中虚构的承诺同时还有另一副面相。由于它选择性地截取现实中的逻辑，被蓄意安排的“伤心”充满了类型文学的气息。“天才”何夕的“伤心”，就和霸道总裁的“任性”一样，拥有太多的豁免权。《伤心者》在做出认同上的允诺的同时，拆除了大众想象自己是科技精英的潜在门槛，让人人都可以将现实的障碍转化到客观因素和条件上，从而将自己代入为高处不胜寒的“伤心者”“孤独者”“纯情者”。这在将“何夕”列入从阿波洛尼乌斯开始的一长串“伤心者”的名单之时，就醒目地标示出了他的异样，他终归是个幻象。

（作者单位：福建社会科学院）

构建中国文艺理论要力避三种窠臼

王　伟

继20世纪90年代的“失语症”命题之后，文艺理论界近年来又集中在“强制阐释”的旗帜下进行自我反思与他者批判，迄今仍呈现出如火如荼的势头。毋庸置疑，这些工作有助于为当代中国文艺理论的构建夯筑地基、铺平道路。在此过程中，值得注意的是，一些言论实际上情绪宣泄的成分过多，有时甚至要大于理性分析，因而再度陷入中西、古今与内外三重二元对立的泥沼之中。就目前而言，主要表现为如下几种形式：一是把西方文论漫画化，为批判而批判；二是把建构的希望全部寄托在中国古代文论与西方文论的对话上，从而有意无意忽略近代以来中国文论构建的诸多尝试与实绩；三是执迷于纯粹来自文学经验的文论，排斥其他学科的有益见解等。以下分而论之。

一

众所周知，自晚清以降，中国知识界曾两次大规模积极引入包括文艺理论在内的西方哲学社会科学——一是“五四”新文化运动，二是20世纪80年代的新启蒙运动。有意思的是，随着西方后殖民理论的传入，中国学术界逐渐开始反思西方理论所带来的弊端。正是在这样的理论背景下，中国文论“失语症”的批判与焦虑可以得到更好的理解。① 如果说，“失语症”侧重于自我省思，不乏自责自艾的意味，那么，近几年盛行的“强制阐释”则偏向于他者批判，充满着昂扬向上的战斗性。② 不言而喻，这跟构建中国特色哲学社会科学的整体学术氛围紧密相关。作为构建中国特色文艺理论的前期准备工作，批判西方文论的“强制阐释”引发了学界的强烈共鸣。有些令人遗憾的是，在这种理论潮流中，也有不少学者发出了若干

---

① 曹顺庆：《文论失语症与文化病态》，《文艺争鸣》，1996年第2期。

② 张江：《强制阐释论》，《文学评论》，2014年第6期。

以偏概全、断章取义的声音。

其一，由西方文论霸权的终结，断言西方文论已经失败，该中国文论登场了。应该说，这三个命题之间的关系十分复杂，不容易那么简洁明快地进行处理。先来看第一个命题，我们知道，后现代主义在西方理论内部掀起了反对宏大叙事的巨大波澜，先前至高无上的逻各斯中心主义、西方中心主义受到激烈谴责，这就在理论上为众声喧哗的小叙事开辟了表述与展演的空间。就文艺理论而言，来自非西方世界的文论观念自此有了浮出水面并参与话语博弈的可能。由此可见，西方文论一手遮天的霸权的确去如黄鹤，但我们显然不能将这一喜人的功劳归于自己。很大程度上，这是西方文论自我审视、自我调整的必然结果。非西方文论界的批判无疑加速了西方文论霸权的衰落，而吊诡的是，前者的批判多数时候仍然沿袭了后者自我批判的逻辑。进一步的问题是，西方文论霸权的结束并不意味着它从此失去了主导地位——如果将霸权理解为领导权的话，则更是如此。作为世界流行的文论话语体系，其盛衰都绝非一时之功，所以，不宜对其霸权终结一事过于乐观。与此互相勾连的是第二个命题，但问题在于，西方文论果真失败了吗？揆其依据，论者举出伊格尔顿（Terry Eagleton）为例，认为他号称文学理论家却否定文学的存在，而更多的理论家则从文学园地集体逃亡了。这里又包含两个层面的问题。问题一，伊格尔顿确实说过“文学”不存在这类容易引发误解的话，不过，如果稍微看下他说这话的语境或上下文，歧义便会自然消除。详细而言，在具体探讨不同的文论流派之前，伊格尔顿在《二十世纪西方文学理论》一著中专设“导言：文学是什么”一章来考察文学的界定问题。逐个点评了众多定义的优缺点之后，伊格尔顿下结论说：“在下述意义上，亦即，文学是一种具有确定不变之价值的作品，以某些共同的内在特征为其标志，文学是不存在的”。① 换言之，伊格尔顿否定文学是一个稳定的实体。它否定的是永恒不变的文学定义，本质主义式的定义，但这绝不意味着连带着也否定了文学的存在。伊格尔顿认为，应在具体的历史时空中，以历史主义的态度认识文学。事实上，这是如何看待文学的一次范式转换。因此，伊格尔顿无论怎样都不能成为西方文论已然失败的理由。问题二，所谓理论家们的逃离文学，是指文化理论的盛行或泛滥。一方面，如伊格尔顿所言，文化理论“席卷语言学、

① ［英］特雷·伊格尔顿：《二十世纪西方文学理论》，伍晓明译，北京：北京大学出版社，2007年，第10页。

哲学、政治学、艺术、人类学等。它一路前行，打破传统的学术阻碍，成了图书馆编目人员的噩梦”。[①] 他既对文化理论开拓研究范围的杰出成就赞誉有加，同时又犀利批判其因迷恋文化而失去批评生活能力的缺陷。另一方面，还需看到，在“理论之后”的风潮中，西方文论界出现了重新回归文学与美学的新趋向。有学者将其准确地命名为“新审美主义”，并列出其重思文学性、反思新形式、提出新审美的三大特征。[②] 如此说来，论者的这一证据就是偏听则暗的一面之词。至于第三个命题，我们认为所谓西方文论霸权的“终结”也好，西方文论的“失败”也罢，固然为中国文论的登场提供了难得的机遇，但问题的关键恐怕在于，我们首先必须要集中精力先行构建出来，然后才有登场的资质或实力。唯有对构建中国特色文艺理论的难度胸有成竹，文论界才会按部就班地努力并一步一步走向成功。而就算有了足够的实力之后，屹立于世界文论之林、有效阐释世界范围内的文艺作品也还有一段长长的路要走。

其二，认为当代西方文论疏离了文学本体，给其贴上“强制阐释”的标签。这种观点明显是一个不够严密的总体判断，忽视了西方文论内部的多样性与复杂性。勒内·韦勒克（René Wellek）强调，“文学研究的合情合理的出发点是解释和分析作品本身”。[③] 他建议从以往专注作家生平、社会环境及创作过程等的研究中解脱出来，集中精力去解析实际的作品。其切入的角度可谓多种多样，譬如，谐音、节奏与韵律，文体与文体学，叙述模式，意象，文类，等等。若是依照这种对文学本体较为通行的厘定，那么，当代西方文论的很多流派都不仅并未疏离文学本体，反而是以文学本体为中心或焦点。譬如，英美新批评就倡导一种严格而客观的作品分析方法，力排作者写作时的意图或读者阅读时的反应；现象学批评致力于对文本进行全然“内在”的阅读，同样将作者、创作条件与读者抛诸九霄云外；接受理论将文学本体视为有待读者参与其中并予以实现的一组“纲要”，或运用阅读策略对作品进行具体化；形式主义着重考察文学符号自身，而结构主义则尤为关注文学文本的深层规则或结构；解构批评从结构主义心满意足的地方起步，借助文本中看似不起眼的细节，展示文本内部的矛盾与

---

① ［英］特里·伊格尔顿：《理论之后》，商正译，北京：商务印书馆，2009 年，第 68 页。

② 朱立元、张蕴贤：《新审美主义初探——透视后理论时代西方文论的一个面相》，《学术月刊》，2018 年第 1 期。

③ ［美］勒内·韦勒克、奥斯汀·沃伦：《文学理论》（新修订版），刘象愚，等译，杭州：浙江人民出版社，2017 年，第 129 页。

裂隙；等等。这些勾勒纵使是粗线条的，也已清楚而有力地表明当代西方文论诸多流派都对文学本体不离不弃。有鉴于此，将它们全部贬斥为“强制阐释”就不免显得于理难合。如今，上述两种比较典型的对西方文论的态度在中国文艺理论界还颇有学术市场。其实，它们依然陷在中西二元对立的泥坑中——如果说从前是不加批判地崇拜西方文论，那么现在则是不加辨别地盲目排斥。全盘西化当然要不得，闭眼看世界或与西方文论势不两立同样要不得。我们必须警惕那种无限放大西方文论短处，甚或肆意歪曲以达到批判目的的做法；必须摒除根源于民族主义的意气用事，以及仅仅政治正确却不顾实际的单纯表态。唯有正确、谦逊地对待域外的理论资源，才会全面客观地认识他人，从中得到有益的借鉴。

二

在一些学者眼里，既然从近代以来中国文论西化的程度那么严重，那么，在文论重建过程中继续往前追溯未曾受到西方污染的源头就是再合理不过的事情。因此，他们大张旗鼓地提出文论构建的新路径——以中国古代文论与西方当代文论展开对话，认为这才是地地道道的中西对话。毋庸置疑，这种观点洋溢着立足本土、张扬文论主体性的可贵精神。从《论语》到《文赋》，从《文心雕龙》到《二十四诗品》，从《原诗》到《人间词话》等，漫长的中国文艺理论史留下了丰富的宝贵遗产。任何时候，我们都不能无视、小觑这笔遗产，而应在新的历史际遇中将其发扬光大。需要注意的问题是，不能把发扬光大等同于“挖宝”——或试图重回古代文论的文化秩序，或力图证明传统本身的普遍意义，或把“已有文化传统的态度宗教化，与原先有的宗教情感合在一起”。[①] 换句话说，发扬光大不是全盘复古，而是部分激活，是创新性发展与创造性转化。它不一定要将故纸堆中的术语、范畴硬性纳入当代文论的现场，而是更重视中华美学审美趣味、审美风范的承继。应该说，只有这种能够加入当代文论场域中的古代文论，只有这种仍然具有生机与活力的古代文论，才可能与西方当代文论进行对话。问题的关键在于，如何摆正对话双方之间的关系，经过平等对话之后，而不让本土化困于一隅，无力推动学术进展。针对这种状况，有学者敏锐地提醒须避开“假本土研究”的暗礁。也即是说，不能满足于在

① 劳思光：《当代西方思想的困局》，上海：华东师范大学出版社，2016 年，第 168 – 171 页。

对话中证明西方有的，我们也有，满足于裁剪古代文论来证明西方文论的正确性。它不啻拿着西方的药单而到古代文论的仓库里抓药，无异于主动戴上西人的眼镜自我打量。“它代表着边陲学者尝试恢复自信，与西方建立平等对话的努力；但也反映出他们在急于连接本土与主流西方文献之余，忽略了其中潜藏的价值与世界观的重要差异。”① 不妨说，西方文论本身是另一种本土，当中国古代文论与其对话时，这是两种不同本土之间的对话。由于它们都是关于文学的理论，而人类的文学存在很多相通之处，因此，在一些问题上必然可以达成共识。然而，两种本土赖以生产的文化土壤有着较大差异，这决定了两者的对话必然又有各说各话的地方。这时候，完全没有必要牵强附会地强求与人一致，相反，“各美其美，美人之美，美美与共”才是明智的选择。

构建中国特色的文论话语体系，古代文论确是非常重要的理论资源。但如果把构建的希望全都寄托在它与外来文论的对话上面，则人为地将构建的通衢大道狭窄化、逼仄化。可以说，它最大的缺陷是沉溺于古而鄙视今。首先，它对西方文论中国化这一问题视而不见。对于渴望不再翻唱他人歌谣的有志之士来说，原创性是其念念不忘的主旋律。而西方文论的中国化终究是“拿来主义”，不会在国际文论界发出中国文论自己的声音。尽管如此，我们还是不能把西方文论中国化问题一笔抹杀。因为从理论层面看，“中国化”具有不同的层级或程度：既有比较初级的，乃至是生搬硬套者，也有运用较为娴熟、融会贯通者。换言之，风云际会，“中国化”为中国文艺理论界提供了理论工具，为孕育原创性的文论提供了营养与参照。从现实层面看，近代以来的两次大规模译介西方文论后，都产生了一批可圈可点的成果。民国年间，新的文学理论著作多如过江之鲫。虽然它们借鉴的文论资源各有不同，但大都注意结合中国文学史铺展外来的文论观念，或以之重审、重组过往的文学史实、文艺观念。在“文学理论”成为当时教育部规定的一门课程之后，它们相辅相成，携手发挥了文论启蒙的历史功效，合力塑造了其时的文论面貌。20 世纪 80 年代以来，文论界如饥似渴地引入诸多西方文论著作。其中，勒内·韦勒克（René Wellek）、奥斯汀·沃伦（Austin Warren）《文学理论》、特雷·伊格尔顿（Terry Eagleton）《二十世纪西方文学理论》、乔纳森·卡勒（Jonathan Culler）《当代学术入门：文学理论》堪称影响卓著的三本。经过这些理论著作的洗礼，中国文艺理

① 汪琪：《本土研究的危机与生机》，上海：华东师范大学出版社，2016 年，第 12 页。

论界随后也诞生了自己的颇具建构特色的著作。南帆主编的《文学理论(新读本)》、王一川的《文学理论》、陶东风主编的《文学理论基本问题》是个中的佼佼者。“他们的建构分别选择了关系主义、本土主义、整合主义的理论路向。不但与本质主义自觉区隔，而且提供了建构具有后现代主义特征的文学理论体系的经验和可能性。”① 而且，类似的建构从未止步。

其次，期望仅靠古代文论来进行构建还有更大更刺眼的忽略，即是马克思主义文论的中国化及其新发展。回顾中国现代文论史，可以发现，李大钊最早运用马克思主义理论来讨论文学。立于唯物主义立场，他考察了反映论、写实主义、阶级斗争学说等问题。此后，伴着从“文学革命”到“革命文学”的转向，鲁迅、瞿秋白、胡风、周扬等文学家、理论家在大大小小的诸多文艺论争中磨砺了左翼文论，都为马克思主义文论的中国化做出了贡献。而毛泽东在中国革命与建设过程中不仅提出了马克思主义中国化的理论命题，深刻形塑了中国文化建设的走向，还推出了《在延安文艺座谈会上的讲话》这一马克思主义文论中国化的经典性成果。它科学而全面地阐述了文艺与生活、文艺与人民、文艺与政治、文艺与审美、文艺与作家等之间的关系，构筑了人民文艺的思想体系，对中国文艺的发展产生了深远的影响。新中国成立后，马克思主义经典作家的文艺论著得到了系统译介。十年“文革”中，马克思主义文论既迅速而广泛地普及，又被严重简化与割裂。拨乱反正之后，邓小平理论中有关文艺的论述纠正了对文艺的极左认识，对毛泽东文艺思想做出了新的发展。钱中文、童庆炳、陆贵山等一批文艺理论家则深入研究马克思主义著作，回归马克思主义文论的本来面目，促进了马克思主义文论的进一步中国化。习近平《在文艺工作座谈会上的讲话》是马克思主义文论中国化的最新成果。针对文艺领域的新形势、新情况与新问题，讲话站在实现中华民族伟大复兴需要中华文化繁荣兴盛的高度，强调文艺工作的重要性，勉励广大文艺工作者坚持以人民为中心的创作导向，坚持和弘扬社会主义核心价值观，认真学习借鉴世界各国的优秀文艺成果，力争创作出无愧于时代的文艺作品。讲话立足中国问题，在新的历史条件下重申人民性、现实主义等一系列在西方文论界看来可能早已过时的范畴，充分展现了社会主义文艺的根本要求，是指导今后我国文艺工作的纲领性文献。

---

① 方克强：《文艺学：反本质主义之后》，《华东师范大学学报（哲学社会科学版）》，2008 年第 3 期。

三

文艺理论构建的征途中，还有一种坚持文论必须来自文学实践的观点。譬如，在“强制阐释”论的视野下，那些来自文学场外的理论已然偏离了文学，构成了对文学的强制阐释。因此，“当代文学理论话语的建构必须坚持系统发育的原则”，“符合文学实践”。① 也即是说，文学理论应该源于文学，回到文学。如此一来，这样的文学理论才会比较纯粹而非现在那般驳杂、越界。这种判然区分“场内”“场外”的做法有其理论诉求，它意在纠偏，针对的是理论过度侵染文艺的现状。在肯定其积极意义的前提下，我们应该看到这一主张在不知不觉中掉入了二元对立的封闭圈，无形中大量关闭了文学理论的来源通道。假如衡之以中外文论的历史，那么，这种试图斩断场外征用联系的想法便显得孤掌难鸣。无论是《论语》里的“兴观群怨”，还是《理想国》中对诗人的极力限制、排斥，都表明文学理论的政治性或政治关怀。古代如此，现代亦然。伊格尔顿宣称，文学批评与成见和信仰深深地纠缠在一起，“根本就没有‘纯’文学批评判断或解释这么一回事情”，“‘纯’文学理论只是一种学术神话”，“有些理论在任何时候都不像它们在企图全然无视历史和政治时那样清楚地表现出自己的意识形态性。文学理论不应因其政治性而受到谴责。应该谴责的是它对自己的政治性的掩盖或无知”。② 政治如此，哲学、伦理学、经济、道德、心理学等亦然。正因如此，就连主张“文学研究应该是绝对‘文学的’”韦勒克、沃伦二人③，也专门辟出五章的篇幅来详细讨论文学的外部研究问题——文学和传记、文学和心理学、文学和社会、文学和思想、文学和其他艺术。在他们看来，虽然外部因素的重要性各有差别，但“文学作品产生于某些条件下，没有人能否认适当地认识这些条件有助于理解文学作品；而且这种研究法在作品释义上的价值，似乎是无可置疑的”。④ 换言之，一旦与文艺作

① 张江：《强制阐释论》，《文学评论》，2014 年第 6 期。

② ［英］特雷·伊格尔顿：《二十世纪西方文学理论》，伍晓明译，北京：北京大学出版社，2007 年，第 14、197 页。

③ ［美］勒内·韦勒克、奥斯汀·沃伦：《文学理论》（新修订版），刘象愚，等译，杭州：浙江人民出版社，2017 年，“第一版序” 第 23 页。

④ ［美］勒内·韦勒克、奥斯汀·沃伦：《文学理论》（新修订版），刘象愚，等译，杭州：浙江人民出版社，2017 年，第 61 页。

品挂起钩来，那么，文学理论就不可能拒绝来自场外的种种知识。因为文艺作品本身具有极大的包容性，涵括了、折射着人类社会的各种实践。而且，文史哲最初在世界范围内往往都是一体的，它们之间相互联系、相互促进、相互依赖。即便现代意义上的学科划分也是相对的，却无法做到与其他有关知识“老死不相往来”。

《二十世纪西方文学理论》第二版的序言里，伊格尔顿满怀欣喜地宣告，这本书的受众群体十分广泛，除了专业的文学批评家，还有律师、文化理论家与人类学家等。他对此并不觉得吃惊，因为该著力图证明的恰是，“事实上并没有什么下述意义上的‘文学理论’，亦即，某种仅仅源于文学并仅仅适用于文学的独立理论”。该书研究的众多理论流派“都并非仅仅（*simply*）与‘文学’作品有关。相反，它们皆出现于人文研究的其他领域，并且都具有远远超出文学本身的意义”。[①] 他认为，这是该书之所以流行也是值得再版的一个重要原因。卡勒梳理了上述理论流派的来由，认为这些被称作“理论”的作品影响力超出了其原来的领域，这“的确概括了1960年代以来所发生的事实：从事文学研究的人已经开始研究文学研究领域之外的著作，因为那些著作在语言、思想、历史或文化各方面所做的分析都为文本和文化问题提供了更新、更有说服力的解释。这种意义上的理论已经不是一套为文学研究而设的方法，而是一系列没有界限的、评说天下万物的各种著作，从哲学殿堂里学术性最强的问题到人们以不断变化的方法评说和思考的身体问题，无所不容”。[②] 也就是说，“理论”之所以盛行，既因为其诠释能力较强，还因为其极大地延展了阐释的空间。不难看出，这其实是文化研究的路数。卡勒明确指出，文化研究是理论的实践，简称理论。“文化研究包括，并涵盖了文学研究，它把文学作为一种独特的文化实践去考察。”[③] 问题在于，在这究竟是怎样的一种包括或涵盖上存在激烈争议。正方认为文学研究可从文化研究那里获得崭新的动力与观点，而反方则担忧文化研究会将文学研究破坏殆尽。在这个意义上，拒斥场外征用者与反对文化研究者大致是同一批人，他们都站在布鲁姆式的“憎恨学派”

---

① ［英］特雷·伊格尔顿：《二十世纪西方文学理论》，伍晓明译，北京：北京大学出版社，2007年，“第二版序”第3页。

② ［美］乔纳森·卡勒：《当代学术入门：文学理论》，李平译，沈阳：辽宁教育出版社，1998年，第4页。

③ ［美］乔纳森·卡勒：《当代学术入门：文学理论》，李平译，沈阳：辽宁教育出版社，1998年，第46页。

一方，捍卫文学经典及与之配套的研究方式。卡勒强调，“从原则上说，文学和文化研究之间不必一定要存在什么矛盾”，“从根本上说，文化研究因为坚持把文学研究作为一项重要的研究实践，坚持考察文化的不同作用是如何影响并覆盖文学作品的，所以它能够把文学研究作为一种复杂的、相互关联的现象加以强化”。①

结　语

作为中国特色哲学社会科学的组成部分之一，中国文艺理论的构建亟须真正走出中西、古今与内外三重二元对立的窠臼，避免钟摆式的简单选择。就目前而言，我们在建构过程中不应或将西方文论漫画化为所欲批判的标靶，予以笼统否定；或将希望完全寄托于中国古典文论与西方文论的对话上，而有意无意忽略近代以来中国文论构建的诸种努力；或执迷于纯粹来自文学经验的文论，而排斥其他学科审视文学的洞见卓识等。我们应坚持构建既有继承性、民族性，又有原创性、时代性，还具开放性、包容性的中国文论话语体系。

（作者单位：福建社会科学院文学研究所）

① ［美］乔纳森·卡勒：《当代学术入门：文学理论》，李平译，沈阳：辽宁教育出版社，1998年，第50页。

粉丝社群与资本逻辑

——中国网络文学“出海”现状观察

刘桂茹

大约从2014年起，中国网络文学“走红”海外市场的消息成为各路媒体争相报道的热点话题，也引起了政府、业界和学界各层面的关注和讨论。这其中老外粉丝“追更”、老外粉丝“看中国网络小说成功戒毒”等新闻更是成为一时热门的网络舆论谈资。从相关报道中所用的词语，如“网文出海”“全球圈粉”“世界奇观”等可见，人们乐见网络文学的海外传播盛况，并对这样的文化现象表现出某种骄傲和自信。也有人将中国网络文学与美国好莱坞电影、日本动漫、韩国电视剧并称为世界“四大文化奇观”。

在大多数人看来，网络小说虽存在篇幅太长而翻译人才匮乏、海外民间翻译平台的版权争议等问题，但现阶段中国网络文学对外传播仍处于起步阶段，应以鼓励和扶持为主，而且短暂几年的发展还不足以做出更多分析和判断。事实上，对于刚刚扬帆起航的网络文学“出海”之路我们无须过于苛责，但鼓励和扶持并不等于盲目的乐观。更加理性地从文化价值传播的立场出发，与纯粹从产业形态的立场出发所获得的认知将是不同的。基于此，本文将从粉丝社群和资本逻辑的角度来讨论中国网络文学海外传播的粉丝受众，以及资本逻辑下粉丝与翻译组的“免费”数字劳动，以期对当前网络文学海外传播现状做出评判和思考。

一、粉丝社群与“参与的文化”

根据相关的数据报告，中国网络文学对外传播的足迹遍布全球多个国家和地区。国内最大的网络文学平台阅文集团旗下的“起点国际”成为首个上线的网络小说海外输出平台，至今已上线超过200部作品，吸纳海外注册作者超过1000人，并且已在多个国家与当地较大网站对接海外版权，组建翻译团队，打造海外发展版图。日本、新加坡、越南、泰国、美国、俄罗斯等国也均有大大小小的翻译中国网络文学的网站，其中较为知名的有

"武侠世界""引力传说""弗拉雷翻译网"等。从本土网络文学产业的不断壮大，到网络文学的相关产品（小说、电影、动漫、游戏等）传播至东南亚、日韩、欧洲、北美等国家，中国网络文学产业的版图和声势在世界网络文艺发展格局中成为一道独特而抢眼的风景。在形势一片大好的产业形态和"文化共享"的叙述中，中国网络文学俨然成为海外阅读市场的香饽饽，成为倍受全球无数读者粉丝追捧的宠儿。然而事实上，与本土的主流阅读产品相比，中国网文在海外文化市场始终是小众的边缘的存在，海外粉丝数量与国内超 4 亿人的规模相比更是相形见绌。不仅如此，一些海外翻译网站除了翻译中国网络小说，还有许多日韩"轻小说"。尤其是日本的"轻小说"，在日本动漫的加持下拥有广泛受众。因此，"武侠世界"网站的负责人赖静平（网名：任我行）在接受访问时就曾说：网络小说在海外文学市场仍然是"小众中的小众"。

客观评价现阶段中国网络文学对外传播的发展事实，并非妄自菲薄。与席卷全球的好莱坞电影、韩剧、日本动漫等文化产品的火爆程度相比，网络文学对外传播的文化影响力还远远不够。相对于海外主流文化而言，中国网络文学受到特定粉丝群体的追捧只是文化传播视域下的"亚文化"现象。"亚文化"的概念不仅指称粉丝群体的"小众"，更包含了网络媒介时代选择消费某种类型文艺产品的部落群聚形态。在英国伯明翰学派的"亚文化"理论中，亚文化群体以嬉皮士、朋克族等为代表，其不羁反叛的姿态彰显着亚文化群体对主流文化的"抵抗"。迪克·赫伯迪格进一步指出，亚文化群体的"抵抗"始终无法逃离体制的规训和商业意识形态的收编。而在亨利·詹金斯看来，数字时代的亚文化群体以文化"参与"的形式代替了各种"抵抗"的"风格"，不过也不得不面临"参与的鸿沟"。①"参与的鸿沟"意在强调，数字媒介平台的参与似乎营造了更为公平的"胜利"的环境，却也形成了新的参与壁垒。那么，在全球媒介变革和文化消费浪潮中，我们应如何看待作为"亚文化"的中国网络小说及其粉丝群体呢？

一方面，海外粉丝群体是网络信息时代数字文化的传播者和参与者。通过互联网这一重要媒介，粉丝阅读中国网络小说并由此实现文化消费和社群联结，形成小众却又数量庞大的亚文化圈。在许多海外网文翻译平台

① ［美］亨利·詹金斯，等：《参与的胜利：网络时代的参与文化》，高芳芳译，杭州：浙江大学出版社，2017 年，第 69 页。

和论坛上，粉丝通过留言、讨论、“追更”、打赏等方式积极、自发、自觉地参与中国网络小说传播，成为数字社群的积极参与者，共享观点信息和文化认同。也有粉丝积极挪用阅读文本创作“同人”小说，或是套用文本模式重新创作小说，以“文本盗猎”的方式实现粉丝群体新的文化生产方式。例如，美国小说家 Tinalynge 在创作《蓝凤凰》（*Blue Phoenix*）之前就是中国玄幻小说的忠实粉丝。

另一方面，海外粉丝群体在媒介技术所允诺的公平参与中，还受到各种力量的制约。正如北美传播政治经济学派代表人物文森特·莫斯可教授所言，赛博空间“超越了我们以往对时间、空间和经济学的认识”①，是数字化和商品化相互建构的结果。而数字化和商品化的相互构成，“有利于传播和信息技术领域的整合以及蕴含其中的公司权力的集中”。② 莫斯可指出，信息传播技术并非简单的工具，数字迷思和技术神话被带入特定的社会语境中，就能够参与社会建构，从而不断制造新的数字商品神话。

对于海外网络文学粉丝来说，无论其以何种目的阅读中国网络小说，他们都需要服从翻译网站的规则，要么通过众筹要么通过观看广告才能在线阅读，追更网络小说。这与国内网络小说粉丝打赏付费的阅读体验虽不一样，但同样受制于整个网络文学产业的生产链条。尤其重要的是，与粉丝相关的更种数据成为网文翻译生产不可忽略的重要参照。粉丝点赞和“追更”的“忠诚度”大数据很大程度上会影响到网络文学的内容生产、传播、再生产，以及线下营销的走向。大数据运算下文学网站榜单的不断变动更新，文学类型按性别、年龄的分类推送，以及各种线下同人展、COSPLAY 的宣传拓展活动，充分展现了资本运营利用大数据与粉丝“精准对接”的结果。因此，透过“粉丝经济”的规模效应，可发现资本市场逻辑如何运用粉丝免费劳动的大数据进行粉丝市场培育，而粉丝只能被动接受资本平台运算规则下的“推送”产品。

二、类型小说输出与资本力量

一批类型小说在海外“走红”是网络社群粉丝自发追捧的结果，更与

---

① ［加］文森特·莫斯可：《数字化崇拜：迷思、权力与赛博空间》，黄典林译，北京：北京大学出版社，2010 年，第 4 页。

② ［加］文森特·莫斯可：《数字化崇拜：迷思、权力与赛博空间》，黄典林译，北京：北京大学出版社，2010 年，第 148 页。

资本力量的推动密切相关。自2005年起，阅文集团旗下起点中文网等多家网站的原创小说已开启了海外传播之路，从港澳台地区以及日韩、泰国、越南等传统的华语文化市场开始，逐步扩展到美国、英国、土耳其、法国、俄罗斯等欧美国家，授权作品约200部，多以数字出版和实体图书出版为主。2017年，阅文集团旗下的“起点国际”正式上线，成为中国网络文学第一个正版外语平台。“起点国际”还与知名海外翻译平台 Gravity Tales 达成合作，共同推进中国网络文学走出国门的全球化布局。阅文集团发布的《网络文学海外传播（2017—2018）研究报告》显示，“截至2017年底，仅阅文集团一家就向海外超过7个国家和地区授权输出300余部作品。起点国际站已上线200余部翻译作品，近9万章，覆盖东方幻想、言情等13个受读者欢迎的类型，同时还通过全平台作品互动、独创的翻译机制等方式与海外同行开放合作，强化文化认同感”。[①] 国内另一家实力强劲的网络文学平台晋江文学城也已向越南、泰国、新加坡等国家输出《花千骨》等风靡海外的作品近500部，并与越南出版社、日本 Smart Ebook 公司等开展版权合作。

以上数据显示，网文平台借助强大的资本运作和推动力，通过翻译平台、数字出版和实体书出版等形式将中国网络文学传播至海外市场，当然也包括一些由网络小说改编的电视剧、电影、游戏等相关文化产品的对外输出。比如动画《从前有座灵剑山》在日本热播，《甄環传》在美国主流电视台播出，电视剧《琅琊榜》风靡韩国，等等。资本平台遴选的一批批类型文开启了中国网文“出海”的旅程，并逐渐掀起中国文化对外传播的热潮。然而，从长远来看，资本力量的推动和遴选效应作用于国内网络小说创作上，将会导致网文写作更加趋于类型化、套路化、单一化。随手点开几个大型网文平台，各种“种田文”“总裁文”“重生文”“玄幻文”“言情文”“穿越文”如同琳琅满目的商品占据各大网站，而关于各种类型小说的创作指南、人物设定、爽点设置等等在许多网络文学论坛（如“龙的天空”）更是成了公开售卖的创作“宝典”。当类型化创作的空间越来越局促，而一批又一批类型小说又通过资本的遴选机制进入海外市场，会不会短时期之内就消耗掉了海外读者粉丝的阅读需求和消费欲望？而套路化的故事叙述是不是足够支撑起海外读者对中国文学和文化的好奇与想象呢？因此，

① http：//www. cptoday. cn/news/detail/6303，《〈网络文学海外传播（2017—2018）研究报告〉发布，网文出海进行时》。

在创作类型、传播类型与对外文化输出的关系上，中国网文“出海”仍将是一个需要理性审视和长远规划的课题。

在资本输出的链条上，除了粉丝受众外，翻译小组或翻译人才也是十分重要的因素。无论是最初出于兴趣爱好免费翻译中国网文的民间翻译小组，还是后来被纳入专业平台的翻译团队，都是网文“出海”的重要环节。而目前相关的讨论中，人们对翻译组的能力、翻译人才的遴选等问题最为关注，而忽略了翻译劳动本身在网文资本数字平台的作用和贡献。与国内各种电影电视剧的“字幕组”一样，网文翻译组同样是一群默默无闻奉献劳动力的人。得益于网络信息技术的发展，海外民间翻译组通常是以兴趣为起点，集结一批拥有不同文化教育背景的人才进行协同翻译创作，并将自己的劳动成果免费分享给网友。在这里，翻译组实际上是从粉丝转变为网文翻译的生产者和消费者。正是翻译组的知识劳动，为中国网文出海搭建起了通道，也正是翻译组所贡献的“免费”劳动，为中国网文在海外积攒了高人气和粉丝力量，也为后来中国网文平台对外传播贡献了新的知识生产和文化消费模式。在网文对外传播平台趋于成熟的资本运作中，翻译组的知识生产已不仅是一种娱乐和兴趣的免费分享，更是网文全球传播流水线上“产消合一者”的数字劳动，直接或间接地成为资本积累的源泉。这正如克里斯蒂安·福克斯教授所说，“数字玩家工人被客体化地异化于社会控制、平台控制、他们在线经历所发生数据的控制以及源自货币利润的控制。”①

粉丝社群与海外翻译组相互依存。粉丝打赏、众筹、观看广告，为早期翻译组不断更新翻译提供了直接的动力。而二者的相互依存关系也已离不开资本力量的强大组织形态。因此，跳出网文海外传播的乐观展望后，人们一方面应对资本逻辑主导下的类型网文输出保持警惕，避免网文“出海”陷入单一类型化、片面化的困境；另一方面，还应关注翻译组和粉丝在网文生产传播消费过程中的“免费”数字劳动，以及这样的数字劳动被商品化的问题。

三、网络文学海外传播的未来之路

网络文学以其巨大的体量和产业形态成为拥有超过 4 亿受众的文艺形

① Christian Fuchs. Digital Labour and Karl Marx. Pages 280，New York：Routledge，2013.

式，也是中国网络文艺和社会主义文艺的重要组成部分。因此，网络文学的发展形态、文化传承、对外传播等问题，都与新时代语境下的中国文化发展息息相关。仅就网络文学的对外传播而言，中国网络文学走出国门，自然要承担起传播中国文化、提升中国文化影响力的责任，正如日本动漫、韩剧在全球风靡的同时，成功地向全球受众输出了各自国家的文化价值观，极大提升了其国家文化影响力。

然而，从上文对海外粉丝社群的受众商品问题、翻译组的数字劳动问题的讨论，可以看到当前全球媒介变革视野下知识生产和消费的网络化和数字化，以及这种生产方式所遮蔽的跨时空、跨国界的资本力量。目前，中国网络文学企业的海外布局首先是一种商业资本积累的过程，在海外市场获取更丰厚的商业收益是其首要目的。因此，企业通过市场调研、市场营销、合作互惠等方式吸引更多的潜在读者或观众，为他们提供大数据推算出的文化产品。但这些精准推送的网文作品，诸如玄幻、穿越、仙侠、宫斗等类型网文，在多大程度上能反映当代中国文化精神和价值观，或许并不会成为最重要的考量要素。因此，从中国网文海外传播的未来发展来看，还需要从以下几方面加以努力：

首先要注重提升网文原创品质，讲好中国故事。中国网文在近二十年的发展过程中，已逐步积累了丰富的创作经验和题材类型，网文产业的浩大声势已搅动了中国文化和阅读市场的神经。但人们对网文的争议莫过于快餐式写作、欲望化叙述、类型化操作等，争议与不满无疑包含了人们对网文作为中国网络文艺重要组成部分的期待。尤其是当网文成为中国文化传播载体跨出国门，人们更有理由提出更高的要求。因此，网文不应沉溺于所谓“爽点”叙述和套路化写作，一味用各种玄幻、架空、穿越等类型文收割大批量的海内外粉丝。网络作家需要树立精品意识，勇于跳脱束缚，创新写作范式。网文平台不能再唯点击率、收藏量和“大 IP”是尊，需要联合管理部门着力打造精品工程。当网络文学作品不以写作进度和长度的“大数据”见长，而是以跨时空流传的“大数据”引起广泛关注，网络文学才能慢慢向高质量文学创作靠拢，才能真正成为讲述中国故事、传播中国文化的有力载体。

其次，注重深耕海外粉丝市场，打造中国品牌。现有的研究材料表明，东南亚国家的读者比较喜欢中国网络文学的言情、宫斗、穿越类型的小说，而欧美国家的读者则倾向于接受玄幻、仙侠、传奇类型的小说。某种程度上，从不同国家的文化传统和审美习惯出发来讨论文化市场的接受情况，成为人们比较常用的归纳总结方法。然而，这样的概括显然也遮蔽了文化传播的多维空间。人们可以轻易提出各种不同的意见，比如某个东南亚粉丝群体偏偏只热爱中国玄幻小说。在当下全球资本流通和媒介传播技术快速发展的情况下，各种文化分众的出现已是不争的事实。这些分众不再是原本意义上的文化大众，不再可能是整齐划一的接受群体，因此也就不能再按以往普遍的整体视野对其进行观照。

所以一个显见的矛盾是，研究者一边用整体画像的统计方法为海外读者群体画像，另一边又热衷于用“趣缘社群”的概念来看待网络文学粉丝受众分散化、碎片化的社群特点。因此，基于中国网络文学未来在海外传播的发展前景，研究者应更进一步挖掘海外粉丝群体、“同人”创作，以及网络文学分众传播、消费等问题。只有切实关注海外粉丝社群的发展情况，培育良性发展的粉丝市场，才能把握网络文学海外传播的脉络、特征及动态，打造网文阅读的中国品牌。

再次，注重拓展全球视野，传播中国文明。所谓全球视野，就是要把握网络文学 20 年来的发展轨迹及其与中国数字化时代的社会文化、世界网络经济文化的相互作用和纽带关系。也即是说，要把中国网络文学置于当代新媒介发展的语域下进行考察，同时还要意识到它们在中国及世界网络文化发展潮流中的位置和形态。一方面，中国网文对外传播要融入全球网络文化潮动，以及数字文学和网络游戏动漫的全球发展脉络之中，运用具有全球影响力的数字文学研究的理论成果，包括电子文化、数字艺术、数字美学、媒介文化、超文本等，促进中国网文未来的长远发展。另一方面，网文平台应和相关管理部门联动，在充分深耕海外粉丝市场的基础上开展与海外翻译平台的全球合作。没有海外粉丝群体与翻译平台的自发自觉传播，就谈不上中国网文平台向海外输出网络小说的后续运作。这也是“起点国际”在与“武侠世界”合作谈判破裂后，被不断讨论的资本平台力量“一家独大”的问题。因此，全球化合作应充分尊重海外民间翻译平台的知识生产，将数字劳动转换为数字工作，使其避免沦为资本平台的免费劳动力；同时也应充分尊重海外粉丝群体的劳动，并以多种方式为粉丝创造劳动价值的最大化，使中国网络文学走出去不仅是一个媒介技术的发展问题，更要具有传播中国文明的终极价值和全球视野。

（作者单位：福建社会科学院文学研究所）

改革开放以来福建海洋文化产业的发展

张　帆

21 世纪是海洋的世纪，蓝色经济作为一种新的经济形态，已成为我国新的经济增长点，其中，海洋文化产业作为海洋经济的重要组成部分也显现出了巨大的发展潜力，成为拉动沿海地区经济增长的重要产业。

福建省海域面积 13.6 万平方公里，大于陆域面积；海岸线蜿蜒漫长，总长 3752 公里，居全国第二，曲折率 1∶7，居全国第一；海岛 2214 个，居全国第二，沿海有大小港湾 125 个，深水岸线居全国第一；渔业资源丰富，近海生物种类 3000 多种，可供作业的渔场面积达 12.5 万平方公里；海洋能源、矿产资源蓄积丰厚。独特的区域位置和海洋资源孕育了福建底蕴深厚的海洋历史文化，船政文化、航海文化、妈祖文化、开漳开台文化、闽台文化、“海丝”文化和郑和下西洋文化等，历史悠久，特色鲜明，是中国乃至世界海洋文明的重要组成部分。

一、海洋文化

福建的先民很早就利用海上交通和海上资源发展经济，这就孕育了福建“善观时变、顺势有为、敢冒风险、爱拼会赢、合群团结、豪爽义气、恋祖爱乡、回馈桑梓”的海洋文化性格，并具有“开放性、外向性、冒险性、崇商性、兼容性、开拓性”等特征。同时，福建的海洋宗教也很发达，如妈祖信仰、陈靖姑文化等，都为福建海洋文化发展与普及提供了重要的群众基础。

改革开放以来，福建省委、省政府着力实施“大念山海经”“山海合作，建设海峡西岸繁荣带”“建设海洋大省”“建设海洋经济强省”等一系列战略决策，海洋经济获得长足发展。全省利用丰富的海洋资源，打造海洋文化品牌；挖掘以“海丝”文化、妈祖文化、船政文化、郑成功文化、郑和航海文化、闽台文化为代表的、具有福建特色的海洋文化，打造海洋文化品牌，充分利用海洋文化、海岛文化、民俗文化、渔业文化和非物质文化遗产资源，开发各种类型的海洋文化产品，拓展产业链；加快海洋文化产业的转型升级，推进海洋文化与滨海旅游、非物质文化遗产、休闲渔业、民俗文化和企业文化的融合，推动媒体、网络、广告、影视、动漫、文学、文艺创作和社会积极参与海洋文化创意。

突出海洋特色，促进海洋文化产业繁荣发展。加强海洋文化与创意结合，扶持发展海洋创意设计、海洋文艺创作、海洋影视制作、海洋出版发行、海洋文化演艺、海洋动漫游戏、海洋数字传媒等海洋文化产业。培养一批海洋文化与创意产业集聚区，大力实施海洋文化精品工程和品牌战略，促进海洋文化与创意产业壮大。注重海洋文化创意与滨海旅游业融合发展，通过文化创意产业的发展提升旅游业的品位，以滨海旅游业发展带动文化创意产业的发展，到2015年海洋文化与创意产业增加值达150亿元。

构建“两个集中发展区、三个特色发展区、若干产业基地和园区”的布局。着力发展福州、厦漳泉两大集中发展区；支持发展莆田妈祖文化产业发展区、泉州“海丝”文化产业发展区、福州船政文化产业发展区；培育发展其他海洋文化产业基地与园区。

以福建海洋人文地理、船政、闽商、闽台、闯南洋、过台湾等为内容，重点推进福州船政文化、“海丝”文化、妈祖颂、水乡渔村、过台湾等题材的创作，推出一批具有福建海洋特色、国家水准，有一定知名度和影响力的海洋舞台剧、海洋影视剧、海洋文学作品等精品力作。扩大现代海洋文艺演出和海洋文化娱乐业规模，推动海洋文艺精品创作和营销。举办世界妈祖文化节等海洋旅游娱乐项目，进一步加快妈祖文化内涵的挖掘与传播，丰富妈祖文化形式与内容，吸引世界各地的游客前来朝圣和观光旅游，促进以妈祖文化为核心的文化产业和滨海旅游业快速健康发展。

重点开发鼓浪屿钢琴文化和海洋文化大戏，结合沙滩娱乐活动、大型海岛主题演出、实景演出、风情渔村参与式表演、海上娱乐活动、渔港秀等富有海岛地方特色的产品，注入流行时尚、工艺美术和艺术创作元素，建设一批艺术村落、创意农庄、创意渔村，以及休闲、娱乐、体验的农业生态园区。举办了“福建海洋月”、平潭国际海洋旅游博览会，创作了一批海洋原创歌曲、海洋原创舞蹈、海洋原创诗歌。

扶持一批上规模、有竞争力、具创新理念的海洋文化企业，重点支持发展云霄山前现代海洋文化与创作产业园等海洋现代服务业产业园区。建设海峡两岸海洋科技展示馆、海洋文化博物馆、海洋渔业科普馆、游艇产业与游艇展示馆、海洋国家公园。支持“泉州史迹”申报世界文化遗产项目。支持申报长乐国家海洋公园，推进海洋历史文化和海洋自然风光相结合，打造“郑和开洋地、海江长乐旅游”等海洋动画动漫产业。

大力发展海洋文化科技、海洋音乐制作、海洋时尚设计、海洋广告设计、海洋工艺美术品设计等海洋文化类创意企业，促进海洋文化创意设计产业向海洋渔业、海洋制造业和海洋服务业延伸发展。建设一批特色海洋产业园区，加强海洋工艺美术品专业村规划建设；扶持一批能牵动行业发展的龙头企业、重点项目和品牌产品；运用新技术、新工艺、新材料、新设备，创新海洋工艺美术产品，开发海洋工艺美术精品。

二、妈祖文化

妈祖文化源自于妈祖信仰。妈祖姓林名默，生于宋建隆元年（960 年），家住福建兴化（今莆田），一直是南方沿海一带居民信仰的航海守护神。自宋代以来，中国历代帝王对妈祖的封赐近 30 次，褒封她为天妃、天后、天上圣母或天后圣母等。2009 年，“妈祖信俗”被联合国教科文组织列入《人类非物质文化遗产代表作名录》，成为全人类尤其是 21 世纪海上丝绸之路沿线国家和地区共属的精神财富。目前，全球 41 个国家和地区有上万座妈祖分灵庙，信众 3 亿多人，每年有 400 多万信众前往湄洲岛祖庙朝拜妈祖。妈祖文化是海洋文化的精华，是劳动人民在与海洋搏斗的实践过程中产生出来的珍贵的文化遗产，代表了和谐、包容、共生、拼搏的海洋精神和海洋生态智慧。

改革开放 40 多年以来，妈祖文化在推动中华海洋文明在全球的传播、凝聚全球华人文化认同、增强中国文化自信等方面，取得了辉煌的成就。随着 21 世纪海上丝绸之路建设的启动，妈祖文化作为“一带一路”沿线国家的感情纽带和文化纽带，联系和整合了海上丝路沿线国家，促进了区域合作，是 21 世纪海上丝绸之路的助推器，为海上丝绸之路沿线国家频繁的活动往来营造了良好的交往氛围。“妈祖文化也是中国沿海地区发展海洋经济的重要载体，与海洋经济有机融合，构成海洋旅游经济区。妈祖信仰吸引了台港澳地区及东南亚妈祖信众的投资兴业，大量外资的引入，极大地促进了当地经济的发展。”① 同时，妈祖文化以“立德、行善、大爱”的妈

---

① 筱舟：《妈祖文化：海上丝绸之路的文明纽带》，《中国海洋报》，2017 年 9 月 20 日。

祖精神，铺就沿线各国之间的和平之路，促进各国共同发展。

妈祖文化是闽台两地共同的民间信仰，妈祖信仰最早由福建传入台湾。在台湾地区，妈祖文化已经成为民众耳濡目染、根植于内心深处的根脉与信仰，成为改善两岸关系的一股暖流，在带来两岸实质交流的同时，也成了两岸之间任何政治势力都无法隔断的坚强纽带。

改革开放以来，福建省制定了《莆田市妈祖文化保护条例》《莆田市妈祖信俗保护条例》《莆田市妈祖文化遗产保护条例》等一系列规章制度，保护和发展妈祖文化，妈祖祭典作为湄洲妈祖信仰习俗的重要内容之一，于2006 年被列入国家第一批非物质文化遗产名录。2016 年初，国家海洋局、教育部、文化部、新闻出版广电总局、文物局联合印发了《提升海洋强国软实力——全民海洋意识宣传教育和文化建设“十三五”规划》，其中明确提出“积极传承和弘扬妈祖文化等传统海洋文化，构建 21 世纪海上丝绸之路文化纽带”的具体工作要求，为进一步促进妈祖文化的传承与建设做出了明确指示。

福建先后组织举办“妈祖下南洋·重走海丝路”、“湄洲妈祖巡游台湾”、世界妈祖文化论坛、中国·湄洲妈祖文化旅游节、国际妈祖文化学术研讨会、海峡论坛·妈祖文化活动周、妈祖文化与海洋减灾、妈祖文化与旅游合作、妈祖文化与“海丝”文化遗产保护、妈祖文化与海丝精神主题论坛、“莆田工艺·绿色产业”展演、世界工艺美术博览会、“千团万人”游湄洲、“妈祖杯”海上丝绸之路国际羽毛球挑战赛、妈祖文化筵桌展、“情牵妈祖”文化交流图片展、“书香妈祖”新书发布会、海峡两岸妈祖文化书画交流展、“一带一路”经贸活动等系列活动。这些活动传承、弘扬了妈祖文化，促进了世界华人的交流与融合，谱写了现代海洋文明新篇章。另外，福建还创作莆仙戏《海神妈祖》、民俗歌舞《祥瑞湄洲》，组织“湄洲女发髻”表演赛，拍摄纪录片《大爱妈祖》、动画电影《海之传说——妈祖》等一系列优秀的艺术作品。2004 年 10 月，中华妈祖文化交流协会成立，为海内外妈祖文化机构和人员开展学术研究、进行联谊交流提供了重要平台。

妈祖文化在两岸之间有着广泛的合作和影响，除了一年一度的妈祖祭典之外，闽台两地还合作举办两岸妈祖文创作品湄洲联展、2017 年海峡两岸青年妈祖文化体验周、2017“妈祖杯”海峡两岸漫画大赛暨漫画精品展。两岸合编《妈祖文化志》，创办《中华妈祖》和《妈祖之声》等刊物，创办全球公益网站《天下妈祖》。台湾地区在湄洲岛上拍摄了 40 集电视连续剧《妈祖》，海峡两岸妈祖文化研究夏令营活动加深了两岸青少年的友情，开创了合作双赢的局面。

妈祖文化内涵丰富的祭典仪式、民俗活动也推动了妈祖朝圣旅游的发展，一年一度的朝圣旅游也为福建省提供了充足的旅游资源。福建省于1992年设立湄洲岛国家旅游度假区，“如今，‘妈祖朝圣游’已成为海峡两岸旅游的拳头品牌。2006年共接待境内外游客100万人次，到过湄洲妈祖祖庙的台湾游客和信徒每年都在10万人次以上”。①

近年来，福建充分发掘海洋文化内涵，以船政文化、昙石山文化、妈祖文化、郑成功文化、“海丝”文化、郑和下西洋文化、开漳开台文化等极具特色的海洋文化资源为载体，发展海洋文化创意产业。不断推进闽都文化、闽南文化、妈祖文化生态保护实验区建设，加快妈祖文化、船政文化、“海丝”文化等一批海洋文化产业示范园区建设；加强平潭岛滨海旅游风景区、湄洲妈祖朝圣中心、泉州“海丝”文化产业、厦门游艇和邮轮海上休闲、漳州海洋生态观光等项目建设，积极打造“中国（厦门）国际游艇帆船展览会”、厦门国际海洋周、泉州“海丝”文化节等两岸海洋合作交流平台，以此推动海洋战略性新兴产业发展平台建设。

三、福建海洋文化产业政策支持

2011年3月，国务院批准实施的《海峡西岸经济区发展规划》中明确提出：“加大政策扶持力度，支持福建开展全国海洋经济发展试点工作，组织编制专项规划，鼓励体制机制创新，努力建设海峡蓝色经济试验区。”2012年8月，福建省出台《关于加快海洋经济发展的若干意见》，从财政、税收、金融等多方面提供海洋经济发展的政策保障，2013年全面启动全国海洋经济发展试点工作。2012年9月，国务院批准《福建省海洋经济发展规划》。2012年11月，国务院正式批准《福建海峡蓝色经济试验区发展规划》，福建正式成为继广东省、山东省、浙江省之后的第四个中国海洋经济发展试点省份。大力发展海洋经济，是未来福建重要的发展方向。到2020年，福建将全面建成海洋经济强省。2011年7月通过的《中共福建省委关于进一步贯彻实施〈海峡西岸经济区发展规划〉的决定》指出，福建要积

---

① 陈钦：《浅析海峡两岸妈祖文化交流的发展对策》，《赤峰学院学报（汉文哲学社会科学版）》，2011年第11期。

极推进全国海洋经济发展试点工作，努力建设海峡蓝色经济试验区。2011年，福建省组织编制的《福建省海峡蓝色经济试验区发展规划》和《福建省海洋经济发展试点总体方案》中指出："将福建省13.6万平方公里海域，以及福州、厦门、漳州、泉州、莆田、宁德六个沿海设区市及平潭综合实验区的陆地面积5.4万平方公里作为福建海峡蓝色经济试验区，并加强与台湾的两岸海洋开发深度合作以及周边地区的涉海领域区域合作。"①

随着促进海洋经济发展的各项举措的出台与实施，福建省委、省政府也针对海洋文化产业的发展相继出台了《关于加快文化产业发展的意见》(2009年4月)、《福建省"十二五"时期文化改革发展专项规划》(2011年7月)等相关文件，为福建省发展海洋文化产业营造良好的政策环境，进一步促进了福建省海洋文化产业健康有序发展，未来海洋文化产业必将在经济发展中占有重要地位，并对促进经济的转型升级发挥重要作用。

四、推动福建海洋文化产业发展策略

近几年，福建抓住时机，利用自身优势，借鉴其他地区海洋文化产业的建设经验，构建以文化产业为依托的海洋经济发展新格局。

（一）建立宏观、前瞻及有持续更新能力的海洋文化

保存具有重要人文意义的海洋生活方式和传统智慧，维护传承既有的海洋文化。而且福建许多海洋自然景观都面临过度开发和被人为破坏的危机，因此必须通过加强立法保护这些珍贵的文化遗产，重视和引导市场投资行为，防止过度开发和投机行为，加强法律法规的执行力度，奖励海洋文学艺术创作，增加社会大众参与海洋文化的途径，使海洋文化落实至生活层面。

（二）打造福建海洋文化品牌

要深入挖掘福建海洋文化特色，加强宣传力度，打造文化品牌；要整合全省海洋文化资源，在突出各地区不同特色的同时打造共同的"海峡文化"意象。将发展文化产业与海洋再造相融合，并结合福建自身的历史文化特色，探索在地化、品牌化的海洋城市发展之路。可以合作推进以工业设计研发、软件研发及产业化、游戏设计、会展旅游、时尚消费、科技咨

① 康淼：《福建将建设19万平方公里海峡蓝色经济试验区》，http://news.cntv.cn/20111115/111159.shtml。

询、影视传媒为重点的创意产业发展，如通过影视纪录片形式展现闽台悠久海洋史及海洋文化，强化台湾市民对福建海洋文化艺术的认同。

（三）普及海洋知识，加强人才培育

培养海洋管理、科学研究、技术创新与工程研发的专业人才，推动永续经营海洋生态环境的海洋文化产业的发展，活络两岸的经济发展。在中小学教育、高等教育、技职教育、社会成人教育中增加有关基础海洋生态、本土环境、海洋科学技术、海洋法规和管理制度等的教育课程和教材内容，以增进各级教育体系中受教育者对海洋的了解。长期补助与支持前瞻性的海洋研究、教育与传播机构，以发展“整合管理海洋、永续利用海洋”的知识及技术，持续提升海洋意识，并协助海事产业更新与发展。加强海洋专业教育和海事从业人员保护海洋的教育训练，长期纳入国家考选项目，以合理运用海洋人力资源。

（作者单位：福建社会科学院）

论20世纪上半叶大陆旅美作家与20世纪50—70年代台湾旅美作家“美国形象”建构之异同*

向忆秋　曾思境

有关华人文学中的美国形象研究，中国大陆学术界比较突出的研究成果，主要是两篇博士学位论文，即向忆秋的《想象美国：旅美华人文学的美国形象》（山东大学，2009年）和陈学芬的《自我与他者：当代美华移民小说中的中美形象》（河南大学，2013年）等。向忆秋构建了百余年旅美华人文学美国形象的完整脉络。陈学芬把台湾地区旅美作家群、大陆新移民作家群和美国华裔作家群一起纳入研究范围，视野比较开阔，但作者关注的两岸旅美作家寥寥可数。此外，两岸尚有些研究成果值得提及。① 本文采用纵向比较的角度，对20世纪上半叶大陆旅美华人文学与20世纪50—70年代台湾旅美华人文学所建构的美国形象进行比较研究，这是目前尚无他人关注的研究视角，具有一定的学术意义。

中国早在19世纪70年代，就开启了官费留学美国的先河，20世纪上半叶中国大陆的留学事业得到良好延续，若干留学生作家从中产生。此外，部分人由于依亲、工作等原因旅美，并成长为“草根文人”。这两拨作家一

* 基金项目：国家社会科学基金后期资助项目“二十世纪两岸旅美华人文学的美国形象及比较研究”（项目编号：17FZW041）。

① 大陆学术界的其他研究成果有：（1）伍依兰的专著《文学想象与文化置换——当代华语小说中的美国形象（1980—2005）》（广州：世界图书出版广东有限公司，2014年），但伍著主要关注中国大陆作家铁凝、王蒙、王安忆等人，关涉旅美作家的小说文本不多。考察文本的有限，使著作既富有启示意义，也存在着对旅美作家笔下美国形象论述的偏颇。（2）几篇硕士学位论文，有李娜的《美国华文文学中的他者形象》（内蒙古师范大学，2010年）、张海艳的《论20世纪中后期台湾留美作家群创作中的美国形象》、朱耀龙的《论严歌苓汉语写作中的美国形象》（暨南大学，2004年）、吕强的《严歌苓小说中的美国形象研究——以於梨华、白先勇、聂华苓的创作为例》（西南大学，2011年）、王博的《当代涉外爱恋小说中的美国男性形象》（华中师范大学，2010年）等。几篇硕士论文综合起来考察，它们论述了自晚清至中国改革开放许多位旅美作家笔下的美国形象。在台湾学术界，有陈正芳的《文化交流下的历史印记：论陈映真和黄春明小说中的美国人形象建构》等。

起构成了20世纪上半叶旅美华人文学的创作主体。在新中国被西方世界封锁的若干年，主要是定居台湾地区的中国人到西方国家留学。由于战后与美国之间的特殊关系，台湾地区掀起了留学美国的热潮。20世纪50—70年代旅美的台湾作家，成为旅美华人文学创作的主力军。两岸旅美作家在中美两国社会的遭遇、经验、背景及其文学才能、文化心态等方面的状况决定了，不同历史时期旅美的两岸作家所建构的美国形象既具有一定的趋同性，也呈现一定的相异性。

一

两岸旅美华人文学所建构的美国形象，可以略分为正面形象、负面形象和复杂、立体的美国形象，以及饱含着“异”/原汁原味的“他者”形象等几种基本模式。这是不同历史阶段的两岸旅美华人文学在美国形象建构上的趋同点。

第一种基本模式，即建构正面美国形象，是两岸旅美华人文学所共有的现象。

从20世纪初梁启超的《新大陆游记》和容闳出版的 *My Life in China and America*（注：容闳属于19世纪旅美华人）开始，先进、富强、引领世界潮流的美国形象和慈善、博爱的美国人形象，就强烈冲击着中国人的心灵。由于留学生胡适对“西洋文明”的无限推崇，《胡适留学日记》中的美国形象一片光明。林语堂笔下的美国形象虽有重大反复，但《唐人街》的确建构了生机勃勃的伟大美国形象。在20世纪40年代的留美学生中，黎锦扬对美国一往情深，他的《花鼓歌》《旗袍姑娘》等不同历史阶段的文学创作，一如既往歌颂美国。无论是《花鼓歌》中的民主、自由、平等的伟岸美国，还是《旗袍姑娘》中各族裔多元共存、和谐共处的美国新形象，黎锦扬笔下的美国形象总呈现出正面、积极的姿态。

在20世纪50—70年代旅美的台湾作家笔下，不乏正面、亲善的美国人形象。聂华苓的《千山外，水长流》所建构的三代美国人，以及《鹿园情事》《三生三世》中富于爱心的Paul Engle、蔻克老师等，都是令人感动的美国人形象。在麦高、吴玲瑶的散文中，美国人幽默、可爱的一面令人喜欢。开放、自由、文化多元的salad bowl（沙拉盘）美国形象，也是台湾旅美华人文学所建构的正面形象。吴玲瑶指出，美国对各族裔文化都相当尊重，“以前说是民族的大熔炉，现在大部分人宁愿说成salad bowl（沙拉盘)，虽然混在一起却保持自己的原味"。[①] 可见，随着美国社会空间和文化空间的变化，20 世纪以来两岸旅美华人对美国的感受、认知也随之变化。吴玲瑶笔下的美国形象，就是旅美华人重塑美国形象的体现。

第二种基本模式，是建构负面美国形象。20 世纪上半叶大陆旅美华人文学形成了一个建构"反话语"美国形象的传统，并在 20 世纪 50—70 年代旅美台湾作家笔下得以延续。

这个"传统"开始于 1905 年上海图书集成局铜活字排版的小说《苦社会》和 1910 年刊载于旧金山《世界日报》的一篇四六骈文《木屋拘囚序》。《苦社会》以小说"演绎"美国排华法苛例，华工、华商、留学生、中国官员等所有旅美华人，无不受到种族歧视、受到困扰。《苦社会》所建构的极端专制蛮横、种族歧视深重的负面美国形象，以及《木屋拘囚序》所建构的具有"胡"的野蛮和"狼"的凶残、无比专横暴虐的美国形象，成为 20 世纪早期大陆旅美华人文学一种无比痛彻的书写。到了天使岛诗歌的《埃仑诗集》，强权、专制、伪善、凶残的美国形象依然非常突出。包括《苦社会》《木屋拘囚序》《埃仑诗集》等在内的"反美华工禁约文学"所建构的美国形象，从根本上呈现出强烈的负面特征，它承载着 20 世纪上半叶大陆旅美华人的伤痛、愤怒和愤恨。在 20 世纪上半叶旅美的留学生文学中，美国形象的建构复杂化，正面、负面或混杂的美国形象都有。10 年代留美的吴宓和 40 年代留美的艾山，多建构负面美国形象。《吴宓日记（1917—1924）》中的道德堕落、种族歧视深重的美国形象，以及艾山诗歌中拜物、纵欲、异化、光怪陆离的病态美国，都从物质、精神的双重层面，呈现了美国的负面形象。

20 世纪 50—70 年代，旅美的台湾作家建构负面美国形象成为普遍现象，令人深思。这些台湾旅美作家，在台湾时多是"大学才子派"，大学毕业又有相对良好的条件到美国深造，很多人在美国获得世俗意义的成功，做学者，做科学家，嫁美国人，分享丰盈的美国生活。但相对于 20 世纪上半叶大陆旅美华人文学，台湾旅美作家所建构的美国形象，却比较普遍地呈现出负面特性。於梨华笔下丑陋的"他者"形象，白先勇笔下"鬼影幢幢的摩天楼"形象，聂华苓笔下咄咄逼人的强权美国形象，吴崇兰笔下世风日下、罪恶横生、悖情悖理、阴暗龌龊的荒诞美国，都是旅美台湾作家所建构的负面美国形象。

---

① 吴玲瑶：《笑里藏道：吴玲瑶幽默自选集》，石家庄：河北教育出版社，2011 年，第 48 页。

第三种基本模式，是建构复杂、立体的美国形象。

从20世纪早期留学生文学中，我们看到了美国形象的复杂性。相对于胡适和吴宓的“留学日记”对美国鲜明的爱憎态度及建构的大相径庭的美国形象，闻一多、陈衡哲笔下的美国形象复杂多了。闻一多“书信”里美国的繁华红尘和种族歧视，陈衡哲小说“异”美国所呈现出的高度繁荣和经济恐慌、慈善博爱和冷漠无情的双面性，使他们笔下的美国呈现为一种矛盾的“他者”形象。在小留学生林太乙笔下，生活于20世纪30年代的美国人，既带着无知、偏见和种族歧视，也具有创造性，充满“异国风情”。在20世纪40年代留美生董鼎山的众多散文随笔中，美国形象自始至终呈现出复杂多面的立体感，给人原汁原味的感觉。董鼎山文化随笔中的美国既是一个生机勃勃、民主的文化大国形象，也是一个充满了“生意气”的低俗和铜臭味的商业营销地，同时具有错乱迷狂的属性。20世纪上半叶大陆留学生文学中的美国形象大多呈现为复杂、立体的他者形象。林语堂的《奇岛》彻底颠覆了《唐人街》所建构的伟大美国形象，两个文本两相对照，林语堂笔下的美国形象呈现出矛盾、复杂的多面性。黄运基跨时数十年创作的“异乡三部曲”体现了美国形象的复杂性和动态变化。《奔流》《狂潮》充满了紧张的张力，肉体、精神的暴力和反暴力，各式各样的歧视和反歧视，秘密、直接的迫害及反迫害，有形、无形的专制和反专制……各种因素、各种情绪纠结一团，使得美国形象呈现出癫狂的属性。到了2011年完成的《巨浪》，黄运基描述了华人在美国参政议政、融入主流社会和在美国“落地生根”的时代趋势，建构了渐趋和谐的美国形象。

在当代台湾留学生先驱於梨华笔下，美国形象主要呈现为丑陋的“他者”形象，但她笔下也不乏正面、伟岸的美国人形象。於梨华于新世纪出版的长篇小说《彼岸》，有更多温暖的美国人形象，较之早期留学生题材，於梨华笔下的美国形象有了重大变化。原先的负面色彩日渐褪色，美国更加原色原味。聂华苓小说中的美国形象，从《桑青与桃红》到《千山外，水长流》，美国形象也有了巨大转变。在陈若曦、孟丝等旅美台湾作家笔下，美国形象自始至终呈现出混杂的形象。在陈若曦的系列小说中，病态/常态、自由/专制、残酷/慈善、冷漠/温情等相反相成的因素始终胶着一体，形成作家笔下“两形体”美国形象。老作家孟丝的文笔细腻动人，她所建构的美国形象给人强烈的刺激感。20世纪80年代以来孟丝中短篇小说里的美国形象，一方面是奢华富足的物质享受和“美国梦”在握的成功机遇，一方面是淡薄、病态乃至相互背叛的人伦关系。在孟丝笔下，富足无虞的美国生活方式的背后是满目疮痍的人伦悲剧和道德悲剧。

不管是20世纪上半叶旅美的大陆作家还是20世纪50—70年代旅美的台湾作家，他们笔下复杂、立体的美国形象，都呈现为正、负因素彼此混杂、紧密胶着的状态，而非蛋黄蛋白一般泾渭分明。这也是两岸旅美华人文学美国形象建构的趋同点。

第四种模式，是饱含着“异”/原汁原味的“他者”形象。

“异”就是与“自我”不同的事、物、人，在“自我”文化眼光的观照下，“异”被迫作为一种“他者”存在，因此，“异”可以理解为“他者”（Other）。从旅美华人文学史上第一部具有文学史意义的作品《我的中国童年》（*When I Was a Boy in China*）① 开始，旅美华人文学就建立了“异”书写传统。“异”的刺激来源于人们与一种不同于“自我”的文明、观念、行为等的感知或接触。李恩富英文“自传”就在“自我”（中国）与“他者”（美国）的对照中建构“异”形象。在20世纪上半叶大陆旅美华人文学中，对“异”/原汁原味的“他者”形象的建构，比比皆是。从留学生到草根文人，在面对异域文化空间时，不管人生经历如何，文化心态如何，对美国的感知如何，都对“异”有或多或少的描述。林语堂、林太乙父女笔下的美国，充满了新奇的异趣、异味。在林语堂的《唐人街》中，汤姆和伊娃小兄妹对美国家庭和校园的日常生活充满了无限的好奇，一切都是流动、有趣、未经证实的新世界。董鼎山文化随笔所描述的美国文化场域、文化名人，都具有原汁原味的美国特色。旅美台湾作家也不乏对“异”的书写。陈若曦的《纸婚》、麦高的散文，都建构了原汁原味的“异”/“他者”形象。特别是麦高的《我看美国佬》《我多么想打个喷嚏》《丑男心事谁人知》《原汁原味的美国人》等散文集，从“中国自我”视野出发，以“我看美国佬”的方式，描绘“美国最普遍的特色”，勾勒“原汁原味的美国人”，建构了“原汁原味”的异族形象。

让-马克·莫哈说：“文学形象学所研究的一切形象，都是三重意义上的某个形象：它是异国的形象，是出自一个民族（社会、文化）的形象，最后，是由一个作家特殊感受所创作出的形象。”② 第一重意义上的“形象”，可以理解为“‘在文学化但同时也是社会化的过程中得到的对异国的

---

① 笔者认为它是旅美华人文学史上第一部具有文学史意义的作品。它的作者李恩富（Lee Yan Phou）是晚清留美幼童中最富文学禀赋的学生之一。李恩富1887年毕业于耶鲁大学，同年应波士顿洛斯罗普（Lothrop）出版社邀请，出版 *When I Was a Boy in China*。

② 孟华：《比较文学形象学》，北京：北京大学出版社，2001年，第25页。

总体认识'，最典型的例子是有关异国的固定模式，它是'一种文化的象征性表现'"。[①] 让-马克·莫哈所谓的固定模式实际上即是关于异国形象的"套话"。第二重意义上的"形象"，提醒我们必须关注一个文学形象背后"创作主体"独特的文化身份。第三重意义上的"形象"，提醒我们注意各"创作主体""个体"的境遇、文化心态造成的特殊感受对"形象"构成的影响。从20世纪上半叶大陆旅美华人文学到20世纪50—70年代台湾旅美华人文学，不同历史阶段的旅美作家在想象美国时具有相近的思路，所建构的美国形象有其相似的模式，可见美国形象建构"套话"对一代代旅美作家的深远影响。同时，中美现实文化空间的历史变动，以及各"创作主体"独特的身世境遇、文化心态，又会使两岸旅美作家笔下的美国形象呈现出"活态"变化，使其建构的美国形象，存在着明显的差异。

二

不同历史时期两岸旅美作家所建构的美国形象，存在着明显的差异。

第一，20世纪上半叶大陆旅美华人文学比较普遍地建构"正话语"的美国形象，20世纪50—70年代台湾旅美华人文学却并非如此。就两岸旅美华人文学所建构的正面美国形象而言，大陆旅美作家重视从物质的、经济的和形而上的、精神的多重维度建构美国形象，台湾旅美作家更重视从精神层面进行美国形象建构。

巴柔曾经说过："形象是对一种文化现实的描述，通过这一描述，制作了（或赞成了，宣传了）它的个人或群体揭示出和说明了他们置身于其间的文化的和意识形态的空间。"[②] 旅美作家笔下的"美国形象"，既反映了美国的社会文化空间，反映了旅美华人对"他者"文化的总体认知，也是旅美华人自身文化空间的映射。大陆旅美作家比较普遍地建构"正话语"美国形象，反映了局部的美国社会现实，这既是创作主体（旅美华人作家）想象美国的产物，又是来自中国社会空间对美国的集体想象。在鸦片战争以后，中国人开始对美国有了更为丰富的认知。林则徐、魏源、徐继畬等人的著作，开启了中国人比较系统地了解和想象美国的先河。林则徐的《四洲志》称"育奈士迭"（"United States"的音译）是经济上的"富强之

① 孟华：《比较文学形象学》，北京：北京大学出版社，2001年，第23页。
② 孟华：《比较文学形象学》，北京：北京大学出版社，2001年，第121页。

国”，政治上“国政操之舆论”，是“所言必施行，有害必上闻，事简政速，令行禁止”的贤治之国。魏源的《海国图志》极力赞美美国“公举”制度，所“公举”的总统“匪惟不世及，且不四载即受代”，“一变古今官家之局”。其议事、听讼、选官、举贤，“皆自下始，众可可之，众否否之”。① 福建布政使徐继畬在 1848 年刊行的《瀛寰志略》中从共和政治制度、发达的商业贸易和交通运输、雄厚的金融和军事实力，到先进的科学技术等各方面对“米利坚合众国”进行了富于煽动力的描述，最能影响后人对美国的想象。作为近代中国最先具有世界观念和危机意识的一批知识分子，林则徐、魏源、徐继畬等人的著作对美国的非凡成就表示出钦佩和羡慕的情绪，显示了清代以来中国文化空间对美国“异”文化从拒斥到容纳、倾慕的心态转变。鸦片战争以来这些正面评价美国的著作，在长期流传中沉淀到中国人的意识中，形成对美国的“社会集体想象”，或深或浅地影响了 20 世纪上半叶大陆旅美华人文学想象美国的方式。从 20 世纪早期的留学生文学开始，大陆旅美华人文学对正面美国形象的建构，就同时注重形而上与形而下两个层面。前者以胡适、黎锦扬等人为代表，后者从梁启超、唐德刚、林语堂等人的创作可见。《胡适留学日记》中的美国一派光明。它首先是一个张扬民权、平等、自由的民主国。从《花鼓歌》到《旗袍姑娘》，黎锦扬所建构的文化“他者”形象，相应经历了从“大熔炉”到“百衲衣”形象的转化。从建构民主、自由、平等的伟岸美国形象，到建构各族裔多元共存、和谐共处的美国新形象，黎锦扬的敏锐性值得赞誉，作家持续从精神领域建构正面美国形象的努力引人注目。梁启超的《新大陆游记》、唐德刚的《战争与爱情》、林语堂的《唐人街》等文本，固然也从精神层面建构正面美国形象，但美国的科技进步、经济繁荣、物质丰富等更令作者激赏，因此作者主要从上述角度建构了先进美国形象。在《新大陆游记》中，梁启超对美国科技之进步、资本之强盛，发出声声惊叹。一个商业、物质和科技高度发达，开拓和引领世界潮流的先进国形象，在《新大陆游记》中鲜活挺立。

在祖国大陆与美国隔绝时期，20 世纪 50—70 年代旅美台湾作家的创作，具有重要的文学史意义和无可替代的文学价值。这一时期旅美台湾作家侧重于从精神维度建构有限度的正面美国形象。於梨华、白先勇、聂华苓、陈若曦、张系国、丛甦等旅美台湾作家的创作中不乏一些共同的情感

① 仇华飞：《早期中美关系研究（1784—1844）》，北京：人民出版社，2005 年，第 233 页。

基调和类似的文学形象。他们侧重于从形而上的精神维度建构正面的美国形象。聂华苓、陈若曦等作家笔下可爱、可亲、可敬的美国人形象，是此时期旅美台湾作家所建构的正面美国形象的重要向度。在《千山外，水长流》《三生三世》《鹿园情事》等作品中，聂华苓以真挚的感情建构了非常感人的美国人形象。在陈若曦的“日记体”小说《纸婚》中，从项·墨非这样的边缘人物、艾滋病患者，到伊丽莎白·泰勒、贝蒂·福特这样的著名人士，都富于爱心。他们勇于承担责任，尽量发挥正能量，具有服务社会的精神力量和人格魅力，使《纸婚》中的美国形象，在斑驳的色彩中，依然具有深切动人的力量。《纸婚》从精神高度上建构了可爱、可敬的美国人形象。可见，旅美台湾作家主要是从形而上的精神维度进行正面美国形象的建构，并主要凸显了“个体”意义上的美国人的精神高度。

此外，20 世纪 50—70 年代旅美台湾作家笔下，也反复描摹着美国的摩天楼、灯红酒绿的繁华摩登和红尘万丈的世俗生活，也在有意无意之间凸显着、比较着美国的繁荣昌盛和台湾地区的黯然沧桑，但他们笔下美国的繁华摩登总是涂抹着千疮百孔的伤痕，作家及其笔下人物的文化心态，不同于 20 世纪上半叶大陆旅美作家常见的艳羡、倾慕的心态。甚至在白先勇等部分台湾旅美作家笔下，美国“摩天楼”所象征的繁华富足的美国生活方式，反而构成了对人物心灵的压力和创伤。这一点，与大陆旅美作家所建构的美国形象，也拉开了距离。

第二，20 世纪 50—70 年代旅美台湾作家在同时期的创作中，普遍有着建构负面美国形象的创作现象，并主要从美学、艺术的维度加以建构，较少突出美国意识形态的专制恐怖、道德堕落、法律迫害和种族歧视。在 20 世纪上半叶大陆旅美华人文学中，“负话语”美国形象的建构少见于留学生文学创作，它主要来自“反美华工禁约文学”和草根文人创作，并主要从道德、政治、法律、种族等维度加以建构。

草根文人黄运基的《奔流》《狂潮》，叙述了华人移民美国和试图扎根美国的艰难困苦，在美国遭受政治迫害和种族歧视的巨大痛苦；同时也描述了美国黑人血淋淋的生存挣扎和抗争、抗暴斗争。黄运基的小说《杀戮者》（收录于《旧金山激情岁月》），叙述白人对黑人的刻骨仇恨，令人不寒而栗。在北亚利桑那州熊象山的森林大火灾区当杂役的“我”与跛脚的黑人小伙子相处融洽，但煮咖啡的克拉特憎恨黑人，拿刀子追杀“黑贱种”，黑人小伙子极度恐惧，跛脚朝着大火方向狂奔。可以说，黄运基的《奔流》《狂潮》《旧金山激情岁月》等，从政治、法律、种族、道德等各种层面，建构了复杂、立体的美国形象，然而，它主要呈现为负面的美国形象。“反美华工禁约文学”和“天使岛文学”① 同样涉及政治、法律、种族、道德等各维度的美国形象，从根本上而言，它表现为“胡”的野蛮和“狼”的凶残，呈现为无比专横暴虐、种族歧视深重的美国形象。

与大陆旅美作家不同，20世纪50—70年代旅美的台湾作家主要从美学、艺术的维度建构负面美国形象。於梨华长篇小说中的负面美国形象，既在整体故事氛围中有所显露，也体现为美国人形象的塑造。《又见棕榈又见棕榈》《傅家的儿女们》中的留美生牟天磊、傅家儿女等，一个个在美国失落了人生的目标、梦想、希望或者爱情（除了如玉、如华）。在现实击打下，新闻博士牟天磊做第一流作家、第一流记者的梦想一一破灭。梦想破碎的“寂寞国”、狂妄自大的“他者”形象，成为天磊感觉中的美国形象。於梨华的《考验》《在来到与离去之间》描述了美国学界的内斗、竞争，在旅美华人文学中是殊为难得的题材。两部小说的主人公钟乐平、段次英各有自己的优势，或者学术能力出色，或者精明能干，却都被权力人物华诺、墨院长所操弄。美国白人男性华诺和墨院长，成为两部小说中负面美国形象的载体、艺术符号。在旅美作家中具有举足轻重地位的白先勇，文学创作视野经历了从国族立场到国际主义的转变②，但其笔下的美国形象却保持着稳定性。从旅美后创作的第一篇小说《芝加哥之死》开始，白先勇所建构的美国形象就与死亡形象紧密胶着。无论是几十年前创作的《孽子》《安乐乡的一日》《上摩天楼去》，还是比较新近的小说《Danny Boy》《Tea for Two》，其笔下的美国形象无不笼罩着死亡的魅影。甚至白先勇笔下随处可见、象征美国高度物质文明的“摩天楼”意象，也投射着死亡的气息。以艺术、美学的方式建构负面美国形象，成为20世纪50—70年代旅美台湾作

---

① 学界谈论的“反美华工禁约文学”，是一种相对机动、历史跨度较大的文学创作现象。它可能是因1905年开始的海内外“反美华工禁约运动”而引发的文学书写；我们也可以用来指称1882—1943年期间旅居、移民美国或身在国内的华人，针对美国移民史上颁布的系列“排华”法，以抗争、谴责、揭露的姿态做出的“文学回应”；甚至我们也可以将19世纪中期开始于美国西海岸的排华法、排华运动而引发的文学书写算进“反美华工禁约文学”。天使岛位于太平洋岸边旧金山湾内，1910年1月21日，“天使岛移民拘留站”启用，用以对付来自亚洲的移民。可见天使岛在美国移民史上是一个重要的记忆场域。曾被关押于天使岛的华人移民，留下了一些珍贵的文学创作，即“天使岛文学”，它在美国华文文学史上具有特别的文学地位，由于它出现于美国“排华”运动时期，因此也可以视为“反美华工禁约文学”的组成部分。

② 这是刘俊教授的观点，笔者深以为然。刘俊的论文《从国族立场到世界主义》，阐述了白先勇创作的这种转变。论文收录于白先勇的小说集《纽约客》（桂林：广西师范大学出版社，2010年）。

家文学创作的常态。即便是聂华苓在《桑青与桃红》中所建构的咄咄逼人、专横恐怖的强权国家形象，也是借助一个艺术形象“戴墨镜的人”加以表现的。张系国在他著名的长篇小说《昨日之怒》里，提到一个童话故事：

满身疲累的年轻旅人走进一个山洞，有一位美丽的少女正在纺纱。她要求旅人允许她将细纱缠绕在他身上。旅人欣然同意，在少女的歌声中沉沉睡去。等到旅人惊醒，身上的细纱已变成粗绳，将他紧紧捆绑住，少女也变成丑陋的女巫，对着年轻的旅人狞笑。

金理和从前和他一样向往美国。但金理和比他幸运，一毕业就通过留学考试出国了。他却在台北艰苦奋斗了七年，才终于获得这个机会。可是现在金理和眼中的美国，似乎已经从美丽的少女变成丑陋的女巫。①

在陈泽雄的感觉中，朋友金理和眼中的美国“似乎已经从美丽的少女变成丑陋的女巫”。张系国借助童话故事所建构的“丑陋的女巫”形象，隐晦曲折地表达了作家自己的美国想象。这个令人琢磨的美国形象，表面上美丽诱人，让“旅人”无所防备闯进“温柔乡”，惊醒之后才明了它狰狞恐怖的真相。

当然，20 世纪 50—70 年代旅美台湾作家的创作，也有少许从种族、法律、道德、经济等维度建构负面美国形象的。例如，孟丝的《黑浪》（收录于小说集《吴淞夜渡》）就是以华人视角叙述美国黑人的苦难、动荡，小说中白人对黑人赤裸裸的种族歧视，令人心惊。王鼎钧的《春至》（收录于散文集《看不透的城市》），从经济角度呈现萧条颓败的美国形象。但总体而言，这样的作品毕竟不多。在白先勇、聂华苓、於梨华、丛甦、张系国等的 50—70 年代旅美台湾作家笔下，几乎没有直接的、意识形态的批判，而是借助文学意象或艺术形象的塑造，通过隐晦的艺术手法建构美国形象。

三

不同历史阶段的两岸旅美华人都自觉地将美国作为“他者”形象加以形塑，但大陆旅美作家与台湾旅美作家笔下的美国形象所折射的文化意义却有所差异。20 世纪上半叶大陆旅美作家笔下的美国形象，更多彰显了弱国子民的异国想象和国族想象；20 世纪 50—70 年代旅美台湾作家笔下的美

① 张系国：《昨日之怒》，台北：洪范书店有限公司，1978 年，第 42－43 页。

国形象，基本上反映了漂泊失根的“精神游子”对美国的想象性建构，也投射出文化觉醒者对台美两地、“他者”和“自我”的认知。

当代比较文学形象学认为，“一切形象都源于对自我与他者，本土与异域关系的自觉意识之中”。在这种互动关系中，当代比较文学学者尤其偏重于“形象创造主体的作用”，认为“‘他者’形象投射出了形象塑造者自身的影子，是后者空间的补充和延长，因而形象这种语言主要言说的就是‘自我’”。① 两岸旅美华人文学美国形象建构的差异，正可以从“形象创造主体的作用”进行考察。这个“形象创造主体”既包括作家因素（作家的身世经历、文化心态、身份意识等），也应当包括作家成长、生活于其中的社会文化因素（在此主要指中国大陆或中国台湾的社会文化空间），因为任何“主体”都是社会文化的产物，不同历史阶段的两岸旅美华人文学创作，无疑会折射“创作主体”成长、生存的中国文化空间。

20世纪上半叶大陆旅美华人文学为成长于近现代中国的华人所书写，他们文学作品中的美国形象，“投射出了形象塑造者自身的影子”，这既是作家个人的身世经历、文化心态的投射，也是长期以来中国社会“集体想象物”的“投影”，反映了中国“自我”的历史和社会现实。近现代中国是一个战乱频繁、倍受列强欺辱、内外交困的半殖民地半封建社会，虽然有一波又一波的救国、强国运动，如军事上的起义救国、政治上的改革救国、经济上的实业救国、思想启蒙乃至学生运动，却都未能建立一个强大、独立的民族国家。西方列强纷纷侵略中国，在中国划分租界、谋取利益，日本甚至发动了全面侵华战争。近现代中国历史就是一部痛史、恨史、血泪史，交织着抗争、奋斗、自强、改革、沉沦、腐败等各种因素。这种国情和处境，使得近现代中国人无法以一种平和淡定、平等对话的方式接触西方、融入西方世界。当20世纪上半叶旅美华人处于一个强大奇异的文化环境时，他们敏锐地感受到了强权世界、强势文化对自我的挤压，感受到了中美社会经济发展程度的巨大差距和政治文化的巨大差异。为什么“天使岛文学”“反美华工禁约文学”中的美国主要表现为穷凶极恶的虎狼形象和背信弃义的种族主义国家？为什么胡适日记中自由、民主、平权、富强的美国形象如此光明？为什么在《新大陆游记》中，梁启超表现出对“条顿民族之特质”的高度仰视？为什么林语堂在《唐人街》中建构了生动美妙、

---

① 孟华：《形象学研究要注重总体性与综合性（代序）》，孟华，等《中国文学中的西方人形象》，合肥：安徽教育出版社，2006年，第4页。

生机勃勃、不断发展的伟大美国形象？为什么黎锦扬笔下的美国始终属于民主、自由、位于世界文明发展高位的先进国形象？一切都可以从近现代中国“自我”处境中寻找答案。原来，正是近现代中国的历史悲情和现实困境对人们心灵的精神伤害（或许，许多中国人并未意识到这种精神伤害），影响到了他们笔下美国形象的建构。换言之，20 世纪上半叶大陆旅美华人文学的美国形象，投射的是弱国子民的美国想象。无论是仰视的书写姿态、艳羡的文化心态，还是偏激、排斥、仇恨、敌视的书写姿态，都是丧失正常心态的弱国子民的心灵投射于文学创作的“症状”。另一方面，这种偏激、失衡的心态所建构的异国形象——政治的民主、自由、平权、独立和经济的繁荣、富强、发展，正反映了 20 世纪上半叶大陆旅美华人对中国不同程度的希冀，这样的美国形象投射了近现代中国人（包括旅美华人）的国族想象。

於梨华、白先勇、聂华苓、丛甦、张系国等 20 世纪 50—70 年代旅美的台湾作家在他们同时期的文学创作中，普遍建构“精神游子”形象，这样的艺术形象体现了作家们相近的文化心态。丛甦在小说集《中国人·自序》中说：“在这些故事里，我着重在塑造某些典型——这个年代里流浪的中国人。……离开了母土的流浪人是脆弱，无根，无着落的。‘四海为家实无家’这种看法，对意图做‘世界人’‘宇宙人’的豁达人来讲，未免失之落伍。但是写作对我来言，不在赶时髦，讨好，而在忠于自己的感情与感受。”① 丛甦的《自序》概括了那个时期旅美台湾作家的真实情感和文化心态。正是这无根的漂泊之感，对异国文化认同的艰难苦痛，才使那个时代的台湾旅美作家在精神气质上具有一种苦难的、求索的意味。从“精神游子”在中美文化之间的失根、失据，到“游子”呼唤“回家”、回中国，实际上都或明或暗地表达了一种对美国的疏离姿态。可以说，那个时代的旅美台湾作家，往往借助文学艺术形象建构他们笔下的美国形象。又由于作家们漂泊、无根、文化“夹缝人”的感受，这些美国形象被抹上了感伤的、死亡的阴影。进入 20 世纪 70 年代，随着国际形势的变化，台湾旅美作家基本上成为文化觉醒者，也更为清醒地认识了美国。他们所建构的美国形象，自然较多地呈现出负面的属性。可以说，20 世纪 50—70 年代旅美台湾作家在同时期的文学创作中所建构的美国形象，既反映了漂泊失根的“精神游子”对美国的想象性建构，也投射出文化觉醒者对台美两地的清醒认知。

---

① 丛甦：《中国人》，台北：时报文化出版事业公司，1981 年，第 4 –5 页。

结 语

文学中“异国形象”的建构，既一定程度上反映了异国社会文化空间，也受制于本国的“社会集体想象”及各“形象创造主体”特殊的身份意识、文化心态、身世境遇等。也就是说，两岸旅美作家所建构的美国形象，不仅是对“美国”（他者）的言说，同时也是对“自我”（两岸旅美华人及其身处的两岸社会文化空间）的言说。并且，它必然随着旅美华人“身份”（主要指文化身份）的变动和中美文化空间的变化而有所变化。这使得两岸旅美作家所建构的美国形象，有其相似的基本模式，也体现出“活态”的变化，并且所折射的文化意义也有所差异。20世纪上半叶大陆旅美作家笔下的美国形象，更多彰显了弱国子民的异国想象和国族想象；20世纪50—70年代旅美台湾作家笔下的美国形象，基本上反映了漂泊失根的“精神游子”对美国的想象性建构。纵向比较不同历史阶段两岸旅美作家所建构的美国形象，不仅是我们对中美两国文化空间的历史回望，有益于我们对中美历史和文化现实的理性思考，而且是对两岸旅美华人“身份”和命运的一种再理解，有益于两岸的沟通与交流。

（作者单位：闽南师范大学闽南文化研究院）

俄国形式主义形式观辨析

郑海婷

一、过度的理论表述

传统认为俄国形式主义独重形式而排斥内容、排斥意义的看法，现在看来只是门外汉们对奥波亚兹①自以为是的粗浅理解，这些人并未真正进入奥波亚兹的话语场域。奥波亚兹最年轻的成员，被什克洛夫斯基亲切地称为“小兄弟”的罗曼·雅各布森对这些人嗤之以鼻：“人们在讨论‘形式主义’时，总是把这一流派的开拓者们自负而天真的口号与其科学工作者创新的分析和方法混为一谈。”② 实际的情况恰恰相反：“形式主义对‘形式’的强调并不意味着放逐‘内容’，而只是试图以这种立场来捍卫艺术的自治性，让文学艺术从由来已久的对于伦理、政治、宗教等社会文化形态的依附关系中摆脱出来。”③ 正像什克洛夫斯基关于旗帜色彩的名言，其实他不是在说艺术完全脱离于生活，他的言说重点在于：艺术不同于生活。

当然，理论表述的“过度”是前期奥波亚兹理论话语的一个共有特色。我们不得不认为这也是一种“陌生化”手段：以过激的极端言论唤起人们的关注，甚至不惜让人贴上自己并不喜欢的“形式主义者”的标签，只为突出自己所要强调的。也正因此，不断的理论修正成了奥波亚兹摆脱不掉的宿命，也在一定程度上给外人造成了其理论前后不一致的印象。不应漠视奥波亚兹活动的时代和文学背景，这只是迫于当时文坛形势而不得不为之的战斗姿态，战斗的语言难免激烈。为此，在后来的很长一段时间内，

---

① 俄国形式主义的发祥地主要是圣彼得堡“诗歌语言研究会”和“莫斯科语言学小组”，其中“诗歌语言研究会”的俄文缩写就是“奥波亚兹”（音译），文艺学上一般以“奥波亚兹”代称整个运动。本文出于对“俄国形式主义”学派成员意见的尊重，采用“奥波亚兹”这个术语。

② ［法］茨维坦·托多罗夫编选：《俄苏形式主义文论选》，蔡鸿滨译，北京：中国社会科学出版社，1989 年，第 2 页。

③ 徐岱：《形式主义与批评理论》，《杭州师范学院学报（社会科学版）》，2003 年第 4 期。

成员们不得不一次又一次地对前期的言论进行修补和解释。其实，很多时候不是奥波亚兹前后观点不一，事实仅仅是前期的他们为了快速打开局面无暇他顾。所以，在“过度表述”这个问题上实不应对奥波亚兹过分纠缠。

但是，这种表述及后期的修补一定程度上造成了奥波亚兹在一些重要问题上的观点模糊，却又是毋庸置疑的。这时，好好地对他们的观点进行一番清晰的梳理，则是势在必行的了。“重‘形式’却不排斥‘意义’”恰恰是这么一个需要厘清的问题。

“不必把对文学文本的技巧或构造原则的探索归纳为与摒弃意释的做法互不相容的行为。俄国形式主义学派不希望‘摧毁’文学文本，或以低劣的形式再现之。他们只要合理地谈论文学文本据以写成的原则。”① 佛克马这么解释。是的，奥波亚兹只是要集中全部注意力于作品的结构方式上，并且他们也几乎都在谈作品的结构方式问题，他们眼中的文学史，也仅仅是“形式”的变迁史。因为关于“内容”的问题在几百上千年来的美学史上的论述已经多如牛毛了，但是恰恰是“形式”问题，真正文学性之所在的“形式”问题却乏人问津，特别是在当时的俄国文坛：普希金成了家庭的日常用品，文学作品已经不能打动人们的心灵，为什么？千篇一律，毫无新意！纵观古往今来的文学史，内容、题材基本没有什么变化，那么，问题就是出在“形式”上了。于是，奥波亚兹借“文学性”和“陌生化”两个概念在“形式”上大做文章，以致给人造成了轻内容的印象。

二、所谓“无意义语诗”

此中，对重内容轻形式的极端产物——“无意义语诗”做一个辨析看来是必要的。

诗歌，作为“文学性”最佳的载体，无疑也是“手法”发力的最佳场地。所以，研究伊始，奥波亚兹就首先区分了“诗语”和“实用语”。实用语的目的在于交流，以让人容易接受为佳，要把意思传达清楚，“在尽快达到目的的前提下，节省材料是实用语的决定性因素”②，所以多用平白的、模式化的惯用语；反之，诗语的目的在于审美，在于诱发人的感受，就要

① ［荷］佛克马、［荷］易布思：《二十世纪文学理论》，林书武，等译，北京：生活·读书·新知三联书店，1988 年，第 17 页。

② ［苏］日尔蒙斯基：《抒情诗的结构》，什克洛夫斯基等《俄国形式主义文论选》，方珊，等译，北京：生活·读书·新知三联书店，1989 年，第 267 页。

不平铺直叙，打破常规，不断创新，以“陌生化”为最高准则，增加感受的难度和时间的长度，遵循“阻缓原则”。① 而“无意义语诗”正是诗人们本着诗语至上、语词自足的认识进行的自由化诗歌实验的成果。

实际上，正是在“无意义语诗”中，形式最典型地成了内容，一切内容都通过形式的组合和变换来实现：“诗歌形式和外在的和难于结合的内容不是对立的，而是被当作诗歌话语真正的内容来对待的。”② 因为，在“无意义语诗”中，不遵循传统的格律要素，而仅仅遵从于诗歌语音效果的次要特点也可以写出诗来。

那么，“无意义语诗”是什么概念呢？

这个词由未来派诗人赫列勃尼科夫和克鲁乔内赫在1913年提出，他们宣称“一个语词要比它的意义更宽广”，这是“超越理性并且处在思维之外的语言”，这种观点的前提是：“每个语音和每个字形都很重要”，每个语音都是有意义的。③ 很多时候，节奏的组织就成了诗歌的主要结构手法。

那么，“无意义语诗”的意义是如何生成的呢？

前文已经说过，在诗歌中“形式”是自足的，语言亦如是。既然语言仅仅只是语言，仅仅指向自身而非任何身外物，语词本身并不带有任何外在联想，不附属于任何外在客体而存在，那么，语言的意义就应该是自己产生的，是独立自足的，它的字形、语音都来共同承担这个“表情达意”的使命也就不足为怪了。据此，未来派和奥波亚兹认为诗中的语词是一个“具有主权的王国”，而诗人正是这个王国的主人，他可以在诗中尽情驰骋、任意妄为。

而实际上，如何的任意妄为都是有一个基础的，无意义语正是由日常的实用语充分变形后得来的，也并非全然的凭空捏造，从它的字音、字形背后，你仍能找到最初的实用语的影子。否则空对空的言说除创作者本人之外将无一人能明白，那就与创作的初衷大相背离了。至于语音能够被用来表意，更多的是指象声词或者拟声词，与说话时的语气也不无关系，更何况，语词不是孤立存在的，语音更加不是，它们共同服从于整首诗的风格因素的统治，使原先不独立表达意义的成分能够表意。

首先，诗人和读者都不是“白丁”，每一个语词也都有它的历史，无意

---

① 黄玫：《韵律与意义：20世纪俄罗斯诗学理论研究》，北京：人民出版社，2005年，第17页。

② ［俄］艾亨鲍姆：《“形式方法”的理论》，［法］茨维坦·托多罗夫编选《俄苏形式主义文论选》，蔡鸿滨译，北京：中国社会科学出版社，1989年，第44页。

③ 张冰：《陌生化诗学》，北京：北京师范大学出版社，2000年，第114－117页。

义语诗有着创作和接受的文化与社会背景，诗人在创作的当时，面对的从来不是一张白纸。有这些已知的东西为基础才有可能创造出未知的东西，正所谓由“熟”而“生”。雅各布森说：“唯有在熟悉的背景下，人们对不熟悉的事物才能理解、模仿。”①

其次，语境，亦即上下文，单独一个无意义语可能令人费解，但当你将它和上下文联系起来，充分理解到它在文本中的存在情况时，正如英文考试中阅读理解题的猜词一样，便不难猜出它的意思。普通的语词一旦进入诗歌，意义就不同以往了，因为受到整首诗歌风格的影响和诗歌结构因素的作用，它整个被新的语义环境所包围，会产生出新的意义，不能以常理待之。

正因为不存在完全被孤立的词，无意义语诗才能够被我们所阅读、所理解。原本被认为不具表意能力的“形式”因素——语音和字形也具有了独立表达意义的能力。这进一步证明了语词的独立自足和“形式”的独立自足。

比如果戈理《外套》的主人公阿卡基·阿卡基耶维奇，这个名字的单词本身是没有任何意义的，前后发音上的相似造成了它的不同寻常，加强了滑稽的印象，就像是滑稽的有声动作。这种效果根源于艺术的假定性，艺术不同于生活，也不是生活的简单投射和反映，在艺术中作者有绝对的自主权，不必听命和受限于现实生活中的任何准则，他可以自由创造，可以夸大那些原本没有意义的东西，而轻视那些原本重要的东西。无意义语的产生源自作者的绝对权力，也验证了作者的绝对权力。原来艺术是一个可以任人自由徜徉的天地，也难怪一向畏畏缩缩的弗兰茨·卡夫卡宁愿在地洞中写作，从最深处挖掘自己。

张冰在他的专门文章《论“无意义语（诗）”的外延和内涵》中总结说：“‘无意义语（诗）’并非真的无意义，而是在已知的背景之上，创生出某种朦朦胧胧，只可意会而不可言传的意义。”② 张冰在《陌生化诗学》一书中引用了什克洛夫斯基的解释：“某些特殊的、通常不具备确定语义的语音常能在离开其意义的情况下，最好地表达自己的感情。”③ 既然诗歌的目的就是传达感情，那么这样的诗歌无疑是什氏推崇的样式。

---

① ［俄］雅各布森：《现代俄罗斯诗歌》，扎娜·明茨、伊·切尔诺夫编《俄国形式主义文论选》，王薇生编译，郑州：郑州大学出版社，2005 年，第 322 页。

② 张冰：《论“无意义语（诗）”的外延和内涵》，《外国文学评论》，1996 年第 3 期。

③ 张冰：《陌生化诗学》，北京：北京师范大学出版社，2000 年，第 122 页。

这么看来，既然连最有争议的“无意义语诗”都并不完全否定内容，更遑论其他呢？“简单地说，诗歌并不割裂词和它的意义，倒是往往令人吃惊地成倍扩大适用于这个词的意义范围。”① 霍克斯如是评说。在文学作品的具体场域中，词语的意义变得不受控制了，它参与到新的语义系列的作用中，产生出新的和不同寻常的意义，所以针对具体文本中的某个词，离开它的关联域（上下文）来谈它的意义是不可能的。

三、为“形式主义”辩护

后期奥波亚兹的动态形式观认为，文学作品永远处于动态的建构过程中，是一个未完成式。传统“形式/内容”的静态的空间划分被取缔，当奥波亚兹谈到形式，它就是一个动态的形式，在这个形式里，不存在静止的、不作用的因素。不能忽视文学作品本身的建构力量——文学性，这是一种魔力，作用于欲参与到作品中的每一个元素。艺术中，所有因素都服从于结构因素，并且受结构因素影响而变形。所以，作品中的树不是现实生活中的任何一棵树，作品中的鲜血也不是血淋淋的。关于这种“魔力”，雅各布森举了“沙丁鱼”为例。他将文学性比喻为食用油，你不能去单独食用它，但是一旦放入锅里和食材一起煮，食物就不是原先的食材了。正如在捷克语中新鲜的沙丁鱼和油渍的沙丁鱼是两个不同的词。② 汉语里的“龙眼”和“桂圆”也是一个例子。

一味说奥波亚兹忽视内容是不合适的，因为任何内容要素若要进入作品这个结构中，只要作者对它不是无能为力，还能加以改变，那么，这些内容要素就会被改变，成为作品结构的一部分，成为“形式”。故而，奥波亚兹所研究的“文学作品的结构方式”其实是将传统归属于“内容”的大部分元素都包含在内了的。当然，那些不改变或无法改变的“内容”就只能作为作品的题材或者背景，而不成为作品的审美成分，确实不在奥波亚兹的考察范围内。

艾亨鲍姆早在1918年就表示过：“在文学作品中，任何一个句子本身

---

① 钱佼汝：《“文学性”和“陌生化”——俄国形式主义早期的两大理论支柱》，《外国文学评论》，1989年第1期。

② ［英］安纳·杰弗森、［英］戴维·罗比，等：《西方现代文学理论概述与比较》，陈昭全，等译，长沙：湖南文艺出版社，1986年，第19页。

都不可能是作者个人感情的直接‘表现’，而始终是结构的手法。”① 由此可见，在文学作品里，“形式”和“意义”并不是互不相容的。每个句子都参与了作品的建构，通过手法呈现出来，作品不是作家情感的直接投射，也不能从作家的作品中去寻找或者建立一个作家的形象，不能把里面所描写的感情、所表现的哲学观点等和作者本人完全等同起来。文学作品是有魔力的，一切要参与到作品这个结构中的因素必须被改造，甚至作者本人也不能控制。就像列夫·托尔斯泰只能眼睁睁地看着笔下的主人公安娜·卡列尼娜卧倒在铁轨上，而托翁本人虽心不甘情不愿却不能进行任何干预。作品情节的发展有它自己的逻辑，不同于现实生活的逻辑，甚至连这个王国的主人——作家也难以改变。

奥波亚兹从未将艺术与生活对立起来，也不是反对谈论“文学与生活之间的关系”，只是在强调文学的特殊性，强调文学不同于生活，在他们的视野中，提“文学与生活的关系”这样的问题是不妥当的，这只是一个伪命题：生活作用于艺术的是我们的实践意识，实践意识具体到文学中就是语言和词，具体来说就是文学作品的“材料”，是文学作品必要的构成部分，是作品结构的重要因素。特尼亚诺夫又一次为“形式主义”辩护：“凡是生活进入文学之处，它就成了文学，并且要像文学那样进行评价。”②

再如，什克洛夫斯基就认为“文学的‘形式，即语意的多样性，即矛盾’”③。可见，在什氏看来，“形式”与“意义”是紧密相关的，文学性就产生于语词的含混多义，给读者的接受制造障碍，这与他推崇“陌生化”是一脉相承的。他说：“艺术是无同情心的——或超越了同情心——除非被唤起的怜悯之情用作艺术结构的材料。”④ 我们不应该只看到什克洛夫斯基关于艺术超情感这种从唯美主义旗手戈蒂耶和王尔德那里照搬过来的陈腐论调而对这句话后面的定语视而不见。请注意：只要这种被艺术所唤起的感情参与了作品结构的建构，它就是作品这个大系统中的一个能动元素，是一个结构因素，是“形式”的一个部分。内容不是完全不变简单地被引

---

① ［法］茨维坦·托多罗夫编选：《俄苏形式主义文论选》，蔡鸿滨译，北京：中国社会科学出版社，1989 年，第 202 页。

② ［法］茨维坦·托多罗夫编选：《俄苏形式主义文论选》，蔡鸿滨译，北京：中国社会科学出版社，1989 年，第 95 页。

③ 张冰：《白银悲歌》，北京：中国电影出版社，1998 年，第 120 页。

④ ［俄］什克洛夫斯基：《斯特恩的〈商第传〉》，拉曼·塞尔登编《文学批评理论——从柏拉图到现在》，刘象愚，等译，北京：北京大学出版社，2003 年，第 277 页。

入，而是经过了形式的改装和变形。也正是在这个意义上，奥波亚兹多次宣称：作品的内容被形式所吸纳，内容变成了形式。同样，只要能够参与作品结构的建构，意义、主题等传统的“内容”因素同样将成为“形式”的因素。

既然文学是独立于其他社会系列之外的单独系列，是有着自己的独特性和发展脉络的独立体系，那么，它的重要特质就应该有专门的术语来说明，这些专为文学所用的术语的产生也是文学学科独立和文学科学成立的重要标志。像“阶级”“意识形态”这些词是不应该在文学中过多出现的，因为，它是其他学科的术语，不专属于文学。对此，艾亨鲍姆论述道：“使用别的哪怕是相近的学科上的术语和概念，应当抱着慎重和老实的态度。文学这门学科花了那么大的气力从文化、哲学、心理学等学科的历史服务地位中摆脱出来，并不是为了成为法律学和经济学的附庸，过着补充政论作品的极其可怜的生活。”① 是的，术语使用上的不明确和含糊暧昧只会造成奥波亚兹在理论上的倒退，特别是在他们尚未于文坛上站稳之时。自己的理论体系尚未完全明晰，这个时候再引进一些对己方主体理论的建立不是非常重要的“旁枝末节”，喧宾夺主尚是其次，吃力不讨好、两头空却是必然。所以，为了打响第一炮，对术语的使用和说话的语气都务必决绝，他们拒绝使用“阶级”“社会生活”“意识形态”等马克思主义的常用语，这也在一定程度上给人造成奥波亚兹“排斥内容、排斥意义”的假象。

甚至，在谈论文学演变的独立自主的时候，奥波亚兹也并没有把社会生活完全排除在外。特尼亚诺夫说：“文学演变的研究并不摒弃社会主要因素的主导意义，相反，只有在这个范围内才能全面地阐明意义。”②

与此同时，我们不应该忽视奥波亚兹成员们对“形式主义”这个称谓的反感和为自己正名的努力。不应该忽视他们终其一生都在努力摆脱这顶帽子，不承认自己是“形式主义者”，不承认自己坚持的是“形式主义方法”，因为这个名称将他们的形象扭曲得过分极端，与他们的观点是不相符的，只会带来误解。

巴赫金在他的《文艺学中的形式主义方法》中对奥波亚兹轻视内容和

① ［俄］艾亨鲍姆：《文学和文学生活》，扎娜·明茨、伊·切尔诺夫编《俄国形式主义文论选》，王薇生编译，郑州：郑州大学出版社，2005 年，第 278 页。

② ［法］茨维坦·托多罗夫编选：《俄苏形式主义文论选》，蔡鸿滨译，北京：中国社会科学出版社，1989 年，第 115 页。

意义的做法颇有微词，在他看来，诗歌是音和义在艺术结构的平面上的遇合①，二者在诗歌里是不能分离的，而奥波亚兹却将内容当成可以完全从作品中分离出来的死物，与“形式”无关，这在巴赫金看来显然是不合适的。然而，事实果真如此么？若如是，那就是完完全全无视内容，真正坐实了“形式主义学派”之名，奥波亚兹就没有必要一次次声明否定这个名实相符的称谓了。事实上，出于战斗的需要，奥波亚兹可能不像巴赫金那样看重意义，也确实有厚此薄彼的倾向，但绝对不是完全无视意义，因为，奥波亚兹的大形式概念早早地就把绝大部分的“内容”要素收纳在内，甚至作品的主题等也是可以为陌生化手法改造后成为“形式”的。托马舍夫斯基就认为：内容和形式不可分割，我们无法想象无形式的内容或者无内容的形式。奥波亚兹一次又一次不厌其烦地为自己正名、为非“形式主义者”的身份所做的解释，如今看来，巴赫金并没有完全接收到。

多年过后，雅各布森在谈到他的诗功能时，仍然没有放过对这个问题的解释：“我们不想孤立地将文学作品从这样或那样的情景中抽离出来，在分析诗歌作品时，我们不应该忽视生活情景与作品之间本质的、经常性的呼应关系，特别是在一个诗人一系列作品中都存在的确定的总的特征和创作这些作品的共同的地点和时间；同时，我们也不应忽视生平经历等条件。情景是言语的一部分，诗功能对情景所进行的改造，就像改造语言的其他成分一样，有时将它提到台前，作为有效的表现手段，有时又压制它的出现；但无论情景在作品中是如何表现的，作品对它从来都不会持无所谓的态度。”② 对于生活情景，作者从来不是无视它们，而总是慎重认真地对待它们，通过种种手法将它们改造成为作品的审美成分，能动地参与到作品结构体系中。

归根结底，奥波亚兹的一切努力都只是在为文学争取唯有文学所能说的东西，从而建立一门独立的、不附属于其他任何学科的文学科学，出于这般考虑，他们将目光集中于文学作品的结构方式上，也就是“手法”“功能”。

（作者单位：福建社会科学院文学研究所）

① ［苏］巴赫金：《周边集》，李辉凡，等译，石家庄：河北教育出版社，1998 年，第 241 页。
② 黄玫：《韵律与意义：20 世纪俄罗斯诗学理论研究》，北京：人民出版社，2005 年，第 51 页。

《论语》“兴于诗，立于礼，成于乐”探析

赵妍妍

《论语·泰伯》章八载孔子言：“兴于诗，立于礼，成于乐。”解此章的流行观点有二：其一，“兴”“立”“成”是自我的进德过程，诗、礼、乐是完成此过程的手段。大凡持此观点的流行文章，皆主“仁本礼用”说，诗、乐则务于礼之教化、柔化刚性之礼。其二，不将兴、立、成与诗、礼、乐分作两处说，以为兴于诗、立于礼、成于乐皆为人的审美感受或欣赏领悟艺术的三境界。① 笔者以为，于孔子，这两个观点皆是隔靴搔痒，未说到真切处。若依观点一，乐只有辅助教化的作用，那么这种辅助之“乐”何以居于“礼”的上位而为人格完“成”的最高境界？且“仁本礼用”之说可能导向“仁内礼外”，而强调“仁内”可能导致“仁”僵化为一心理学概念，强调“礼外”则可能导致“礼”僵化为一外在观念原则，从而有违孔子“瞻之在前，忽焉在后”（《论语·子罕》章十）的活泼思想风貌。观点二是自艺术审美旨趣处说，虽可勉强说圆了诗、礼、乐，却道不出孔子“兴”于诗、“立”于礼、“成”于乐的深意。若过多强调对“礼”的审美领悟，则难免偏重由礼“事神致福”的原始义而来的“文饰”一面，这样，“礼”何故使“立”便无从得解。再者，若乐仅为孔子审美之趣，则孔子闻《韶》而三月不知肉味似乎就沦为孔子对乐之“执”，从而与“君子不器”（《论语·为政》章一二）的主张相悖。即使我们承认上述艺术审美进路的合理性，我们也仍不能解释下述问题：在众多种类的“艺”——周礼有“六艺”（礼、乐、射、御、书、数），儒者有“六经”（《诗》《书》《礼》《易》《乐》《春秋》）——之中，孔子何故只检选“诗”“礼”“乐”三者形容所谓审美感受？

有鉴于此，本文欲另择进路阐释孔子之“兴于诗，立于礼，成于乐”，要点有二：其一，诗、礼、乐不可分说；其二，“兴”“立”“成”象征客观精神或文化心灵的生成演进，相通于成“人”、成德过程。由此，践德之

---

① 参见黄广华：《论“兴于诗，立于礼，成于乐”》，《孔子研究》，1994年第2期。

“难”具有日用伦常间之超越意义。

一、语源学、训诂学视野下的诗、礼、乐：一种外在支撑

自语源学上讲，“诗”的字形结构从“言”从“寺”。《说文》：“寺，廷也，有法度者也，从寸。”古文字学家多认为“寺”为“持”之本字。方浚益指出：“寺为古持字，石鼓文‘弓兹以寺’、‘秀弓寺射’，皆以寺为持。”高田忠周亦表示：“‘持’下曰：‘握也，从手寺声。’《荀子·正名》‘犹引绳墨以持曲直’注：‘制也。’《汉书·刘向传》‘及丞相御史所持’注：‘谓扶持佐助也。’夫审固也、制也、佐助也，固当有法度也。”① 由是，“寺”字本有“规正”“法度”等义。依汉字形声字之造字规律，从“寺”之字，意义亦多与“规正”“法度”等意义相关②，由此，“诗”的造字义大约为规正人行，使之有法度。

这恰与孔子所处时代所言“礼”之“敬文”或“节文”的基本义相通。礼之名源自事神祭祖，周公时制礼作乐，礼于是引申为礼仪，凸显出它的人文表征。据《左传·隐公十一年》载，时人甚至以礼为“经国家，定社稷，序人民，利后嗣”之大本。又，据《礼记》，与夏人“尊命”、殷人“尊神”相比，周人的特点是“尊礼”：“夏道尊命，先禄而后威，先赏而后罚，亲而不尊。……殷人尊神，率民以事神，先鬼神而后礼，先罚而后赏，尊而不亲。周人尊礼尚施，事鬼敬神而远之，近人而忠焉。其赏罚用爵列，尊而不亲”（《礼记·表记》）。《诗经》中出现多处“礼”字，如《诗·国风·鄘风·相鼠》曰“人而无礼”，《小雅·十月之交》曰“礼则然矣”，《楚茨》曰“礼义卒度”“式礼莫衍”“礼仪既备”，《宾之初筵》曰“以洽百礼”（此句又见于《周颂·丰年》及《载芟》，不过含义不同）、“百礼既至”等，除《周颂·丰年》和《载芟》中的“以洽百礼”与祭祀相关外，其余的“礼”字皆务于敦厚之教，以持人之行、扶持性情③，相类

---

① 转引自周法高：《金文诂林（卷三下）》，香港：香港中文大学出版部，1974 年，第 1855 – 1856 页。

② 如“等”字，《说文解字注·竹部》以为指“齐简”，即“整齐书籍”。

③ 徐复观先生经考证发现，西周所言的“礼”已于殷代的“礼”（主要是事神致福的祭祀仪节）上新增了“彝”的含义（由敬而来的合理人文规范与制度），“这种由彝向礼的移植扩充，即意味着宗教向人文的移转”（徐复观：《中国人性论史》，上海：华东师范大学出版社，2005 年，第 29 页）。所以，周代以降“对礼的基本规定是‘敬文’或‘节文’。文是文饰，以文饰表达内心的敬意，即谓之‘敬文’。把节制与文饰二者调和在一起，使能得其中，便谓之‘节文’”。（李维武：《徐复观文集（第四卷）》，武汉：湖北人民出版社，2002 年，第 3 页。）

于“诗”字“规正人行”“使有法度”的造字义。

“诗”与“礼”既如此相关，“礼”的“仪”层面又联系着用于纪功颂德等仪式的《雅》《颂》之歌，则诗①、乐的关系也很紧密。此推论可于训诂学上得一印证。据古文献记载，《诗经》多为乐歌②，比如：《墨子·公孟》提到“诵‘诗三百’，弦‘诗三百’，歌‘诗三百’，舞‘诗三百’”，《史记·孔子世家》记载“三百五篇，孔子皆弦歌之，以求合《韶》《武》《雅》《颂》之音”，《汉书·食货志》指出“行人振木铎徇于路，以采诗。献之大师，比其音律，以闻于天子”，等等。论者有谓，今本《诗经》有《风》《雅》《颂》三分，《雅》与《颂》为纪功颂德的仪式乐歌，当然与“乐”相关；但《风》既为规诫劝正的讽刺之辞，跟“乐”有什么关系呢？《周礼·春官·瞽蒙》确有“讽诵诗”之说，郑司农注：“讽诵诗，主诵诗以刺君过。”然，笔者以为，这并不足以说明《风》不配乐。据记载，西周时期，瞽蒙兼掌讽诵诗、鼓琴瑟等多种职责，《周礼·春官·瞽蒙》载：“瞽蒙……讽诵诗，世奠系，鼓琴瑟，掌九德、六诗之歌，以役大师。”由是，瞽蒙将讽诵诗配乐用于仪式亦是自然之事（此举既合乎仪式用乐之需，又可达致讽谏之目的）。且《雅》《颂》作为乐歌原本就是为满足仪式配乐所需而作的正乐，不排除作为讽刺之辞的《风》可能含有地方风土之乐。风土之乐是百姓于生活情境中自然而歌的人籁（旨在自然的风行、风化，尚不拘于《诗经》之《风》），虽然部分风土之乐因王室需要而被演奏以用于仪式（至此方以《风》谓之），但其开启的交互动人情境（或曰乐之兴力）却就此保存下来，所以，孔子所言诗之“兴”及至乐之“成”可能恰在《风》中。清代学者皮锡瑞的《诗经通论》指出，诗之入乐有一定者，有无定者。“《乡饮酒礼》，歌与合乐之诗，诗之入乐有一定者也；《乡饮酒礼》正歌备后，有‘无算乐’，此诗之入乐无一定者也。”③“无算乐”中便可能有《风》。

二、诗、礼、乐一体之境：诗情的“兴”发

诗上即有礼、乐，礼与乐也相互融摄。从语源学、训诂学的角度对诗、

---

① 虽然两周时期除《诗经》外还有诗、歌、谣、诵（如逸诗、琴歌、谶谣），但是鉴于孔子言“诗”多言“诗三百”，本文考察的“诗”限于《诗经》。

② 虽然程大昌、朱熹、焦竑、顾炎武等宋代学者以为诗有入乐不入乐之分，但唐以前及清代以降，学界多主张“诗三百”全入乐（参见洪湛侯：《诗经学史（上册）》，北京：中华书局，2002年，第38－41页）。

③ 洪湛侯：《诗经学史（上册）》，北京：中华书局，2002年，第45页。

礼、乐的考察为这一主张提供了有力支撑。但若“兴于诗，立于礼，成于乐”仅是训诂考据之辞，《论语》也仅是一文字书、历史书，岂不辜负了孔子即情即景、有声有色的机缘性“言”“语”？因此，诗、礼、乐的联系更须自《论语》本身透显的活泼生活、自然声色中寻其根据，而不能耽恋徒然静默的考据之辞。

孔子既言“兴于诗，立于礼，成于乐”，则贯通礼乐之枢机必在人（“兴”乃人之“兴”，“立”乃人之“立”，“成”乃人之“成”）。不然，孔子又何必感叹“礼云礼云，玉帛云乎哉？乐云乐云，钟鼓云乎哉？”（《论语·阳货》章一一）可见为器之礼（如以玉帛为礼）、为物之音（如以钟鼓为乐）只是一套与人外在相关的普遍“技法”，而人“立”“成”的动源与此无关。孔子有言：“小子！何莫学夫诗？诗，可以兴，可以观，可以群，可以怨。”（《论语·阳货》章九）诗可以使人心念发动而有所兴会（“兴”），明乎正邪得失（“观”），遂以自身正直得当的品格待人接物（“群”），于邪辟失当处亦有所讽谏（“怨”）。此即人的“立”“成”。只是此“立”“成”有“既立”“既成”，又有“所以立”“所以成”，而“所以立”“所以成”之处即是动源。由是反观诗的“兴”“观”“群”“怨”，则可谓必自“兴”始；若无所“兴”发，何以“观”之？此即孔子言“兴”于诗而非“观”于诗（或“群”于诗、“怨”于诗）的原因。

但是诗的兴力如何为贯通诗、礼、乐的动源呢？笔者已于本文第一部分指出，《诗》之《风》有人籁，本于性情，发乎日用常行，所以于吟咏间感人至深。故孔子所言诗之“兴”并不仅仅是一种用自然物事或情境引出被兴句的作诗手法，而更多的是展现诗的自然天性，其中蕴含着诗之乐性，诗言、乐言共有此兴力。《乐记·乐本篇》云“凡音之起，由人心生”“情动于中，故形于声”，是故“乐”与“诗”的兴力皆本于“情动”。何谓“情动”？“人生而静，天之性也；感于物而动，性之欲也。物至知知，然后好恶形焉。……夫物之感人无穷，而人之好恶无节，则是物至而人化（于）物也。”（《乐记·乐本篇》）这就是说，情之动有两种。如果情物于物而动，因物而感，为时既久则迷途而不知返，因“物之感人无穷”而有“过制”之“乱”、“过作”之“暴”；但是，如果情动本于孔子所言“相近”的“性”，则是自然而感，所“兴”的情是顺性而萌，物至而“直”以“兴”之，如此而所形之声可谓“乐由中出，故静”（《乐记·乐论篇》）。是以《诗大序》言，诗“发乎情，止乎礼义”。以诗发情，发处即见自然，此乃顺性而萌之情动，所以“思无邪”（《论语·为政》章二）矣。承此气象者

"即其所居之位，乐其日用之常"（语出朱熹《四书章句集注·论语集注·先进》章二五注）而无不止乎礼义，若孔子喟然"与点""莫春者，春服既成。冠者五六人，童子六七人，浴乎沂，风乎舞雩，咏而归"（《论语·先进》章二五）的境界，也是"大乐"之"易"（《乐记·乐论》）、善乐之和。概而言之，"兴"处自然之情，即是"乐"之"和"，人心自然之情由诗的"兴"发而渐趋敞亮，至于出神入化的地步，方是"乐"境的"不勉而中"（语出《中庸》）。

三、兴、立、成的工夫："立"于礼

论者有谓，发乎情则为"诗"，"乐"的"和"也有诗性，但"礼"处诗性少，由此，"礼"似乎是反情的（若果如此，那么兴处自然之情虽贯通诗乐，却不通于礼）。

笔者以为不然。本文第二部分已指出，礼、乐为诗情所必至。"乐"并非"礼"之外的事，"礼之用，和为贵"，而"知和而和"为"不可行"（《论语·学而》章一二），"立于礼"的人若至于"成"，则有大品节，其无所不到的融通周洽绝非事乎约束条律之人可比，这恰是"乐"不勉而中的境界，也就是说，"礼"的"立"保障了诗情的"成"，所以"礼"不能是反情的。

但自然之情的"兴"贯通诗、礼、乐，虽自境界上说得通，于工夫上不免失之笼统。当然，如果在工夫上把诗、礼、乐当作截然不同的三个环节，我们就需要预设一个终极本体，而诗、礼、乐则是达致这一本体的层层推进的三个手段。与此不同，笔者以诗、礼、乐三者为一事，旨在否认三者表征知解上层层推进的三个阶段。正所谓工夫所至，即其本体。但是，工夫所至毕竟不可以被境界的融通一口说尽。毕竟，诗、乐的兴与不兴因人而异。兴，则所发纯为心声，是赤子之心的至情流露，就像"诗三百"，孔子谓之"思无邪"；不兴，则为外物所牵引，就像"郑卫之音"，流连淫乱而不知返。孔子所处的时代正值礼崩乐坏，保有赤子之心的人少之又少，诗、礼、乐一体的境界与现实两相对照，则更显得空疏。也许这正是孔子用"兴""立""成"分说"诗""礼""乐"的苦心所在：诗之兴、礼之立、乐之成需要在实践中层层迫近，而这一迫近次第蕴含了诗、礼、乐作为艺境与人生的德境相交织的可能性。

方才提到，诗的兴发之所以贯通礼乐，是因为乐的"和"是自然之情

经由"礼"的"立"的保障方可至于"成"，孔子言《关雎》篇"乐而不淫，哀而不伤"（《论语·八佾》章二十）、"诗三百"可以"思无邪"一言蔽之（《论语·为政》章二），都是以此为据。由此而反观人心的"和"，若与《关雎》篇的"乐"相类，则是孔子屡屡肯认的"好德如好色"（《论语·子罕》章一七，《论语·卫灵公》章一二）：美色自然天成，人自然"好"之，若执持常道，则此"好"必是心有所主的"好"，自有"不淫"之"乐"。"好德"同理，且不说不好德之人，单论好德之人，如果他的"好德"乃是因着趋附他人的好德而来，这就不是真"好德"。

如此看来，美艺、美色、美德，都是浑然天成的美善，与"好"此、"乐"此的心之所成，理无不同：自然情动本于相近之性，此性类于诗"可以兴"、人的"好色"、"乍见孺子将入于井，皆有怵惕恻隐之心"（《孟子·公孙丑上》），如果人可以保有此善端，操持不失，扩而充之，则是"好"德、"乐"德的人。

那么，自然之情如何操持不失、扩而充之呢？自然之情需要"立于礼"。如何"立于礼"呢？之前提到，"好德"之人若是因他人好德而趋附"好德"，则不是真好德，所以"礼"不可勉强而"立"。人始终已然置身于（或曰"生存"于）礼中，于日用常行间尽伦、敬事，"能近取譬"（《论语·雍也》章三十），这已是于近而可入之处"立"、于舒卷开合的时机中"立"、于自然和乐之情中"立"。进一步，笔者以为，"立于礼"是自《论语·雍也》章二十所谓"先难"处说的，是孔子恐怕只自"兴于诗"的高远处讲来，人无从寻得起步处。只是，礼之于诗，有次第的先后，正如《论语·八佾》章八所说"礼后乎"：朱子于此章引杨龟山语"忠信之人，可以学礼。苟无其质，礼不虚行？"这也是《论语·先进》章一所谓"吾从先进"之意，礼由此而免于沦为外在、僵化的规定。

四、我如何"能近取譬"以至于"立"？

论者有谓，"立于礼"的主体是"我"，而"礼"的"立"却是"能近取譬"而推己及人的过程，前者关乎"我"，后者加入"（他）人"，二者所言却是一事，这如何说得通？

这个疑问主要说的是，"我"的自然之情何以能如此"近取譬"以至"立"于人我之"和"？孔子说，"礼之用，和为贵"（《论语·学而》章一二），这个"和"字多被解为"从容不迫"（如朱熹《四书章句集注》）、

“恰到好处”（如李泽厚《论语今读》）等，但笔者以为，“和”自其质上言蕴含一关系义，即我之所以“能近取譬”，是因为我“和”他人是一种“近”至能“取譬”的关系，他人与我相“近”的同时，我也“近”于他人，所以彼此可以相互“取譬”。礼的“和”、我的“立”就是本于这种“近”。但是，如果我只是我，他人只是他人，那么我们便不清楚我和他人如何“近”至能“取譬”。毕竟，我能在“近”至我之“内”的地方“立”于“取譬”，那么我自身已然有一独特的“是他”的可能性——这可以说是“和”的根本关系义。换句话说，如果我之“内”并非已然有了他人，如果他人并非自根本处构成我之为我，我便不可能有“近取譬”的推己及人，也不可能“立”于礼之“和”。

所以，我“和”他人的“和”是人的根本生存方式（这就是为什么笔者认为人始终已然生存于礼中），只是这种根本方式必须从分殊的地方看。上至源头通于诗情的兴（自然之情的兴发，人同此心，心同此情）、善乐的和（每一音符的卓越音质都源于它已有参与表征更大范围的天成之乐的可能），下至日用伦常间达于成“人”的“难”和践德的艰辛。具体说来，这“难”处有二：时时尽伦敬事，“造次必于是，颠沛必于是”（《论语·里仁》章五），这是一“难”；于日用人伦间见得“我”中的“（他）人”，至于“能近取譬”的时机化的“和”，这又是一“难”。但是，人都是“先难而后获”（《论语·雍也》章二十）的，日用伦常间我与他人的“和”本身已有经由“先难”而上达源头的超越性，区别只是在于“后获”的先后：孔子先于我们而“立”，所以他一“好”、一“乐”便是自源头下贯，是“金声玉振”的“圣之时者”（《孟子·万章下》）。而我们则是经由“先难”而有“后获”的“兴于诗，立于礼，成于乐”，同样蕴含了文化心灵“志于道，据于德，依于仁，游于艺”（《论语·述而》章六）的可能性。

（作者单位：福建社会科学院哲学研究所）

20世纪泰国闽籍华人华文教育发展研究

李慧芬

中泰两国的交往始于汉代。据《汉书·地理志》记载，汉使从雷州半岛出发，沿印支半岛海岸西行，过克拉克地峡，到印度东南部的“黄支国”出访，其间经过的“卢没国”和“谌离国”，据专家考证，就在今泰国南部地区。① 早期流寓暹罗的华人以福建人为多，根据福建莆田城关林氏族谱载，其先人早在明永乐初年就来暹罗经商寓居。② 在泰国现存古迹中也能找到福建华人移民的印迹。泰国现存最早的华人庙宇——北大年清水祖师庙（后改为灵慈宫）的碑文注明其建于明万历二年（1574年），而清水祖师信仰产生于福建省泉州市永春一带，可见在暹罗华人族群中，闽籍华人是较早移民并定居暹罗的。19世纪中后期，闽籍华人向暹罗移民迎来新的高峰，到19世纪末20世纪初，闽籍华人社会初步形成。

据不完全统计，截至目前，泰国拥有正式注册的华文民办学校119家，学校学生多则千余人，少则数十人。泰国各大学已经把华文正式作为第二外语来考试招生。泰国著名的大学，如朱拉隆功大学、法政大学、易三仓大学、农业大学、艺术大学和曼谷国际学院等都开设了华文课，并取得了一定的学术成就，培养了一批硕士生。有些大学已经与中国的北京大学、北京语言大学、华侨大学、厦门大学等高等学府建立了师生交流关系。泰国全国76个府的华人社团、会馆、同乡会等组织开设的华文补习学校、夜校、培训班、华文讲座班等更是不胜枚举。目前，在泰国华人社会中，闽籍华人是仅次于潮州籍华人的第二大华人次族群，向来重视华文教育。③

---

① 韩振华：《公元前二世纪至公元一世纪间中国与印度东南亚的海上交通》，韩振华《中国与东南亚关系史研究》，南宁：广西人民出版社，1992年，第10－21页。

② 转引自郭梁：《华侨出国史述略》，福建华侨历史学会编《华侨历史论丛》第二辑。

③ 中国华文教育基金会：《泰国华文教育方兴未艾》，http://www.chinaqw.com/node2/node2796/node2797/node2806/userobject6ai253494.html。

一、闽籍华人新式教育兴起（20 世纪初）

20 世纪以前，闽侨子弟多接受中国传统的私塾式教育，学习“四书五经”等，如福州各同乡宗亲会在 19 世纪末就开办了私塾。直到 20 世纪初泰华社会才开始兴办新式学堂，从 1912 年至 1921 年，全泰国共创办华侨学校 30 所，其中 17 所是在曼谷（占华校总数的 56.7%），学生总数约 3000 人。1918 年泰国政府颁布民立学校条例，1922 年又颁布强迫教育条例，华校的创办及发展一度受到影响，但华侨创办华文教育的热情并未减弱。据泰国教育部统计，1929 年泰国华侨学校已有 188 所；1935 年增加至 191 所，教师 291 人，学生 4742 人；1936 年，学校没有增加，但教师增加至 311 人，学生增至 7562 人。①

1909 年暹罗同盟会成员以中华会所名义在曼谷七圣妈甲丹吻开办华益学堂，这是旅暹华侨最早创办的学堂。旅暹华侨还在曼谷近郊创办国文学堂，并设有普通书报演说社，因学生不多，后改名为初步学堂。著名闽籍侨领萧佛成除了办报纸、宣传革命活动之外，还从事办校、振兴华文教育的活动。1909 年，中华会所（暹罗的同盟分会）建立后，闽籍侨领萧佛成向侨商募集基金创办了“中华学校”，当时的革命志士如胡毅生、何克夫和陈景华等都在该校授课，为革命播下了种子。

1910 年 6 月，初步学堂停办，由潮（州）、客（家）、广（肇）、福（建）、琼（海南）五属合办新民学堂。这是泰华社会五属联合办华文学校的开端。闽籍华侨独立创办华文学校始于 1914 年，暹罗福建会馆创办培元学校，这是一所华侨初级小学。会馆为普及本属华侨子女初小华文教育，1921 年将培元学校改为免费义务学校，学生采用华语教学，禁止学生在校内用方言交谈，是全暹实施国语教学的第一所华校。至 1928 年，培元学校的学生人数由初办时数十人增至 300 多人，教员由数位增至十多人。历年课外活动活跃，曾响应救济黄河大水灾难胞，举行盛大游艺募捐会，获得侨社好评。② 历任校长有郭玉珊、林春元、陈太楷、高思贯、陈子石、骆承绪等。1933 年，暹罗受世界经济不景气影响，闽属侨商多陷自顾不暇状态中，

① 刘真主编：《华侨教育》，台北：中华书局，1972 年，第 155 页。

② 冯子平：《华泰国华侨华史话》，香港：银河出版社，2005 年，第 194 页。

此暹华侨社唯一义务学校，遂因经费无着而不得不停办。①

普吉是闽侨的聚居地之一，闽侨也较早在这里开办新式华文学校。泰国南部第一所华文学校为“普吉泰华学校”，其前身为普吉书塾、普吉华文学校、普吉中华公学。1911 年，泰国普吉闽籍华侨在市区甲米路神庙的基址上，创设一所稍具规模的旧式书塾。1917 年，当地华侨将书塾改为普吉华文学校，采用中国新学制、新课本授课。

二、闽籍华人教育受到严格限制（20 世纪中后期）

1932 年政变后的拍风政府，更加关心普及教育，从思想上、文化上对华侨子女进行同化。新政府将普及教育列为六大政纲之一，并对华校严厉执行《暹罗强迫教育实施条例》。1938 年銮披汶上台后，采取激烈的排华政策，对华文教育的压制也变本加厉。1939 年 4 月，泰国教育部发出新命令，规定受强迫教育年龄（7 ~ 14 岁）限制的学生，每星期只能上两小时的华文课，其他所有课程必须以泰语教学，并对华校实行严厉监督。从 1939 年 4 月至 7 月，泰国当局封闭 25 所私立华校。同年 8 月，銮披汶政府封闭泰京八家华文报，并大规模查封曼谷和同地许多公立华校。从 1939 年 4 月至 1940 年 6 月，泰国当局下令封闭 242 所华校，另外 51 所华校为避免被强行查封，只好自动停办。至此，全泰 293 所华校荡然无存。1940 年 6 月，泰国政府颁布第九份《唯国信条》，把泰国文化计划扩大到语文的使用范围，要求泰国所有国民（包括泰籍华人和在泰国出生的华裔）都要懂得泰文、泰语和使用泰文、泰语，它特别针对那些从未学过泰文、泰语或尚不习惯使用泰文、泰语的华人、华裔。1940 年 6 月以后，銮披汶政府对泰法律一向允许开办七人以下的华文家庭班（二战时称为“华文游击小组”）也加以严禁，违者如被发觉，轻则罚款，重则坐牢。②

据统计：1933—1935 年，暹罗华文学校先后被查封者达 79 所。③ 据泰国教育部统计，1937 年学校增加至 224 所，教师 482 人，学生 9124 人。

① 《华侨华人百科全书·教育科技卷》编辑委员会：《华侨华人百科全书·教育科技卷》，北京：中国华侨出版社，1999 年，第 313 页。

② 《华侨华人百科全书·教育科技卷》编辑委员会：《华侨华人百科全书·教育科技卷》，北京：中国华侨出版社，1999 年，第 172 页。

③ 《华侨华人百科全书·教育科技卷》编辑委员会：《华侨华人百科全书·教育科技卷》，北京：中国华侨出版社，1999 年，第 316 页。

1938年华侨学校有233所，教师492人，学生则达16711人。① 闽侨所创办的华校在排华的时局中步履维艰，受到了很大的冲击。1934年，侨领陈启求、陈震源、陈大妥、吴汉权等发起在普吉书塾原址上建造双层西洋式校舍。新校舍建成后，先后膺任校董会总理的有陈启求、王心沛、杨雅言等，先后任华文校长的有苏有通、苏渊卿、许可均等。在此期间，普吉岛还有振德书室、尚德学校、育英学校、培英学校、培华学校等的设立，足见其时该岛华校之盛。但是到了1940年6月，远在泰南边远海岛上的普吉华文学校和其他华校，均被鼓吹极端唯国主义与厉行泰化教育政策的銮披汶政府封闭。②

1946年1月23日，中国同泰王国签订《中暹友好条约》，规定："此缔约国人民取得依照彼缔约国之法律章程，享有设立学校，教育其子女之自由，暨集会、结社、出版、礼典、信仰之自由。"于是，泰国各地华校有如雨后春笋般地涌现。然而好景不长，随着銮披汶于1947年11月发动政变重新掌权，盛极一时的泰华教育被严厉取缔，元气大伤，华文中学不再存在，仅存的华侨初级小学则转为民办课授华文初级小学，从此华文教育由衰退趋于式微。③ 1952年，福建会馆接办早年福建乡亲创办的中心公学。学生数由最初的60名增至80年代的600多名，该校历届毕业生共2337名。④ 会馆还设立教育基金委员会，奖励会员子女，拨款资助泰国内地学校。

1945年日本投降后，福建永春籍华侨林世雄当选"侨青会耶拉分会"主席，"侨青会"兴办了一间培才夜校，均由其任负责人。1946年蒋介石挑起内战，林世雄将《反日周刊》改为《学习》（半月刊）和《三日电讯》，发表时政文章，并在耶拉闹市张贴海报揭露国民党撕毁停战协议发动内战的真相。由于参加"华侨青年会""职工会""妇女协会"的人越来越多，民主力量越来越强大，在林世雄的努力下，耶拉府这三个华侨团体联合兴办"南侨学校"。"南侨学校"从小到大，从仅有一间简易茅屋教室，扩建成具有教学大楼的学校，华侨都纷纷送子弟到"南侨学校"就读，当地另一所华侨学校"中华学校"的不少学生也转学到"南侨学校"。林世雄的行

---

① 刘真主编：《华侨教育》，台北：中华书局，1972年，第155页。

② 《华侨华人百科全书·教育科技卷》编辑委员会：《华侨华人百科全书·教育科技卷》，北京：中国华侨出版社，1999年，第225页。

③ 《华侨华人百科全书·教育科技卷》编辑委员会：《华侨华人百科全书·教育科技卷》，北京：中国华侨出版社，1999年，第387页。

④ 福州市地方志编纂委员会：《福州市志》（第8册），北京：方志出版社，2000年。

为遭到国民党的痛恨，当里泰京国民党办的《正言报》上指控他是泰国十六府的“共匪头子”、“与马共有关系”、“企图领导暴动推翻泰国政府地”等罪名。1949年1月20日，“南侨学校”和他的家被泰国警察大搜查，他和校董陈胜泰、徐文夫、刘炎成、梁志光、黄循贤等都一起以“非法活动嫌疑”的罪名被捕，后因无确凿证据而被释放。

1946年，普吉华文学校复办，改校名为普吉中华公学，除总校设于华文学校原址外，尚在岛内设立4所分校，学生人数达3000余名，为该校办学之巅峰时期。当时先后担任校董会主席者为王心沛、陈启示，华文校长孙斌。1947年11月，銮披汶发动政变，重新执政，翌年5月开始严厉管制华校，致使该校一度停办。1948年8月，该校按照泰国民校管理条例重新进行登记注册，改为今名。1959年，该校在另一处校产土地上，办起一所课授泰、英文的巴刹中学，作为承接小学的共同体系，为中、小学的接轨和健全创造有利的条件。①

1952年，福建会馆理事长苏根柱带头捐款接办早年福建乡亲创办的中心公学。学生数由最初的60名增至80年代的600多名，该校历届毕业生共2337名。② 1964年由苏廷芳理长领导新建三层校舍，会馆还设立教育基金委员会，奖励会员子女，拨款资助泰国内地学校。

诏安县籍华侨许秀峰出资在泰国陶公府创办新民学校；沈汉忠多年任泰国挽巧公立思源学校名誉主席，致力于传播华文；沈伟文博士在曼谷创办伟文社里学校、伟文商业学校，自任董事长；许金龙多年担任泰国佛学院院长，在东南亚佛教界颇具影响力。

为了推动华文教育，鼓励坚守岗位的华文教师，振兴泰国华文教育，为泰华教育做出积极奉献，泰国九属会馆于1991年3月9日第307次首长常月联谊会上，发起设立“泰华九属会馆老师奖励基金会”，获各会馆认捐及各热心侨领赞助，共集泰币625万铢。1992年10月31日，该基金会假泰国潮州会馆子彬堂举行颁发典礼，依照教龄年资分别向500余名教师致送奖励金94.9万铢。③

中华人民共和国成立初期，有一些泰国侨生回国求学。当时因侨汇困难，无法继续求学，侨务局请求校方优待减免学费者28人，同时为侨生提

① 《华侨华人百科全书·教育科技卷》编辑委员会：《华侨华人百科全书·教育科技卷》，北京：中国华侨出版社，1999年，第225页。

② 福州市地方志编纂委员会：《福州市志》（第8册），北京：方志出版社，2000年。

③ ［泰］思湛：《说侨团，话侨团》，《中华日报》，1993年1月1日。

供厦门、福州、上海、北京等著名大中学校的章程及概况，供侨生升入高一级学校时选择。据统计，1950 年至 1953 年（表 1），经市侨务局协助解决升学（包括减免学费、免费膳宿介绍与保送等途径）侨生共 878 人。1953 年冬，集美华侨学生补习学校成立，“凡新归国侨生随时均可进该校”，经过一段时间的学习，即按照各人程度，介绍至正规学校学习。政府对贫困侨生予以人民助学金优惠待遇。

表 1 泰国来厦侨生入学数量（1950—1953 年）

总 计	1950 年	1951 年	1952 年	1953 年
878 人	28 人	42 人	295 人	513 人

资料来源：厦门市统一战线志编纂委员会：《厦门统一战线志》，1999 年 9 月，中共厦门市委统一战线http://www. xmtz. cn/webnews/viewi_bbjs_5228_162. html.

1955 年，有 1489 名侨生前来厦门求学。回国侨生中以印尼最多，占 706 人，其他依次是：新马 467 人，泰国 167 人，缅甸 84 人，其他 65 人。① 厦门市归侨联谊会副会长叶通波（泰国归侨）回忆道：“1953 年 11 月，我回到祖国，到集美侨校读书。那时集美侨校刚刚开办，我是第一批海外的侨生。在侨校我一直被当成留干生培养，直到 1958 年我考上厦门师范学院的数学系，毕业后我被分配到华侨中学当数学老师，直到退休。”②

三、闽籍华人教育重新迅速发展（20 世纪 80 年代以后）

1983 年，闽、粤、潮、琼各属联合的慈善机构——普吉乐善局主办“普吉中华公学”，由乐善局主席陈学富兼任校董事会主席。在 20 世纪 80 年代初泰国华教开始趋于式微之际，该校在小学部附设幼稚园，为小学部增辟生源。自 20 世纪 80 年代末 90 年代初泰国政府逐步开放华文教育以来，该校已在高小五、六年级开设华文特修课，并增办华文下午班，收容华文小学毕业生或职业青年就学，修中学华文课程。1993 年元旦，邀请中国贵州少年艺术团莅埠义演，筹款 1000 万铢，于巴刹中学范围内扩建泰华学校四层楼新校舍。为供应已成为世界著名旅游区——普吉岛对华文、华语人

① 厦门市统一战线志编纂委员会：《厦门统一战线志》，1999 年 9 月，中共厦门市委统一战线 http://www. xmtz. cn/webnews/viewi_bbjs_5228_162. html.

② 口述历史：《厦门市泰国归侨联谊会副会长叶波通：联谊会就是我们的“家”》，http://www. xmqs. org/old/qjlw/06ksls/060418 - ybt. htm.

才的需求，又在华文下午班的基础上开办华语人才培训班。至 1993 年 8 月，小学部共有 8 名华文教师，学生 400 多人，华文下午班学生 100 余人，小学华文教务主任兼华文下午班为陈雪娇。由于在华文、华语教学和校舍建设等方面都取得显著成绩，近年来被誉为泰南华教之灯塔。①

1992 年 6 月初北榄坡市 11 个华人社团的负责人举行联席会议，决定成立华文学校筹备委员会，由该市同德善堂董事长丁章梅任筹备委员会主席。北榄坡公立泰华学校于 1992 年 11 月 5 日正式开会，临时校址设在同德善堂属下的巴差努可学校大礼堂，校长为林动胜。1993 年暑假（4 月 1 日—5 月 15 日）增设面向本市青少年的假期华语特别班，教授华语会话、应用文句等。至 1994 年，该校学生近 80 人，其中成人班占 50 多人，在校学生班占 20 余人。至 1996 年，学生增加到 100 多人，但仍以成人班的学生占大多数，这是因为北榄坡市原有的几家华校都已停办多年，当地适龄华裔学童早已转到市立或私立的泰文学小学就读了，所以该校学生班的招生人数尚不理想。②

祖籍漳州云霄的华侨张笃生热心华侨教育事业。1975—1980 年蝉联三届耶拉平民—培民教育慈善机构董事长期间，先后筹集泰币 550 万铢兴建培民小学新校舍、平民学校大礼堂和创办平民幼儿园。1978 年至 1983 年蝉联三届泰国福建会馆理事长，每年从会馆教育基金中给泰南每所华侨学校增拨 5000 铢经费。他每月主持召开一次校董会，即使 1984 年到曼谷担任泰国资源开发有限公司副总经理和泰国中华总商会顾问时，也仍然坚持每月的例会。侨胞赞扬他对教育事业出钱出力最多，贡献最大。为此，在平民—培民教育慈善机构第二十四届年会上，他被一致推举为永远名誉会长。到曼谷任职期间，他还与其他侨胞联合创办华侨医院，并赞助泰国孤儿院经费。1983—1985 年又蝉联二届耶拉平民—培民教育慈善机构董事长，在泰国耶拉府创办培民商业学校，并发起成立教育基金会，他亲自 5 次奔走泰中、泰南 20 多个省、府，发展基金会员，募款 300 多万铢，使平民—培民学校形成从幼儿园到小学、中学、商校较完整的体系。该校有教师 104 人，学生 2093 人，并有较坚实的经济基础。

---

① 《华侨华人百科全书·教育科技卷》编辑委员会：《华侨华人百科全书·教育科技卷》，北京：中国华侨出版社，1999 年，第 225 页。

② 《华侨华人百科全书·教育科技卷》编辑委员会：《华侨华人百科全书·教育科技卷》，北京：中国华侨出版社，1999 年，第 15 页。

结 语

20 世纪泰国闽籍华人华文教育经历了从传统教育到新式学堂、从培养革命志士到普及教育、从举步维艰到复兴发展的转变。这其中，都离不开闽籍华侨华人的积极努力。

现如今，在全面对外开放的局面下，华文教育不再只是保持华人文化特性、文化认同的一种路径，更是中泰之间民心沟通的桥梁。我们要着力支持海外华文教育，发挥海外华侨华人学贯中西、融通中外的优势，讲好中国故事，传播好中国声音，为中国与“一带一路”沿线人文合作交流贡献力量。

（作者单位：福建社会科学院）

第三辑

美国华人学者文论管窥

刘小新

美国华文文学与中国文学的关系十分密切。从五四新文学运动展开到当今全球化文化思潮的形成，美华文学理论批评与中国文论之间一直保持着密切的互动关系。概括而言，美国华人学者的文论涉及范围包括中国古代文论、中国现当代文论、西方文论、比较文学和华美文学及华文文学等。

一是美国汉学传统注重中国古典文学研究，在这一学术传统的影响下，中国古代文学研究长期占据着美华文论的主体地位。陈世骧（1912—1971）著有《陆机的〈文赋〉》（1953）、《烛幽洞微的文学：陆机〈文赋〉研究》（1948）；陈绶颐著有《中国文学史述》（1961）；高友工与梅祖麟合著《唐诗的隐喻、意象与典故》，并提出“中国抒情美学”的概念；柳无忌（Liu Wuchi，1907—）著有《中国文学导论》（1966）、《中国文学新论》（1993）；林振述著有《老子道德经暨王弼注》；林顺夫著有《中国诗歌传统的转变：姜夔和南宋词》（1978），与宇文所安合编《抒情之音的重要性：晚汉至唐的史诗》；刘若愚著有《中国诗歌艺术》（1962）、《李商隐的诗：中国九世纪的巴洛克诗人》（1969）、《北宋词大家》（1974）、《中国文学理论》（1975）；刘绍铭编有《中国传统故事：主题与变奏》、《中国古典文学译文选》；罗锦堂著有《佛说阿弥陀经注解》、《文心雕龙明诗篇商榷》（1995）、《元人小令分类选注》（1989）；骆雪伦著有《历史与传说：明代历史小说中的思想与形象》（1990）、《中国十七世纪的危机与改革：李渔世界中的社会、文化与现代性》（1992）；马幼垣著有《韩愈的散文与传奇》（1969）；梅仪慈著有《中国小说》（1959）；缪文杰著有《中世早期的中国诗：王粲生平和诗歌》（1982）；施友忠著有《〈论语〉的文学与艺术》（1977）；时钟雯著有《中国戏剧的黄金时代》（1977）；余英时著有《红楼梦的两个世界》（1978）；孙康宜著有《晚唐迄北宋词体演进与词人风格》（1980）、《六朝诗研究》（1986）、《陈子龙柳如是诗词情缘》（1991）；王靖宇著有《金圣叹》（1972）、《早期中国叙事学：以〈左传〉为例》（1977）、《〈左传〉与传统小说论集》（1989）；王靖献著有《陆机文赋校释》

(1985)；余国藩著有《余国藩〈西游记〉论集》(1989)、《再读〈石头记〉:〈红楼梦〉中的理想与小说创作》(1997)；周质平著有《袁宏道与晚明文学自我表现的倾向》(1982)；陈幼石著有《韩柳欧苏古文论》(1983)、《公安派的文学批评及其发展》(1986)、《袁宏道与公安派》(1988) 等；鲁晓鹏著有《从历史性到虚构性：中国叙事诗学》(1994)；杜国清著有《李贺之诗》(1974)、《李贺》(1979)；简小斌著有《〈史记〉的空间化》(1987)；李田意著有《中国文学史：精选书目》(1968)、《中国小说：中英文书目及论文》(1968)、《中国历史文学》(1977)；刘子健著有《十一世纪的新儒家欧阳修》(1967)。

二是中国现当代文学批评。早在 1959 年，许芥昱就完成了博士论文《闻一多评传》，并主编 *Literature of the People's Republic of China*。迄今，美国华文文学界已经出版了一系列中国现当代文学批评的重要著作，如：柳存仁的《现代中国小说的社会和道德意义》(1969)；夏志清的《中国现代小说史》(1971)、《人的文学》(1977)、《文学的前途》；周策纵的《五四运动史》《胡适与近代中国》；李欧梵的《浪漫的一代》《铁屋子的声音：鲁迅研究》《中西文学的徊想》《徘徊在现代和后现代之间》《现代性的追求》《摩登上海》；余英时的《中国近代思想史上的胡适》；周蕾的《妇女与中国现代性》(1991)；刘绍铭的《曹禺论》《十年来的台湾小说：1965—1975——兼论王文兴的〈家变〉》《七等生"小儿麻痹"的文体》(1977)；唐德刚的《胡适口述自传》《胡适杂记》；张旭东的《改革时代的中国现代主义》(1997)、《小品文与中国新文化的危机》(1995)；张诵圣的《文学场域的变迁》(2001)、《现代主义与本土抵抗》；史书美的《"现代"的诱惑：半殖民地中国的现代主义写作》；叶维廉的《中国现代小说的风貌》(1977)；林毓生的《中国意识的危机》(1979)；水晶的《张爱玲的小说艺术》(1973)；奚密的 *Anthology of Modern Chinese Poetry*（编译）、*No Trace of the Gardener*: *Poems of Yang Mu*（合译）、《现当代诗文录》、《从边缘出发：现代汉诗的另类传统》、*Frontier Taiwan*: *An Anthology of Modern Chinese Poetry*（合编）、《二十世纪台湾诗选》（合编）、《边缘，前卫，超现实：对台湾五六十年代现代主义的反思》、《中国式的后现代？——现代汉诗的文化政治》、《现代中国诗歌：1917 年以来的理论与实践》(*Modern Chinese Poetry*: *Theory and Practice Since* 1917)(1991)；王德威的《从刘鹗到王祯和：中国现代写实主义散论》(1986)、《众声喧哗：三〇与八〇年代的中国小说》(1988)、《阅读当代小说：台湾，大陆，香港，海外》(1993)、《小说中国》（1993）、《翻译台湾》（*Translating Taiwan*：*A Study of Four English Anthologies of Taiwan Fiction*）、《如何现代，怎样文学》（1998）、《想象中国的方法》（1998）、《被压抑的现代性：晚清小说新论》等；刘禾的《语际书写》《跨语际实践：文学，民族文化与被评介的现代性（中国 1900—1937）》；张错的《批评的约会》（1999）；李又宁的《近代中华妇女自叙诗文选》《胡适与民主人士》《胡适与他的朋友》；少君的《漂泊的奥义》；等等。

三是西方文论、比较文学与文化研究。海外华人学者专门从事西学研究的不多见，赵毅衡在《中国留学生该不该写中国题目》一文中谈到这一问题，因为做西学留学生没有优势，需要更高的天分。“中国人聪明，出过几个这样的人才。例如五十年代留学生中有卢飞白（经之）先生，据说以艾略特为论文题，留在西方任教，不幸短寿，不然前程远大。”① 的确，“白马文艺社”的卢飞白是其中十分突出的一位，其西方文论专著《T. S. 艾略特诗歌理论的辩证结构》（*T. S. Eliot*：*The Dialectical Structure of His Theory of Poetry*）（1966）至今仍是艾略特研究的重要参考文献。但从事中西比较文学研究的学者则人数众多，或者说美华文论大多具有中西比较文学的批评视域与方法。刘若愚的《中国的文学理论》与马幼垣的《孔子与中国古代文学批评：与古希腊的比较》（1970）等都可以视为比较文艺学的论著。其中叶维廉的比较文学研究成就最为突出，他的《秩序的生长》《解读现代后现代》《比较诗学》《中国诗学》《寻求跨中西文化的共同文学规律》《道家美学与西方文化》等一系列著作为中西比较诗学研究奠定了深厚的基础。与刘若愚不加怀疑地用西方文论的概念范畴阐释中国古典文论的路径相仿，从《东西比较文学中模子的运用》（1974）开始，到《比较诗学》一书，叶维廉深入分析了西方文学理论应用到中国文学研究上的可能性及其限度。

值得注意的是，20 世纪 90 年代以来，美华文论的发展出现了文化研究与文化批评的新倾向。如康正果的《身体和情欲》（2001）、孙康宜《耶鲁・性别与文化》（2000），周蕾的专著《写在家国以外》《原始的感情：视觉性、性欲、民俗学与当代中国电影》；徐贲的《文化批评往何处去——八十年代末后的中国文化讨论》《走向后现代和后殖民》；孟悦的《后革命流民与后资本“孤儿”》；刘康的《全球化/民族化》（2002）；鲁晓鹏的《文化・镜像・诗学》（2002）、《中国电影史中的社会性别、现代性、国家

① 赵毅衡：《对岸的诱惑：中西文化交流人物》，北京：知识出版社，2003 年，第 285 页。

主义》；张旭东的《批评的踪迹——文化理论与文化批评（1985—2002）》(2003)；张英进的《影像中国：当代中国电影的批评重构和跨国想象》(2008）等。他们的文论吸收了“西方马克思主义”“文化研究”“后殖民批评”与“后现代主义”等西方新潮文学理论，呈现出一种新的理论风貌，对中国现当代文学研究的文化转向产生了重要影响。

四是“华美文学”及世界各区域华文文学批评。20 世纪 60—70 年代，作为美国少数话语运动一部分的“亚美/华美文化运动”激发了美华文论对“亚美文学”/“华美文学”的强烈兴趣，1974 年赵健秀等人编《哎呀！亚美作家选集》(1974)，续编《大唉咦！华裔与日裔美国文学选》，赵健秀的长文《真真假假华裔作家一起来吧!》，批评汤亭亭、谭恩美和黄哲伦等人是“伪”华裔作家，引发了一场华裔美国文学的论争。1972 年唐德刚出任纽约市立大学亚洲学系主任，并聘请 Betty Lee Sung 即《金山》的作者宋李瑞芳为“华美学”讲师。学界一般认为，刘绍铭是“华美文学”批评的重要学者，他出版于 20 世纪 80 年代初的《渺渺唐山》被公认为一部系统研究“华美文学”的代表著作。20 世纪 90 年代以后，“华美文学”批评已经成为美国学院批评的一个重要领域，出现了大量的研究成果，如黄爱玲《性别的种族化：论中国移民文学中的性符号》(1992)，林雪莉和林英敏合编的《华裔美国文学导读》(1992)，黄秀玲的《亚裔美国文学导读：从需要到过多》(1993)，张敬珏的《尽在不言中：山本久枝、汤亭亭、小川乐》(1993)，尹晓煌《19 世纪 50 年代以来的华美文学》（1990)，林英敏的《在两个世界之间：华裔女作家》(1990)、《黄色的亮光：繁荣的亚裔美国艺术》(1999)、史书美的《视觉与认同：跨太平洋的华语表达》(2007)，等等。华人族裔属性认同问题、历史记忆、性别政治及华美文学对中国文化传统的再创造成为“华美文学”批评的核心内容。同时，世界各地区的华文文学/华人文学批评也越来越受到美华文论界的关注。在新加坡召开的第二届华文文学大同世界国际会议上，周策纵教授在他的总结辞中提出“双重传统”的观念和“多元文学中心”的观念。所谓双重传统是指“中国文学传统”和“本土文学传统”。这一观点曾经在世界华文文学界引起了很大反响。加州大学成立了由杜国清主持的“世华研究中心”，杜国清提出一个具有很大包容性的“世华文学”概念：“世华文学”不单是“世界华文”的缩写，它的涵盖面应该包括世界上任何民族、语言和文化上与“华”有关的事物及其属性。它是“华文文学”“华人文学”“华侨文学”“华裔文学”“华族文学”等与“华”有关的任何文学。“美华学界”的“华美文学”研究对海峡两岸文学研究都有着深刻的影响，不仅打开了两岸华语文学研究的学术空间和全球化视域，而且对两岸外国文学研究界也有启发意义，激发了海峡两岸亚裔英语文学研究思潮的兴起。

从以上的简要概述看，美华文论的发展有几个特点值得人们关注：第一，以中国古典文学研究为中心的传统汉学占据主流的学术格局已经彻底改变。“美国人对汉学的态度在夏志清先生出现前根本瞧不起现代文学，有的说中国文学到了《红楼梦》就没有了。”① 20 世纪六七十年代这种状况开始改变，早在 1976 年，戈茨（Michael Gotz）在《中国现代文学研究在西方的发展》一文中就指出：“在过去二十年左右，西方学者对中国现代文学严肃认真的研究已大大地发展起来，可以名副其实到了称为‘学科’（field）的阶段。中国现代文学研究已不再是附属于汉学的一部分，它已经从语言、历史、考古、文学研究及其他与中国有关的学术研究中脱离，自成一门独立的学科。”② 20 世纪 80 年代以后尤其是近十多年来，美华文论的关注中心开始转向中国现当代文学和华人华裔文学。因此美华文论逐渐摆脱了西方传统汉学的学术模式的影响，获得了更强的当代性。第二，在 20 世纪 50 年代至 80 年代很长的一段时期中，来自中国台湾的学者在美华文论界占多数，因而台湾文学研究受到关注的程度远远超过对大陆当代文学的研究。但近十多年来，随着大陆旅美学者人数的增加，这一状况有了很大变化，大陆当代文学批评也逐渐成为美华文论的一个热点。第三，与西方文论的语言学转向相一致，20 世纪 80 年代以来的美华文论开始从结构主义新批评向后现代、后殖民、文化批评与文化研究转移。第四，美华文论与中国当代文论的互动越来越密切，一些学者的批评甚至直接介入中国当代文学场域，介入当代人文知识的生产与传播。第五，美华文论的发展不仅形成了王润华所说的一种“贯通中国古今文学的诠释模式”，而且形成了打通文史哲及其他人文社会科学的学科分野，一种整合研究的欲望与趋势在早期胡适的文论到近期的文化批评与文化研究中时隐时现。

从 20 世纪初留美学生的“文化盗火”到近十多年来中国当代文学批评话语的生产和传播，都留下了美华文论影响的清晰轨迹。今天的确应该对这种过去已经产生、现在正在产生、将来还会产生的积极和消极影响做出

---

① 刘绍铭：《美华文学与本土的认同》，《第二届国际华文文艺营纪念册》，1986 年，第 125 页。

② 王润华：《一轮明月照古今：贯通中国古今文学的诠释模式》，《复旦学报（社会科学版）》，2002 年第 1 期。

必要的思考与反省。这种思考与反省显然有益于中国文论与美华文论之间的健康互动与交流，有益于中美文学文化的交流与传播，也有益于当代中国文论的自主性与主体性建设。

首先，与中国当代文论相比，美华文论具有不尽相同的甚至差异很大的思想资源、学术背景、批评视角与研究方法，因此其对中国现当代文学的研究也就有可能产生不同的观点，这种新颖性与差异性正是引起中国当代文论广泛兴趣的根本性因素。如夏志清的《中国现代小说史》对文学感性的肯认，李欧梵对“颓废现代性”的阐释，叶维廉对中西美感经验的比较，王德威对晚清文学现代性与新文学关系脉络的梳理，刘禾对“跨语际实践”所产生的翻译的现代性问题的揭示，周蕾的后殖民批评实践，徐贲对 1989 年后的中国文化讨论的反思……都为当代中国文论研究提供了一些新的问题与思路，为开辟批评新领域提供了有益的参照。近二十多年来，大量引进美华文论所具有的拓展批评空间的积极意义显然没有消见。可以预见，美华文论与当代中国文论之间的互动与交流还将产生富有建设性意义的积极成果。

其次，因其不同的知识背景与批评视域，美华文论对中国现当代文学的研究在产生洞见的同时，也可能产生某种盲视，甚至偏见。我们对美华文论中的诸种盲视与偏见当然不能视而不见或忽略不计。夏志清的现代文学论述建立在以“感性”强弱为唯一标准的“纯文学”观念基础上，在 20 世纪 80 年代文学解放运动中的确具有深刻的意义。但这种非历史的纯文学观显然也影响了他对左翼革命文学的客观评价。夏氏的视域受到西方理论的局限是十分明显的，比如他认为“现代中国文学的肤浅，归根到底说来，实由于对其‘原罪’之说，或者阐释罪恶的其它宗教论说，不感兴趣，无意认识造成的”。[①] 这一判断显然建立在以西方文化为中心文学观念的基础之上，而不是从中国现代文学自身的生成背景和发展脉络出发。基督教的“原罪”问题在中国现代文学问题中具有多大的分量是可以进一步讨论的命题，但它肯定不是现代中国的根本问题。所以，夏志清的这一判断并没有真正切中现代文学的核心。正如叶维廉所言，夏志清这种“戴上西方作家的滤色镜来阅读作品”的阐释难以有效地认识现代中国文学复杂的生产过程。王德威同样以文学性与非文学性二元对立的阐释构架来评价中国现代作家，他的《从“头”谈起：鲁迅、沈从文与砍头》贬鲁迅与扬沈从文的

---

① 夏志清：《中国现代小说史》，上海：复旦大学出版社，2005 年，第 322 页。

做法就是这种以所谓“文学性”为唯一批评准绳的一个突出个案，而且，他走得比夏志清还要远。这里，王德威的分析同样是非历史的，其纯文学的观念也是抽象的。如果说，以往的文学史书写压抑了自由主义文学，那么夏志清和王德威的论述则使“审美”压抑“启蒙”，对现代中国文学的阐释同样存在某种片面倾向。清峻撰文对王德威的这种倾向进行了颇为尖锐的批评：王德威的“‘过度诠释’并不仅仅是硬语盘空，逞才使气的问题，其间所暗含的意识形态锋芒，话语争夺用心，‘嘉年华式的反叛冲动’，可谓意蕴幽远，寄托遥深”。①

海外现代文学研究，可能由于其学术视域、发言位置的差异，尤其是受到美国那种求新求异学术风尚的影响，在产生洞见的同时也出现某些偏见或盲视。刘禾对萧红《生死场》的新阐释就是一个小小的例子。刘禾曾经断言：“五四以来被称之为‘现代文学’的东西其实是一种民族国家文学。”这里的“现代文学”其实是由现代文学批评和文学史写作所建构的“现代文学”知识和观念，“而不是第三世界的文本所固有的本质”。② 刘禾其实并不赞同詹明信的民族寓言说，她以萧红的《生死场》的接受史为例说明现代文学的解释与评价“一直受着民族国家话语的宰制”。这种阅读成规产生了一些盲点，在《生死场》的批评个案中，至少忽略了小说空间与民族国家话语的交锋，忽略了女性经验的特定含义。刘禾的思考要复杂一些，的确，并非所有的文学都能纳入“民族国家文学”的框架，许多文学作品还存在其他意义层面，诸如个人、性别、阶级等。但刘禾从《生死场》的后七章中得出的一个结论——“国家与民族的归属感很大程度上是男性的”——却过于性别化而难以令人信服。而刘禾对“国民性理论质疑”同样是颇为新颖的：“国民性，一个挥之不去的话题。从晚清到今天，中国人的集体想象被这个话题断断续续地纠缠了近一个世纪。无论理论家之间的分歧有多么尖锐，争论多么激烈，其中的大多数人都有一个共识：相信国民性是某种‘本质’的客观存在，更相信语言和文字在其中仅仅是用来再现‘本质’的透明材料。这种认识上的‘本质论’事实上模糊了国民性神话的知识构成，使人们看不到‘现代性’的话语在这个神话的生产中扮演

① 清峻：《昧于历史与过度诠释——近十年海外现代文学研究的一种倾向》，《海南师范学院学报》，2004 年第 5 期。

② 刘禾：《语际书写——现代思想史写作批判纲要》，上海：上海三联书店，1999 年，第 192－193 页。

了什么角色……。”① 这里，刘禾显然动用了反本质主义和后殖民批评的武器，把近代以来启蒙思想中的“国民性批判”视为一种“本质论”和“殖民话语”加以解构。但“国民性批判”论的“国民性”是一种“本质论”吗？“国民性理论”是西方的东方主义在中国的殖民化产物，抑或是一种更多地基于近代历史而产生的判断？又如何理解“国民性”是可以改造的这一观点？在刘禾求新求异的阐释中，以反抗殖民主义追求民族解放为目的的“国民性批判”被颠倒成为被西方殖民的话语，这一思想逻辑的确让人费解。这种对后殖民理论的误用同样存在于周蕾的《写在家国以外》中。看来，美华文论对现代中国文学的阐释显然存在这样那样的缺陷，在美华文论与当代中国文论日益频繁的互动中，无疑需要一种理性的分析与反省。

最后，我们在肯定美华文论传播中国文学的意义及对中国文论的启发作用时，还必须认识到美华文论实际上是美国学术生产的一部分。有学者运用沃勒斯坦（Wallerstein）的世界体系理论及布迪厄（Bourdieu）的场域理论，研究“知识的世界体系”的形构，认为“知识生产的世界如同Wallerstein的世界体系理论，业已形成或逐渐形成核心、半边陲及边陲地带的阶层结构，以及不平等的交换关系”。“在文化、知识的译介过程中，核心国家依然是最大获利者，知识内容与价值的选择、决定权力，又再一次落入核心国家的手中。经由符号转换而得到经济利润，再累积符号资本，正是知识世界体系运作的要素之一。”② 这种世界文化生产体系所蕴含的知识与权力的不平等关系，的确值得第三世界人文学界警惕与反思。一些迹象表明当代中国文论受到了包括美华文论及各种学术翻译的深度影响，当代中国的学术思潮、话语生产、问题提出、引用文献、教学参考往往尾随理论翻译、学术引进的风向而变化。

近些年来，美华文论尤其是美华的中国现代文学批评在中国文论界领学术时尚之风潮，一些学人趋之若鹜，亦步亦趋，缺乏学术的自主性。这对当代中国文论的发展显然是不利的。

（作者单位：福建社会科学院）

---

① 刘禾：《语际书写——现代思想史写作批判纲要》，上海：上海三联书店，1999 年，第 67 页。

② 陈明莉：《台湾学术场域的知识生产、传播与消费：人文社会科学的学术出版分析》，《教育与社会研究》，2003 年第 5 期。

论闽籍荷兰作家林湄创作的独特品格及信仰书写

古大勇　李祺琳

林湄，女，原名林梅，原籍福建福清，出生于福建泉州的一个华侨世家，1973 年由上海移居香港，曾任新华社驻香港记者，业余时间从事文学创作，1990 年移居荷兰，从事专业文学创作。林湄是欧华文坛的一个“异数”，她是一位高产作家，出版长篇小说、中短篇小说（集）、散文集、散文诗集、游记、采访录、诗歌作品等数十部。特别是她的代表作长篇小说《天望》和《天外》，均为“十年磨一剑”的皇皇巨著，字数分别达到50 万字和60 万字，先后于2004 年与2014 年公开出版，在海内外文坛引起了巨大反响，好评如潮。小说得到了叶廷芳、韦遨宇、杨匡汉、陈辽、杨恒达、肖复兴、张志忠、林丹娅、王红旗等国内外学者的高度评价，也奠定了林湄在世界华文文坛的地位。本文以《天望》和《天外》为中心，从总体上分析林湄创作的四点独特品格，并以《天望》为例阐释林湄对信仰问题的独特思考。

一、林湄创作的四点独特品格

首先，林湄具有向人类伟大作品看齐的“写作格局”和“写作气度”。一个作品伟大不伟大、优秀不优秀，首先看作者的“写作格局”和“写作气度”。格局和气度决定了你的作品的高度。一个格局很局促、气度很狭小的作家很难写出优秀大气的杰作。你如果仔细地读林湄的《天望》和《天外》这两部大著，会感觉到与传统“新移民文学”不一样的“写作格局”和“写作气度”。她的“写作格局”宏大、开阔、深邃，“写作气度”非凡而大气。林湄的写作起点很高，她的起点不是传统的留学生文学、打工文学乃至新移民文学，她的起点或坐标是人类伟大的杰作，如曹雪芹的《红楼梦》和歌德的《浮士德》，这也是她在作品中一再提到的。也就是说，在有意识中或无意识中，作者的写作“野心”就是要达到《红楼梦》和《浮士德》一样的高度，当然，有这样的“野心”并不意味着一定能达到《红楼梦》和《浮士德》的水准，因为文学作品的成功是多个方面因素“合力”产生的结果。但是，无这样的“野心”就一定不能达到《红楼梦》和《浮士德》的水准。林湄在一次访谈中说：“优秀作家的书写，其审美价值首先是体现在富有人文与终极关怀的载体上，如陀思妥耶夫斯基、歌德、莎士比亚，他们书写的都是人生的重大问题与困扰，读之能触及人的灵魂，扣住人的思绪，安稳人飘忽不安的心灵，帮助读者寻得生命途中的坐标。”① 可以说，林湄在人文与终极关怀上面正是向这些伟大作家看齐的。

其次，林湄创作具有形而上的终极和哲学之维，即对人和世界终极性问题的拷问。“生存”和“文化”或许是新移民文学甚至是更早的台湾留学生文学永远摆脱不了的母题：前者写在外国生存的困难，写他们经历的语言障碍、学业挑战、婚恋挫折、生意失败、居无定所、文化休克、身份危机等自身的坎坷经历和磨难；后者写中西文化的冲突，表现一种“文化无根”的困惑，典型的代表如於梨华的《又见棕榈，又见棕榈》。近年来一些新移民作家也写中西文化的融合。另外，还有一种是所谓的为“输出的伤痕文学”，作家把关注的目光再投向大陆的“土改”“文革”“反右”“知青”等特殊年代事件，重写大陆当年“伤痕文学”或“反思文学”的故事，所以，有学者称之为“输出的伤痕文学”或“海外伤痕文学”。

林湄的《天望》和《天外》也写到了以上主题：《天望》以微云为主散发开去的有关欧洲中国移民众生相的描述，写尽了中国移民的生存艰难。《天望》中弗来得和微云对于一只死去的麻雀的不同态度，也反映了他们之间东西方文化观念的冲突。《天外》中描写主人公郝忻和吴一念在移民前的生活就是典型的“伤痕文学”：吴一念的父母在那个特殊年代死得非常悲惨，吴一念亦被下放边远农村；卜馥淑的父亲被打成右派，成为劳改犯，卜馥淑亦被下放，无奈之下和大字不识的农民结婚。林湄的《天望》和《天外》更是观察和认识西方社会的“百科全书”，具有重要的认识作用，小说不同程度地涉及战争、人权、种族歧视、非法移民、生态危机、环境污染、同性恋、吸毒、恋童癖、失业、破产与企业外迁转产等问题，小说中的人物涉及三教九流，不同背景和身份的人出现在小说中，其中有牧师、

① 戴冠青、林湄：《文学的魅力与心灵的灯塔——荷兰华文女作家林湄访谈》，《名作欣赏》，2017年第31期。

农民、工人、教师、科学家、艺术家、精神分析学家、汉学家、律师、房地产商、非法偷渡移民、人口贩子、同性恋者、吸毒者、流浪汉、餐馆老板、打工者、新闻记者、医务工作者、社会工作者、志愿者……这些人都代表着社会上的某一类人物或某一个阶层，他们的不同遭遇均反映出社会某一方面的真相。

但林湄的小说不仅仅表现以上主题，更有对人类终极性问题的自觉思考和拷问，而这是在其他新移民文学作品中不多见的。林湄在一次访谈中说到她的《天望》和《天外》，“反映现代人心灵多被物质、财色、贪婪、享乐等所异化，常处于‘明知不可为而为之’的状态”；“两部小说均反映科技与经济高度发展并未能给人类带来快乐与幸福。人性在物质文明及诸多变化中容易被异化，甚至走向集体的迷失：对生命存在价值意义的叩问与前景的忧患，不知所措的迷茫与无奈”。[①] 在《天望》中，作者忧心如焚地发现，人类已经被金钱、物质、权力与欲望所绑架，抛弃了精神信仰，正如一百多年前的巴尔扎克说，世界变成了一部被金钱开动的机器。小说以种种触目惊心的残破世景警告人类，人类正普遍患上精神颓败症，人类的精神和灵魂世界遭到摧毁，正处于危机四伏的穷途末路；而任何经济和物质上的强大，都不能代替精神和灵魂的完善，因此她呼吁关注“人的精神与灵魂问题”，重新建构人类的信仰。《天望》就是这一信仰建构的集大成者，主人公弗来得变卖财产，不顾众人的嘲笑，四处传播福音，拯救弱小者，从事慈善事业，从事拯救灵魂的事业，追求精神世界的完善。尽管被拯救的人不理解他，甚至取笑他，他也继续坚持自己的信念。弗来得最后生命垂危，连医学专家在太空站研制的最新医药都不起作用，然而，微云归来的拥抱亲吻和呼唤，竟然让病入膏肓的弗来得起死回生。让弗来得奇迹般地活下来的“药方”是爱，正如林湄所说：“人类只有一种语言战无不胜，那就是——爱的信仰。”关于《天望》的信仰书写问题，本文第二部分有详细阐析，此处不赘述。《天外》延续了《天望》的超越性视角，更关注现代人在欲望和爱情、理想和现实、文化与人性、死亡和信仰的矛盾冲突中的生存困境，勘破了欲望的虚妄和爱情的脆弱，洞察了生命的无常和世界的荒诞。从这里我们看到了整个西方现代主义的底色，看到了中国的张爱玲、钱锺书式的虚无体验。当然，作者也隐约找到了对抗虚无和超越

① 戴冠青、林湄：《文学的魅力与心灵的灯塔——荷兰华文女作家林湄访谈》，《名作欣赏》，2017年第31期。

残缺的救赎之路，如老祖祖、老约翰一家、教友玛丽安勒等人构成了一个见证信仰的人物系列，老祖祖在郝忻出轨后，却劝告吴一念，“不要记住对方的错误，学学怜悯和宽恕，继续给予温情和关爱”，拳拳话语中饱含了老祖祖的朴素信仰。《天外》还有一个主题是“寻找”，特别是主人公郝忻浮士德式的追求和寻找，这是一种古老的文学母题，我们在歌德的《浮士德》、钱锺书的《围城》、艾略特的《荒原》、卡夫卡的《城堡》等小说中都可发现它的踪迹。

形而上终极和哲学之维是评价作品是否伟大的重要标准。《红楼梦》之所以伟大，就因为它在“中国封建社会的大百科全书”主题之外，还有一个哲学的维度，就是小说后四十回贾宝玉出家的形而上结尾，就是那首《好了歌》的哲学意蕴，就是小说一开篇的追问。《红楼梦》甲戌本一开篇就有“浮生着甚苦奔忙”，追问的是人为什么活着。这正是存在论的根本问题，《红楼梦》的基本哲学问题也是一个人面对必死的事实之后如何生的问题。曹雪芹有一条哲学思路与海德格尔相通，即既然认识到人最终要“散”、要“了”、要“死”，就应当避开“与他人共在”的非本真、非本己的存在方式，而要按照自己的自由意志去选择，成为自己。这是对人的终极生命意义和价值的思考。《红楼梦》正因为具有这个终极思考的维度才能超越一般的作品，成为人类文学殿堂中不朽的经典。林湄在创作中事实上也具有这个自觉意识。

再次，林湄将文学视为无世俗功利的生命写作。林湄在一次访谈录中说文学是她“生命的支撑点”，“我自己就是靠信仰的力量与文学的魅力走到今天的，因而，虽仕途坎坷、命运多舛，但无怨无恨”。① 她的写作，是无功利的生命写作，是不为任何世俗性目的的写作，即不是为功名、为职称、为地位、为荣誉、为奖励等世俗性目的，只是为了生命体验，只是为了把自己从精神危机中拔出来，写作成为生命不可分割的一部分，写作成为生命本身。试想，如果在写作时，就要想到如何能获取较高的稿费、被导演改编成影视剧、入选国内的小说排行榜、获得文学大奖，这样能写出人类伟大的作品吗？林湄的写作不是这样的，这反而为她赢得了心灵的大自由。林湄无意于这些功利性的身外之物，从不主动去追求，但“无心插柳柳成荫”，好作品自然不会被埋没，她的长篇小说《天外》在2016年获

---

① 戴冠青、林湄：《文学的魅力与心灵的灯塔——荷兰华文女作家林湄访谈》，《名作欣赏》，2017年第31期。

得了华侨华人“中山文学奖”，“中山文学奖”是中国唯一一个面向华侨华人的文学奖项，在海内外具有重要的影响，获得这个大奖也表明了文学界对她文学成就的公正评价。在访谈中，她表达了自己对这次获奖的“平常心”：“在此，我用1985年采访钱锺书先生，在问及他对诺贝尔文学奖的看法时，他的一段话回答，表以我的平常心——‘诺贝尔设立奖金比他发明炸药对人类的危害更大，当然，萧伯纳后来也获得了这个奖，其实咱们对这个奖，不必过于重视，只要想一想，不说活着的，在已故获奖者中有Grazia Deledda，Paul Heyse，Rubolf Euckn，Pearl Buck之流，可见这个奖的意义是否重大了。’”①

林湄是一个“文学中人”。刘再复曾经在一次演讲中称高行健是一位“独立不移的文学中人”，所谓“文学中人”，不是“文坛中人”，即始终处于一种“文学状态”。什么是“文学状态”？就是非政治、非集团、非功名、非市场、非世故的状态，是一种超越各种利害关系、进入精神深层进行独立自由创造的状态。按照这个定义，我认为林湄也是一个不折不扣的“文学中人”。她隐居在荷兰的一个偏僻城市，远离主流文坛，从不拉帮结派，不营造文学小圈子，也自觉疏远那些当红的文学批评家，甘于寂寞和清贫，数十年如一日，锲而不舍，孜孜不倦，创作了《天望》《天外》等厚重的作品，她就是这样一位纯粹的“文学中人”。有人说，苦难是文学的摇篮，苦难有时候能催生伟大的文学。莫言是“黄土地上的奇迹”，他成长于一个贫瘠的乡村，生长环境极其恶劣，然而他却成了一个天才作家；曹雪芹生活在文网密张的时代，却创造出了伟大的经典作品《红楼梦》。当然我们不能美化苦难，苦难有时候足以毁掉一个人，但意志坚强的人却可以化苦难为资源，从苦难中汲取力量。林湄的一生非常坎坷，从中国大陆到中国香港再移居欧洲，不但生存之路十分艰辛，情感之路也多有磨难，然而这种苦难反而成了她创作和灵感的来源。当然，如果说林湄文学是功利的写作，那它的功利体现在另一个层面，即她要试图建立或重新恢复如《浮士德》《红楼梦》那样的优秀文学传统。

最后，林湄具有悲悯情怀和世界立场。悲悯情怀是西方文学的一个优秀传统，西方有一个基督教的大传统，所以很多作家带着一种悲悯眼光来看待他笔下的芸芸众生。托尔斯泰的《安娜·卡列尼娜》数易其稿，主人

---

① 戴冠青、林湄：《文学的魅力与心灵的灯塔——荷兰华文女作家林湄访谈》，《名作欣赏》，2017年第31期。

公安娜形象在初稿中是一个粗俗的、缺乏道德感的堕落女人，在定稿中却变成了一个聪明漂亮、能勇敢反叛贵族上流社会、具有个性解放精神的女性。安娜形象在前后稿中何以会发生如此大的变化？有人认为是托尔斯泰的创作思想在前后稿的创作过程中发生变化使然，但事实上托尔斯泰终生都没有改变他的“永恒”的道德原则，即认为妇女不应该放弃做妻子和母亲的义务，婚姻关系不可以随意解除。既然如此，他为什么会对安娜这样一个“坏女人”产生深刻同情呢？这只能归因于托尔斯泰的悲悯情怀，正是因为托尔斯泰具有宗教性的悲悯情怀和爱的意识，他觉得安娜是可怜的，而不是有罪的，即使有一点点的罪，也是那个虚伪的社会造成的，应该得到宽恕。当托尔斯泰下笔欲对主人公予以谴责时，悲悯作为一种强大的心理力量迫使他无法落笔，当道德原则与悲悯情怀发生冲突时，是后者压倒了前者，托尔斯泰塑造出了我们今天看到的安娜形象。林湄到国外之后，从上帝那里找到了灵魂的归宿，成了一个虔诚的基督教徒，这让她在写作时有了悲悯情怀。例如，在《天望》中，对于情感出轨的主人公郝忻和吴一念以及其他人，作者并没有站在传统伦理道德的立场，进行道德批判，而是站在高处，带着悲悯和同情的眼光，俯瞰他们在欲望的泥沼中昏迷打滚挣扎。吴一念不是一个完美的人，郝忻虽然一定程度上寄寓着作者的理想，但也不是一个完美的人，他们都曾迷失自己，先后背叛婚姻，发生婚外情，显然是道德层面的“坏人”。然而，大悲悯不只是同情“好人”，也同情“坏人”。林湄正是在这个层面上来看待笔下的主人公的，扬弃好人坏人的两极思维。这反映了作者在人性判断上的中道智慧，中道就是不走极端。中道超越世俗的正、反标准，在更高的精神层面上观照人间的矛盾与冲突，对一切人、一切纷争均投以悲悯的眼光。《红楼梦》也因为以中道哲学为基石，所以它写好人不是绝对好，写坏人也不是绝对坏。此外，林湄能跳出狭隘的民族主义立场，超越二元对立的立场，站在世界性的立场，关注人类共同的主题和命运。之前不少的新移民作家或站在狭隘的民族主义立场，或站在西方/东方、男性/女性二元对立的立场。而林湄采取超越二元对立立场的世界性眼光来看问题，在《天望》中，她既质疑西方文化，也并不完全赞同东方文化，而主张东西方文化要互动互补。她的小说关注战争、种族歧视、人权、环境污染、非法移民、同性恋、吸毒、失业等问题，这些问题都是世界共同面对的问题，而非西方和东方所独有的。《天外》关注自然生态、社会生态和人的生态伦理的危机。小说通过寓言式的方式，写到小镇A镇的灾难，世界生病了，人们全部患上心理疾病，无药可治，作者将之视为“世界性的灾难”，即人类在物质高度发达、经济高度发展之后面临的精神迷失、灵魂扭曲的大问题。这也是东西方国家共同面对、亟待解决的问题。

此外，林湄的小说在艺术上具有可圈可点之处。《天望》《天外》在结构上苦心经营，磅礴大气，并尝试运用多种艺术手法。《天望》以中国传统文化中有关事物变化发展相生相克的五个过程———水、土、火、金、木为纲把作品划分为五大部分，而《天外》以“欲”“缘”“执”“怨”“幻”为各篇的标题，结构皆谨严大气，不难看出其中形而上思考的品格。艺术上，《天外》以《浮士德》文化之镜为互文本，注重梦幻写实与人物隐喻；吸收魔幻现实主义的优长，但有自己的特色：不超现实、不变形、不会施魔法。①《天望》的叙事结构与西方文学中两大类型的传统叙事结构形成互文参阅的关系，即“流浪汉文学”和十八世纪的哲理小说。②

二、林湄的信仰书写——以《天望》为中心

林湄的《天望》反映了林湄对欧洲自资本主义经济发展以来的信仰中心变化及其带来的问题的思考。随着科学技术的发展和社会文明的繁荣，“以上帝为中心”的信仰逐渐解体，“人类中心主义”意识逐渐增强以至于过度膨胀。为此，20世纪的欧洲出现的种种问题引起林湄对西方文化的思考甚至质疑，“信仰能解决现实问题吗?”“自由、民主、人权、平等、博爱的西方人文主义价值核心及其理性精神能解决现实问题吗?”③ 等问题在《天望》里都有体现。

《天望》里塑造了一批执着于信仰追求的人物形象，但并不是所有的人物都像弗来得那样执着虔诚地信仰上帝。例如，弗来得的同胞兄弟依理克就是一个与弗来得形成鲜明对比的人。同样生于传统的基督教信仰的家庭，依理克却是一个彻头彻尾的实用主义者，一个对财富十分执着的生意人。再如罗明华和海伦，这两个人物是把信仰和生存紧密结合在一起的，他们不像弗来得那样坚信上帝，但他们内心是敬畏这股神秘的力量的，所以他

① 参见江少川：《地球村视域下现代人精神世界的探寻——论林湄的长篇小说〈天外〉》，林湄主编《欧华文学会首届国际高端论坛论文集》，巴黎：百花出版社，2017年。

② 韦遨宇：《论〈天望〉的认识论意义和艺术价值》，《汕头大学学报（人文社会科学版）》，2005年第3期。

③ 陈辽：《“新移民文学”中的长篇杰作——读评林湄的〈天望〉》，《华文文学》，2008年第1期。

们理解弗来得，能与他成为亲密的伙伴。罗明华是个追求社会名利的人，在努力实现自己的人生价值方面，他毫不含糊。但在面对肿瘤死亡的威胁时，他就开始怀疑和审视自己，束手束脚，讲白了，他是想鱼和熊掌二者兼得的人。他既没有像依理克那样完全执着于追求物质，也没有像弗来得这样坚定地信仰上帝。他是一个信仰摇摆不定的人物。海伦则是一个利用信仰来追求现实生活幸福安稳的人。她会行善，却要求回报。当付出与收获不成正比时，她开始逃避。最初的她也是一个对上帝信仰摇摆不定的人物，直到目睹余小姐的自杀，她才真正懂得了爱的意义，走向社会，服务他人。有学者认为海伦的信仰属于“社会信仰”①，笔者认为重获新生的海伦是明白了信仰的真谛，纠正了自己之前错误的信仰观念。艾克、麦古思、卡亚等人，虽有理想与抱负，但也是因为不够坚定，最终向现实的诱惑妥协。卡亚的父亲保罗则从原本的基督教信仰里脱离出来，处在矛盾困惑之中。是什么导致古典时代依附于上帝拯救的魅力在欧洲渐渐消失？是什么导致人类对上帝的信仰产生怀疑甚至将之抛弃？

可以说，《天望》中不同人物的信仰书写与基督教在整个社会历史中的发展是密切相关的。基督教历史源远流长，是目前世界上信奉人数最多、分布最广的宗教。在漫长的演变过程中，虽然基督教分出不少教派，但信奉对象基本一致，都以耶稣基督为救世主，愿意遵循耶稣基督的教导，从中获得力量和信心，并用以指导自己的行为，也以此来处理人生的重大问题。② 基督教信仰的“上帝中心论”在古代欧洲持续了很长一段时期，在传统基督教派中，上帝是中心，是绝对完美的终极实在。但中世纪的基督教神学史却打破了这种平衡。中世纪的基督教神学使人的平衡受到压抑。人的自然属性受到压制，两性关系也极不平等，人没有尊严，尤其是女人。除此之外，中世纪基督教神学视人的身体为灵魂的牢笼，视人的物质欲望为恶，视人的得救为灵魂摆脱身体的牢笼。奥利金主张，上帝原初创造的亚当是一个灵魂，由于他不服从上帝的旨意，被处罚，才从纯净的精神世界中坠落下来，进入身体的牢笼。亚当乃至整个人类的得救就是要摆脱这

---

① 戴冠青：《生命守望与信仰重构——欧华女作家林湄〈天望〉中的信仰书写》，《名作欣赏》，2017 年第 31 期。

② 张庆熊：《基督教神学范畴——历史的和文化比较的考察》，上海：上海人民出版社，2003 年，第 1 页。

身体的牢笼，回到纯净的精神世界中去。这种观点导致了极端禁欲主义修炼。① 而这些压抑迫害在某种程度上来说，促使了文艺复兴时期“人”的观念的觉醒。

《天望》里也有人持极端禁欲主义修炼态度，如W牧师和H牧师。他俩都是极端宗教主义的代表。W牧师在教会内外都受到尊敬，弗来得视他为上帝的使者，个人的楷模。但是在他死后，人们才知道这个生活中不与人交往的孤僻老人，原来有娈童癖。虔诚信仰上帝的W牧师扭曲了自己的人性，这必然是不可取的。H牧师则是个悲观主义者，整天到处宣扬末世论，并组织集体殉道，视人的生命如草芥，更是没有人本主义。之所以会出现这样错误的信仰，不正是因为基督教在发展的过程中产生的变异分化吗？因此，《天望》里写W牧师和H牧师的令人失望，正是暗示着现代社会的信仰困境。牧师在人们眼里是如上帝使者一般的存在，行为高尚，受人尊敬。但连牧师都如此，一般人又该是怎样的状态？再看Z牧师把教堂改为避难所，本是想为一些无处可去的人提供歇脚地，与人方便，结果最后教堂反而成为瘾君子的庇护所、纵欲所。看着这些麻木不仁的人对他人善意的嘲笑与利用，实在令人心寒。人为什么会变得这般麻木冷漠、盲目又张狂？这与人意识的觉醒也有关系。站在历史的角度上看，欧洲新兴资产阶级正是在中世纪基督教神学的压迫下产生的，而人文主义是新兴资产阶级在文艺复兴运动中逐步形成的思想体系。众所周知，人文主义的内涵与中世纪神学观针锋相对，人文主义主张一切以人为本，反对神的权威；肯定现实生活，反对禁欲主义和来世思想；提倡学习科学文化知识，主张发展个人才智，反对蒙昧主义和经院哲学等。就这样，人文主义席卷欧洲的时代开启了，上帝的信仰受到冲击，古典主义时期依附上帝拯救的魅力就必然减弱了。

《天望》中依理克的理性主义、实用主义及艾克、麦古思、卡亚等人的享乐主义的产生还要归结于近代社会经济、科技和思想文化的发展。近代是一个崇尚理性的时代，从宗教改革到启蒙主义运动，西方近代掀起了反封建、反教会的思想文化运动，西方文化的价值核心“自由、平等、民主、人权、博爱”基本确定下来。从那开始，人类强调通过自己的信仰与上帝对话，强调理性地看待人与上帝的关系。人类以自己对上帝真理的理解，

---

① 张庆熊：《基督教神学范畴——历史的和文化比较的考察》，上海：上海人民出版社，2003年，第204页。

一步步推翻旧制，改革的后果的确增强了人的信心，所以近代人逐渐认为人类不再依靠上帝也能够建立幸福。① “对于某些启蒙运动学者而言，宗教是个错误，即便有时候它的确卓有成效。”有人认为，“只要上帝的位置被理性、艺术、文化、精神、想象、民族、人类、国家、公民、社会、德行或者其他什么似是而非的代理人所填补，那个至高的力量就不会真正死亡……虽然所有者缺位了，并且代理者有能力完善地处理所有的质询，当人替代了神的职能，我们就进入了一种关于人的中心论了”。② 欧洲“人的主体性”观念就是在这样的历史的过程中逐步形成并发展起来的。

两次思想解放运动与科学经济发展固然给社会带来了积极的一面，但任何事物都具有其两面性。如果思想观念只是单纯解放而没有受到约束，那么物质财富、科学技术的快速发展就会造成人欲泛滥的后果。近代出现的三种思想倾向使欧洲资产阶级“人的主体性”欲望膨胀，人类中心主义基本达到顶峰；这三种思想倾向是社会达尔文主义、经济决定论、技术异化论。《天望》通过依理克、罗明华、汉学家麦古思等人的故事告诉我们，“个人主义”“实用主义”的“人类中心论”信仰是不可靠的。

依理克、罗明华是典型的“实用主义”代表。他们认为，人的价值就是要在“征服”中实现，就像“赛狗”一样。依理克虽然和弗来得是孪生兄弟，但二人的理念截然相反。依理克将神性与人性完全对立起来。他是一个实用主义者、个人主义者、现实主义者、无神论者。他脑子里充斥着逻辑学、政治学、自由主义哲学等理性主义的东西，认为人应该面对现实，个人渴求是社会发展的动力，人的价值只有在其渴求得到兑现后产生满足感才能获得，追求神性是漠视人的价值和权利，人生的最高目的是享受。可以说，依理克是文艺复兴后典型的欧洲人代表。依理克对精神财富的蔑视和对物质财富的追求及其过于个人主义的优越感造成了他人生的失败。投资生意随着经济不景气而损失惨重后，依理克始终想不明白自己为什么会失败，他认为有高学历、有高智商、有敢闯敢拼敢赌的勇气就能所向披靡、征服一切。但他忽略了客观世界是无限的，有自己的运行规律，而人只是有限的个体，认识水平无论提高到什么境界，终究还是有人类认识能力够不着的地方，况且人的认知并非都是正确的。所以“征服一切”是不存在

① 张庆熊：《基督教神学范畴——历史的和文化比较的考察》，上海：上海人民出版社，2003 年，第81 页。

② ［英］特雷·伊格尔顿：《文化与上帝之死》，宋政超译，开封：河南大学出版社，2016 年，第169 页。

的，既然不存在，那么这样的信仰就如同泡沫，终会有变成泡影的一天。

罗明华与依理克的不同之处在于他对上帝还抱着一半的信任。但之所以会有信任，主要是因为对生命的恐惧使他害怕从而不敢舍弃。祖辈因为战乱而饱受劳苦愁烦的贫困生活，使罗明华觉得人生短暂，绝不是“够吃够用”就可以满足的。罗明华完美体现了人性中“人与兽都喜欢当强者”①这一点。因为世界生存规则是强盛弱亡，所以人就该好好搏杀一把，才能实现自己的价值。于是他借钱做生意，反复买卖，野心因为一次又一次的成功不断膨胀，他抱着侥幸的心理，谁知人生最不可以有的心理就是侥幸！其实罗明华借的债原本早就可以还清，并还有盈余让他接着做生意，但是欲望之门一旦打开，就收不住网了，他脑袋里只想赚更多的钱来实现自己的价值，成就自己的社会地位。最后一失足成千古恨，经历了贫穷—富有—贫穷的痛苦过程，落得个破产而还不上最初欠下的债款的下场。还有中国移民“竹竿”，为了生活过得好一点，辛苦地为居住权奔波，因生活所迫，一面去偷，一面又痛恨自己。这些人本是为了最大限度实现自己的价值，结果适得其反。有人说：“人生的根本目的被简单化为动物的本能的目的，即寻求安逸和物质享受。一切超自然的东西都被否定了，一切超越的理念都被否定了。除了经验的真理和逻辑的真理之外现代人通常不再承认有什么其他的真理，我们的世界被彻底地世俗化了。”②《天望》通过依理克、罗明华、“竹竿”等人与弗来得进行对比，更加突出弗来得的纯粹，前者把人生价值建立在满足物质需求的基础上，林湄认为这恰恰就是现实的悲哀。

或许是生存不易，又或许是现实的诱惑的确太多，人若没有一个可靠的坚定的信仰，就很容易向现实妥协，或者像依理克这样盲目到最后迷失自己，引火自焚，走向毁灭。林湄通过汉学家麦古思、流浪汉比利、艺术家艾克等形象，证实了人类中心主义不能给人归属和终极幸福，揭示了信仰的现实困境及信仰重构的任重道远。人有自由选择的权利，同样是面对现实的打击与痛苦，海伦选择“善”，用“爱”的信仰寻找自己的意义，而麦古思、比利、艾克自甘选择堕落，并不是说他们选择了“恶”，而是他们表面上虽然是“回归自然”“回归天性”，选择自由，放浪形骸，但其实他

① 林湄：《天望》，武汉：长江文艺出版社，2004 年，第 129 页。

② 张庆熊：《基督教神学范畴——历史的和文化比较的考察》，上海：上海人民出版社，2003 年，第87 页。

们都只是一副空虚的皮囊，没有一个不在枷锁之中，这正是因为他们没有可靠的信仰理念支撑的结果。

对于信仰，尼布尔强调人应该信仰上帝："有些人选择跟着感觉和肉欲走，就使自己沦为禽兽；有些人选择追求权力意志，他们的自爱和自私的本性必然使他们做出更大的丧尽天良的事情，而绝不会超越自己的局限性。只有选择信仰上帝，人才真正有希望。"① 处在东西方文化交流碰撞、传统文明与现代文明产生矛盾的时代，面对千奇百怪的社会现象，林湄也发出了"人类需要宗教"的呼吁。林湄在《访谈录》里说："人天性需要宗教，诸多宗教著作均有高超的思想、伦理、哲学等观念，基督教涉及更多的灵体和博爱问题，比较接近自己的思考范畴。世界上的一流大作家均有基督教思想意识，如陀思妥耶夫斯基、托尔斯泰、泰戈尔、歌德等等，至于有没有神的存在，这是个永远辩论不了的问题，科学无法证明'没有'，也无法证明'有'，但我希望'有'，否则，人生没有意义。"② 人天性需要宗教。不妨换句话说，人天性需要信仰，而且是一种对超自然力量的信仰。《天望》里有多个例子证明，例如：曾以为自己患恶性肿瘤的罗明华，为了救命慌忙选择信奉上帝，祈求上帝饶恕他"一根牙线用了七次"；③ 不信上帝的荣微云，在目睹弗来得被私家车撞飞的生死攸关之时，竟也不由自主地大喊"上帝啊，救他"；④ 一生不信神的实用主义者依理克，在看到毫无血色、即将告别世界的弗来得的时候，他居然也会乞求神灵"帕那刻亚啊（希腊神话中阿斯克勒庇俄斯的女儿，能医治百病的女神），救救我弟弟"。⑤

人与超自然力量的关系，是一种相伴相生的状态，人的有限性使人永远无法真正不依赖超自然力量，但人的社会性使人也无法总是依赖超自然力量解决任何事情。这种关系如果合理，或许可以用"父母和孩子"的关系作为比喻。想到《天望》末尾，撒母耳回到弗来得身边的景象，"撒母耳听说有生日礼物，高兴地跳着叫着，'爸爸给我礼物了……爸爸给我礼物了……'他的世界，这样的容易、这样的简单，在孩子心目中，觉得父母

---

① 张庆熊：《基督教神学范畴——历史的和文化比较的考察》，上海：上海人民出版社，2003 年，第226 页。

② 江少川：《漂流、再思、超越——林湄女士访谈录》，《世界文学评论》，2009 年第 1 期。

③ 林湄：《天望》，武汉：长江文艺出版社，2004 年，第 127 页。

④ 林湄：《天望》，武汉：长江文艺出版社，2004 年，第 243 页。

⑤ 林湄：《天望》，武汉：长江文艺出版社，2004 年，第 443 页。

就是他的世界，有了父母，就有了一切，所以，孩子是不会怀疑父母的，总是那么依靠、相信和信赖，没有忧虑和挂虑，就像此时的撒母耳一样，一无所挂，喜乐无比！可惜，一旦长大了就不同了，倒不是他们不要父母了，而是觉得自己有能力有本事了，不再需要父母亲。这或许就是大人的悲哀，也是人类的不幸。"① 是的，人类的不幸就是完全抛弃宗教信仰，失去对超自然力量的敬畏，认为人可以掌控一切。这是不对的。事实也证明，完全抛弃宗教信仰是不可能的，因为人总要寻找安慰。

但关键是这"上帝的信仰"是一种实体性的信仰，还是一种精神上的信仰？是一种"有求回报"的信仰，还是一种"自我救赎"的信仰？刘小枫是中国目前宣扬基督教神圣价值的知名学者，他把上帝作为人类唯一的救赎，主张"充满爱心，忍受苦难，走入黑暗，才能得救"②。这里的上帝是实体的、有组织的上帝。然而这种信仰容易使人陷入有求回报的信仰误区。对超自然力量的信仰，如果是一种"有求回报"，那么这样的信仰态度是不正确的，这样的信仰也不会坚定。持这种信仰态度的人，会因天灾人祸而动摇、怀疑甚至放弃他们自己的信仰。如马里若士虔诚信仰上帝多年，但上帝却使他白发人送黑发人，为此他怀疑、抱怨。上帝是犹太人的根基，但犹太人却遭遇了几乎亡国灭种的战争。保罗的父亲信仰上帝，只是因为被迫参战，杀害了不少的人，但他心是善良的，就因为救了一个人而毁掉自己，所以保罗认为自己患心脏病及女儿做妓女都是上帝强加给的惩罚，因为好人没有得到补偿，后辈还因此受累，保罗觉得不公正，便停止了对上帝的祈求。荣微云又何尝不是呢？一家人信奉海神，但当得知父亲因为救一个落水老人而淹死在海里的时候，荣微云果断愤恨地抛弃了那尊"不可抛弃"的海神。就连虔心信奉上帝的弗来得，他是如此爱护自己的家人，但仍受到妻子的背叛，被戴了"绿帽子"，为此他也一度埋怨上帝"为什么?"，愤怒甚至使他差点背离了正义之道。由此可见，信仰上帝或神，如果这种信仰是一种实体的而非精神的，是一种"有求回报"的而非"自我救赎"的，那么无论什么人都会在经受磨难时怀疑为什么上帝要给自己这样的惩罚，这叫作迷信，不是真正的信仰。对于上帝，我们可以采取两种态度：其一，相信上帝的真实性存在，上帝就是实体存在的耶稣和耶和华，无论你信与不信，上帝就在那里，但是，不要因为"有求无报"而怀疑上

---

① 林湄：《天望》，武汉：长江文艺出版社，2004 年，第 449 页。
② 古大勇：《李泽厚、刘再复比较论纲》，《华文文学》，2018 年第 1 期。

帝的存在，无论上帝佑护或不佑护你，都要坚定地相信上帝的存在，信仰上帝是无功利性的行为。其二，把上帝视为一种情感性的存在，正如刘再复说："也可以说上帝是存在的，因为你如果把上帝看成一种心灵、一种情感，它就存在，它就在你的心灵和情感的深处，影响你的生命和行为，因此从心学上来说，上帝又是存在的。康德把上帝视为一种情感，真了不起。"① 即把上帝作为一种"心灵"、一种"情感"、一种抽象的"敬畏"对象形式而存在，把上帝作为个体理想人格去崇敬，向上帝学习，从而来拯救自己。也就是说对待上帝的态度，可以超越宗教的视角，而采取情感和哲学的视角。

《天望》中的弗来得的信仰之路则对我们有启发意义，弗来得是虔诚的上帝信仰者，他自始至终信仰上帝，坚定不移。他认为自己是被上帝挑选的人，起初他是为了"获得天国的大奖"而去传福音、教化世人，但当他真实地面对着冷漠的世界和人们的嘲笑时，仍然能乐观、善良、坚守自己的信念，着实令人感动。弗来得无私帮助弱小的人们，但被帮助的人不领情，甚至反过来嘲笑他、欺辱他。他曾经写信给西班牙政府要求停止斗牛活动，他到难民营、老人院传福音，到医院派发福音传单，还大胆地上门找黑市医生理论，揭露咖啡馆丑事，揭发地下工厂……他为了帮助弱者，挨了打，跛了脚，甚至瞎了眼。他也不是没有放弃过，他曾因微云出轨给他扣上"绿帽子"的打击而颓废、憎恨，也报复式地放纵过，但他最后还是选择了原谅，并且以匿名的方式一直默默帮助微云打反君主官司、开中医诊所。他的肉体受着苦痛和折磨，精神上仍然是乐观的、善意的，也正是这样一颗善良而充满爱的心，最后才让他得到爱的回馈。弗来得的信仰核心是"爱"，弗来得的信仰属于"大我"的信仰。

总之，《天望》通过呈现一系列人物形象，向我们揭示了现代社会人类的信仰困境及对信仰出路的思考。林湄说："救人比创造财富更重要，更有价值和意义。"② 而宗教是"救人"的重要途径。

（作者单位：泉州师范学院文学与传播学院，晋江市龙湖镇阳溪中心小学）

① 古大勇：《李泽厚、刘再复比较论纲》，《华文文学》，2018 年第 1 期。

② 王红旗：《"坐云看世景"的荷兰华文女作家——与林湄女士畅谈她的魅力人生和长篇小说〈天望〉》，《华文文学》，2007 年第 2 期。

想象人类发展的另一种可能

——评林语堂的《奇岛》兼论《啼笑皆非》

曾丽琴

相比于林语堂的其他小说，《奇岛》得到的讨论既不多又不深入，甚至有论者认为其“在思想与艺术上难以得到高度评价”①。若是以传统的小说艺术来评价《奇岛》，它确实不是一部生动的小说。但若从其思想性来讨论，《奇岛》应该是林语堂所有创作中最高的，甚至可以说是集林语堂思想之大成。讨论《奇岛》这部小说，主要不应从小说的角度，而应从社会学的角度，并且须将其与《啼笑皆非》结合起来讨论。

一

《奇岛》讲述了一个为民主世界联邦世界粮食健康部门工作的美国女孩尤瑞黛，与她的同事兼男友保罗发现并来到了与外部人类社会运作方式完全不同的泰诺斯岛，由刚开始的对这种人类社会运作方式的疑惑到最后认同的经历。

泰诺斯岛的社会运作方式迥异是《奇岛》要表达的重点，在小说中林语堂既描述又多次借小岛灵魂人物劳斯阐述了这种人类社会运作方式的三个特征：

（一）尊重自然

林氏引用子思的话语说：“凡是上苍所给予的就是自然；实现自然就是道德的法律；培养这种法律，就是文化。”因此，林语堂认为人类应该像东方人尤其是中国人一样顺应自然，而不是如西方人一样对抗自然。小说中英国人的后裔阿席白地·里格因曾经登上泰诺斯岛最高山艾达山顶沾沾自喜，劳斯就批评道：“你要征服它，报复它。这是欧洲的老毛病，习惯掐住自然的脖子，和它搏斗。”劳斯认为：“不管什么时代，人若捉弄自然，自

---

① 万平近：《林语堂评传》，上海：上海远东出版社，2008年，第272页。

然也会还以颜色，而且加倍索回代价。”因此，他告诫里格与尤瑞黛：“人若不能学习在自然面前谦恭有礼，他就永远学不会谦虚之道……人和自然先天就有融洽的关系存在。那份融洽破坏了，人也就完了。人在自然中扎根，就会恢复快乐和正常。”林语堂在小说中设计了一个经典的意象来完成对自然的回返。来到岛上的尤瑞黛不久便喜欢上了它，唯独对岛上之人赤足走路无法接受，因为“鞋子对她而言代表了文明”——人们一般认为文明是与自然相反的词汇。但劳斯逐渐引导她改变对文明与自然对立性的看法并最终让尤瑞黛接受且喜爱上了赤足/自然：“赤足走路的人所具有的自然美的韵律，要更奥妙，也更富变化。”

（二）尊重人性

林语堂认为，人性是自然的一部分，那么尊重自然当然也要尊重人性：“套中国哲学家庄子的话说，就是使人过和平的一生，完成他的本性。‘大块载我以形，劳我以生，佚我以老，息我以死。’享受宇宙的和谐，这一周期的美，使人性在其中得到完成。”在这一方面，林语堂借助更多的是古希腊对人性的看法。古希腊神话最大的特色是认可人性甚至是神性的自然即不完美：“希腊人做的事要聪明多了，他们使神明和我们一样不完美，消除了我们的渴求。”于是，林语堂笔下的泰诺斯岛并非如乌托邦小说所描述的：充满了秩序，人人道德完善，没有罪恶存在。许多论者都以“乌托邦”来形容林氏想象的这个奇岛，事实上，林语堂非常厌恶“乌托邦”这个概念，他在《奇岛》中多次对此提出批评，他说：乌托邦是“想打击人性的半白痴空想家设计”出来的，并认为“所有的乌托邦都因对人性的假定太多而失败”。因此，泰诺斯岛上的人与社会自然也有着或大或小的缺点甚至是罪恶。安德烈耶夫王子与欧克瑟斯是《奇岛》中塑造的不完美的或说是自然人性的代表。安德烈耶夫王子与年轻的修女发生关系却懦于承认，而欧克瑟斯因强奸了当地一名女孩并杀死了她的男友最后被审判处死。

（三）注重日常生活与艺术

林语堂认为，人类社会的发展已经使人忘记了人之所以活着的本义：“一切科学进步除了作为促进生活的手段外，就没有别的目标了，只是这个目标经常迷失了而已。”所以，在《奇岛》中，林语堂让泰诺斯岛人重新回到“生活”这个目标。林氏让他们过着一种“舒适的生活”、“健康、悠闲的生活”，他们也做着各种工作，但他们并不因为工作而忘记或抛弃生活。在这样的生活方式中，林语堂又特别强调美食与艺术：“美酒、歌唱、美食和美女，构成了舒适生活十分之九的条件。劳斯追求艺术，艺术在他心目中占了极大的分量”，“烟草、酒和竖琴是人类几件永恒的发现，真正为人类获得舒适、智慧和快乐的生活”。其中，林语堂又特别重视艺术。林语堂认为艺术除了“是人生的必需品”，“它们主宰心灵的快乐，就像食物和好酒主宰了味觉的快乐”，它还在促进人类社会发展方面比法律更为有效：“孔夫子说得真对，由一国之舞蹈，你就可以判断民族性，他本身也是音乐的学生哩……事实上，他对法律和正义的施行没有什么信心，他寻求人类性格中奥妙的影响。”

二

林语堂在《奇岛》中构建的人类社会是基于他对现存人类社会尤其是西方社会运作方式的不满。他对西方社会运作方式最主要的批判有两点：其一，过于注重物质，“自从十八世纪启蒙以来，现代文明的精神内容已有了很大的改变。大家愈来愈注意物质，愈来愈忽略人类”。林语堂认为人类对物质的追求已经走到了背面：物质本身应是让人更加轻松快乐生活的，但现在正好相反——“他发明省力的机器后，反而比以前更辛苦了。进步的步伐太快，他陷入迷宫里，找不到出路……人对自己太残酷了。他不再驱赶骗子和马匹，却开始驱赶自己。”劳思批评道：“人类一直向前走，却漫无目标和方向。文明染上一种叫做‘射精不止’的新毛病。”因此，林氏在小说中明确表示“否认人类的进步”。其二，过于注重科学。理性与科学是现存西方社会运作方式最主要的标尺。林语堂认为，西方社会对科学的标举太过了，尤其是将科学的应用扩大到人文科学与艺术：“社会被一群科学专家哄骗得团团转——心理学家、育儿专家、效率工程家——每个人对自己的学科知道得很多，却对人类生活知道得很少”，“错不在研究石头和金属的自然科学家，错在社会科学家想模仿他们的技术……一旦你把自然科学的方法介绍到人文学里面，你就会渐渐把无法量度的东西一件一件抛掉——上帝啦、善慈啦、罪恶和悔悟啦，以及艺术创造和高贵的动机等”。

当然，必须指出的是，林语堂并非完全反对物质与科学，正如他在小说中屡屡强调的：“并非十分反对物质进步，只是反对过度发展”，“并非反对科学进步，只是想比别人运用得更高明”。

事实上，林语堂对现行人类社会运作方式或西方社会运作方式的批判在其论说性的作品《啼笑皆非》中有更清晰具体的分析和阐释。《啼笑皆非》因愤于二战之时美国及西方诸国不肯对中国抗战施予援手而作，但其视野不仅止于关心中国，更扩展到对整个人类社会的关怀。《啼笑皆非》分为四部分，除了第一部分“局势分析”主要用来分析当时的国际形势外，后面三部分都在分析人类社会酿成两次世界大战的原因并指出补救之道。林语堂抽丝剥茧，从物质主义到经济思想到数学机械方法到自然主义，一步步分析论证了西方社会运作方式的由来及其必然带给人类无穷战争的恶果。他认为，西方过分注重物质的结果便是过于注重经济发展，而这最终会挑起战争：“我们精神上的最高期望，就是生产兴隆，财货充实，这有谁能否认？这功利强权的欲望本身含着未来战争的根苗，又有谁能否认?”但要论《啼笑皆非》中最重要的一章，则在第三部分的“血地篇第十七”。这一篇底下的小引中写道：“此篇专攻‘地略政治家’而推究此类自然主义战争哲学所由来以明自然主义深入西方学界。”林氏从地缘政治入手，认为其产生的原因是“科学与良心是非，已经分家，背道而行”。他批评当时德国的地缘政治专家史班克孟教授在研究时“保持完全超脱的客观态度，头脑用消毒密封方法封住，人类感情已全部肃清”，因此，他提出的地缘政治“不仅僭取自然科学之形式及术语，并被人认为是德国科学”。林语堂接下来又分析并指出这一套地缘科学的理论来源之处即在“十九世纪自然主义”，而其最根本的源头在达尔文的物竞天择之说。林语堂认为，任由这样的社会运作方式运行下去，人类社会必将走向“亡道”。

三

对西方社会运作方式即资本主义的批评不自林语堂始，也不自林语堂终。对人类在发展过程中反而迷失发展的本义的批判其实就是马克思所指出的人的“异化”，也即马克斯·韦伯所提出的“工具理性大过价值理性”。在马克思诸多对异人的阐释中，其中有一点是人的异化：“异化劳动把自我活动、自由活动贬低为手段，也就把人的类生活变成维持人的肉体生存的手段”，因此，“人的类本质……变成人的异己的本质，变成维持他个人生存的手段。异化劳动使人自己的身体，以及他之外的自然界，他的精神本质，他的人的本质同人相异化”。[①] 而马克斯·韦伯将人类社会的合理性分为工具理性与价值理性。工具理性只考虑所选行为能否作为达到有效目的

① ［德］马克思、恩格斯：《马克思恩格斯全集》（第42卷），北京：人民出版社，1979年，第97、121页。

之手段，而不考虑选择行为的原初目的。而价值理性强调所选行为动机与目的的正确性。韦伯认为，随着资本主义的发展，人类已忘记了价值理性，而完全为工具理性所控制。①

无论在《奇岛》还是在《啼笑皆非》中，林语堂着力批判的也正是这样的人类社会发展变质。在《奇岛》中他写道："思想已经一步步失去了道德的内容。社会哲学家害怕是与非的字眼，科学关心真而不是善；社会哲学家坚持别人叫他们'科学家'，也不敢接触道德问题"，"为什么追寻真的人就该避开善的领域，并且任性地对自己说'善的领域与我无关'？我认为，那是二十世纪思想中最具毁灭性的特点。一切的思想都想变成和科学类似的东西"。在《啼笑皆非》中，他更直言："科学已毁灭了人道。"

与马克思、韦伯不同的是，林语堂非常强调资本主义导致的不可避免的战争恶果。《奇岛》假设了第三次、第四次世界大战，《啼笑皆非》则细密分析了资本主义如何导致的一战和二战。在这一点分析上，林氏与后来的齐格蒙·鲍曼有异曲同工之笔。鲍曼写于 1989 年的《现代性与大屠杀》通过分析德国二战期间对犹太人的屠杀，得出屠杀的成功就是源于资本主义价值理性的丧失：善良的人们只是秉持着工具理性在负责、高质、高效地完成他们的工作，他们并不追问为何工作，而正是他们工作的负责、高质、高效使得犹太大屠杀得以完成。②

既然现存的人类社会运作方式不可取，林语堂便通过《啼笑皆非》与《奇岛》探讨人类社会运作方式的另一种可能性，《奇岛》一书可以说是《啼笑皆非》一书的意象化。林语堂在《啼笑皆非》中就提出古希腊哲学，孔子学说，道家、佛教思想等与资本主义及现代化不同的社会观、发展观和宇宙观，认为它们可以让人类避免恶性的发展与竞争。而他更在《奇岛》中将之形象化。

需要指出的是，林语堂在《奇岛》中对人类社会另一种可能性的形象化表达有时略有相悖。例如，他说："世界文明可以建立在国际生活的共同基础上，把各种文明最优良、最精致的部分组合起来。"这种"组合观"背后的假设基础——"完美"是林语堂在《奇岛》中一直反对的。泰诺斯岛的一个重要性是尊重人性，人性是不完美的，而林语堂也多次在二书中批

---

① ［德］马克斯·韦伯：《新教伦理与资本主义精神》，北京：生活·读书·新知三联书店，1987 年。

② ［英］齐格蒙·鲍曼：《现代性与大屠杀》，南京：译林出版社，2002 年。

判了乌托邦完美假设的荒谬性："你能在人类社会中计划一切——生产、分配、粮食、人口——但是你不能计划人性。"① 因此，人类社会的另一种运作方式应该汲取古希腊哲学、孔子学说、道家和佛教思想，但必然不会是它们的完美拼合，就如他紧跟着"组合观"所写的十分滑稽的理想生活："我认为，理想的生活是，住在有美国式暖气的英国山庄，娶日本太太，有法国情妇和中国厨子。这差不多是我所能表示的最清楚的方式了。"

当然，《奇岛》最大的价值在于为人类社会提供了另外一种可能性。自18世纪以来乌托邦小说不断为人类社会提供未来的愿景，但这些人类未来愿景的基本论述基础都还是在资本主义的理论框架之内：有序、高效，越来越完美。而林语堂在资本主义之外另辟一条道路：承认不完美、否认物质主义、回归价值理性。

如今，距林语堂写《奇岛》已过去60多年，人类社会虽然没有如《奇岛》中所说的发生第三次、第四次世界大战，但这些年的发展景象却也没有预期的那样乐观，科技在发展，人们的幸福感反而在下降。而量子力学正在推开原先硬邦邦的物质的各种概念。在这样的时候，重读《啼笑皆非》与《奇岛》，可以发现，林语堂为人类想象的另外一种可能性，其中有不少可取之处。

（作者单位：漳州城市职业学院）

① 本文有关《奇岛》《啼笑皆非》的引用均来自湖南文艺出版社2017年版。

穿越时空的水墨意象：青洋诗斑豹

肖　成

《水墨横流》是加拿大华语诗人青洋的一部新诗集。美慧的诗人从审美观照的暗处踱步而来，刻意记下某些时代更迭时分的一些注脚，以古今同构审美意象的方式在诗歌中植入了颇具现代意味的步入式存在感，侵入了水墨中主体隐匿的异度空间，改变了千百年来静态的诗歌意境。当生活变得完全黑暗、沉闷，而且你已经能够冷静地面对这黑暗以后，品读青洋的诗，可以避免这种黑暗使自己迟钝，防止为生存而屈就暴政，那感受是很有意味的：一点点感伤的浪漫，一点点轻愁的婉约，但更令人战栗的是某些诗作所隐藏的“惊心动魄”。在艰难的人间挣扎中，思想常常被击打得火花闪烁迸飞。在孤寂的独醒之中，在水一般浸满的黑暗和无奈之中，读者可以清楚地看见青洋诗中闪烁的良知、思想和远方对于生存的价值。而在愈渐深入的阅读中，一度被现实严重钝化了的、非常冷漠的脑际只有一个焦点，我要为自己的良知挣脱窘境。万物都如浮云，一切都可放弃，只有美和良知永存。我想，未来我们的同类哪怕远隔千百年，面对这些诗篇依然会感到亲切。

在艺术中，如果不怀抱日常性和世俗精神，在精神符号化和对象化的过程中，就应时常省思艺术操守，向想象力和创造性要新的境界和神思。诗人必须是一个知道如何在忧虑和持续缺席中体现欲望的模糊对象的人。在青洋的诗中常常能看到这种漂移的忧虑。《天问——致屈原》：“为什么你选择了河流/是天意，还是不得已而为之/为什么不在山之阿放浪形骸/那窈窕的山鬼/一直都在苦苦地等待/你宽袍广袖中那几阙刚煮熟的歌词/若不是她/采集了万种香草为调料/又如何能感天动地，名留青史/为什么她妖娆的笑声/是一色水洗的银白，坦荡如月光/而《离骚》的呻吟，却一波三折/长满了九鼎中青绿色的铜锈/为什么她可以不断削尖她的凝视/如钉子一般固定在《九歌》中/而你却将自己连根拔起/连同春天，付诸东流　比起一方被雾霾占据的天空/汨罗江是更干净还是更肮脏/江里流淌的究竟是濯缨的清流/还是濯足的污泥浊水/那些爱吹泡泡的鱼儿，除了摇头摆尾乞怜/是不是也擅长说三道四，飞短流长/那些虾兵蟹将/是不是也一样横行江心，称霸波浪/假如在汨罗江底被二次流放/你又该去向何方　享用了几千年被捆绑的粽子/你是否还明白/什么是自由/到如今/你是散发跣足，和湘夫人把酒言欢/还是依旧念念不忘/庙堂之上，不可雕的朽木/琉璃瓦上，暮色中的灰黄　假如再次抉择/你会抱着末世的钟声，同蹈滚滚洪流/还是不停地朝着故土嚎叫/如同一头受伤的野狼。”诗末的质疑和设问“假如在汨罗江底被二次流放/你又该去向何方”；“享用了几千年被捆绑的粽子/你是否还明白/什么是自由”，以及“假如再次抉择/你会抱着末世的钟声，同蹈滚滚洪流/还是不停地朝着故土嚎叫/如同一头受伤的野狼”，显然令诗人的每一次凝视、每一次沉思、每一次反观，都映现出一个始终在宿命的困境里挣扎的悲剧人生。千百年过去了，但是诗人们依旧被束缚在哈姆雷特“生还是死”问题的困扰中，不得不寄情于诗歌的世界，寻觅灵魂的自我救赎，以良知安放生命的坦白安宁。

青洋的想象力、幻想，甚至幻觉，常和大自然相融沟通。她的多愁善感往往超越了理性，她似乎也并不太热衷于对哲理升华的着力经营。这或许和她的女性身份有关。她有一种封闭式的感觉、幻想能力。因此，不一定要从她的诗中追寻某种哲理或意义。但在品读中，读者可以不断变换角色，进入另一个生命体，甚至改变词语的习惯用法，听到万物的对话，发现这种对话中的秘密。其系列“藏头诗”即对此表现得很充分，尤其是埋藏在其中的“文化乡愁”更是作为一种“古韵今弹”的精致理念一再循环地鲜明绽露出来。请欣赏这一系列诗作：

《落花无言，人淡如菊》：落落寡欢，独立于立锥之地/花朵无知无畏，被风摧雨淋着/无限江山，就这样枯萎在秋日的绚烂之中，更别提/言听计从的桨声，后庭花虚幻的灯影/人字雁，怎地越飞离人越远/淡泊情缘也好，半生欠下的终难了却/如今只剩夕阳晚照，孤傲入骨，唯有/菊

《莫道不消魂，帘卷西风，人比黄花瘦》：莫非是你，檐铃摇响细雨/道观杳渺辨钟声，坐看远树含烟，一时间百味杂陈/不是清明，亦非茱萸遍插时辰/销蚀的下弦月，哪里寻，圆满的脸庞/魂去魂来，天上地下，留我独自沉沦/帘外景象红肥绿瘦，自是无可奈何/卷起万般前尘往事，又何苦，管它种榴种桃/西归乘鹤一去不返是你，散发弄舟不知所终是我/风的述说怎能禁止，月光漂白下，故土依旧美好/人去楼空，缘何绿蜡犹卷/比比皆是，潦草山水空悬/黄钟大吕已尽毁，瓦釜雷鸣喧天/花甲逼近，还能消受

几许黄昏？枉嗟叹，苍老了文字/瘦损了诗篇

《春花秋月何时了，往事知多少（一）》：春意至今尚浓，枕上东风，一夜阅遍关山重重/花开昨日，红唇微动，你的谜语无人猜中/秋叶萧瑟，枯萎了纱帐，天地之大，大不过篾席一张/月白霜重，留不住裙裾，只留住衣香/何处堪比故乡？海潮倒流，夕阳沉沦，三江五湖均涸泽/时时垂钓，钓来满江大雪，夜夜秉烛，唯照沉睡枯竹，更有/了无生趣的镜子、濒临绝境的棋局，何如？

《枯藤老树昏鸦，小桥流水人家》：枯坐半日，思绪悠悠已经年/藤椅摇落多少岁月，春风一度，叶绿又似从前/老调静卧廊檐，重弹需等一场夜雨/树荫郁郁，人亦抑郁，繁花照水自无言/昏昏欲睡，一叹再叹荼蘼，唯故土二字难写/鸦雀无声的台阶，伊人的脚印隐入苔藓/相信能沉舟，惊回首，千帆张扬而过/桥外暗香，随影偷渡，直入小窗横幅/流逝的又岂止韶光，青史凿凿，留名文章能有几许/水滴石穿需千年，扶柳弱质，笑谈沧海桑田　人在何处？浪漫犹记石板路/家园天外，鱼雁慵懒书信无

这几首“古韵今弹”的“藏头诗”明显体现出诗人所竭力营造的花木灯影、远树钟声、夕阳海潮、古道西风、风雨雪月、鱼雁关山、苦竹鸦栖，以及枯藤老树等诸多意象，常常能在诗人的“动”与“静”的自由操纵下出现意想不到的互文“倒置”效果。譬如写落花，他同时也就成为落花，如落花那样感受到风拂过的颤抖而散发出快乐的芳香。这一切，似乎都不可被清楚言说，故青洋诗的意象里常常有一种说“寂静成型”的味道散发出来；而“寂静成型”也成为诗人最理想的叙事境界，形成某种沟通万物的幻想。当然，由于这种精心营造的古典诗歌语境的存在，说她的抒情隐含着对“现实的批判”也未尝不可；对她来说，也许自然万物比人的世界更真实，也更让她感到亲近。

大致来考察，青洋的诗基本上都属于抒情诗，但却非主体单一的自我表现。这种抒情，往往杂糅着议论，包容了现实、象征、戏剧的多种元素，具有一种将异质因素综合处理的能力；而且，这种抒情也是与“自我”对话，是审视、质疑“自我”的，大多通过象征性意象、隐喻来表现。她的现实经验与情感储存常转化为和日常经验不同的形象来重新构型，呈现出我们感到陌生的形态；也就是将跨度很大的经验加以组织，来突破日常生活的常见的形态，并且追求语言的质感和弹性。青洋很重视诗的音乐性，通过一些词语的复沓使用，形成回旋的节奏。她支撑想象力的意象，既来自于古典诗词中的江南风物和北国风光，也有不少的异域景致，在诗歌中

传达出生存境遇的痛苦、阴郁、凌厉等诸多复杂感受的同时，当然也在多处透露出抒情主人公内心的骄傲、坚韧，甚至是威严。其诗歌意象虽说多取自大自然，但也时不时闪耀着鲜明的“异国性”，屡屡出现“鼹鼠”“灰狼”“海狮”“牡蛎”“海藻”“长臂猿”“爬虫”这类与古典诗词意境格格不入，令人感到突兀的意象。且欣赏这首《笼子里的信任》之（二）：“隔壁的长臂猿，每天研究/怎样将手捞过界/从一个铁栅栏，伸向另一个铁栅栏/去摘他人的桃子　河对岸的海狮/不会兴风，不会作浪/就那点小浪花/陶醉不已/还天天顶球卖萌/取悦一群傻子　上游那群灰狼/除了朝天嚎叫/就是想方设法/把浑浊的河水搅得更浑/更肮脏/反正，不愁找不到替罪羊/食草动物统统被圈养起来了/在笼子里，乖乖地发呆/乖乖地咀嚼嗟来之草　百鸟忙着朝凤/虽然那凤凰是只假冒的鸡/一边唱颂歌，一边送礼品/一边假装没看见孔雀毛后边的鸡尾巴/早请示晚汇报删帖删评论删视频/可惜删不了/自己所在的笼子/删不了头上的紧箍咒”。这种奇异意象的出现，或许源于她移民海外多年经验的无意识流露，抑或来自她对外国文学作品的熟悉，可能还有外国生物、绘画、音乐等方面知识的积累吧。

当然，即使是同一诗人的作品，但面对其不同的篇章时，也不可能用一成不变的方式，依然需要寻找有效的通道来领会它的某种隐蔽、晦暗的性质或意义。青洋的诗常常采用宣言、告白的方式来表现。如《卡夫卡（组诗）》之三《诉讼》：“野地的青草是有罪的/河底的泥沙是有罪的/低矮的草房是有罪的/一切我触手能及的是有罪的/一切我踩在脚下的是有罪的”；之四《变形记》：“其实这是清楚不过的事情/我只是离开了/人的行列　作为人/站着是危险的/随时会被发狂的大风腰斩　坐着也是危险的/曲折的椅子会突然间伸直/你重重地摔倒之后/它便是一根打人的棒子　躺着更是危险的/一不小心，便走进了自由自在多姿多彩的梦/而你松了绑的心事，被蜜蜂偷走/被鸟儿传唱　跪着是最安全的姿势/膝盖软了，腿麻了/心也就死了/于是我，背上沉重的甲壳作我的保护伞/在爬虫横行的世界/于是我/也变成爬虫”。由这两首诗可以看出，青洋很擅长象征方法。诗意的触动可能来自现实情境，不过很快就转化为象征性意象，并在象征义上加以组织，构成不同思想、不同美学价值的象征性意象，以不断递进的对比、冲突，来营造矛盾的、悖谬性的情境。“野地的青草”“河底的泥沙”“低矮的草房”很快就在诗里转化为象征义——因为“卑贱”而可以践踏，终于成为某种专制现实中“有罪的”指控。而诗人精心营造的“爬虫”这一意象透射出因自由无法实现而形成的无法抵达的困境，以及对困境、绝望所做的抗争。诗中逐渐递进到“爬虫”意象之前的“站”“坐”“躺”及“跪”，自身也都包含互相冲突的内涵，存在这些意象延续的脉络。这很容易使人联想到作者似乎借鉴了鲁迅的《野草》中的《雪》《死火》等篇章中的意象来营造情境方式。当然，鲁迅与青洋两者之间表达的生存意境，在质地上是有很大差异的。就某种哲学意义而言，即生命与死灭，行动与行动的受阻等互相冲突的意涵，有机地在这些象征性意象中交织在一起。可见意象的转化方式和不同价值内涵的意象所形成的张力，是欣赏青洋诗作时需要留意的方面。

当然，青洋这类题材诗作中的意象营造也并非每一首都能处理得恰到好处，在某些时候也会出现某种程度的喧闹浮躁性表述，失去了简约的审美比对效果，显得缺乏节制。譬如《回答》就有这样的毛病：“那时，我还是一颗/独立的行星/喜欢让我银白的长发/随意飘散/喜欢撕下彩云/洗我清纯的脸庞　那时我喜欢看你/看你举着闪电划过天际/燃起火树银花/看你这一柱光焰如何吞噬宇宙/红了白云/亮了苍狗　可是你开始搅动星海/像搅动一盆浓汤/你捞起我/像打捞一条漏网之鱼/一片丰腴的白肉，你说/我是你的救星，你说/一面露出尖利的牙齿/惊鸿一瞥/是我唯一能做的回答　被嚼碎的我/回到原生态/回到一滴水的清澈/你砸下一个又一个/万钧雷霆/透明和视而不见/是我无奈的回答/后来，你把我晾干/扎成稻草人/扎成练习屠杀的标靶/在我的身体变成蜂窝之后/太空也布满了黑洞/流着泪/我将我的歌喉割下/深深地/藏进大海/埋在礁石底下/沉默/是我最好的回答　我学会了全盘接受/你赠予我的黑暗/还学会用黑暗/编织摇篮/我把自己摇了又摇/从我的身体里/摇下落叶，摇下时光/摇下八千里路的/尘与沙　当我的沙漏/只剩下了风/你/沙尘暴的始作俑者/还在抽打/风中的陀螺/终于，我可以明明白白地/告诉你/自由/是我最后的回答”。很显然，诗人在这个预设对话的场景中尽管审判了那个噩梦一般存在的暴力怪兽，不断再生和存在的对象——“你”，但却无法超越专制的铁幕——历史的黑暗和自我的黑暗，虽然全诗是以一种“宣告”的方式结束，却似乎难免有些“卒章显其志”的味道。由此可见，青洋这么一个外柔内刚的江南女子，其诗歌中并非没有自我雄辩的意愿或者欲望，她其实一直在竭力用诗歌将“被埋葬”的良知激发出来，让罪恶无所遁形。或者说，青洋的短处，也许恰是她的长处，这不过是见仁见智的问题。事实上，不得不说，恰是这种面对真相的直接令我在阅读中一再被震惊，使我在无意中与一位真正的诗人和一些真正的诗歌相遇。

令人感到有趣的是，对于某些青睐的审美意象，青洋会精心选择适合的艺术表现方式。除了采用象征主义的意象来展现之外，青洋在抒写亲情、爱情和友情这类诗时，更多使用了超现实主义的方法，因此读者需要相应地调整阅读态度才能够领会其意义。如《致母亲》和《父亲的叮咛》。前者如此道来："我的疼痛/在六月的一天/与我一起/被你生下/你不认识我的疼痛/就如同/你不认识我　这条满身是刺的藤/在我的身体里/磨来蹭去，唱空城计/大部分时候/它一面酣睡/一面朝太阳鞠躬/还把金黄色的风沙/喷满我周身　只有当它醒来的时候/你险峻的眉下/才燃起冰冷的极光/赤色的对血的渴望/在你干涸的眼中/蒸腾而起　我接受/枯藤是你的化身的必要/弹拨我脆弱的神经/是为了大江东去/浪淘沙的必要　作为世界上/三分之一的人之一/每一天，我都要为自己/立起一个雪人的标靶/并且耗尽前半生/塑造雪人的完美/再用另一半的生命/见证雪人的融化　惨淡的月光/从我周身的毛孔渗出/一直流，一直流/脚下/是你离开我时/留下的巨大背影　可是/我心底还藏着一只乌篷船/还藏着一条大河的桨声灯影/为孤单定制船票吧/让它顺水而下/再把仅剩的那点麻木/捏成一块丑陋的石头/塞进那个一路哼歌的胃/于是，我看见/海洋被一张张白帆填满/美妙无比"。初看起来，这首诗有点像一幅超现实主义的油画，这有点道理。我们可以看到青洋试图以一种典型的、桀骜不驯的想象方式来刻画"母亲"这个特定的个体。在诗人笔下，母亲的形象与诗人的感觉形成了错位的重叠与不停的转换。这种重叠、转换，正是为了隐藏青洋企望增强或掩盖对"母亲"这一对个体描写的概括力。但这种通常能看到的提升或概括，是在大胆的想象中进行的，将实和虚错位交织的母女关系变形，将对于血缘的亲人追忆、延伸，逐步扩展为某种整体性的生命、记忆、历史的延续和精神谱系的寻找。我们知道，"母亲"是历代诗歌中常见的歌咏、赞美的对象，但在这首诗中却几乎看不到那种滥情的无谓抒发。因此这首诗令我颇感意外，因为它确确实实超出了已有的审美经验范畴。后一首《父亲的叮咛》依旧以一种超现实主义的艺术方式发出慨叹："你又在想我了/每次你想我/雨水就灌满我的眼眶/空荡荡的胸口/虫声肆虐一阵，喧嚣一阵/萤火像一群群鱼儿/游过我透明的身体/穿梭/来去/无端端地，你就别想我了　送你的丝棉想必收到/那是十几年来/躲在我身体里的那只老蜘蛛/吐的丝/掺上些在我坟顶采集的/潦薄的秋霜/和一块在地底/封存了千年的老姜/你的梦境太阴冷，且潮湿/那样的土壤/怎能生长诗词？/天气再冷/梦里不能下雪/切记　还有/睡觉便是睡觉/不要去招惹大海/整夜枕上潮起潮落的/你不过是一座搁浅的/千疮百孔的珊瑚/潮汛和月亮的官司/就让那只暴风雨中的海燕/去喊叫吧　我的心/虽然早已成灰/还是跟过去一样/会累/会为你/淌下碧绿的苦水”。此诗表现的亲情似乎显得有点“异端”——爱得深沉，却也自私、偏执。既有痛彻心扉的血缘牵挂、眷恋和不舍，亦有痛苦、无奈、不得已、衰老及磨难对心灵的烙烫，也不乏倔强、挣扎、抉择，以及毅然承担勇气和指责的气魄。显然，青洋的诗意与灵感确实是来自去国移民多年之后其自身最深切的经历与体验。至于《皆若空游无所依》的吟叹同样也是超现实主义艺术的借鉴：“剪不断的雨丝如数不清的琴弦/曲会终人会散/不即不离唯有海天一线对你的失望/不顾一切地弥漫/黑夜响亮地哭泣/你听不见　又一盏灯灭了/你我面对的已是最后一盏　我徒劳地努力/努力隐入白纸中/为此翻遍属于自己的/春秋编年　而你说，书是倒着念的/从一开始/就放走了封底的蝴蝶　青春被过滤了半个世纪/如今早已清澈见底/自由的鱼儿静静游/不见半点涟漪”。显然，这样的诗轻易就可以建立起一种解读的连贯性线索，有更加浓重的现代诗那种晦暗不明的状态。再如《路人皆知》：“湿雪刷白了屋檐高挑的眉/坚持打开的门/被风挤压，在子夜时悄然枯萎/歌声把痛苦拔高，从胸腔一直拔到发根/在头顶沉默的海平面上/蒸发/而河水，却将抑郁推向深处/从夜的阴部直推到黎明的子宫/极度深寒/极度持久的忍耐　所有的窗户都闭上眼/唯有黑沉沉的深渊依旧张开/玻璃后久久等待的/除了命运，还有谁呢/即便是你/也早已绞干了身体/像阳光/绞干一把柔韧的芦苇/可睫毛下还是/日复一日地，滴下生硬的冰凌　被收藏起来的/是块烧红的火炭/这一点，路人皆知”。对于有心读诗的人来说，让自己的眼睛努力适应笼罩着现代诗歌的晦暗是很有必要的。当然，我无意将诗的晦暗不明与清晰浅显对立起来。有的诗人拒绝对其诗的语词、主题做非常确实的指认，这是有道理的。但有时候也可能是他们害怕自己的诗被“拆穿透底”，从而失去神秘性，让人有“也不过如此”的失望。

无须否认，青洋诗歌体现出的艺术智慧，还有一种参破和反观特点；抒情中的自我姿态及其表达也充满特立独行的姿态，对当代生活有显见的反讽效应，有些提示和警醒弥足珍贵。如《肖斯塔科维奇》：“务必躲藏/躲藏于声浪之中/敲碎思想/切削灵魂/务必让欢乐舞蹈/不停地，机械地，舞蹈/切记切记/枪口步步逼近/无法回避　约束不住的恐惧，赤裸裸/沿着五线谱奔逃/节奏狂笑，子弹一般/向四面八方飞散/埋伏已久的愤怒/不断被琴键压下，压下/又被提琴/扯成一线似断似连的呜咽/被舌头卷成一声尖利的口哨/冲破虚张声势的隆隆炮声/直上云霄　而铁铸的音符/再一次高举起榔头/已经碎裂的心，经历一次又一次/撞击/死神挥动蝌蚪状的镰刀/收割列宁格勒/收割饥饿，收割顺从/多么疯狂的丰收　而悲怆/早已列队等候/踏着整齐的步伐/踩着低音鼓/前进，进　在模糊的镜片掩护下/你清楚地看到/那致命的枪口/正从观众席的后方/从掌声的海洋里/抬起头”。无论如何，在这种具有恐怖场景的营造中，青洋揭露了现代性人类生存的荒谬，不仅是整体性存在的荒谬，而且是个人化存在的荒谬，这正是青洋诗歌极其可贵的品质之一。在这一类诗歌里面，她将个人的痛感和历史的痛感高度熔铸在一起，在撬开词语的缝隙的同时，我们看到的是历史飓风的恐怖破坏力！而《潇湘馆里的鹦鹉》中则有这样的悲叹：“凌晨那一场刀雨/桃花流了一地的血/谁会想得到/这凋敝的场面/竟然是六月独特的风光”，以及“那边厢，响起恬不知耻的礼炮声/隆隆声里，我分辨出坦克的履带/正轧轧地碾过怡红院的肋骨”。这样的文字带有一种与死亡相随的诡异的凄美，当一个人试图挣扎着逃离危险时，却发现周围早已是尸骸遍地了。在枪弹激起的尘埃与隆隆炮声的袅袅余音飘散中，精神的形式似乎得到自由的解放。在另外一首诗《我死之日》里，青洋再一次直接描述了一场血案，甚至有这样惊心动魄的哀鸣：“我死之日/血流成河　枪声，火光，撕裂/沉闷的夜幕/一队训练有素，武装到牙齿的野兽/包围一群手无缚鸡之力的绵羊　一场痛快的屠杀/那无数具遍布弹孔的身躯/如蜂窝一般/和谐　我从其中一个弹孔逃逸/感觉越来越轻/像一条柔弱的水草/漂浮在如水的夜色”。在“弹孔”这个意象里面，透射出了一种强烈的撕裂感，并由此生出了青洋诗歌中的紧张、忧惧及焦灼气氛。诗人似乎找到了一种后置的视角，试图真正打量这个存在着的世界，这个世界不仅存在于当下，同时也存在于过去和未来，这是一个真正有维度的历史之物，“对话”就在这些语调的递进中缓慢升起，不再是往事如烟飘过天空那种带有“哥特”色彩的“感伤旅行”，而是螺旋式、具有高度形式和对位特征的个人在穿越历史之后重新回到历史，并在现场观察一切诗人。而诗作中一再出现的“红色”的意象，确实也恰如其分地构成了整首诗歌的底色和特质。

我认为诗歌的写作就是释放内心的风暴，但一旦一切发生，却仅仅是梦幻泡影而已。毕竟现实的事件在回想的目光之中总是虚幻的，这虚幻并不能拯救什么，但诗意却被这种梦幻所诱惑。青洋在尝试开展“古韵今弹”这一具有先锋性意义的诗歌试验中，其语言确实在一定程度上具备了如丝绸般柔和与光滑的特点，独具一格。她努力对感性认知和理性分析进行混合搅拌，使诗歌的审美从“意象”感受上升到“意境”营造，竭力用生命汁液浸泡出的意象之流，构建流动的古典画面与现代旋律融合起来的古今同构的诗歌美学，在精心构筑的意象与意境里飘溢出花朵的芬芳、夜晚的宁静、历史的幽远和精致的乡愁。我们必须全方位地调动自己以往岁月所保存下来的种种新奇的视觉、听觉、嗅觉、感觉去体验这种"古韵今弹"模式对我们感官的美丽冲击，去体味种种意象之间潜藏着的逝去时代许多美丽的梦幻和看似轻淡实则沉郁的悲剧。也许正是青洋笔下这种穿越时光的"复古"韵味编织出的种种诗意和感伤萦绕着读者的身心久久不离，像一个奇异的神秘的光圈，终会给人留下咀嚼回味的艺术空间。譬如《旗袍》这样的篇什："盘花钮/扣住一朵梅的往事/镶边立领/轻掩/半生积压的冰雪　一幅暮春的水面/亦不知/从哪一年的时日里裁下/经纬里微微地伤感/随花谢/顺目光流转　顺着远山的凹凸/顺着杨柳的摇摆/顺着石板路上的跫音/玲珑有致地/荡开"。诗人以充满怀旧意味的意象，摇曳多姿地填满了时间和空间——诗歌中的时空和历史中的时空。换言之，诗人深深知道，在缘于"旗袍"而引发的身体幽深的记忆中，随着岁月变老，光阴飞逝，美虽然能在时光深处被重新唤醒，却终究不过是昙花一现而已，令人莫名感伤或无限惆怅。而《青花瓷里的岁月》也有同样的表现："毕竟被锁住了，无法可想/锁在轻寒与薄雾之中/锁在青灰色茫茫湖水之中/——青花瓷里的岁月如是说　一道道的鞭痕/是冻结的风/是风抽过春天柔弱的肌肤/而那断了线的/不是泪，不是风筝/只是夏季一场偶然的大雨罢了/自然，人人注意到了秋/是啊，秋已深，还会更深/愈深/大雪将至/早晚的事/——青花瓷里的留白如是说　既然被锁住，那就忘却吧/忘却车辚辚/忘却风萧萧/既然被冻结/那就在这片薄薄的青花瓷里/过玻璃一般的日子/不也光滑紧致？/高大僵硬的琉璃瓦/和低眉顺眼的弱柳扶风/不是搭配得恰到好处？/——青花瓷里的青花如是说　可是，有花儿逃了，从缝隙中逃逸/春风逃了，落叶逃了/还有钟声，也泄漏出去了/丧钟即将敲响/该碎的，将要碎了/——青花瓷上的裂痕如是说"。不得不说青洋的这首诗中少有鲜亮的色调，只是像黑白影片一样在时光流转中回放着，驾轻就熟地展示出带有"挽歌"色彩的人生的况味。青洋的这类诗作在带给诗歌现代特征的同时也展示出一种不同于以往的新的探索。这种诗不以激情取胜，也不侧重于象征和议论，而是通过更加具体可感的情境和场景来体现人生意蕴。简言之，这首诗处理细节的能力很好，目光像摄像机镜头一样从"青花瓷"这个意象上缓缓移动，并不做过多停留，用一种平静的语气说出，并在意象间迅速转换，读起来既不黏滞也不琐碎。遗憾的是，我并不能很好或深刻地领会青洋这类诗歌写作在这个时代所代表的特殊意义，除了对记忆的信赖。记忆中有着拯救的秘密，诗歌写作，就是与记忆结盟，在无意记忆之中，让发生的事件重获生机。这种将记忆物态化的做法显然别有深意，它向我们展示着岁月残酷的一面，同样也似乎在告诉读者，这些“逝去的”古老器物，无论多么令人惋惜、不舍和遗憾，但其实都是生活中平常不过的事情，会经常发生。或许青洋及其同仁们创作的这些以“古韵今弹”形式出现的诗歌，已在当代诗歌的谱系中构成了一个自足的存在体系，它以其鲜明的个人风格和形式美学补充了当代诗歌写作的贫瘠。

最后，谈一些与青洋诗歌相关，却属于不受听的题外话。当代诗歌创作似乎正在日益放弃自身的准则，并在一种当下性的文化需求与精神欲望中不断校正自己的准则，当然，从根本上说，任何因艺术精神沦陷而集成的虚伪的“当代性”，都是一种整体灾难。而在一个缺失了酝酿和生长的艺术时代，我们的每一个主客体形式呈现的“当下”，其实展现出的乃是某种廉价的“余秀华式”的全民狂欢，并肯定会走向某种虚假的“繁荣”镜像。诗歌因此丧失了它更内在化的质地。诗歌正成为某种精神疗愈的小药丸，中产阶级在沙龙和客厅里面朗诵这些蓝色药片，却把真正的心灵抛弃在了豪华厕所的抽水马桶里。或者说，有一种新的闭合在虚假的开放中重新出现了，诗歌失去读者并不可怕，可怕的是失去心灵——孤独倔强的个体对这个世界不屈不挠的对话及由此产生的他思和自思。真正的诗人和真正的诗歌一定属于那些不合时宜的人，必须像一道闪电一样划开人群的铁幕伤疤，捧出一副炽热的心肠。只有在这个意义上，我们才可以讨论什么是我们这个时代真正的心灵形式和精神愿景。

在中国诗歌的审美经验史上，青洋及其同仁所积极参与并倡导的“古韵今弹”文学尝试，非常直接地呈现出了某种剧烈的主观意图——不是暗示，而是直接占据那个想去的地方。这种人本主义的天人和谐的审美经验不同寻常，天然带有某种先锋美学姿态，甚至具有颠覆性。毋庸置疑，诗人引导读者瞬时完成了人生境界的对象化，通过明确的主体站位迅速感知准确的审美意会。然而，耐人寻味的是，青洋在努力以“古韵今弹”方式引入诗歌审美“雅致化”的清流，打破“庸常生活美学”垄断诗坛乱象的同时，自己可能也无意识地身陷“不识庐山真面目”的迷境，成为被文艺“复古”潮这一审美模式囚禁的笼中之鸟。由于互联网时代的到来，虚拟世界与真实世界之间充满各种人之常识不能存纳的个体孤独，并进一步使当代物质生活中审美精神一步步塌陷，艺术生活“人间失趣”的格局也因此大致形成。也许因为当下的诗人很难原汁原味地复制出传统的诗歌情境，人们难免在艺术精神的迷失中指鹿为马，甚至饮鸩止渴。换言之，这种古今同构意象所结成的古今诗歌“豢养”关系，因为诗人抒情主体性过于强烈地介入意境的营造，也给向俗而雅或向雅而俗的当下诗歌加上了某种无形的艺术“桎梏”，古衫逸士的自然情怀可能渐渐被市井宅男宅女的自我玩赏取代，起初清奇的艺术骨骼在漫长的自我复制中可能会因久“病”而成诗歌之“疾”，恐怕会造成单向性地迎合或暗合偶然读者群阅读的惰性欲求，几乎不支持阅读中断以后才能发生的凝视和凝思时间，反而激活了本已走向休眠的各种审美毒素，小众读者团体对这种“复古”审美趣味趋之若鹜般的追捧，其实也是某种传统文化的噩梦。在此意义上，“古韵今弹”这种文艺复古潮的出现，既是当代的艺术风景线，也是当代审美精神的巨大创面。

当然，我也不否认青洋及其同仁们是一群难得的坚守“阳春白雪”的真正的先锋艺术家。他们提供的“复古”的文艺胶囊正被各个世代的文艺爱好者服用，来治疗现代生活中积累的各种心理或精神不适，以便完成对自我意趣的界说和塑形。然而无法回避的是，先锋们的悲剧结局几乎千篇一律：怎么从生活中走出来，就怎么走回生活去；步子稍微迈得大一些，恐怕就会变成“小清新”的叙事学，将上演一场场与“水墨小品”“心灵鸡汤”相关的艺术戏法。换言之，穿着古衫的遗民风的魅力，我们今天依然无法抗拒，成为知识分子与西服并行的精神盛装。很多人喜欢把“复古”的长袍穿在心上，在脑袋上再放上一顶“田园中国”的草帽，就误以为找到了永恒的精神家园，其实这种闲逸格调，是扁平而丧失想象力的审美鸡汤。这是在当今持续发展并不断蔓延的文学“复古”潮中不得不警惕的一件事。毕竟任何艺术概念的先锋期过后，都可能面临自我艺术精神打捞的困境。但很多人，尤其是诗人身边的某些所谓的“媚雅”读者群体，恐怕会把这种古今同构的“复古”审美，当成精神食粮和人生境界的代偿。但从本质上看，古今的审美交互性，以及继承与创新这二者在精神层面上是相互龃龉的，在水墨意象笼罩下的当今诗歌消费模式背后，其美学品质也在悄然生变。那么，这种“古韵今弹”的复古潮究竟还能走多远？许多遗留下来的、有待整理的审美问题亟待解决，这需要后来者的不懈探究。

（作者单位：福建社会科学院）

大风吹，吹什么？

——浅谈许友彬《大风吹过少年时》三部曲将二战时期马来亚和马共形象“吹”到青少年眼前之效应

【马来西亚】陈焕仪

绪论

许友彬（1955— ）出生于马来西亚吉打州，获马来亚大学动物学学士、教育学硕士学位，当过教师、专栏作家、出版编辑。他曾获大马第四届乡青中篇小说奖第一名、第一届马汉儿童文学双年奖等。他在20世纪80年代开始出版散文集，1999年创办红蜻蜓出版有限公司（下称“红蜻蜓”），主要出版青少年长篇小说。他本人从2006年开始进行青少年长篇小说创作，第一部《七天》便大受欢迎，一跃登上《亚洲周刊》畅销书排行榜，有几部还被改编成电视剧。他的青少年长篇小说近年流传到新加坡、日本、韩国、美国、德国、澳大利亚等国家，拥有大量读者。许友彬的作品深受读者喜爱，它们带有温情、悬疑、幻想等要素，故事情节精彩，充满人性光辉，阅读这些小说，让孩子们爱上读书和创作。这种现象在马华文学界里非常罕见，少儿小说和青少年读物在马华文学里长期不受重视，许友彬认为新生代应重拾阅读兴趣。① 在他的努力之下，一群青年作家成长起来，少年阅读长篇小说渐成风潮，当代马华少儿小说和青少年读物得以活化。近来，红蜻蜓出版的多部小说已授权中国的出版社出版，许友彬也常到中国大陆进行校园行和交流。许友彬认为只要写出好作品，本地作品也一样受读者喜爱。②

---

① 廖冰凌：《许友彬与当代马华少儿小说》，南洋商报网，http：//www. enanyang. my/news/20180223/许友彬与当代马华少儿小说/，最后浏览日期：2018年5月5日。

② 廖冰凌：《许友彬与当代马华少儿小说》，南洋商报网，http：//www. enanyang. my/news/20180223/许友彬与当代马华少儿小说/，最后浏览日期：2018年5月5日。

许友彬写作功底扎实，超过30年的写作生涯锻炼了他的笔力。写作青少年读物以来，作为作家，他也没有忘记社会责任，他本人在2012年尝试探讨更严肃的课题——以大马建国前后二战时期和日据时代有关的历史为背景，写了《大风吹过少年时》三部曲：《大风吹》《扮新娘》《跳房子》（以下统称“三部曲”）。第一部《大风吹》在2017年被中国教育部选入六年级必读书目。① 许友彬表示这三部曲题材严肃，不纯写给青少年看。② 许友彬说：“我写《大风吹过少年时》三部曲时，是想写文学作品，不是儿童小说。”2018年2月23日接受《南洋商报》记者访问时，他表态：“5年前三部曲出版，马华文坛没有人提起，没有一丝反应，我感到小失望。5年后，中国大陆的学者推荐给小朋友看，我感到高兴之外，还有一点尴尬。”③ 可见他对这三部曲还是有比较高的期待和相对严肃的态度的。通过这三部曲，年轻读者可窥探二战时期马来亚和马共形象，包括当时的社会现象、道德观念、贫富悬殊现象等。本文将浅谈作者在这方面的书写及效应。

一、三部曲内容摘要和写作背景

该三部曲写几个从小一起长大的年轻人——沈家三兄弟和女主角梅花的故事，时代横跨1941—2011年共70年。小说情节里穿插大量马来亚独立前抗日时的故事和历史，写作手法流畅自然，从小故事带出大历史。历史残酷无情，但作者用词用字并不艰深煽情，只是缓缓述说一个大时代里几户普通人家的故事。小说人物原本过着平静的生活，在日军攻陷马来亚之

---

① 许友彬和陈焕仪电邮访谈，2018年5月11日。他表示这是2017年从网上得知的消息。这只是一个推荐书目（中国小学生每个学期都有必读的课外读物）并非强制性。他说：“看到我的书入选，我当然高兴。在马来西亚，也没有这种机会，我不敢有太大期盼。我们的国家政府不重视华文文学，我们早已习惯，也没什么好说的。”

② 张永修:《马华文坛无视，中国大卖，许友彬〈大风吹〉旺市》，南洋商报网，http://www.enanyang.my/news/20180223/%E9%A9%AC%E5%8D%8E%E6%96%87%E5%9D%9B%E6%97%A0%E8%A7%86-%E4%B8%AD%E5%9B%BD%E5%A4%A7%E5%8D%96br-%E8%AE%B8%E5%8F%8B%E5%BD%AC%E3%80%8A%E5%A4%A7%E9%A3%8E%E5%90%B9%E3%80%8B%E6%97%BA%E5%B8%82/，最后浏览日期：2018年5月5日。

③ 张永修:《马华文坛无视，中国大卖，许友彬〈大风吹〉旺市》，南洋商报网，http://www.enanyang.my/news/20180223/%E9%A9%AC%E5%8D%8E%E6%96%87%E5%9D%9B%E6%97%A0%E8%A7%86-%E4%B8%AD%E5%9B%BD%E5%A4%A7%E5%8D%96br-%E8%AE%B8%E5%8F%8B%E5%BD%AC%E3%80%8A%E5%A4%A7%E9%A3%8E%E5%90%B9%E3%80%8B%E6%97%BA%E5%B8%82/，最后浏览日期：2018年5月5日。

后各有机遇。三部曲写了日军、抗日军、汉奸、战争中不同心态的各族人民等。

许友彬接受访问时说，当时他原想写一部历史小说，他发现以大马作为历史背景的中文小说似乎并不多，他本人向来经历的都是太平日子——除了“五一三事件”。[①] 正巧其父经历过二战，大时代之中又有许多故事，促使他选择日据时期作为小说背景。[②]

这三本小说可以独立成书，组合在一起读，则是完整的大长篇。虽然内容围绕沈家三兄弟和梅花，但每本都各有其主要的内容。该三部曲的主要内容如下：

《大风吹》说的是从小一起长大的沈武、梅花和刘福的故事。沈武是打铁匠的儿子，刘福是酒厂老板的儿子，梅花是刘家童养媳。1942 年，他们都是 10 多岁的青少年。同年 1 月，吉隆坡被日本军队攻陷。战争的来临像大风吹，把一切原有规律、生活、社会风气、社会保障吹散。到处是受伤、死亡和逃难的人。逃不了的穷苦百姓，留在原地且活在恐惧和痛苦中，面对凶暴的日军和残破的家园。沈武习武多年，日军到来时，他尽全力保护梅花。本书描绘沈家三兄弟和女主角梅花的成长经历，以及他们家人的遭遇、家庭的变化。

《扮新娘》说的是在 1942 年 1 月，吉隆坡被日军攻陷，居住在吉隆坡郊区的沈武和梅花是邻居，梅花是刘家童养媳，即将要嫁给刘福。为了不嫁，梅花躲在沈武家。沈武把骚扰梅花的日军打倒，带梅花私奔。梅花渴望嫁给沈武，沈武不敢娶她。日子一天天过去，沈武想念家人，梅花难把沈武套牢。本书写沈武和梅花之间的感情状况及围绕在他们身边的人在战争中的遭遇。

《跳房子》里讲述面临日军侵略，沈武和梅花决定逃亡，他们乔装打扮，认识了抗日军组织。在这过程中发生种种惊险事件：沈武的父亲为掩护他们献出了生命；梅花遇到她的孪生姐妹；刘福为报复出卖梅花；梅花

---

① “五一三事件”是马来西亚的一场种族冲突事件，爆发于 1969 年 5 月 13 日，延续数月。官方解释是马来人与华人之间的种族冲突。事件当中，华人和马来人两个族群都蒙受死伤。

② 张永修：《马华文坛无视，中国大卖，许友彬〈大风吹〉旺市》，南洋商报网，http://www.enanyang.my/news/20180223/%E9%A9%AC%E5%8D%8E%E6%96%87%E5%9D%9B%E6%97%A0%E8%A7%86-%E4%B8%AD%E5%9B%BD%E5%A4%A7%E5%8D%96br-%E8%AE%B8%E5%8F%8B%E5%BD%AC%E3%80%8A%E5%A4%A7%E9%A3%8E%E5%90%B9%E3%80%8B%E6%97%BA%E5%B8%82/，最后浏览日期：2018 年 5 月 5 日。

的孪生姐妹要沈武助她送收音机给抗日军，不幸丧命，沈武被抓，在监狱中过着非人生活。沈武在大牢里收到消息说梅花被日本人开枪打死。他伤心欲绝，决定越狱。恢复自由时，他得知梅花并没死。他们苦尽甘来，终于重逢，但为了让沈武义无反顾地投身抗日事业，梅花做出了令他意想不到的选择。他们曾一起玩跳房子游戏，如今却有了不一样的人生。

很明显，作者颇具匠心，三部曲内容主轴是以几兄弟的故事为主，配合女主角生平际遇，还有他们家人的不同性格、遭遇、命运等等，组成一个大时代的故事。这个故事提醒读者，在每个大时代里，许多小人物扮演了我们意想不到的角色，他们或普通，或胆怯，或勇敢，或懦弱……，他们就是组成整个历史的每一分子。小说有虚构的自由，但不能否认这其中还是有真实的部分。三兄弟的名字，也各有谐音，男主角沈武——“神武”，大哥沈坤——“神棍”，二哥沈奇——“神奇”。女主角名叫梅花，其角色设定，明显代表了中华民族的坚韧，她的性格刚毅，在大事上非常有主见。他们的经历也跟名字隐隐有关。

许友彬在访问里透露，三部曲的灵感来自他家人的经历，尤其是他父亲、堂姐、小姑等，他们都是那时代的人，随国家命运大起大落；他也从老一辈那里获得了当年其他事迹的资料。他告知：“我祖父自小习武，在中国（清朝）是一个武术教头，因踢死官兵被关入死牢，中华民国成立后大赦免，逃过死劫远渡南洋，娶了小寡妇（我祖母），入赘后改姓许（本姓郑），生下我爸爸，却不教我爸爸武功，祖父认为武术拖累他一生。这是我一大遗憾……所以我写沈武的爸爸教他武功，弥补我心中的遗憾。我堂姐自小是童养媳，丈夫（年纪）比她小。她和丈夫圆房后，生下儿子，却遭丈夫遗弃，命运凄惨。我写梅花，是要改写我堂姐的命运，弥补我堂姐的遗憾……我小姑小时长得特别漂亮，我祖母舍不得把她嫁出去，就把她送入附近的尼姑庵，所以我书中就有一个小尼姑的角色。”另外，他也不忘老一辈所提供的资料：“书中很多情节和细节是我访问老人家时，他们告诉我的，比如黑咖啡泡白米饭、结婚宴席的菜色等等。”他还提起其中跟他讲述最多故事的人是马华老作家陈雪风（已故）。这种资料搜集法，让这三部曲的很多细节更有真实感和立体感。

二、三部曲里的马来亚二战时期风貌

对出生于 20 世纪 90 年代或以后的年轻读者来说，通过这三部曲一探他们祖辈生活过的马来亚颇有意思。某些小说里的题材若能激发青少年了解马来亚历史风貌、局势和政策等所造成的影响及演变的兴趣，小说创作者的社会责任便已初步实现。三部曲里充满了南洋本土风情和色彩的描述。这三部曲以倒叙手法写作，人设、背景、地点大部分是二战时期吉隆坡和其邻近郊区，小说里出现的地名、马来乡村景色、华文学校状况、华文报章等富有本地特色；各种方言增加了人物对白的趣味性。全书的南洋风情及马来亚本土色彩极浓。限于篇幅，这里只能略举几个例子，比如：马来乡村风光——简陋的吊脚楼①，缠脚的老板娘②；房子后有椰林，椰林边有小河，每家的厕所都建在小河沟上，而厕所像四脚的吊脚楼，前两脚搭在岸边，后两脚插在小河里③；橡胶园、福建义山和华侨初级小学等也出现在三部曲里。④ 各种不同形象的经典人物比如娘惹、印度人、马来人、抗日军、抗英军更是遍布三部曲。其中最受瞩目的大概是娘惹的形象："……妇人，花白的头发在头上绾一个髻，皮肤黝黑，肩膀裸露，只围着一条高至胸前的纱笼"⑤ ——这是马来亚早期娘惹的日常装扮。此外，在这三本书里出现的地名都富有大马特色，比如吉隆坡、谐街⑥、陈氏书院⑦、半山芭⑧、茨厂街⑨、丹绒加弄⑩等。与此同时，作者还描写丹绒加弄这个地方："……马来人栽种水稻，他们驱牛犁地，顶着大太阳弯腰插秧，筑堤引水养稻，稻谷成熟后，再一镰刀一镰刀地割，一把一把地打，打落的谷粒装进麻袋，用牛车载到老远的巴生去……"⑪ 三部曲里还出现了南洋风味的食物，如炸香蕉、咖啡等。日常生活包括看电影、扮新娘，在日据时期，电影开场之前演的是日本政府的宣传片。

此外，许友彬善于用淡中有味的写作手法描写20世纪40—50年代的生活状态，读者可从中想象祖辈的简朴生活。作者倾向使用幽默口吻和语气，如："这是一个十分鸭蛋的早晨，鸭蛋青的天空，灰蒙蒙的，沉沉的；鸭蛋

① 许友彬：《大风吹》，吉隆坡：红蜻蜓出版有限公司，2016年，第104页。
② 许友彬：《大风吹》，吉隆坡：红蜻蜓出版有限公司，2016年，第105页。
③ 许友彬：《大风吹》，吉隆坡：红蜻蜓出版有限公司，2016年，第246页。
④ 许友彬：《大风吹》，吉隆坡：红蜻蜓出版有限公司，2016年，第104、105、246页。
⑤ 许友彬：《扮新娘》，吉隆坡：红蜻蜓出版有限公司，2015年，第129页。
⑥ 许友彬：《大风吹》，吉隆坡：红蜻蜓出版有限公司，2016年，第202页。
⑦ 许友彬：《大风吹》，吉隆坡：红蜻蜓出版有限公司，2016年，第207页。
⑧ 许友彬：《大风吹》，吉隆坡：红蜻蜓出版有限公司，2016年，第208页。
⑨ 许友彬：《大风吹》，吉隆坡：红蜻蜓出版有限公司，2016年，第213页。
⑩ 许友彬：《大风吹》，吉隆坡：红蜻蜓出版有限公司，2016年，第215页。
⑪ 许友彬：《大风吹》，吉隆坡：红蜻蜓出版有限公司，2016年，第216页。

白的浓雾，笼罩学校的操场，鸭蛋黄的太阳，夹在紫色山峦间，像一个要生出来又生不出来的蛋”①；“石桥中间拱起，向上踩脚车很吃力……过了桥中间，沈武坐在车座，放开双脚，让脚踏车飞快地往下滑。姐姐抓紧沈武的腰部，吓得叫出声来。脚踏车碾过一些小石子，磕磕碰碰，车身晃动，姐姐的叫声也跟着颤动：啊啊啊啊啊……”②；日本兵泡热水澡搓身擦背，“另一个赤条条的日本人抓住桶缘要爬进桶里。大油桶失去重心，整个翻倒。日本人滚在地上，水淋在他身上，十分狼狈”③。

诸如以上所说的情景和词汇，大马读者读起来肯定不陌生，非大马籍读者则会感受到一股浓郁的南洋风貌充斥其中。读者可从那些独特的本地性的文字符号中探视当时的马来亚风貌。许友彬在访问里告知，其资料来源是第一手材料，因此真实性相对更高。

当时人们对殖民者和战争的心态也在三部曲里有所呈现。对英国人是否会回来解救马来亚人民这一疑问从确定到不确定、从失望到绝望；对日本人的各种残暴和恶行做出描述和鞭笞，有些描述非常真实、具体。手法写实，有利于青少年阅读，同时给予了读者了解当时马来亚社会的机会。

三部曲对战争期间的社会乱象，比如各种抢劫、措施（安居证、烧中文书、烧有国民党人照片的书籍、抓身上有刺青的人等）、日本人办中文报纸、当时人们的心态等都有描述。日军踏入马来亚的情况在三部曲里得到了呈现：“沈武看到了整齐的脚踏车军队从一端过来，……他们唱着歌。他们都身穿着黄不黄，绿不绿的肮脏残旧军服，脚穿军靴，头戴军帽，身后背着步枪。带头的脚踏车插着旗帜，旗帜上有一个红太阳，还有一行黑字‘大日本帝国皇军……自行车先头部队’。接下来的脚踏车都两辆两辆地整齐排列，日本士兵并肩踩踏，速度缓慢。日本士兵长得不高，身型矮小，不过，个个都抬头挺胸，士气高昂。”④

人民对英军的想法从希望到绝望。

英国兵呢？英国兵会保护我们。有英国兵在，日本兵怎么会进来？妈妈想起英国兵，似乎吞了定心丸，不再那么恐惧，她拍拍胸口，自我安慰说：对，有英国兵在，我们不怕。……⑤

---

① 许友彬：《大风吹》，吉隆坡：红蜻蜓出版有限公司，2016年，第7页。
② 许友彬：《扮新娘》，吉隆坡：红蜻蜓出版有限公司，2015年，第129页。
③ 许友彬：《扮新娘》，吉隆坡：红蜻蜓出版有限公司，2015年，第202页。
④ 许友彬：《扮新娘》，吉隆坡：红蜻蜓出版有限公司，2015年，第207页。
⑤ 许友彬：《大风吹》，吉隆坡：红蜻蜓出版有限公司，2016年，第65－67页。

吉隆坡是英国兵管的，英国兵不会丢下我们不管。①

英国兵有策略，一定会走另一条路回来包抄日本兵。②

（英国兵）会回来的！他们不是溜走，他们也不是不敢跟日本人作战，他们是在运用策略，先让日本兵进来，然后断了他们的后路。那么日本兵就像瓮中之鳖，任由英国兵宰杀。

坏消息！刘老板昨晚收到信息，英国政府放弃了星加坡，星加坡也投降了！日本兵已经占领了整个马来亚。

英国政府太没有良心了，我还以为他们会保护我们。现在我们怎么办？③

……我们都给英国人骗了……④

这些都在讽刺英军当时对马来亚的态度。二战时期，他们在日军攻陷马来亚之后很快就放弃了马来亚。而且，临走前还把桥炸毁⑤、米仓打开——“英国人……他们要走了，米太多，带不走，就打开米仓任人抢。……”⑥、炸火车桥梁⑦、水和电破坏⑧、吉隆坡十五碑汽油公司的储藏库爆炸⑨、“他们不想把汽油留给日本人”⑩、炸加油站⑪。

沈武的大哥沈坤本来在坐牢，但是英国人在撤离马来亚的前夕把所有的囚犯都放了出来。所以沈坤说：“我要感谢的，是日本人。日本人要打进来，大牢的门才会打开”⑫ ——这是真实的历史，被许友彬写到小说里，还轻轻地嘲讽英军。他们的爸爸/沈坤的继父，却因为沈坤的二哥替日本医生工作，两年都没有跟他说话。

日军侵马，整个马来亚陷入困境，日常生活的一切都发生了种种变化。人民的生活习惯也逐次屡遭破坏。女生剪头发，假扮成男生，因为“你要你的头发，还是要你的命？”有些女生被送到尼姑庵出家，比如小说里的玉

① 许友彬：《大风吹》，吉隆坡：红蜻蜓出版有限公司，2016 年，第 65－67 页。
② 许友彬：《大风吹》，吉隆坡：红蜻蜓出版有限公司，2016 年，第 65－67 页。
③ 许友彬：《大风吹》，吉隆坡：红蜻蜓出版有限公司，2016 年，第 65－67 页。
④ 许友彬：《大风吹》，吉隆坡：红蜻蜓出版有限公司，2016 年，第 65－67 页。
⑤ 许友彬：《大风吹》，吉隆坡：红蜻蜓出版有限公司，2016 年，第 54 页。
⑥ 许友彬：《大风吹》，吉隆坡：红蜻蜓出版有限公司，2016 年，第 116 页。
⑦ 许友彬：《大风吹》，吉隆坡：红蜻蜓出版有限公司，2016 年，第 116 页。
⑧ 许友彬：《大风吹》，吉隆坡：红蜻蜓出版有限公司，2016 年，第 101 页。
⑨ 许友彬：《大风吹》，吉隆坡：红蜻蜓出版有限公司，2016 年，第 102 页。
⑩ 许友彬：《大风吹》，吉隆坡：红蜻蜓出版有限公司，2016 年，第 119 页。
⑪ 许友彬：《大风吹》，吉隆坡：红蜻蜓出版有限公司，2016 年，第 39 页。
⑫ 许友彬：《大风吹》，吉隆坡：红蜻蜓出版有限公司，2016 年，第 77 页。

妹，她是沈武和梅花的同学，长得漂亮。她的妈妈怕日本人侵犯她，便送她去出家。这样的剧情亦非虚构，此乃二战时期众人皆知的事。

另外，日军的各种劣行，也层出不穷，比如，日本士兵看到大哥的脚踏车比较新，二话不说夺走。① 另一次，大哥被日军打，因为他虽有鞠躬但没把帽子脱下，便被日军拳打脚踢，还被罚站——两手还得高举石头。② 许友彬写道："爸爸抬头，看见一些行人脱帽向哨兵弯腰鞠躬，还有一些行人跪在路旁晒太阳。华人几时变得连狗都不如？"③ 由于有人告密，日本军官跟沈武兄弟也发生争执，沈武兄弟最后还是被打伤。许友彬叙述二哥被日军打的情况，先是破口大骂，二哥鞠躬赔不是之后，还是被日本军官扇了一巴掌。二哥白皙的脸颊上清楚地浮起紫红色掌印。日本军官拔出手枪，对着二哥额头，二哥唯有跪在地上求饶。日本士兵发现沈武在一旁，指示沈武趴下。沈武趴在地上，姿势"五体投地"。日本士兵在沈武背上踹一脚。那军靴硬得好像铁锤，沈武背上一阵剧痛。④ 当沈武的大哥被日本人抓走放出来之后，他"遍体鳞伤，嘴角破裂流血，颧骨部位肿胀，一只眼睛都肿了。他按着自己的手臂，说：我的一只手断了，不能动！"⑤ 借着书中主人翁，许友彬表达了自己的感想："日本人就是偏偏针对我们华人，他们看见印度人的妻女，都可以放过她们，为什么要糟蹋我们华人？为什么我们华人的命这么苦？"针对此事，沈父解释说："我们协助中国抗日，日本人怀恨在心，对我们进行报复。"⑥ 日军对华人的虐待，也被许友彬以文字的形式通过书里的角色表达出来了——阿能被日本人怀疑帮助共产党。他被日本人抓走之后梅花去探望他，他的情况如下："两腿站不直，身体略微摇晃。他的恤衣，透着斑斑血迹，他的裤脚里，血液流下脚踝。梅花心想：一个实心眼儿的好人，怎被折腾成这个样子？"⑦

三部曲也描写战争的状况："吉隆坡市区很多商店的主人走了，将商店弃之不理，很多人就去抢，去拿货物。"⑧ 还有更多的细节，比如："吉隆坡市区内一座大厦旁，酒香四溢。大洋行里面的员工把洋酒一箱箱扛出来，

---

① 许友彬：《大风吹》，吉隆坡：红蜻蜓出版有限公司，2016 年，第 128 页。
② 许友彬：《大风吹》，吉隆坡：红蜻蜓出版有限公司，2016 年，第 133 页。
③ 许友彬：《大风吹》，吉隆坡：红蜻蜓出版有限公司，2016 年，第 206 页。
④ 许友彬：《大风吹》，吉隆坡：红蜻蜓出版有限公司，2016 年，第 159 页。
⑤ 许友彬：《大风吹》，吉隆坡：红蜻蜓出版有限公司，2016 年，第 160 页。
⑥ 许友彬：《大风吹》，吉隆坡：红蜻蜓出版有限公司，2016 年，第 197 – 198 页。
⑦ 许友彬：《扮新娘》，吉隆坡：红蜻蜓出版有限公司，2015 年，第 325 页。
⑧ 许友彬：《大风吹》，吉隆坡：红蜻蜓出版有限公司，2016 年，第 83 页。

一瓶瓶地砸碎。沟渠里流的都是舶来洋酒。瓶子砸破后，瓶底还有剩余的酒，可以喝上几口。大哥就和其他群众一样，蹲在沟渠旁捡破瓶子喝酒。……"① 三部曲还提起治安维持会是写在红色旭日底下，这不就是说明，治安维持会就是日本人底下的组织。②

三部曲的一些场景让经历过的人感到熟悉——路口的交通标志的铁柱上绑着一根长竹竿，"竹竿上端是一个血肉模糊的骷髅头，眉额间贴着一块枯干的脸皮，头顶挂着一撮头发，鼻子两个黑色大洞，下颚牙齿骨头暴露出来"。这部分让人想起 1942 年 9 月 1 日，抗日军在石山脚举办第 8 次中央扩大会议。③ 会议进行中，日军设下 4 道埋伏线突袭，抗日军剧烈反抗，成功突围，却牺牲了 18 名同志。普遍认为因有马共叛徒做内应，日军才获得了准确情报。部分烈士首级被日军砍下挂在吉隆坡闹市示众——这是马共在抗日期间一个惨痛的大事记。

许友彬还引用了一次英国飞机偷袭事件并将沈坤和友人写为目击者，提及当时发生的地点是在吉隆坡陈氏书院附近。沈坤他们点香烟被日军发现，两个朋友在逃跑时给日军抓走，第二天被斩首示众，一个人的头挂在谐街，另一个挂在半山芭。他们被指为英国间谍，说他们在等英国飞机来的时候在后巷给他们点火打讯号，指示轰炸目标。另外他也叙述吉隆坡十五碑汽油公司的储藏库爆炸④、载送物资的火车等，"……货物比人多……我们选这些四方罐的罐头，很多人都不知道是什么，可是我知道是火腿……还有罐头黄豆，也是洋货……"⑤，还有"英国兵做军服的布料"⑥、安居证（"只要拥有安居证的居民，就不会受日军的骚扰"）⑦。这些都是当年战争时才会有的状况。

在那个时代，拥有中文书报也是一个致死的理由，因此如何处置这些书报也成了许友彬的小说情节之一："有三件事很重要，第一，家里有任何关于孙中山、蒋介石、白崇禧等人的照片都要烧掉；第二，家里任何有关国民党的书籍都要烧掉，……把书橱里的书通通烧掉……收藏同盟会领袖

① 许友彬：《大风吹》，吉隆坡：红蜻蜓出版有限公司，2016 年，第 101 页。
② 许友彬：《大风吹》，吉隆坡：红蜻蜓出版有限公司，2016 年，第 203 页。
③ 许友彬：《大风吹》，吉隆坡：红蜻蜓出版有限公司，2016 年，第 101 页。
④ 许友彬：《大风吹》，吉隆坡：红蜻蜓出版有限公司，2016 年，第 116 页。
⑤ 许友彬：《大风吹》，吉隆坡：红蜻蜓出版有限公司，2016 年，第 117 页。
⑥ 许友彬：《大风吹》，吉隆坡：红蜻蜓出版有限公司，2016 年，第 214 页。
⑦ 许友彬：《大风吹》，吉隆坡：红蜻蜓出版有限公司，2016 年，第 267 页。

照片的人会被抓，收藏国民党书籍的人会被抓，身上有刺青的人也会被抓……”许友彬还描写了一个看似平淡，却蕴含深厚意味的场景：烧书。[①]沈父默默把书橱里的书搬出来，放在箩筐里；然后用扁担把书挑到打铁店去。沈武跟在沈父后面，进入打铁店，沈父吩咐他把门关紧。打铁店的火炉很大，沈父把书一一放进炉里焚烧。沈武虽不爱读书，却也舍不得烧毁书本，每本书都翻一翻才抛进炉里。沈父读书不多，但非常尊敬书，平时不让家人乱抛书。在家里，书只能摆在桌上，不能放在地上，现在他焚书时也用双手捧书，一脸痛楚。父子俩看着最后一本书烧成灰烬，然后静静坐了几分钟，沈父也许在哀悼。这一大段的情节，可说是当时华人普遍受到的伤害之一。这种爱书的意识，在马来亚华人的家庭里很普遍。许友彬也写了《兴亚新报》[②]，“里面都是歌颂日军的宣传文章”，“是日本人办的华文报”。

这些故事情节，对于青少年来说，是上一代的事情。可是这种写法，让青少年感受到了祖上在抗日时期曾经经历的事情。小说也是思想的传播者，作者往往会在作品内现身说法，或者通过人物的神情阅历表达自己的情思经历。许友彬通过这些情节，叙述自己对于当时社会的不满和痛心。浅白却感人的文字触动了青少年内心。

三、三部曲里的马共形象

三部曲里的第二部《扮新娘》里才出现抗日军的角色，在《扮新娘》里，抗日军阿虎在梅花差点被日本军人强暴时突然出现，开枪打死了日本兵，救了梅花。阿虎出场时，“半个人头从洞边伸出来，往洞里望。由于背光，看不清他的脸孔，只见到剃得很短的头发，头颅好像红毛丹。那人窥探一会儿，整个人影才现身。一个瘦小的男人，头小身大。他穿着一件宽大的军衣，是英国大兵的上衣。衣襟盖过膝头，下面挂着两只瘦腿，好像没有穿裤。年纪不大，最多只有十七八岁，……脸上棱角多，颧骨高，还

---

① 许友彬：《大风吹》，吉隆坡：红蜻蜓出版有限公司，2016 年，第 47 页。

② 许友彬：《扮新娘》，吉隆坡：红蜻蜓出版有限公司，2015 年，第 252 页。在第二次世界大战结束前，东南亚广大地区只有日军控制的 11 家华文报纸公开发行。它们是：新加坡《昭南日报》、吉隆坡《兴亚新报》（后改名《马来新报》）、槟城《披南日报》、怡保《霹雳新报》、古晋《久镇日报》、仰光《正谊报》、西贡堤岸《新东亚报》、巴城《共荣报》、马尼拉《华文马尼拉新闻》、曼谷《中原报》和《泰华商报》。http：//www.baike.com/wiki/现代华侨报刊。

蓄着一撮小胡子，看起来像个小老头”。他打死日本兵，救了梅花。沈武和梅花道谢，他说“杀死日本兵是我的责任”，“我是杀死日本兵的英雄”。这里作者有一个描写——阿虎说“你也打死日本兵，你也是英雄。我们都是英雄。我们打死日本兵。我们还多得武器，多得两把步枪，哈哈哈……他们全军覆没，我们大获全胜。哈哈哈哈……”他夸大其词，为着自己的战绩兴奋，笑得合不拢嘴。①

这一段描述，作者带着戏谑的口气，描写了一个抗日军的心态，又对抗日军表示同情。他通过阿虎告诉读者为什么抗日军要抵抗日军、仇视日军。每个人有自己的理由，但多数都是被逼的。梅花问阿虎他的妈妈和妹妹是否还好？阿虎的眼泪滚入咖啡中，“都死了”。他家女眷的惨死，是当时许多女人的悲惨命运之重复——“马来邻居说日本兵来过了。他们神色不对，不敢多说。我冲进家门，见到妈妈躺在地上，头被打破一个窟窿，血流一摊，已无气息。妹妹挂在横梁上，裤子红了一大片……”于是阿虎表示，他要报仇！他找好友阿勇一起进森林找抗日军，因为他们“要参加抗日军，杀死日本兵”②。

他当时还不算正式的抗日军，这一段话已有抗日军这名词的出现，只不过具体形象还不成熟。阿虎告诉梅花，他还没找到抗日军，但他知道他们就在森林里。他曾在森林里遇见两个落跑的英军，他们也在找抗日军。③此段文字带出英政府在新加坡组织华侨义勇军的事，同时说到其中一批义勇军已来到雪兰莪州，“正在这个大森林里”，阿虎要找的就是这些人。作者通过阿虎告诉读者“英国兵贪生怕死”，“他们找抗日军，是要抗日军掩护他们”，“要抗日军安排船只给他们离开”。阿虎又提供另一线索：“他们（英国兵）在日本兵来之前，偷偷把武器埋藏在一个秘密的地方，他们知道抗日军需要武器，所以提出条件，只要抗日军护送他们逃命，他们就说出埋藏武器的地点。”作者通过梅花骂英国兵：“岂有此理。武器不拿来打日本兵，却拿来交换条件，只求自己保命。”

当阿虎找到抗日军之后，许友彬再带出一个角色，那就是“外面的人”（阿能），他提供粮食给抗日军。④ 阿能说：“这不算什么，他们为了把日本人赶出去，愿意付出生命。我只出几包白米，不算什么。”除了白米，他还

① 许友彬：《扮新娘》，吉隆坡：红蜻蜓出版有限公司，2015 年，第 129 页。
② 许友彬：《扮新娘》，吉隆坡：红蜻蜓出版有限公司，2015 年，第 202 页。
③ 许友彬：《扮新娘》，吉隆坡：红蜻蜓出版有限公司，2015 年，第 207 页。
④ 许友彬：《扮新娘》，吉隆坡：红蜻蜓出版有限公司，2015 年，第 208 页。

给抗日军送咸鱼和鱿鱼干。作者也写阿能如何通过马来乡村，将白米和其他物资送给抗日军。① 又通过梅花的妹妹阿妹，提供一个讯息，可以说是一部分华人/人民对抗日军的看法："你帮助他（阿虎），他贪得无厌，永远不知足，把你当作靠山，一而再，再而三地提出要求。这次我们就别理他吧!"② 然后，再通过阿姐告诉读者另一部分的抗日军同情者如何看待抗日军："抗日军为了赶走日本人，躲在森林里打游击，日子过得很不容易。只要我们帮得上忙，就应该伸出援手，帮他们一把。"③

作者叙述日本政府如何在战前就安插间谍在马来亚——二哥沈奇提及他的日本医生雇主在日本军队侵占马来亚的一个月前"每天都出门去"、"到处去，走遍雪兰莪"，因为"日本医生爱好大自然，喜欢看鸟。他想要利用这一段时间，写一本《雪兰莪观鸟指南》"、"做记录，画地图"……沈爸爸不相信，认为二哥"被日本人利用，做间谍的工作"、"你带日本人走遍雪兰莪，让他画地图，记录地理情况……了解战略位置，方便日军的侵略……"。④ 这样的情节跟许多坊间传说亦不谋而合。

三部曲里有许多描述点到即止，可能因为作者想要留下一些有趣场景，让人遐想，也不排除是考虑到对象大多数是青少年，不太能够理解深入，因为牵涉的历史来龙去脉太多，毕竟此书跟日据时代有关。另一可能则是为了增加小说的厚重感而加入这个主题，好让这三部曲看起来气势更宏大。三部曲的特殊之处在于作者的对象是青少年，但是题材却是马共、抗日等等大时代、大背景。许友彬用了举重若轻的方式来书写，让人耳目一新。

该三部曲出现了马共领导的抗日军题材，以及跟他们有关的内容成分。这些内容让读者联想到了一些马共传记、一些参加过二战人士的传记或马共纪实小说。比如，收音机必须上缴和注册，有了执照之后再让日军政府把短波部分去除，才能让人民收听⑤，拥有没注册的收音机是犯法的。如果不上缴，"罪名很严重，是间谍罪，会以军法处置，有可能被处死"。因为，"短波能收听联盟国和抗日团体的广播，可以得到很多不利日本政府的信息。……为了得到更多抗日情报，抗日军才需要短波收音机"。收音机在二战时期可以发挥极大作用，不但能够得到敌军信息，也可了解抗日军状况。

---

① 许友彬：《扮新娘》，吉隆坡：红蜻蜓出版有限公司，2015 年，第 213 页。
② 许友彬：《扮新娘》，吉隆坡：红蜻蜓出版有限公司，2015 年，第 215 页。
③ 许友彬：《扮新娘》，吉隆坡：红蜻蜓出版有限公司，2015 年，第 216 页。
④ 许友彬：《大风吹》，吉隆坡：红蜻蜓出版有限公司，2016 年，第 126 页。
⑤ 许友彬：《扮新娘》，吉隆坡：红蜻蜓出版有限公司，2015 年，第 325 页。

日本殖民政府对收音机十分关注。收音机是卡迪卡素夫人的传记《悲悯阙如》① 的主要内容之一，看过卡迪卡素夫人的自传《悲悯阙如》的话，一定记得那被取名为 JOSPHINE（约瑟芬）的收音机，它也出现在陈河的《米罗山营地》中②。这些书籍内容都跟抗日有关。比如卡迪卡素夫人的《悲悯阙如》写的是她在抗日时期如何帮助抗日军以致自身和丈夫都被拘捕，在酷刑下仍然坚持不屈，遭受酷刑几乎丧命的真实经历。《米罗山营地》写了纪实式的华人域外抗日经历。再如，潜水艇这个主题也数次出现在"大风吹三部曲"。潜水艇可说是陈河的《米罗山营地》贯穿全书的一个重要情节。中英盟军 136 部队人员乘坐潜水艇来到马来亚从事敌后工作，这在 136 部队人员的传记中都有详细的叙述，比如陈崇智《我与 136 部队》③、谭显炎《父亲与我——马来亚敌后工作回忆录》④、136 部队英军负责人戴维斯传记等⑤，对 136 部队人员梁元明老先生的访问也有提及⑥。可惜，在这三部曲里只出现在对话里，没有加以发挥。该三部曲写抗日军杀大象吃，在一些马共传记里有过记载，比如前马共人员波澜写的回忆录《葵山英姿》等。⑦ 由以上所举例的内容元素可以看出，这跟很多马共纪实小说、传记有共同点，作者本身在访问里也承认，他是受到了这些书籍的影响。

无论如何，这些题材并没有获得深入的发挥，只是隐约出现在这三部曲的内容里，此乃一小遗憾。

四、对青少年读者之效应

年轻读者通过这三部曲，也许是第一次真正接触到某些字眼和人物，给他们提供了思考空间。此外，许友彬把跟抗日军有关的史实写到小说里，比如上文提及的收音机、潜水艇、日本医生战前被派来马来亚当间谍等。然而，毕竟每一个细节都牵涉太多历史的细节，作者用这种方式来书写，倒也别出新意。

---

① 西碧儿·卡迪卡素：《悲悯阙如》，陈文煌译，吉隆坡：燧人氏事业，2005 年。

② 陈河：《米罗山营地》，天津：天津人民出版社，2013 年。

③ 陈崇智：《我与 136 部队》，新加坡：海天发行与代理中心，1994 年。

④ 谭显炎：《父亲与我——马来亚敌后工作回忆录》，新加坡：新加坡八方文化创作室，2015 年。

⑤ Margaret Shennan. *Our Man In Malaya*. Singapore：Monsoon Books Pte Ltd. , 2007.

⑥ 梁元明与陈焕仪电邮访问，2017 年 10 月 21 日。

⑦ 波澜：《葵山英姿》，吉隆坡：吉隆坡华社研究中心，2015 年。

“抗日军”和“马共”这些字眼，对于现在的青少年来说非常陌生。尤其是大马独立之后，政府把马共塑造成暴徒形象。幸亏到了20世纪90年代之后，马来西亚政府逐渐放松政策，让马共获得了出版的机会，民众终于有了另一个渠道去了解和梳理这一段曾经被尘封的历史。这批马共出版的作品所描述的是马来西亚抗日抗英时期、也就是建国前后真实发生在马来西亚的历史事迹。虽然，有些叙述难免用了夸张的手法，有些叙述回避了某些问题，这些瑕疵很多时候并不只是单纯的遗漏或忽略，它们有很大的可能是因为仍然面对禁忌和阻力。这是因为在马来西亚，这个课题还有敏感的地方。但是，这些作品在很大程度上为我们带来了新视野，这一点毋庸置疑。无可否认，这些作品跟其他类别的文学价值有所不同，它们带有厚重的历史意义，并非一般文学作品的美感定义可以相比。

当叙述到马共这个群体的时候，作者承认他跟许多马来西亚人一样，小时受政府洗脑，以为马共都残暴无情，是恐怖分子。这是因为马共从1930年成立至1989年合艾和平协议签署，才开始有对外的出版物。只有真正参与的人士，才有能力写出在马共的部队里生活的经历和细节。1989年以前所有跟马共有关的创作，无论是文学作品还是影像作品，几乎全是非马共所创作，它们或许同情、或许戏谑，但都有面对细节不够真实的毛病，甚至有些是政府或战争胜利者用来操纵历史的“创作”，可是很多年以来，这些作品都是一般人仅有的认识马共历史的途径。这些“创作”不但能够将历史再度创造，还很有可能将真实的历史从轨道上移走。扭曲的历史，会让人走入误区，给读者造成无法磨灭的印象。1989年之后逐渐出版的马共传记书写，从很多层面来说，还原了不少历史，至少，这些作品让人对马共在抗战（无论是抗日还是抗英）时期的贡献，有了更清晰的认识。比如，抗日军在马共的率领下，做出了许多可歌可泣的贡献。他们不但下决心用生命抵抗日本侵略者，也从抗日的经验中逐步完善了自己的组织，更对日军造成了重创。就如原不二夫引用的日本防卫厅防卫研修所战史室所编的《马来亚进攻作战》所述：“日军战后向联合国提交的该军的正式死伤人数‘约600人’。此外，‘马来作战’中战死者3507名、负伤者6150名。”另外，他根据生田惇《日本陆军史》里的记载指出：“日军在侵马战争中的死亡人数高达6900，其中3400人左右是在日本占领马来亚期间死的。”由此可以看出日军在马来亚遭受到了抗日军的激烈抵抗。

可是，这种历史记载落在马来西亚政府手中，却被刻意忽略。马来西亚中学历史课本，对马共的记载可以说并不完全符合事实。不但篇幅极少，而且将抗日军描述成一个跟英国合作的运动。事实上，1941 年 12 月，日军进攻马来亚之后，英军在马来亚日据时期可以说毫无招架之力，他们放弃殖民地（马新两地），很快地就在 1942 年 2 月 15 日投降，撤军离开马来亚。直到过了一年多之后才决定跟马共一起组成盟军对抗日军。课本里对这段历史没有详细说明，也更不可能提到抗日军奋勇血战，试图保护国土的功劳。相反，焦点都被放在战后马共的一系列恐怖活动之中，将之描绘成恐怖分子。试问，在这种教育之下，全国的绝大多数人民如何能不对马共感到莫名的恐惧？

作者表示自己对马共的认识在写作这部作品之前和之后有了改变。许友彬说他开始时只想写日据时期，没有想到要写马共，但随着故事的发展，马共就成了绕不过去的问题。他在写作之前花了很多时间收集资料，到处访问老人家。后来他通过深入阅读马共党员的传记，获得了很多马共资料。这之后，他发觉日据时期很多人受情势所逼，不甘沦为汉奸，或因家仇国恨，才加入抗日军。他说："我小时候受到政府的洗脑，以为马共都残暴无情，都是恐怖分子，看了历史资料，才知道马共党员很多是有情有义有理想的人。"这个部分，他通过小说里梅花的阿姐告诉读者："抗日军为了赶走日本人，躲在森林里打游击，日子过得很不容易。只要我们帮得上忙，就应该伸出援手，帮他们一把。"就如以上所述，日据时期很多人受情势所逼，不甘沦为汉奸，或因家仇国恨，才加入抗日军。这解释了为何该三部曲隐隐带着相对同情的语调。

作者解释说这三部曲并非纯粹为青少年而写，但这三部曲是由备受青少年追捧的红蜻蜓出版，免不了还是为了吸引青少年读者的眼球。这也许是他们第一次或者少数几次真正接触到这些字眼。

虽然如此，他对马共对于马来亚的贡献仍避而不谈，毕竟这个话题在马来西亚还是很敏感的。他的理由是自己了解得尚不够透彻，这个部分只能留待历史去评价。但是，这部作品里有了马共的角色出现，确实让整部作品增色不少。对于马来西亚的青少年来说，"马共"这两个字，已形同无人关心的历史。

许友彬不是第一次写长篇，他早在 20 世纪 90 年代已经有了写长篇小说的经验。但如他所说，这次他想要写一些大时代的故事。经历过那个时代的马来亚华人家庭，一般都有朋友或亲戚支持，甚至加入了马共。这一群"被消失"的人，曾造成了许多家庭的历史裂缝，如今得以重现在大众的视野里，带着他们过去几十年来不为人知的故事，这些故事还跟许多家庭和个体的成长息息相关。许多 60 岁以上的华人对那个时代的事迹记忆犹新，他们都有各自的故事。许有彬作为一个青少年读物作者更懂得对这些原始材料进行艺术加工，带到青少年眼前。

看过许友彬小说里对马共的叙述之后，青少年们或许会产生疑问——为什么华人要参加马共？小说里没有正面解释。“大风吹三部曲”里的马共，还是抗日军的形象。在许多前马共的传记或者出版物里，不难发现早期的抗日军都是因为爱中国——而一大部分马来亚抗日军是由左派人士以及/或马共领导的；这成为他们加入抗日军（后来许多抗日军加入马共）之出发点，他们在日据时期加入马共领导的抗日军之后，再继而参加马共领导的抗英军。到了抗英时代，这群人已是为马来亚独立而战。

霹雳州前总警长袁悦凌在他的自传里说得比较中肯，他认为大家都是为了一个理想（为国）而奋斗，只不过理念和意识形态不同。① 参加马共的华人之所以愤愤不平，因为他们觉得自己为马来亚独立一样贡献了力量，他们在抗英斗争中，以必死的决心，把生命献给了最爱的祖国马来亚，但他们没有得到应有的尊重，反而在英国人和后来的马来（西）亚政府眼中被当成恐怖分子。这一切在马来亚独立之后，仿佛失去了意义。虽然如此，马共后来决意撤到马泰边境，一直到 1989 年，合艾和平条约签署，他们才重回文明社会。今天的年轻人可能认为这是一场莫名其妙的战争，但在那个年代，时代的洪流把每个人推到风口浪尖上，略受过教育、有良知又有思想的年轻人，无有不受感召的。

五、语言特色

作者不用煽情和激昂的文字，只是娓娓道来，此乃最大特色。语言平易近人，但是在描述某些比较戏剧化的场景时，这种文字特色却让读者感到了一阵不设防的寒意，比如提到日本人杀害沈家家长的那一段——全家人在死神面前绕圈子，有的人绕不过，死了；有的人比较幸运，保住了性命，却留下了毕生难忘的恐怖记忆。作者仍能够诠释得十分平和、不煽情，更添张力。此外，方言和口语也时而出现，增加了趣味性。

作者善于用平淡的文字描写惊心动魄的大场面，比如二战时期日本人对本地人的凌辱和对付。该三部曲是从 1942 年 1 月 8 日，日军攻陷马来亚

---

① Dato Seri Yuen Yuet Leng. *Nation Before Self*. Ampang, Selangor, Malaysia, 2008.

说起，其中包括许多日据时代的悲惨故事和日据时代那些日军的跋扈行为，以及日军在军营的一些活动，自然而然包括许多大时代的小故事。此处试举一例：作者描写日军如何草菅人命——沈坤的继父得罪了他，他心有不甘，带了日本人来对付沈父。他知沈父一直以来偷偷打造一把大刀，目的是要对付日本人。首先，阵势是这样描述："八个印度警察从卡车车头跳下来，一个日本宪兵从驾驶室下车。"接着，沈坤出场，"大哥（沈坤）缓缓从卡车车斗爬下，他的两腋夹着拐杖，他的一条腿包了纱布"。警察来到，"八个警察举枪对准爸爸和沈武"。沈坤指示警察"把沈武捆在木柱上，并用布绑住他的嘴巴"。沈坤低声说："阿武，我这么做，是为你好。不然你一时冲动，做出不该做的事，说出不该说的话，可能会酿成大祸。"沈坤接着"指着爸爸，用马来话对日本宪兵说：就是他！"此时，那八支枪还是对着沈父的头部，但是"爸爸昂首站立，并不惧怕"。日本宪兵在打铁店里慢慢走、慢慢看，终于发现大刀。他问："这是用来杀日本人的武器？"沈父不回答，把头抬高。大哥"喝令爸爸向日本宪兵跪下"，但是爸爸不服从。这之后，作者用了很平淡的语言，交代了非常紧张的完整情节："四个警察走向爸爸，站在爸爸两旁。他们伸手抓住爸爸的手臂，爸爸没有反抗。他们把爸爸的手拗到后面，要把爸爸按下去。爸爸如一座大山，屹立不动，挺胸傲视，不肯下跪。四个警察无论如何用力都拿爸爸没有办法。日本宪兵骂一句日本话，拿起铁锤，往爸爸的一个膝盖锤下去。沈武'啊啊'地惊叫，爸爸不吭一声，一边腿软了下来。"此时，作者再安排一个高潮："妈妈追赶过来，冲入打铁店，扑向日本宪兵。她抱住日本宪兵的腿，哀求日本宪兵手下留情。日本宪兵挥动铁锤，锤打妈妈背脊。妈妈惨叫一声，倒在地上，爬不起来。宪兵用铁锤打爸爸的另一个膝盖。妈妈哭叫……爸爸两条腿都软了，屈膝跪下，不过仍然挺胸昂首。"

被激怒的日本宪兵"趋向前去，抓紧爸爸的下颚，强硬扭转爸爸的脸孔，要爸爸面对他。爸爸忽然挣脱警察，一拳向日本宪兵挥去，并且大声喊：'打死鬼子！'这一拳把宪兵打得飞出数尺，整个头栽进火炉。日本宪兵从火炉爬出，军帽和衣领着火……日本宪兵的脸一边烧焦，他按着灼伤的一只眼睛，跌跌撞撞走到水桶旁，把水桶的水淋在自己头上，才把火浇熄。……把火浇熄之后，日本宪兵走向爸爸，拔出手枪，叫警察闪开。爸爸伏在地上，一动也不动。日本宪兵对准爸爸，连发两枪，一枪射在爸爸背部，一枪射在头上。爸爸从地上弹起，血溅开来。沈武目睹这么残忍的一幕，闭眼狂叫。妈妈躺在地上，看见爸爸被枪击，昏迷过去"。沈父到了生命最后一刻，“翻过身子，躺在地上，一只眼睛变成血洞，另一只眼睛充满仇恨地瞪着日本宪兵。日本宪兵骇然往后退一步，爸爸没有动弹。一个警察走过来，探一探爸爸的鼻息，然后举起步枪，对准爸爸的额头。日本宪兵摇头，挥手叫警察把爸爸带走。两个警察各拉住爸爸的一只脚，把爸爸拖在地上，拉上车。爸爸身受重伤，仰头倒视，慈爱地看着沈武。他张开嘴巴欲叫‘沈武’，只见嘴巴动却没能发出声音，喉咙咯出乌黑的血”，“沈武只能‘唔唔’地叫，眼泪噗噜噜地冒出来。日本宪兵瞟沈武一眼，举枪指着沈武。大哥抛开拐杖，跪在地上求饶。宪兵放过沈武，下令收队”。

此外，作者有时也特意使用方言，限于篇幅，这里略举一二。比如“猪哥”① 在本地方言里，是色狼的意思。

小结

这三部曲可让年轻读者通过文字接触二战时期的马来亚。虽是小说创作，但因资料来源为第一手材料及马共人士所写的书籍，真实程度较高。许友彬尝试为青少年书写以马来亚历史为背景的写实小说，这份努力值得鼓励。这三部曲虽有瑕疵，但仍可算是成功的马华文学作品。小说应让人有思考空间，让人得已静思己过。这三部曲让年轻读者了解到，曾有一群青年，愿意把生命献给这片国土，无论是哪一方的战士。历史的悲剧已形成，我们所能做的就是牢牢地把握和平，永远不要再有战争。另外，这三部曲的本土化意识也不能被忽略，毕竟越本土化的作品，就越有审美新鲜感，也越国际化。

（作者单位：福建师范大学）

① 许友彬：《扮新娘》，吉隆坡：红蜻蜓出版有限公司，2015 年，第 195 页。

天地逍遥任我游

——简论金庸小说中体现的道家思想精神

王　茹

金庸先生仙逝了。他带给全球华人的精神财富依然留在人间，读他的小说，会笑，会哭，会感慨，会沉思。在宋代，“凡有井水饮处，即能歌柳词”；在当代，有华人的地方，就有人读金庸小说。金庸先生挥动生花妙笔，悠游驰骋于武侠世界中，“飞雪连天射白鹿，笑书神侠倚碧鸳”，写出了一本又一本精彩纷呈的武侠小说。金庸小说好看好玩，读者在阅读小说时不仅能读到惊险刺激的故事，还能从中窥见中华文化源远流长的思想精髓，体会如诗如画的美妙意境。

有人说，读金庸的书，第一遍是读故事，第二遍是领略意境。此话非虚。随手举个例子，《射雕英雄传》中黄药师有两句诗：“桃花影落飞神剑，碧海潮生按玉箫。”这两句诗，对仗工整、讲究平仄，初读字面已觉朗朗上口、齿颊留香。读过小说后，再想到其中包含了黄药师的毕生绝学：落英神剑掌、玉箫剑法和碧海潮生曲，不禁啧啧称奇。又联想到诗句所描绘的景象，桃花岛上郁郁葱葱、繁花似锦，潇洒俊逸的黄药师在桃花丛中舞剑，“剑来时青光激荡，剑花点点，便似落英缤纷，四散而下”，或悠闲地拈起一根玉箫，吹奏神曲。飘逸的身姿、凌厉的剑法、奇妙的箫声、灿若云霞的桃花、碧波万里的大海，真是美不胜收！这样的例子在金庸小说中不在少数。金庸小说情节生动、描写精彩，文字摇曳生姿，思想也是博大精深，其中包含了丰富复杂的儒、道、佛思想精神。比如上述诗句的作者（小说中），《射雕英雄传》中的黄药师，离经叛道，狂傲不羁，他漠视传统礼教的个性、匪夷所思的作为，使人不由得想到庄子。

金庸小说中的儒家思想和佛教思想，一直以来是研究者热衷的话题。不过，金庸小说中也包含了很多道家思想和精神的元素，小说中提到的武功绝学有很多是以道家的经典典籍为源泉，武功的名称和其中包含的精华都源自于此；小说中的人物，从人名到人物的个性、思想、经历，也有很多来自道家典籍，体现出道家的思想精神；甚至一些小说的整体架构，都暗合着道家经典精神。本文即尝试从以下三个方面探讨金庸小说中体现出的道家思想精神。

一、金庸小说在武学方面对道家思想的体现

作为武侠小说，对于武学的创作描写必不可少。金庸笔下的神功绝招层出不穷，光怪陆离、耀人眼目。仅看这些武功的名称就颇有讲究，如“降龙十八掌”“凌波微步”“北冥神功”“独孤九剑”等，而细究这些武功的来源，大多出自道教经典。

金庸小说中最有名的武功当属“降龙十八掌”，精通这门武功的人物有《射雕英雄传》中的洪七公、郭靖，《天龙八部》中的乔峰等。无论是他们哪一位使出降龙十八掌，都威力巨大，让敌人望而生畏、闻风丧胆。“降龙十八掌”中的每一掌，皆出自《周易》。其中“亢龙有悔”“飞龙在天”“见龙在田”三掌的名称，源自《周易》中的乾卦卦辞：“初九：潜龙勿用。九二：见龙在田，利见大人。九三：君子终日乾乾，夕惕若厉，无咎。九四：或跃在渊，无咎。九五：飞龙在天，利见大人。上九：亢龙有悔。”

在《射雕英雄传》中，洪七公在教导郭靖时说：“这一招叫作‘亢龙有悔’，掌法的精要不在‘亢’字而在‘悔’字。倘若只求刚猛狠辣，亢奋凌厉，只要有几百斤蛮力，谁都会使了。……天下什么事情，凡是到了极顶，接下去便是衰退，我这降龙十八掌，根源于《易经》的道理。《易经》讲究的是‘泰极否来，否极泰来’。‘亢龙有悔’的道理，乃是还没到顶，便预留退步。这才是有胜无败的武功。”① 洪七公的讲解道出了降龙十八掌的核心思想，一味求猛求狠并不是武功的最终追求，而是要轻重刚柔随心所欲，收发自如，还没有到达顶峰，就已经预留退路。这正符合《周易》中的“亢龙有悔”的意思，事物发展到顶点之后，就会走向衰退，在衰退之前，自己就知道要“悔”，那么做人做事，都要留有余地，才不至于泰极否来，乐极生悲。洪七公已不仅仅是在教武功招式，更是教给郭靖为人处事的道理。郭靖后来练就了一身好武功，也养成了敦厚宽容的个性，成为“侠之大者”，这既是他天生性格使然，也与降龙十八掌等武功修为息息相关。其实，使用降龙十八掌的其他人，比如洪七公、乔峰，以及后来的张无忌（学了三掌），也都是心系苍生、悲天悯人、有情有义的人。

---

① 《射雕英雄传》，第二十回：亢龙有悔。

《射雕英雄传》还用浓墨重彩描写了一本绝世武学的典籍——《九阴真经》，小说中讲述这本武学秘籍是由北宋时期的黄裳从《道藏》中悟出来的，黄裳本是大内文官，因校对《道藏》而悟通武学义理。小说中对这部武学总纲的描述是："天之道，损有余而补不足，是故虚胜实，不足胜有余……"其中前两句"天之道，损有余而补不足"，就是节选自《道德经》第七十七章。《九阴真经》中还有"天下之至柔，驰骋天下之至坚"的经文，正与道教中"柔弱制胜"的思想相吻合，柔弱指的是软弱、柔软，《道德经》第七十八章："天下莫柔弱于水，而攻坚强者莫之能胜，其无以易之。弱之胜强，柔之胜刚，天下无不知，莫能行。"虽然水十分柔弱，但任何尖利刚强的东西都不能战胜它，"柔"才是符合"道"的。《道德经》中的这些道理也正是《九阴真经》总纲的精髓。在《倚天屠龙记》中，武当派祖师张三丰冠绝天下的"太极拳"，也是一门以柔克刚的经典武学。

在《天龙八部》中，段誉的绝招——"凌波微步"，属于逍遥派的武功。"凌波微步"这一名称虽出自曹植《洛神赋》中的"凌波微步，罗袜生尘"一句，但这轻功的内涵则是从《周易》中提炼而来，以易经八八六十四卦为基础，文章中描述："这'凌波微步'是以"动功"修习内功，脚步踏遍六十四卦一个周天，内息自然而然地也转了一个周天。"① 按照这一踏法就可以躲避众多敌人的进攻。同样是逍遥派的武功"北冥神功"则是出自庄子《逍遥游》中的"北冥有鱼"，不只是武学名称，在小说中帛卷上对于这一武功的描述更是直接采自《逍遥游》中的两段话。无论是"逍遥派"这一名字还是"北冥神功"的来源，都表现出了道教自然无为、逍遥于外的一种生活态度。

在《神雕侠侣》中，有一位从未出场的神秘人物——独孤求败，他的剑法出神入化，被杨过无意间发现并学习。杨过断臂后随神雕发现了独孤剑冢，在剑冢中留有三把剑、四句话。第一柄剑下写着："凌厉刚猛，无坚不摧，弱冠前以之与河朔群雄争锋。"这是独孤求败使用过的第一柄剑。这剑的旁边有一块石条，上写着："紫薇软剑，三十岁前所用，误伤义士不祥，乃弃之深谷。"也就是独孤求败使用的第二柄剑。独孤求败使用的第三柄剑下写着："重剑无锋，大巧不工。四十岁前恃之横行天下。"第四柄则是一把木剑，下面写着："四十岁后，不滞于物，草木竹石均可为剑。自此

① 《天龙八部》，第五回：微步縠纹生。

精修，渐进于无剑胜有剑之境。”① 这四句话就包含了道教“大巧若拙”“返璞归真”的思想，所对应的三柄剑其实也能够理解为独孤求败的三个境界，20 岁之前，锋芒毕露，用的剑也是凌厉刚猛，无坚不摧，而随着他的剑术的不断提高，到了 40 岁后不要说是木剑了，即便是草木都能当作剑来伤敌，独孤求败剑术境界的不断提升，也可以认为是他对道的领悟的逐步深入，最后他的剑术也就到达了道教“大巧若拙”“返璞归真”的境界了。

除此之外，还有周伯通自创的“空明拳”、张无忌学的《九阳真经》、令狐冲学的“独孤九剑”等，都与道家典籍和道家思想有或多或少的关系。

二、金庸小说中人物设计对道家思想的体现

道教人物，直接出现在金庸小说中的就有不少，比如王重阳、全真七子、张三丰等，都是历史上真实存在过又享有盛誉的道教界人物。这些道教界人物虽不是小说的第一主角，但也常常在书中具有重要的地位和影响。金庸小说中对于道教的体现不只是表现在将道教历史中有名的几个人放入了故事情节中，更表现在将道教中的元素、思想融于其中，在《天龙八部》中，逍遥派祖师爷逍遥子，“逍遥”一词就取自庄子的《逍遥游》，李秋水同样取自庄子的《秋水》这一篇名，还有逍遥派掌门无崖子这名字也是引自《庄子·养生主》中的“吾生也有涯，而知也无涯”这句话。而金庸小说中的人物与道家道教相关，并不仅仅流于以上表面现象，而是更深层次地体现在对人物的个性设计和情节安排上。

（一）人物角色搭配及个性设计与道家阴阳对立说

道家讲究阴阳之说。“一阴一阳之谓道，继之者善也，成之者性也。”② 阴、阳两个基本范畴，对后来的哲学发展产生了深远的影响。“阳代表积极、进取、刚强、阳性等特性和具有这些特性的事物。阴代表消极、退守、柔弱、阴性这些特性和具有这些特性的事物。世界就是在两种对抗性的物质势力（阴阳）运动推移之下孳生着、发展着。”③ 老子《道德经》第二章又云：“故有无相生，难易相成，长短相形，高下相倾，音声相和，前后相随。”可见道家讲究的是在对立中求发展，以相对的事物来互相弥补不足。

---

① 详见《神雕侠侣》，第二十六回：神雕重剑。

② 《周易·系辞上》。

③ 任继愈主编：《中国哲学史》，北京：人民出版社，2003 年，第 23 页。

有对立才有变化，《易经》的观点与此相似："凡有动象、有交感之象的卦是吉的，有前途的，因为它符合了事物发展的原则。"①

金庸小说中的人物设置充分体现了道家的阴阳、对立统一的思想。笔者试举以下数例。

郭靖与黄蓉，是金庸小说中最负盛名的男女主角，他们是正与邪、木讷与聪明、刚直与圆融的对立面，但又是最完美的结合。

郭靖，祖先是梁山一百〇八将之一的"赛仁贵"郭盛，父亲郭啸天出身宋代名门之后。他的出身，可说是纯正之极。而他的为人，则是极度完美正直的。倪匡评价郭靖："郭靖的一生，是毫无缺点的，极度完美。他对父母孝，对国家忠，对爱情贞，对朋友义，对子女爱，连杨康这样的坏蛋死了，他也耿耿于怀，将杨康的儿子，赐名'过'，字'改之'，希望杨过和他一样。郭靖是大侠，不但在江湖上称侠，而且为国为民，侠之大者，万民称颂。郭靖对敌时，虽死不屈，一生之中，未曾玩过半点花样，说过半句假话，行过半点诡诈。"② 郭靖除了个性正直，还有一个最大的特点，就是"笨"。郭靖的学武过程，最能体现他的"笨"。别人学一遍就学会的东西，他学十遍还学不会。不过，郭靖的信条是：学不会，再学，直到学会为止。黄蓉请洪七公教他降龙十八掌，就是因材施教，这是一套掌法简单，却功力深厚的武功，这对于郭靖来说非常合适。"郭靖……在性格方面由表面的有些呆、傻、蠢、木讷、不善机变逐渐演变到以不变应万变，实则是以'仁'为核心的质朴厚道，以致人见人爱，许多武学大师都愿意教他武功，这是他习武的内在基础和优势。在武学方面，由表面上的记忆差，反应慢，接受愚钝，学不会精巧招式，逐渐转变到择其能学而学，用心专一而不贪多，持之以恒而能循序渐进，以勤为径而终能从渐悟到顿悟的大智若愚的武学境界。"③ 郭靖天性纯朴，思想简单，因此可以认定自己的目标，锲而不舍，不断努力，在为人处事上也恪守自己的信条，终成一代大侠。

与郭靖相反，黄蓉是东邪黄药师的女儿，她天生就带着一个"邪"字。黄蓉冰雪聪明，多才多艺，博古通今，精通琴棋书画、五行八卦和奇门遁甲之术。黄蓉所学非常庞杂，她学的武功，都是招式复杂多变、套路层出

---

① 周振甫译注：《周易译注》，北京：中华书局，2005 年，前言第 21 页。

② 倪匡：《我看金庸小说》，台北：远景出版社，1984 年。

③ 祝一勇：《"愚"：谈〈射雕英雄传〉中人物郭靖》，《齐齐哈尔师范高等专科学校学报》，2011 年第 4 期。

不穷的，比如三十六路打狗棒法，舞起来犹如“万花齐落”的落英神剑掌等。这类武功如果让郭靖去学不知要到何年何月才能学会，但黄蓉却看一两遍就已经领会。黄蓉聪明绝顶，曾在郭靖打仗时暗中相助，其机智谋略，不输于军事家。

郭靖出身纯正，黄蓉出身东邪；郭靖忠厚愚笨，黄蓉古灵精怪；郭靖从不玩花样，黄蓉则总是在玩花样……郭靖与黄蓉，犹如阴阳对立的两极，各个方面都是完全相反的，但两个人搭配在一起却出乎意料地完美，两人也在优势互补之后都进步神速，并终成美眷，恩爱美满。郭靖和黄蓉的搭配正是道家对立思想的体现。郭靖与黄蓉是金庸描写得最为成功的两个人物，也是令人艳羡的神仙眷属，这与金庸阴阳对立的人物设计搭配密不可分。

另一对较为明显的例子是杨过与小龙女，杨过喜动，善言辞，小龙女喜静，是标准的“宅女”，可以一个人宅在谷底十六年，他们可谓是动与静的结合。限于篇幅，不再赘述。

除此之外，还有诸多阴阳对立的人物搭配，比如：同是忠义之士的后代，郭靖善良淳朴、忠厚耿直，杨康心狠手辣、诡计多端，二人是正直与邪恶的对比；同是古墓派传人，小龙女与李莫愁，是善良与邪恶的对比；《倚天屠龙记》中，张翠山与殷素素，一个是武当派正宗传人，一个是天鹰教教主的女儿，这是正与邪的结合；张无忌与赵敏，是汉人与蒙人的结合；《笑傲江湖》中，令狐冲与任盈盈，一个是名门正派的大弟子，一个是日月神教教主的女儿，同样是正与邪的结合。

（二）人物个性对道家“清静无为”思想的体现

道家讲究清静无为，无欲无求。金庸笔下，颇有几个符合这种道家思想的人物。

《天龙八部》中的段誉，出身大理皇室，但在他身上却有着一份道教气息，段誉身为大理段家人，对其他武学没有兴趣也就罢了，但是他连段家自己的六脉神剑也毫无兴趣，这一点正是体现了道教的“清静寡欲”的思想，《道德经》中有说“罪莫大于可欲，祸莫大于不知足，咎莫大于欲得”，意思是“罪过没有比行私纵欲更为严重的，祸患没有比贪得无厌更为严重的，灾难没有比贪欲必得更为惨痛的”。《天龙八部》中的鸠摩智正好与段誉相反，本是吐蕃和尚的他一心追求高超的武学，甚至用上了各种手段，而他最终也因为修习了少林七十二绝技将自己弄得走火入魔，段誉为了救他将他内力吸尽，一身武功尽失的他才大彻大悟开始研习佛经，鸠摩智从武功高超到最终武功尽失，正如《道德经》所说，祸起于他的贪心不足。反观段誉，虽然一直对武学没有什么兴趣，最终却因各种机缘巧合获得了一身不错的功夫和深厚的内力。

《倚天屠龙记》中的张无忌，同段誉一样也被赋予了“清静寡欲”的思想，不过他的这种思想展现在有关权力欲望方面。张无忌身怀绝世武学，还获得了屠龙刀与倚天剑中的《武穆遗书》《九阳真经》和《降龙十八掌掌法精义》，他本身更是明教的教主，是反元义军头领朱元璋的顶头上司。按理讲他才应该是改朝换代的领军人物，但是，张无忌并没有政治上的野心。在了解到朱元璋要除掉自己的意图之后，张无忌没有报复，而是将明教教主之位交给了光明左使杨逍，抛却了一切功与名，果断退身政治斗争的漩涡之外。

道教将“自然无为”作为一种生活态度，“自然”就是顺应周遭的环境，“无为”并不是不作为的意思，而是不妄为，不过分作为，也可以说是不逆势而为。[①] 段誉在武功上、政治上均无所求，最后却学得一身好武功，成为大理国的皇帝，这是自然无为、水到渠成的过程。而在“自然无为”这一思想上相对于段誉的人物非慕容复莫属了，慕容复被取名单名一个“复”字正是因为他父亲将复辟燕国的希望放在了他的身上，慕容复也如他父亲所愿将这一事情当作了自己的人生目标。一心复国的慕容复所展现出的形象却越来越差，他不择手段，抛弃爱人，最后不但没有复国成功，反而落得个众叛亲离、精神失常的结局。金庸给他安排的这一结局，也是体现出不顺应自然、逆道而行的严重后果。

三、小说情节中体现的道家“天人合一”思想

庄子在他的《齐物论》中提出了一个著名的思想：天人合一。天人合一的思想提出后，由后世学者发扬光大，是中国人特有的、基本的思维方式。

《齐物论》的主旨，是肯定一切人与物的独特意义内容及其价值。要想达到天人合一的境界，首先要有“吾丧我”的精神。人类向来以自己为宇宙的中心，自我中心具有排他性，只重视自我，而忽视宇宙间其他的事物。“吾丧我”就是要打破自我中心，去除中心，扬弃自我，回归自然。之后，

① 汤一介：《我的哲学之路》，北京：新华出版社，2006年，第2页。

“天地与我并生，而万物与我为一”。如果以此作为自己的思维方式，那么无论是小草还是大树，也“道通为一”，天地万物都是平等的，天地万物也都可以成为“我”的朋友。

金庸小说《越女剑》《神雕侠侣》《倚天屠龙记》《碧血剑》等书中，都有白猿、神雕、玉蜂、白马等动物出现，并且成为男女主人公的好朋友或好老师，这似可理解为金庸小说所体现的“天人合一”的道家思想。

《越女剑》中的阿青，是一位牧羊女，但她却拥有绝世武功，一根竹棒在手就横扫千军，创造了“三千越甲不可敌”的神话。这出神入化的武功，是阿青每日和山中的一只白猿搏斗玩耍练成的。

《神雕侠侣》中的杨过，在断臂受伤之后，跟随一只神雕在荒谷之中练习武功。在渺无人烟的荒谷之中，神雕是杨过的好伙伴，也是他的好老师。神雕帮杨过疗伤，找来野兽的胆囊祛除他体内的剧毒；神雕还作为陪练和教练，使杨过练成了绝世神功。

《倚天屠龙记》中的张无忌，在一个幽僻无人的山谷中，因为给猿猴治病，得到了一只白猿被人缝在肚子里的武功秘籍——《九阳真经》。于是，他独自在这里静心修炼五年，从而修炼成了九阳神功，成为当世武功高手。在张无忌练习武功期间，他每日的玩伴就是那群猿猴，猿猴们帮他摘水果，陪他玩耍，虽然五年之中没有涉足人境，张无忌也丝毫不觉得烦闷。

以上这些小说中的主人公，和动物在一起时，都恰巧处于没有人烟的山谷中，无尘世间的人事纷扰，可以心无旁骛，精心修炼，达到普通人难以企及的高度。和动物在一起的这段时间和经历，对于这些主人公，都有不可取代的重要作用。

《神雕侠侣》中的小龙女在绝情谷底十六年，寒潭之下，孤单一人，只有一群玉蜂和她相伴。小龙女讲述在谷底的生活：“有一日忽见谷顶云雾之中飞下几只玉蜂，那自是老顽童携到绝情谷中来玩弄而留下的。我宛如见到好友，当即构筑蜂巢，招之安居，后来玉蜂越来越多。我服食蜂蜜，再加上潭中的白鱼，觉得痛楚稍减，想不到这玉蜂蜂蜜混以寒潭白鱼，正是驱毒的良剂……”① 玉蜂不但陪伴着小龙女，成为她在孤寂无人谷底的好朋友，小龙女闲来修建蜂巢，则可聊以解除寂寞沉闷，同时蜂蜜还是她得以续命的食物和驱毒的良药，解决了小龙女生活中的各种重要难题。此外，玉蜂还是送信的使者。小龙女在玉蜂的翅膀上刻字：“我在绝情谷底”，盼

---

① 《神雕侠侣》，第三十九回：大战襄阳。

望杨过能够看到从而来和她相会，虽然杨过最终不是通过玉蜂的信息和小龙女会面的，但是玉蜂能传递信息，却给了小龙女希望，支撑她度过无数个清冷的日日夜夜。小龙女能一个人在谷底平安、平静地住上十六年，玉蜂可谓是功不可没。

《白马啸西风》中的李文秀，还是一个小姑娘时，因为敌人追赶，父母双亡。陪伴她的是一匹神骏的白马，白马载着她飞奔到大漠中，使她最终得以摆脱敌人。数年后，李文秀长成大姑娘，自己的心上人爱上了别人，她伤心地离开大漠，陪伴她的，还是这匹白马。白马的存在贯穿全文，以至于小说的名字就叫《白马啸西风》。

阿青称白猿为白公，杨过称神雕为雕兄，并尊神雕为老师，张无忌对待猿猴们如好友，小龙女待玉蜂也如好友，李文秀待白马如亲人，他们对待这些动物的态度和对待人的态度并无区别，这正符合道家“天人合一”的思想。也正是他们对动物的平等、友爱，换来了动物对他们的爱和对他们巨大的帮助。

小　结

金庸将自己对于儒释道的理解融入他自己的武侠小说中，这一行为使得他的小说更具有特色，小说中弥漫着中国的传统文化，人物的走向符合着他们被赋予的思想。武侠小说除了体现“武”之外，更要体现出“侠”的精神。没有了“侠”的武侠小说只能是一群莽夫彼此斗武或是杀戮，而“侠”也能有许多种方式，可以是乔峰、陈浩南的那种为朋友肝胆相照，为百姓为大义舍生忘死的侠义精神，但是这种侠未免给人过于悲凉的感觉；也可以是虚竹那种满心佛祖菩萨于佛教经典教义中行善救人的侠，可这种也让人觉得其行事有些死板；也可以是令狐冲、杨过、段誉那种不求富贵名利，只求与心爱之人浪迹天涯、笑傲江湖的道家精神，这样的“侠”，才能给人一种身处江湖就是“千金散尽还复来”“今朝有酒今朝醉”的那种豁达豪放的感觉。而道家思想在金庸武侠小说中的融合就使金庸的武侠小说有了让人一想就无限向往的快意江湖。

金庸从武功招式、人物设计、故事情节等多方面着手，在其小说中体现了道家大巧若拙、返璞归真、以柔克刚、阴阳对立、清静寡欲、自然无为、天人合一等思想精神。同时，金庸写作时也秉承了道家“逍遥游”的原则，“思接千载”“视通万里”“思理为妙，神与物游”，充分展开自由的想象，运用自己的生花妙笔，潇洒地驰骋在文学的世界之中。有了这份逍遥自在的精神，金庸小说才能呈现出这种出神入化、精彩纷呈的面貌。

无怪乎北大王一川教授把金庸列入中国文学大师的行列，金庸无愧大师这一称号，金庸小说也确实是中国文学宝库中的瑰宝。道家思想元素的介入，使金庸的武侠小说增加了思想的深度和厚度，金庸小说不再是传统意义上的武侠小说，而是具有中国文化色彩、代表着中国文化精神的文学经典著作。

（作者单位：福建师范大学文学院）

“禁锢”与“出走”

——黎紫书小说欲望书写的两种空间维度

张嘉茵

黎紫书的作品具有双重边缘身份的特征，主要呈现在或封闭或开放的空间叙事场域里。从人物到剧情，无不让人想到其所处的成长环境和生存状况——从马华女作家的身份，到父亲缺席的家庭，再到游走各国的经历，这些因素均影响其文学创作。鬼影幢幢的禁闭空间滋生出疯狂而罪恶的欲望，广阔天地中的人们化困惑痛苦为歇斯底里的游走和追问，无疑是作者生命经历和现实处境的某种投射。将疯狂而罪恶的欲望书写注入这大大小小的空间中，又是否是处于边缘的作者用书写策略发起的一次生命的抵抗？

一、封闭和禁锢：人性之罪与恶

空间是人活动的场所，人与空间存在着辩证关系。压抑的环境使人物自闭，产生臆想，甚至做出触及伦理底线的行为，堕入罪恶的深渊。而阴郁封闭的空间氛围同时也是人物心灵世界的投射。《我们一起看饭岛爱》开篇写黑暗中厨房的柜子传出弹指甲的诡异声音，空间感瞬间被压缩至最小。素珠躲在“像太平间一样”的房间里创作连载的色情小说，伪装成年轻女子与负离子忘年网恋。特殊的职业性质、丈夫的缺席及与儿子隔膜的日益加深使其社交空间不断萎缩，身体的压抑造成精神的扭曲。她将自己封闭起来，在虚拟的恋爱中幻想那些苟且的性事，以图缓解对性的渴求和焦虑。为了寻求发泄的出口，她和网友“负离子”用语言进行交欢，达到了身体和精神上的高潮。由此可见，封闭的现实空间压抑人的正常情欲，导致其心理空间萎缩、精神扭曲。在精神枷锁的禁锢下，素珠无法用正常的方式排遣她过于旺盛的情欲。她沉溺于虚拟的性爱游戏，最后发现那个共赴高潮的网友负离子竟是与她同处一狭窄屋檐下生活的儿子。诡异之处在于，现实空间无法将这对母子的情感联通，而虚拟空间提供的虚幻的情欲却能满足他们的欲求。现实沟通欲望的缺失/虚拟情爱欲望的勃发，真实亲缘关系疏离/虚拟性爱关系亲密，这两个对比展现了伦理关系在禁锢的空间中的恶化与堕落。虚拟空间提供了一个欲望释放的场所，福柯所论的“异托邦”似乎与之有异曲同工之处。正如王德威教授所言：“在福柯这里，异托邦并没有明确的定义，它有正面和反面的辩证意思。但它显然是用来质询，或者是颠覆一般习以为常的生活或生命的空间、结构，或是约定俗成的空间观念。”① 尽管“异托邦”这个概念未有定论，但正因此形成了多种解释与对话的可能。网络世界是封闭的，同时是开放的，它带有虚幻性，却能满足人的精神欲求。黎紫书在小说中所进行的空间转换，展示了空间的辩证关系，更探讨了“异类”空间存在的可能性及其对人类生活的影响。它可能是心灵欲望的投射，也可以是欲望释放的窗口。网络空间的存在模糊了虚拟的情爱关系与真实的伦理关系之间的界限。它提供了一个场所，使得生活中神圣的伦理关系被颠覆，虚拟的情爱关系在此被赋予了“合法性”，欲望由此找寻到一个宣泄的出口。因此，黎紫书在这里触及的不仅是网络伦理与现实伦理的关系，更探讨了欲望在这关系场域中是如何滋生和蔓延的。

汪民安在《身体、空间与后现代性》中对此有所阐释：“尽管家庭空间被卷入了纷繁的社会领域，但是，一个家庭空间永远是另一个家庭空间的黑暗之所；外来的一切目光可以被阻挡在家庭的四壁之外。在这个意义上，家庭空间断然地同社会空间隔离开来。”② 家庭空间的封闭性使得家庭成员在其中暴露自身不被发现，家庭空间由此具有潜在的危险性，易于产生隐蔽的权力空间，衍生出病态的欲望。《蛆魔》的故事地点设置为一间摇摇欲坠的百年老屋，阿弟、阿爷、母亲三人的血缘关系与逾越伦理的情爱关系暧昧不清地相互缠绕。这间老屋是滋生邪恶欲望的温床，它不仅提供了一个欲望生发的场所，更是人物罪恶行为的见证。欲求不满的母亲，因为婚姻的不忠间接害死两任丈夫，丈夫缺席的状态使得她本来就旺盛的情欲悬空。夫权枷锁的解除激发了母亲探欲本能的冲动，她将罪恶之手伸向白痴儿子。更有甚者，暴力而神经质的阿爷到了古稀之年仍然满溢着无处宣泄的性欲，他与白痴阿弟之间互通的那个难以启齿的秘密，呈现出他赤裸的兽欲。乱伦的故事在三代人身上演绎。那个白痴的阿弟并不全然是受害的

---

① 参见网络资料：中国作家网。王德威：《乌托邦、恶托邦、异托邦（之一）》，2011年6月7日，http：//www.chinawriter.com.cn/bk/2011-06-03/53778.html.

② 汪民安：《身体、空间与后现代性》，南京：江苏人民出版社，2006年，第163页。

一方，他身上体现的病态特质耐人寻味——神秘兮兮地偷养了一罐子白蚁，而这种对病态的物的痴迷是一种邪恶的表征。“物理性的空间，凭着自身的构造却可以构成一种隐秘的权力机制，这种权力机制能够持续不断地监视和规训。”① 在这个紧密封闭的家庭空间中，每个人都陷入癫狂状态，阿弟被母亲和阿爷规训，而陷入欲望困境的母亲与阿爷某种程度上也被“情欲”规训。在这里，“被遮蔽的权力”披上了欲望的外衣，此时受害者的“失语”状态（白痴阿弟未失去正常表达能力），默认施害者潜在性欲的合法性。家庭空间的封闭性成为人物欲望和罪恶的诱因，这种绝对隐蔽遮蔽了外界的视线。在这“不可视”的空间中，亲缘关系异化为一种隐秘的权力关系，处于“权力层级上层”的家庭成员（阿爷、母亲）操控权力，将欲望作用在下层成员（白痴阿弟）身上，压缩其生存空间。欲望主体和客体地位的不平衡本质上是权力关系的不对等，从而导致罪恶的滋生。“空间是权力实施的手段，权力借助空间的物理性质来发挥作用。”② 空间作为实施权力的手段，同时提供了欲望生发的场所，而欲望必须在权力的依托下进行施加，这三者由此形成了相互作用的多重关系。

《推开阁楼之窗》的标题便使读者联想到《简·爱》中“阁楼上的疯女人”。显然，阁楼作为女性生存空间被书写的历史由来已久。阁楼以其私密性和封闭性成为“禁锢”的天然场所。故事中继父张五月为了阻止小爱与神秘男人的恋情，把她囚困在五月花的阁楼上。她在阁楼上常做梦，“梦里的她就在这古老的木床上诞下许多婴儿。那些丑陋的婴孩被淋漓的鲜血与黏成一团的胞衣层层包裹，有一双手就在她两腿长跪的地方等待着，拉拽着每一个钻出头来的孩子”。③ 空间景象与内心世界互为镜像，梦中死亡、血腥等恐怖意象是人物心灵压抑不安的投射，梦境同时也呈现出禁闭阴郁的空间特点。囚禁使小爱精神错乱，她将新生婴儿溺死在马桶里。身体的幽闭导致精神失控，人物被逼至生存的绝望境地后，试图打破囚禁的困局未果，欲望被转换成另一极端形式：毁灭。“她们生活于父权边界之内，出于自我保存意识而心生焦虑与恐惧，而她们对边界的意识和反抗也形成对家本身的威胁。女性和男性宗法秩序的激烈冲突导致了家的不安全性。”④ 对于小爱来说，“禁锢”不仅指父亲将她锁在阁楼上，阻断她与外界的联

---

① 汪民安：《身体、空间与后现代性》，南京：江苏人民出版社，2006 年，第 104 页。

② 汪民安：《身体、空间与后现代性》，南京：江苏人民出版社，2006 年，第 105 页。

③ 黎紫书：《出走的乐园》，广州：花城出版社，2005 年，第 225 页。

④ 黄瑞颖：《论黎紫书作品中现代焦虑的哥特式形态》，《华文文学》，2018 年第 2 期。

系，更是指她的“自我禁锢”，这是情欲失落（与神秘男人的爱情不了了之）后的自我放逐。小爱“弑子”，一方面意味着家族“无后”，以此对抗父权；另一方面，她从受害者转变为加害者，这何尝不是一种自我毁灭的方式，通过这种方式对“父的法权”进行了彻底的消解。由黎紫书的散文及访谈记录可知，她父亲在其成长空间里一直处于“缺席”的状态，作者主体生命的创伤成为创作中潜在的影响因素。

黎紫书除了对情欲大肆暴露和书写，也有对“权力欲”“物欲”的涉及。例如《七日食遗》，“这把年纪嗅到了棺材香”的老祖宗，把自己和神兽希斯德里困在工作室里，一边追赶时间奋笔疾书写着回忆录，一边把记录着他光荣时刻的文字资料投喂给神兽吃，企图让“你这不俗神兽要告诉世人你主的血泪与荣耀；告诉我儿孙曾孙曾曾孙，他们的老祖宗虽肉身已灭唯精神长存”。① 老祖宗著书立说，把神兽作为生命的延续。对死亡的恐惧，对生的欲求，对成功的向往，归根结底都落到虚荣的欲望上。讽刺的是，被细心照顾的神兽竟然绝食七天，最后反噬其主人。承载权欲的载体把权欲的主体解构了，被禁锢的客体把禁锢的主体消解了。在这里，“权欲”作为被嘲讽的对象，彻底丧失了合法性。

黎紫书笔下的人物困于人生的虚无感中，寻找欲望宣泄的出口是他们突围人生困境的无用之法。他们无法从禁锢的现实空间逃脱出来，转移到更广阔的精神空间去，相反陷入了欲望的迷雾之中。黎紫书创造了无数个封闭的空间，将她的人物逼到了生存的绝境，反复拷问处在生存焦虑之中的人们，展示他们的暴力与疯狂。毫无疑问，对人性的描摹，对欲望化图景的呈现，只是罪恶的暴露，但如何在这种困境中突围，是需要作者不断思考和追问的问题。

二、出走与追寻：国族的迷与思

黎紫书不仅在其小说世界中创造了许多如迷宫般诡异而密闭的空间，她还将人物放置在更广阔的空间中，让他们去流浪和探寻。加斯东·巴什拉在《空间的诗学》中有所阐释：“如果我们想要确定的是人的存在……往往正是在存在的核心处，存在漂泊不定……同样，可以说有时候存在被封

---

① 黎紫书：《野菩萨》，北京：新星出版社，2013 年，第 223 页。

闭在外部。”① 因此，通过漂泊来确认自身的存在，寻找文化上的认同是黎紫书小说的又一主题。黎紫书“马华作家”的边缘身份引起了学界关注，相关的讨论和研究也层出不穷。王德威认为：“像黎紫书这样的作者处理她的国族身份时，不论是作为国家认同的马来西亚，或是文化认同的广义的‘中国’，她总是惊觉那是已经异化的国度？而就算她写作含有寓言意图，那也是关于不可闻问的，自我抵触的寓言——错位的寓言？”② 或许黎紫书早有发现，她的书写指向的已是一个被异化的国度。“她甚至不在文字表面经营历史或国族寓言或反寓言；她将她的题材下放到日常生活的层面，或者是极其个人化的潜意识阈域。”③ 可见，尽管黎紫书在作品中努力淡化历史与国族等宏大命题的色彩，但国家大义、身份认同等问题像是幽灵一般缠绕着她，这种焦虑在叙事中不经意暴露出来。然而，黎紫书没有采用正面强攻的方法书写国族问题，她将欲望与迷思缠绕，在迷雾中试图廓清历史的真相。

小说中“火车”“旅馆”等意象层出不穷，这些符号意象披上了一层流散的色彩。她曾在一次访谈中提到她对“寻找”这一主题的执迷。长久以来，她总认为人们活着的大部分时间只是在不同的环境及多重身份之间“寻觅”那些已被意识到却无法确知其意义和价值的遗失物。内心的空缺和失落需要通过“追寻”意义和价值来弥补和确认，黎紫书在小说中安排笔下的人物出走。在《烟花季节》中，主人公乔的父亲希望她能到台湾选修中文系“以抵制别的种族或‘异教’的同化”，结果因其语文成绩不尽如人意作罢。由此可见，父辈的历史执念并没有遗传到年轻一代身上。正如黎紫书所说：“今日在马来西亚的年轻人，其实都没有类似的身份、民族、历史和国籍的眼界与感触。”④ 乔对本土文化的冷漠与对中原文化的漠视和无感使她陷入双重的“文化真空”中，成为一个边缘人、局外人。乔出走到爱丁堡，遭遇到身份认同的尴尬，以及与华裔朋友交流时的局促：“她（华裔）落落大方地以大陆人浪花般的普通话说了些问候的话，乔唯有硬着头

---

① ［法］加斯东·巴什拉：《空间的诗学》，张逸婧译，上海：上海译文出版社，2009 年，第 235 页。

② 王德威：《异化的国族，错位的寓言——黎紫书〈野菩萨〉》，《当代作家评论》，2013 年第 2 期。

③ 王德威：《异化的国族，错位的寓言——黎紫书〈野菩萨〉》，《当代作家评论》，2013 年第 2 期。

④ 黎紫书：《野菩萨》，北京：新星出版社，2013 年，第 18 页。

皮以甘榜味道的乡音寒暄了几句……”① 还遭遇对乡音的隔膜：“……她在国外几年，马来语已经不灵光……那语言她也完全能听懂，但口操马来语的安德鲁让她感到可惧的陌生。”② 在陌生的文化环境中她自动选择靠近马来西亚同胞安德鲁，并与其相爱。乔惊觉她即使出走依然难以摆脱文化归属的难题，难以逃离中原文化与本土文化的双重围困。从马来西亚到爱丁堡，地域空间经过转换之后，对文化认同的漠视转化为对身份的焦虑。“多重边缘的身份认同危机和文化归属焦虑使他们具有了一种生命不确定性的游牧性思维，从而产生了被官方主流文化所放逐、排斥的漂泊流离的精神伤痛。”③ 对马来西亚华人身份认同的思考与爱欲书写纠缠在一起。乔与安德鲁分手之后组建了一个名存实亡的家庭。午夜梦回之时，她的思绪流连于那些与安德鲁甜蜜的片段，“以后许多次午夜醒来，不慎忆起其中的细节，竟也感到荒淫……她耻于摇醒枕边的丈夫，便稍微侧身，在自己与丈夫的身体之间拉开一道沟壑，聆听着满室飘忽的鼾声，于暗夜中伸手自慰”。④ 情欲话语与国族话语的缠绕，形成了一道暧昧难言的语言景观。那个昔日在异国凭着一口乡音与乔相识相恋的安德鲁，今日已成为马来西亚巫统（马来民族统一机构，自马来西亚独立以后一直是该国的执政党）青年领袖阿卜杜奥玛。这也许暗示着马来人对中原文化的皈依永远只在记忆中漂浮，在历史中存在，而无法落地生根。文化地位的悬空，身份认同的困惑，离散的漂泊之思，种种困境使人物陷于难以自处的境地，只好捕捉那缥缈的情欲，在欲望的漩涡中沉沦。

《国北边陲》展开了一段“寻找与确认”的旅途。小说中“你”的家族有一个原罪式的诅咒：世代子孙命不过三十。堂兄弟们对抗这命定的路数的方法竟是“企图以繁衍的速度来平衡生死间的拔河”。死亡的阴影“反而催情似的激起大家的性欲，以及对生殖的强烈欲望”。⑤ 生殖成为对抗死亡的唯一方法。在死亡的威胁下，生的挣扎转换成为性的狂欢，欲望愈加膨胀和活跃。求生的欲望、性欲望、苟且的生存意志交织在一起，显示出人类无力抗争命运的荒诞与残酷。但是文中的“你”并没有与他们“同欢”，他力图打破家族的诅咒，通过“挤上大学，考入医科”，用科学的方

① 黎紫书：《野菩萨》，北京：新星出版社，2013 年，第 223 页。
② 黎紫书：《野菩萨》，北京：新星出版社，2013 年，第 222 页。
③ 刘小波：《论黎紫书小说中的身份焦虑问题》，《华文文学评论》，2013 年第 00 期。
④ 黎紫书：《野菩萨》，北京：新星出版社，2013 年，第 226 页。
⑤ 黎紫书：《野菩萨》，北京：新星出版社，2013 年，第 18 页。

法与古老神秘的预言抗衡。大限之日将至，“你”拿着父亲的遗书去寻找“家族秘传的图腾”——龙舌苋。在国境线的边际，“你”御龟而行，在河底寻找神秘的龙舌苋，寻得后才发现那是一棵无根的草。龙舌苋是原乡的象征，“寻找”则意味着寻求祖先的认同，对原乡文化的皈依。但是“无根”暗示流散的马来族群寻根无果，重构文化身份的失败使他们在现实空间流离失所，在精神空间里无处皈依。父系家族的诅咒应验，血缘之亲无以为继，“你”始终无法打破诅咒。但诡异的是，按照父亲的遗书找到的同父异母的哥哥（原本是“你”所想拯救的对象），不仅免于宿命的裹挟，而且依靠售卖东卡阿里药膏（马来特产壮阳药）赚得盆满钵满。死亡的宿命感与欲望的勃发再一次形成强烈的对比。作为“陈家这房最后一个殉难者”的“你”与逸出死神黑名单的同父异母哥哥命运的差异展现出巨大的张力，或许暗示了这就是流散群体永远无法抵达原乡的宿命。正如文中所言：“到这国境的边陲，在这铁道无可延伸之处，你终究只是一个背负着家族遗书的流浪者，无父无母无亲无故，无来由无归处。寻找哥哥就如寻找龙舌苋一样，按图索骥，只为了追寻祖辈埋在丛林某处的宝藏。但你挖掘得越深，愈渐看清楚那里面只有深陷的空洞和虚幻；里头深不见底，唯有你对生存的欲望，蚯蚓似的蠢蠢欲动。”① 生存的欲望象征着马来西亚华人对生存境遇及未来的去向的思考。流散者该如何存在？该何去何从？原乡的想象幻灭，安于本土自力更生却能获得蓬勃的生命力，这是黎紫书在出走追寻无果后的思悟：只有扎根本土、落地生根才能缓解双重身份的尴尬和焦虑，才能使马来西亚的华人的命途得到救赎。

无论是那些在死亡阴影笼罩下膨胀生殖欲望的堂兄弟们，还是挣扎着求生的欲望而辗转在小镇和深林之间寻找的“你”，抑或是流徙在情感边缘的乔，他们的出走都是为了寻找，以期有一个安身立命之处。“在书写小历史时，黎紫书往往得心应手，无论是深入个体内心，还是状摹家庭内部纷争，无论是再现式怀旧，还是笔记体写实，黎往往可以出入其间，其小历史往往关涉了寓言、隐喻，以小见大，也因此博得众口赞词。”② 书写人性欲望是黎紫书的拿手好戏，但在这之上笼罩着更深切的焦虑和忧患。对原乡的追寻与向往，对华族文化的认同与渴望皈依之情，在欲望的书写中逐渐消解。或许驻守在边缘也是对“中心”的一种反抗。《国北边陲》里那个

① 黎紫书：《野菩萨》，北京：新星出版社，2013 年，第 24 页。

② 朱崇科：《论黎紫书小说的“故”“事”“性”及其限制》，《当代文坛》，2015 年第 4 期。

同父异母的长兄免于宿命轮回的经验启发我们：构建在地的本土文化，未尝不是一条出路。

三、两种维度的辩证法：边缘与突围

黎紫书小说在封闭的空间中探究欲望与家庭伦理的关系，在广阔的空间书写欲望与国族记忆的关系，其背后体现了黎紫书从“小我”到“大我”的具有突破文学书写空间的动态辩证过程。正如加斯东·巴什拉所说：“内与外的辩证法依赖于一种强烈的几何主义，它把边界变成了壁垒。”① 从文学创作的外部空间考察，黎紫书自身的作家定位及马华文学的生存境遇也迫使她必须从边缘进行突围。

在历史上，马来西亚华人的华文教育受到当地政府的压制。1971 年颁布实施的《大学学院法》对学额分配实行“固打制”，严格控制马来西亚各族学生的录取比例。许多成绩优异的华族学子，因受学额的限制无法在本国就学，只能到台湾或者香港寻找升学的机会，并在当地开始创作。可见，无论是华文教育还是华文文学创作，都是在夹缝中生长。在整个华语文学谱系中进行考察，相较于中国大陆的“文学中心”而言，马华文学处于边缘的文学地位，由此马华文学难以得到关注。黎紫书作为马华本土的女作家，更可谓“边缘中的边缘”。在这种处境下，黎紫书选择的书写主题和叙事策略，就难免带有突围边缘的色彩了。

欲望书写的意图在于突破道德伦理的禁区，脱掉文明的外衣，褪去道德礼教的矫饰。黎紫书对乱伦、畸恋的刻画，对“丑”的美学的探索，以及对人性欲望的深度挖掘，挑战了世俗的伦理秩序和审美标准，是对道德虚伪的一种反击。

通过欲望书写进行自我认知，探索自身处境。《我们一起看饭岛爱》中的素珠通过伪装成二十岁的年轻女子来宣泄自己的欲望。她的身份认知发生错乱，在于她二十岁那年生下了儿子西门，终结了自己的青春岁月——这并非她所愿，她恨西门及其父亲，她甚至想过杀死西门。自我认知的错乱使她耽于欲望的渊薮。《蛆魔》中的“我”作为家庭的边缘者，虽然游离在欲望的空间之外，但是她看见继父哮喘发作时见死不救、虐待白痴阿弟

---

① ［法］加斯东·巴什拉：《空间的诗学》，张逸婧译，上海：上海译文出版社，2009 年，第 233 页。

等行为，无不体现了她用一种激烈的方式寻求自身的定位。“无论是她对乱伦心理的表现、对同性恋情节的展示、对性别模糊特征和需求的挖掘，还是对正常生活表象之下性压抑、情感压抑的深刻撕开，以及对正常人的非正常恋物癖的倾向的窥望，都表现出她作为一个另类写作者的自我位置的寻找和确立的过程。”① 黎紫书通过书写欲望探索边缘的界限。诉诸笔端的性爱与暴力，反映了她对自我身份的审思和追寻。

欲望书写的对象通常是不被关注的边缘群体，将他们纳入文学书写的谱系当中，体现了一种包容的心态。黎紫书曾经表达，马华作为边缘的书写族群，保持马华的独立性、独特性，才有可能被发现，才有可能被尊重。确实，黎紫书笔下那些乱伦者、恋物癖者、性少数者或者性压抑者，都是万千世界中的一员，只有将这些边缘人物放到被关注和审视的视野中，才能丰富世界的多样性，建立起更加完整的世界秩序。对于作者而言，写作的“去风格化”，写作主题的边缘化即是其自立门户的方式。

在“禁锢”和“出走”两种空间维度的观照下，黎紫书通过欲望书写体察人生、勘探人性、追问国族历史，呈现出其边缘地位的独特性。无论是书写个人生活还是历史回忆，她的小说的关注点和落脚点永远是“人”“人性”，这不正是文学的题中之意吗？探究追寻文学背后的人性母题，始终是一个富有人文关怀的作家的永恒宿命。

（作者单位：华侨大学）

① 张自春：《边缘的开放性：黎紫书论》，《玉溪师范学院学报》，2014 年第 10 期。

2018年世界华文文学研究观察

张 丹

2018年大陆学界的世界华文文学研究平稳有序，既有延续又有新的变化。一些基本议题依然是华文文学研究的关注焦点，作家逝世等因素的出现增加了一些颇具时效性的热点话题。相比于专著与论文集，单篇论文更能集中反映年度学科问题，限于文章篇幅，本文暂时搁置书籍，主要针对2018年学界论文做简要回顾。

一、世界华文文学研究

（一）台湾地区文学研究

台湾地区文学研究仍然是华文文学研究的重头戏之一，内容涉及左翼思潮、“重写文学史”思潮、华语语系、地方意识、南渡文学等各个议题，陈映真、赖和、杨逵、黄藻如、简媜、林奕含、高翊峰、童伟格、陈秀喜与杜潘芳格等人的作品，并引发了热烈讨论。

朱立立、刘小新分析总结了“陈映真”“解严”“文白之争”等2017年引发台湾学者热烈讨论的议题。2017年的台湾文学，文化冲突和价值焦虑虽仍存在，但文坛从意识幻象牢笼中突围回归传统，现实的动能正在集聚，文学新感性和新伦理悄然孕育。① 孔苏颜、刘小新认为，文化研究在台湾的崛起对台湾“重写文学史”思潮产生了重要影响，两者的耦合有利于跨学科的思想汇聚，既关注文学史历时性与共时性结构的结合，又关注边缘声音的浮现与书写，将台湾“重写文学史”思潮放置于中国文学史整体视野与世界视野中考察。② 朱双一、何随贤从“台湾文学是中国文学的一支流”命题谈起，1990年前后大陆的“台湾文学史”著作广为引用该命题，但却

---

① 朱立立、刘小新：《台湾文学热点观察》，《华文文学》，2018年第1期。

② 孔苏颜、刘小新：《文化研究与台湾“重写文学史”思潮的耦合》，《南通大学学报（社会科学版）》，2018年第6期。

遭到了“台独”派的猛烈抨击。在台湾自身的“台湾文学史”书写中，试图消音、抹杀和遮蔽“中华民族主义”，以所谓的“台湾民族主义”取而代之。这种史观、论调助长了台湾民众特别是青少年的思想认同偏向，应引起学界的高度警惕并加以必要的批判。①

左翼思潮是台湾文学研究的重点之一。刘小新、隋欣卉列举了对“去日本化、再中国化”运动产生重要影响的一系列战后台湾的文化重建运动，如对中山精神的左翼解读，纪念、重读鲁迅等，这些活动为文化重建指明了左翼的、民族的、大众的进步方向。② 陈美霞通过“保钓”运动、《夏潮》杂志、“乡土文学论战”的研究，指出 20 世纪 70 年代是台湾地区左翼思潮的转折与再出发。③ 陈美霞从“历史记忆的遮蔽与敞开”“革命理想与青年叙事”“重建民众视野的祖国认同”三个方面，阐释台湾左翼作家蓝博洲的报告文学作品。④ 朱双一、俞巧珍研究崛起于 20 世纪 30 年代的左翼作家杨逵，他们认为，杨逵留日出身，因严峻环境而从实际政治运动转移到文艺战线，秉持了左翼现实主义的文艺观，具有较高的专业理论水准。⑤ 余巧英、朱双一分析，黄藻如的“左倾”并非个人原因，而是时代的要求，他取法鲁迅，针砭时弊，他的创作亮点在于对台湾特殊性的观察和感知，以及对台湾人民的理解、同情和赞赏。⑥

陈映真研究在大陆学界方兴未艾。赵牧指出，日据时期的记忆构成战后台湾日常生活的一部分，陈映真在书写相关记忆时尽力发掘其间的抵抗记忆，并通过象征方式将其隐秘地纳入台湾左翼知识分子的精神谱系。⑦ 朱双一推荐阅读《陈映真全集》，视其为真正了解台湾社会的一个重要途径。80 年代后，陈映真坚持正义的信念，与“台独”进行坚决的斗争，他往往在常人尚未觉察时，就对问题有了敏锐的洞察和深刻的分析。⑧

---

① 朱双一、何随贤：《“台湾文学史”书写的两岸互看——从“台湾文学是中国文学的一支流”命题谈起》，《厦门大学学报（哲学社会科学版）》，2018 年第 1 期。

② 刘小新、隋欣卉：《光复初期台湾左翼文艺思潮述论》，《东南学术》，2018 年第 5 期。

③ 陈美霞：《转折与再出发：七十年代台湾左翼思潮研究》，《华中学术》，2018 年第 4 期。

④ 陈美霞：《蓝博洲：历史记忆、青年叙事与祖国认同》，《文艺报》，2018 年 8 月 24 日。

⑤ 朱双一、俞巧珍：《杨逵文学观的特殊面向及其实践》，《文艺理论与批评》，2018 年第 3 期。

⑥ 余巧英、朱双一：《“白色恐怖”受难者黄藻如在台湾的创作》，《台湾研究集刊》，2018 第 1 期。

⑦ 赵牧：《文本内部的日本——论陈映真小说中的殖民记忆》，《中国现代文学研究丛刊》，2018 年第 4 期。

⑧ 朱双一：《陈映真的信念坚持和先见之明——在“陈映真全集发表会”上的致辞》，《世界华文文学论坛》，2018 年第 2 期。

方忠、刘秀珍认为，21 世纪以来的台湾女性散文创作在主题和艺术方面呈现出繁复多变的风貌，形成了清醒的女性主体意识。或以家族史、生命史书写方式彰显女性意识，或赋予旅行文学以新内涵，或以“漫游者”姿态书写都市景观，体现了继承与新变，呈现出后现代文化特质。① 刘秀珍、方忠追溯简媜四十年的文学创作历程，认为其始终秉持“内省”与“外视”的双重创作视野，在严于反思与自省的同时，不断拓展关怀视野，将传统文化与庶民情结相结合，融创出独具特色的写作风格，表现出了鲜明的中华文化认同。②

台湾女作家林奕含生前著有唯一一部长篇小说《房思琪的初恋乐园》，赵欣悦对该小说做了一种多视角的文本解读，首先对标题做一个隐喻阐释，然后探讨复合式的阅读体验对这部作品的影响，最后论述该作品是一种意识形态下的生命书写，重点在于透过表象看到文学体系内部存在的权力支配关系。③ 韩智浅探讨小说中的话语权斗争，房思琪的“委身”与“抵抗”形成了小说文本叙事的“旁溢”症候，而人格化的刘怡婷则表征着支撑和延续小说文本叙事的动力，即对修辞的整一性的坚守，林奕含以书写复归修辞的整一性，以此作为拆解李国华的话语体系的武器。④ 周宇杰则从修辞格角度分析这本书，认为作者通过极具特色而令人惊艳的语言艺术与修辞格的运用，使作品具有了直击人心的力量。⑤

近些年来，关于“华语语系”的研究在台湾产生了热烈的反响。祖国大陆学者霍艳认为，台湾学界的焦虑来源于本土理论话语的缺失，“华语语系”在将台湾视为重要实践地的同时，也给台湾人文研究国际化提供了契机。她认为，学界需进一步梳理华语语系文学与台湾文学、华语语系文学与中国大陆文学、台湾文学与中国大陆文学的诸种关系，不应该简单地将它们二元对立化。⑥

---

① 方忠、刘秀珍：《21 世纪台湾女性散文创作的新变》，《中国现代文学研究丛刊》，2018 年第 9 期。

② 刘秀珍、方忠：《简媜创作中的中华文化认同》，《南通大学学报（社会科学版）》，2018 年第 6 期。

③ 赵欣悦：《隐喻的文学，生命的书写——对〈房思琪的初恋乐园〉多视角的文本解读》，《牡丹江大学学报》，2018 年第 11 期。

④ 韩智浅：《有关“房思琪”的话语权斗争》，《华文文学》，2018 年第 5 期。

⑤ 周宇杰：《从修辞格角度浅析〈房思琪的初恋乐园〉的语言艺术》，《文教资料》，2018 年第 36 期。

⑥ 霍艳：《台湾的焦虑：“华语语系文学”与台湾文学》，《世界华文文学论坛》，2018 年第 1 期。

刘建华通过分析台湾文学中地方意识的演变，认为其经历了从表现地方要素到表征民族文化，从象征反殖民、反西化批判到异化扭曲为“去中国化”的工具符码，从指涉台湾整体性到追求地方差异性的变化；通过对地方意识演变史的梳理及其语境分析，拆解了“台独”派所谓纯粹绝对、本质化的地方概念，从而证明地方意识是不同力量基于各自文化立场诠释、建构出的产物。①

陈庆妃认为，同为抗战时期的流亡学生，宗璞的《野葫芦引》、齐邦媛的《巨流河》、聂华苓的《桑青与桃红》分别以中国大陆、台湾和海外三种视角进行“南渡叙事”。研究者从“流亡体验与两次南渡”“延宕与重述”“伤痕与康复”“从南渡到离散”四组概念出发，对南渡文学书写进行多重观照，考察两岸相关文学史的书写差异及其历史成因。②

20 世纪 80 年代以后，台湾文艺日渐呈现出不同以往的特质。刘大先认为，高翊峰小说的出现，表征了一个新的文学“模糊世代”的展开。“整个文学生态出现前所未有的变化，各种思想上、心灵上的禁忌也慢慢遭到剔除。尤其在全球化浪潮冲击之下，各种艺术疆界都有所突破。”③

张帆指出，台湾地区 80 后作家的创作，体现了全球化浪潮对本土文化的冲击，又凸显了本土的身份意识，形成了身份的混杂和离散的经验。他们以自己的成长经历来反思国族话语、全球化体系、资本流动、阶级分化、市场机制在生活中的影响，体现了台湾新世纪以来文化场域内的新转型。④吴天舟解读台湾作家童伟格的作品《无伤时代》，借由小说叙事线索的复建，给出了一个不同于前行研究的破译童伟格书写密码的批判性视角，继而在对童伟格创作立场检视的基础上，探讨镶嵌于“新/后乡土”话语内部的时代缺陷，并最终求索超克时弊的可能路径。⑤

关于台湾诗歌方面的研究，陈美霞聚焦赖和传统汉诗与日据台湾知识者的遗民情怀，指出：“赖和素来被尊为‘台湾新文学之父’，但他一生坚

---

① 刘建华：《文学视野下台湾地方意识的演变及其语境分析》，《华文文学》，2018 年第 5 期。

② 陈庆妃：《“南渡”文学叙事的三种范式——由〈野葫芦引〉〈巨流河〉〈桑青与桃红〉谈起》，《文学评论》，2018 年第 4 期。

③ 刘大先：《极端写作与实验小说的限度——高翊峰与一种当下文学取向》，《当代作家评论》，2018 年第 1 期。

④ 张帆：《台湾地区 80 后作家小说中离散身份与世代意识书写研究》，《台湾研究集刊》，2018 年第 4 期。

⑤ 吴天舟：《叙事与创作立场：批判性视角下的〈无伤时代〉——兼论台湾“新/后乡土”文学话语》，《现代中文学刊》，2018 年第 2 期。

持传统汉诗写作，与日据台湾传统士人的汉诗写作存在共享的遗民话语模式及其背后的意义承载，郑成功、魏晋士人等新旧典故频繁入诗。乙未割台，台湾知识者面对的并非传统中国的朝代更替，而是全球的现代的殖民主义。台湾知识者借用传统的遗民话语传达民族精神与祖国认同，丰富了中国遗民话语传统。”① 白杨关注台湾现代诗，20 世纪 70 年代后，现代诗人纷纷转向，“回归传统”“关注现实”成为受到关注的主流话语，背离与回归实际是先锋探索的一体两面，在反思意义上重塑了另类现代性。② 王俊清提到，“女性诗歌”作为一种批评话语，提示的是一种批评的角度和某种批评对象的框定，它提出了全新的问题，却也局限于对“女性主体性”的单一强调。③ 樊洛平认为，陈秀喜与杜潘芳格是以女性诗歌书写开创了通往生命梦想和诗歌世界的道路，两位女诗人的人生成长和性格取向的差异，让她们的创作同中有异，诗歌风格各有侧重。④

（二）香港、澳门文学研究

香港文学的研究继续受到大陆学界的关注和重视，香港书写与香港意识、地域对作家的影响、刘以鬯、金庸、葛亮和亦舒等都是重点研究议题，学者对黄谷柳、朱崇科、陈国球、陶然、陈浩基、西西、董启章和韩丽珠等人的作品也略有研究。比照香港文学研究，澳门文学研究成果较少。

赵稀方认为，香港文学研究已成气候，“热潮”之后，香港文学研究的建设才真正开始。后香港时代的文学研究，与此前相比，发生了较大的变化，值得我们注意。⑤ 赵稀方考察侣伦与张爱玲小说对于香港的不同呈现，认为考察作家与城市的关系，是文学以至文化研究的有效切入点，但具体到香港作家与城市的关系，则涉及城市经验与殖民意识的关系问题。⑥ 赵稀方研究新文化运动时香港创办的代表性刊物，讨论其“旧文学”部分。因其殖民统治背景，香港“旧文学”可能具有我们所未加省察的现代性含义，

---

① 陈美霞：《赖和汉诗与日据台湾知识者的遗民情怀》，《福建师范大学学报（哲学社会科学版）》，2018 年第3 期。

② 白杨：《传统的重塑：二十世纪七十年代台湾现代诗的另类现代性》，《暨南学报（哲学社会科学版）》，2017 年第 11 期。

③ 王俊清：《台湾女性诗歌研究刍议》，《文学与文化》，2018 年第 3 期。

④ 樊洛平：《陈秀喜与杜潘芳格的台湾女性诗歌书写路向》，《中州学刊》，2018 年第 5 期。

⑤ 赵稀方：《香港文学研究已成气候》，《名作欣赏》，2018 年第 7 期。

⑥ 赵稀方：《城市经验与殖民反省——侣伦与张爱玲的香港叙事》，《名作欣赏》，2018 年第 22 期。

可以给我们的中国现代文学研究带来启发。①

徐诗颖将“香港书写”的演变历程以“九七”作为界线分成两个阶段：香港书写的转折期和香港书写的深化拓展期。香港书写与香港历史演变、香港混杂多元文化空间有着千丝万缕的关系，而“香港意识”始终贯穿在这一时空之中。② 凌逾回顾了香港文学在回归20周年庆典之际，如何从“共同记忆”与“共生时空”出发，描绘了中华文艺独特的版图，通过多媒介整合立体形象，打造互动共生的粤港澳大湾区。③ 凌逾、刘倍辰、刘玲扫描2017年的香港文坛，内地、本土、港漂者共同书写集体记忆，激发了消失美学的寻觅与本土意识的回归，两地学者不约而同追溯香港百年文学史，重视其与中华文化的互联互通。④

鹿义霞分析，香港作为一个特殊的存在，有着复杂的文艺生态，极大地影响着1937—1952年赴港海派作家的创作路径与创作气象。⑤ 蔡晓妮剖析了香港文学的地域化特征对几代华文作者从思想到语言的影响，以张爱玲、西西、李碧华、亦舒、施叔青为中心，探讨在香港这样一个特定区域爱情书写的模式与风格，以及它的发展与脉络。⑥

2018年6月8日，作家刘以鬯逝世。赵稀方回顾了刘以鬯1948至2018年的创作，指出刘以鬯在香港文学每一阶段都担当重要角色，发表优秀作品，堪称香港文学的化身。⑦ 陈国球认为刘以鬯虽然诗作不多，但他的文艺编辑与文学生涯就是他的诗；他发愤以抒情，为香港创造出可措置“诗心”的空间。⑧ 陈智德研究刘以鬯的怀乡书写，与同时代的南来作家不同，刘以鬯对南来者文化处境的矛盾特别敏感，写出了香港与上海在都市化上的相类与矛盾。⑨

金庸于2018年10月30日逝世，引发了众人的缅怀。严家炎认为金庸

---

① 赵稀方：《旧文学的现代性——从〈英华青年〉到〈小说星期刊〉》，《福建论坛（人文社会科学版）》，2018年第9期。

② 徐诗颖：《“香港书写”与香港意识的建构》，《世界华文文学论坛》，2018年第3期。

③ 凌逾：《香港文坛：共同记忆与共生时空》，《华文文学》，2018年第1期。

④ 凌逾、刘倍辰、刘玲：《2017年香港文学扫描》，《苏州教育学院学报》，2018年第6期。

⑤ 鹿义霞：《文化场域与创作转型——海派作家的香港时期》，《文艺争鸣》，2018年第7期。

⑥ 蔡晓妮：《异梦空间：女作家笔下的香港爱情书写——以张爱玲、西西、李碧华、亦舒、施叔青为中心》，《世界华文文学论坛》，2018年第2期。

⑦ 赵稀方：《世纪刘以鬯》，《名作欣赏》，2018年第16期。

⑧ 陈国球：《诗人刘以鬯——读刘以鬯“浅水湾”作品札记》，《名作欣赏》，2018年第34期。

⑨ 陈智德：《南来者的本土思考——刘以鬯的〈过去的日子〉〈对倒〉和〈酒徒〉》，《名作欣赏》，2018年第34期。

作品思想饱满，通俗而不媚俗，善于萃取传统，注入现代精神，跨越雅俗。① 于志晟分析金庸小说对古典小说形式的继承与创新及其缘由，他指出金庸小说形成了具有丰富的传统文化承载力和民族性内涵的独特形式。② 曹佳琪以金庸笔下的女性人物为研究对象，通过分析金庸笔下三类典型女性形象，即回归夫权的“妖女”、狠辣无情的“坏女人”及温婉顺从的传统女性，继而研究其背后折射出的文化内涵。③

葛亮是近年纵横大陆与香港、台湾的新兴小说家。刘红娟讨论葛亮小说中的两大元素：一是探索城与人的情感关联；二是缀述民国史诗意味的家族传奇。葛亮城与人的怀想有成有败，山河岁月的民国传奇叙述也有诸多跳脱与游移。④ 朴婕认为，几乎每个作家都有属于自己的一座城市或村庄，而葛亮的“南京”书写，则投影出葛亮及受其影响的人们的精神地图。⑤ 曾笑盈评论葛亮新近两部长篇小说“南北书”《朱雀》《北鸢》，作家凭借小说创作返归成长之地南京，开启了个体反思和历史叙事的维度；而此种回溯与追索，某种程度上，又借助广阔的文化消费市场的推波助澜，反哺了内地新世纪以来备受关注的文化自觉和传统复归等叙述。⑥

随着电视剧《我的前半生》的热播，也掀起与之相关的一系列讨论。亦舒的《我的前半生》致敬鲁迅，常被用来与鲁迅《伤逝》做对比。陈思雯着眼于两篇小说的“子君”形象，认为子君变化的方面和不变的方面，不仅与作品的写作角度存在密切关联，也和时代的变化及子君的选择有关。⑦ 杨晓林提到，亦舒笔下的香港子君在婚姻失败后的奋斗实际上是无奈、微弱而不彻底的，最终还是回归到了父权体制之中，在《我的前半生》里隐藏着对于女性生存和婚姻本质的彻底失望，甚至比《伤逝》更多了一种虚无和悲怆。⑧

谢力哲讨论黄谷柳《虾球传》对于解放战争时期旅港左翼文坛的三大

---

① 严家炎、胡妍妍：《金庸作品的魅力和文学养分》，《人民日报》，2018 年 11 月 6 日。

② 于志晟：《金庸小说对古典小说形式的继承与创新》，《文化学刊》，2018 年第 5 期。

③ 曹佳琪：《金庸笔下女性人物形象分析》，《汉字文化》，2018 年第 19 期。

④ 刘红娟：《葛亮论：城与人，诗与史》，《郑州大学学报（哲学社会科学版）》，2018 年第 2 期。

⑤ 朴婕：《论葛亮的“南京”书写》，《小说评论》，2018 年第 1 期。

⑥ 曾笑盈：《从“她性历史”到“文化中国”——评葛亮“南北书”〈朱雀〉〈北鸢〉》，《长江文艺评论》，2018 年第 6 期。

⑦ 陈思雯：《鲁迅的〈伤逝〉与亦舒的〈我的前半生〉对比分析》，《语文教学通讯·D 刊（学术刊）》，2018 年第 12 期。

⑧ 杨晓林：《两个子君：〈我的前半生〉对〈伤逝〉难题的解困与迷惑》，《名作欣赏》，2018 年第 23 期。

意义：左翼文学创作与本土题材相结合，意在“表现香港”；争取港粤广大的小市民读者；有力地冲击了本地的“黄色文艺堡垒”。①

马峰讨论朱崇科的批评观，在华文文学研究领域，朱崇科具有敏锐的问题意识，以批判性、创新性、独特性见长。在学术理路上，他从鲁迅研究关涉香港文学，随后从新马文学缕析其内在的本土性纠葛，进而又从比较视野介入世界华文文学。②

王宇林分析陈国球的文学研究，将其分为四个部分：古典诗论、捷克结构主义、文学史学和抒情传统论。他提出的“抒情中国论”接续陈世骧、高友工以下的传统，和王德威、黄锦树的现代文学与抒情传统论述对话。③

黄维梁研究陶然小说《冬夜》，分析人物和环境，认为陶然以天人合一、情景交融的理念写作，指出该作品“开风气之先”，是陶然小说主题的一个缩影。④

杨一以陈浩基的推理小说《遗忘·刑警》为中心，结合推理文学“本格派”与“社会派”分类及概念，并借助博尔赫斯的叙事技巧与阿多诺的社会批判理论，分析这位香港新生代作家的潜力和企图心。⑤

李星星以香港作家西西《肥土镇灰阑记》，元代李行道《包待制智勘灰阑记》和德国布莱希特《高加索灰阑记》为重要参照，探讨“灰阑记”的世界流传和社会文本解构，并重点分析西西、布莱希特笔下的人物形象及其象征指涉意义对李行道《灰阑记》的批判性继承与创造性叛逆。⑥

朱郁文探讨董启章小说的身体寓言和性别想象，其中篇小说《安卓珍尼》和长篇小说《双身》以独特的叙述视角对“双性同体”进行了极富想象力的文学描述和思想探究，可以看作是关于人类的身体寓言和性别想象。⑦

梁淑雯研究韩丽珠小说中的身体书写，选取三种不同“身体”：女性、

① 谢力哲：《“表现香港”“夺回读者大众”与“夺取黄色堡垒”——论〈虾球传〉之于旅港左翼文坛的意义》，《世界华文文学论坛》，2018 年第 4 期。

② 马峰：《越界跨国的华文文学研究视维——论朱崇科的批评观》，《汕头大学学报（人文社会科学版）》，2018 年第 12 期。

③ 王宇林：《情迷香港：陈国球的文学研究》，《世界华文文学论坛》，2018 年第 3 期。

④ 黄维梁：《“原型”与“还原”：陶然的首篇小说〈冬夜〉》，《名作欣赏》，2018 年第 31 期。

⑤ 杨一：《本格与社会间的香港寓言——评陈浩基推理小说》，《华文文学》，2018 年第 6 期。

⑥ 李星星：《西西小说与“灰阑记”的人物形象变异》，《华文文学》，2018 年第 5 期。

⑦ 朱郁文：《无处安放的雌性之身——董启章小说的身体寓言和性别想象》，《华文文学》，2018 年第 5 期。

疾病及不完整的身体，分析韩丽珠如何以不同身体书写，探问主体与世界沟通的方法，进而思考韩丽珠的身体书写于香港文学发展脉络的意义。①

澳门文学研究极少人涉及，赵晳纵览近年来澳门文学创作及研究情况，认为澳门文学在保持其独特的生长力方面，形成了极具特色的澳门经验，在这种经验的引领下，澳门文学呈现多重维度的新生态。无论是从澳门文学到澳门学的跨学科研究视点，还是从本土—殖民—国族的对立性到跨文化多元性立足点，抑或是从文学与载体的融合关系上来看，均显示出澳门文学日益丰满的新姿态。②

（三）东南亚华文文学研究

在亚洲语境中成长壮大的东南亚华文文学，具有特殊而重要的地位，学者较多关注马华的独特性、华文文学的复合互渗、作家的本土书写、越战书写、华文现代诗等议题。

黄锦树重探“马华文艺的独特性”，审视马来亚建国前马华文学史上最重要的一场论战的理论效应，并尝试把彼时还不存在的历史条件纳入，重新思考这个有七十年历史的理论与实践问题。③ 刘俊谈及中国作家的海外影响与华文文学的复合互渗，郁达夫远赴“南洋”期间，书写了大量政论文字和旧体诗，在战后成为马华作家书写的对象。不同的马华作家对郁达夫的塑造各具形态，体现出的立场和态度也有所不同，由此映照出中国作家的海外影响及华文文学的复合互渗现象。④

关于马华作家作品的研究，朱崇科考察商晚筠小说中的本土纠结以及对本土中国性的描绘与建构，作为较早关注异族叙事的小说家，商晚筠对印度人的悲歌记录及对马来人的温馨与壮烈都有相对精彩的状摹。⑤ 黄瑞颖则从黎紫书作品所呈现的哥特式特征入手，探索黎紫书笔下现代焦虑的哥特式形态，同时思考黎紫书所创造的哥特式黑暗文学幻想对于当代现实世

① 梁淑雯：《无法“把身体放下”：香港女作家韩丽珠小说中的身体书写》，《文艺争鸣》，2018 年第 2 期。

② 赵晳：《澳门文学新生态的多重维度建构》，《河北科技大学学报（社会科学版）》，2018 年第 1 期。

③ 黄锦树：《“此时此地的现实”？——重探“马华文艺的独特性”》，《华文文学》，2018 年第 2 期。

④ 刘俊：《“南洋”郁达夫：中国属性 · 海外形塑 · 他者观照——兼及中国作家的海外影响与华文文学的复合互渗》，《文学评论》，2018 年第 1 期。

⑤ 朱崇科：《马华女作家商晚筠作品中的本土纠结》，《山西师大学报（社会科学版）》，2018 年第 4 期。

界的正面性意义，以及黎紫书小说创作对于传统哥特模式多样化和现代化的贡献性价值。①

马峰关注印尼华文女作家袁霓的本土书写，她在创作风格上以细腻的情感化叙事见长，同时又能以理性方式去深化族群议题。情理兼备的叙事格调，华人族群的遭际反思，本土社会的深层剖析，无不体现出她对当地华人生态的深切观照。②

越南社会发生了多次变革，越华文学也随之不断改变。涂文晖通过考察 1975 年越南统一前后越华代表作家的创作概况，发现不同历史阶段的越华作家具有共同主体精神倾向：对华夏民族文化的坚守。③ 关于越战书写的研究，涂文晖研究越华作家气如虹的长篇系列散文《征途摭拾》，作者以亲身经历客观地描写了军中生活，同时又深入展现了华人的内心世界，在写实艺术风格上既有浓郁的乡土气息和地域色彩，又有强烈的抒情特征。④

黄晓燕研究新加坡作家谢裕民笔下的历史书写，他 20 世纪 90 年代之后的创作内容触及新加坡华人的寻根意识，同时也保持着对当下新加坡社会的现实关怀。谢裕民的创作可分成早期的都市书写和近期的历史寻根两个阶段，其创作与新加坡建国以来历史之间形成的文史互证关系，展示出新加坡知识分子的文学精神。⑤ 朱崇科认为希尼尔的短诗、微型小说是新加坡社会发展的文体实践，他以新加坡制造反思制造新加坡中的种种问题。⑥

学者对东南亚华文现代诗也略有研究。许文荣关注马来亚现代派诗人杜运燮与其 20 世纪 40 年代的诗，认为其诗学与诗艺探索是多元化的，学习借鉴了诸多名家的风格，体现了中国新诗现代化倡导的“现实、象征、玄学的综合”，建构了个人的独特诗风。⑦ 张松建、张森林对新加坡自独立以来的现代诗发展进行了梳理，从“离散华人与原乡追逐”“国族认同与本土意识”“召唤集体/历史记忆”等七个层面总结新加坡建国以来新华现代诗

---

① 黄瑞颖：《论黎紫书作品中现代焦虑的哥特式形态》，《华文文学》，2018 年第 2 期。

② 马峰：《印尼华文女作家袁霓的本土书写》，《中华女子学院学报》，2018 年第 6 期。

③ 涂文晖：《越华作家对华夏民族文化的坚守》，《世界华文文学论坛》，2018 年第 4 期。

④ 涂文晖：《越华文学的越战写实——以气如虹的系列散文〈征途摭拾〉为例》，《华文文学》，2018 年第 6 期。

⑤ 黄晓燕：《新加坡作家谢裕民笔下的历史书写》，《外国文学研究》，2018 年第 6 期。

⑥ 朱崇科：《从新加坡制造反思制造新加坡：希尼尔论》，《华文文学》，2018 年第 5 期。

⑦ 许文荣：《早发的现代叶子——马来亚现代派诗人杜运燮与其 1940 年代的诗》，《世界华文文学论坛》，2018 年第 1 期。

的思想主题，旨在强调新加坡华文现代诗的历史变迁和众多诗人的苦心孤诣。①

（四）美、加、澳华文文学研究

在美、加、澳华文文学的研究方面，“越界”、严歌苓、新移民写作、再造“白求恩”、欧阳昱等议题引人注目。

对于超越传统华裔文学边界的“越界”文本，唐书哲借用巴赫金的边界思想和德勒兹“根茎”的概念加以讨论，认为华裔文学将“越界”文本纳入，为其在解辖域化的过程中增强了异质性和生命力。②

袁文卓以学术史研究的视角，从“文学价值以及文学批评的尺度”“独立意识以及中立立场”及“其批评史观的影响”这三个层面展开论述，对夏志清的文学批评史观进行综合考察。③

随着严歌苓《小姨多鹤》《金陵十三钗》《芳华》等作品的影视化，同名小说的销售也居高不下。郭艺对《金陵十三钗》玉墨人格进行了结构分析，试图从弗洛伊德精神分析学的人格构成理论出发，探讨妓女群体的代表玉墨之心路历程，并为玉墨最终做出的选择寻根溯源，以引发人们关于人性的思考。④ 高文慧探究严歌苓《小姨多鹤》中所体现的女性意识与“姐妹情谊”，认为严歌苓 20 世纪 90 年代以来的作品在姐妹情谊的表现上更为突出女性的同盟关系，这种同盟关系有利于共同应对外界环境压力，成为彼此的精神慰藉。作品以这种组合形式，来表达对男权中心社会的抗拒和不满。⑤

有学者对其他华裔美国作家的作品进行解读。当代华裔美国作家徐忠雄代表作《家园》以空间形式来探讨族裔问题。董晓烨考查该文本的多维空间架构与主题生成的关系，进而拓展空间叙事学的理论建设，认为华裔美国文学的空间叙事具有美学和哲学意义并传达了独特的种族伦理。⑥ 张冬梅解读华裔作家伍绮诗的首部长篇小说《无声告白》，华洋混血的詹姆斯·

---

① 张松建、张森林：《缪斯的踪迹——新加坡华文现代诗的半世纪回顾》，《世界华文文学论坛》，2018 年第 2 期。

② 唐书哲：《美国华裔文学中的“越界”文本》，《华文文学》，2018 年第 2 期。

③ 袁文卓：《文学价值为尺度，独立批评为灵魂——对夏志清文字批评史观的一种解读》，《当代文坛》，2018 年第 4 期。

④ 郭艺：《本我、自我与超我——〈金陵十三钗〉中玉墨的人格结构分析》，《赤峰学院学报（汉文哲学社会科学版）》，2018 年第 12 期。

⑤ 高文慧：《〈小姨多鹤〉中体现的女性意识与姐妹情谊》，《文学教育（上）》，2018 年第 12 期。

⑥ 董晓烨：《〈家园〉的空间叙事与种族伦理》，《山东外语教学》，2018 年第 4 期。

李一家的悲剧故事始于父母对莉迪亚错位偏执的爱，莉迪亚的死使种族歧视、性别歧视、爱与期待的“绑架”这些埋藏在内心深处的苦衷得以一一倾诉，呈现给读者的是振聋发聩的无声，生死悲凄的告白。①

在加拿大华文文学研究方面，金惠俊研究加华作协作品选的短篇小说，认为其素材和文体类型的多样与作家创作经历、生活经验丰富有关，同时得益于加拿大少数民族的宽松政策及社会氛围。加华作家作品表现出新形态的跨国移居者形象，他们把国籍看成是一种手段，具有 21 世纪游牧民式的思维方式。② 江少川认为曾晓文作为加华小说家代表人物之一，在海外坚守新移民现实题材创作，始终关注海外华人在北美的生活遭遇与命运起伏。③ 陈庆妃提出，加拿大文学中的白求恩形象，因了白求恩档案的开放，以及加拿大相关研究史料、文学创作的引进与翻译，得以重塑，研究者借白求恩探讨了生命的存在之谜，真相与想象的悖论性存在，信仰与激情的另类价值。④

江少川评论欧阳昱的长篇小说《淘金地》，认为它是一部长篇奇书，以反传统方式展现华侨先辈南澳淘金苦难史，注重挖掘丰富复杂的人性。⑤

（五）欧洲华文文学研究

20 世纪末，全世界华文文学的格局受到了世界全球化风潮的巨大影响和推动。陆卓宁聚焦欧华文学，认为其发展格局受欧洲历史文化传统的同源性影响，“零散化”的印象得以改变，更在深层次上反映出作家群体主体精神结构的“在地”风貌、叙事行为的多世代融合、离散叙事书写“传统”的突破与聚合，呈现出特有的“欧洲风”。⑥ 樊洛平提到，欧华散文的当代创作凝聚了欧华作家观察和书写欧洲的多重角度及文化表情，他们书写欧洲的角度变化，与其闯天下的人生跨界、看西方的文化跨界、回望故乡与落地生根的精神跨界，有着密不可分的关联。⑦ 柯卓英关注华文旧体诗词的

---

① 张冬梅：《“我从未告诉你的秘密”——论〈无声告白〉中的种族歧视和性别歧视》，《华文文学》，2018 年第 2 期。

② 金惠俊：《展现新型的跨国移居者形象——加华作协华文短篇小说的特征和意义》，《世界华文文学论坛》，2018 年第 4 期。

③ 江少川：《曾晓文：移民人生与美国梦的深度沉思》，《文学教育（下）》，2018 年第 10 期。

④ 陈庆妃：《再造“白求恩”——加拿大华文文学中的白求恩》，《华文文学》，2018 年第 1 期。

⑤ 江少川：《欧阳昱〈淘金地〉：先侨澳洲淘金的奇书》，《文学教育（下）》，2018 年第 9 期。

⑥ 陆卓宁：《离散与聚合：全球化时代的欧华文学》，《华文文学》，2018 年第 4 期。

⑦ 樊洛平：《看欧洲的三种角度及文化表情——欧华散文创作断想》，《华文文学》，2018 年第 3 期。

创作情况，探讨传统诗词在欧洲的影响力，并揭示其对弘扬中国传统文化与增强民族凝聚力的现实意义和当代价值。①

荷兰华文作家林湄的创作受到瞩目，王红旗认为海外华人女作家的小说创作，不约而同地从女性意识转向性别意识、家国意识、人类意识，她们以跨时空、跨文化与跨种族的多元视野，超越被“自我”与“他者”的文化身份与经验束缚的内心，对女性个体生命、母系家族史话，以及民族国家命运浮沉所遗留下来的历史碎片，进行创造性的重构。② 杨恒达深入研究林湄的小说《天外》，认为作品核心在于探讨人类的共同性人文追求。西方人文精神和中国人本传统融汇于欧华新移民的普通日常生活中，主人公郝忻与歌德笔下人物浮士德的精神对话贯穿始终，从灵魂对肉体、灵魂对主观情怀和倾向性、灵魂对女性主体三个方面的超越书写实现精神探索。③

二、国内外学术活动

2018 年，国内外陆续举办了一些具有较高规格、较高质量的学术活动，对于华文文学在历史关键期的概念界定、视野拓展、理论更新产生了积极影响。

（一）世界华文文学高峰论坛暨第三届世界华文文学大会筹备会

由中国世界华文文学学会、江苏省台港暨海外华文文学研究会主办，盐城师范学院文学院承办的世界华文文学高峰论坛暨第三届世界华文文学大会筹备会于 2018 年 5 月 24 日至 26 日在盐城师范学院成功举行。来自中国社会科学院、南京大学、复旦大学，以及马来西亚等国家和香港等地区的 50 余位专家学者与作家代表齐聚盐城。

会议期间，专家们围绕“一带一路下的华文研究”这一主议题，从“新时代世界华文文学的发展”“人类命运共同体意识与华文文学的价值辨析”“经典化还是脉络化——华文文学的学术取径”等方面对华文文学进行了探讨，并提出了自己的看法与意见。

（二）“一带一路”视域下的华文文学研究国际学术会议

2018 年 10 月 19 日至 21 日，中山大学中国语言文学系在珠海举办了

① 柯卓英：《华文旧体诗词研究构想及其当代价值初探——以欧洲创作为例》，《戏剧之家》，2018 年第 3 期。

② 王红旗：《探索“人类共同精神”的诗意栖居》，《中国妇女报》，2018 年 11 月 20 日。

③ 杨恒达：《〈天外〉：一种实现灵魂超越的尝试》，《世界华文文学论坛》，2018 年第 2 期。

“一带一路”视域下的华文文学研究国际学术会议。具有跨学科、跨区域、跨文化特征的华文文学研究，既包含了“一带一路”时空跨越的传统与优势，又结合了新话语发挥独特的文化传播、对话、融合的功能与作用。

与会学者围绕“‘一带一路’论述”“世界华文文学研究的理论反思”“跨语际的世界华文文学创作与研究”“世界华文文学的经典化问题”“世界华文文学与华语传媒的共生研究”“世界华文文学作家作品研究”等议题展开了深入细致的研讨。

（三）“21世纪海上丝绸之路”文学发展论坛

2018年11月12日，在中国改革开放40周年和国家主席习近平发出“一带一路”倡议5周年之际，由广东省作家协会、广州市人民政府新闻办公室共同主办的“21世纪海上丝绸之路”文学发展论坛在广州开幕。这是中国文学界首次举办的以“海丝”为主题的大型国际性文学论坛，也是广东文学史上举办的规模较大、规格较高的对外文学交流活动。来自柬埔寨、希腊、匈牙利、印度尼西亚等15个海上丝绸之路沿线国家和地区的文学组织负责人和知名作家应邀参会，粤港澳大湾区11个城市和湖北、浙江、福建、广西等地作协负责人出席论坛。

该论坛围绕“广东文学的世界之路”主题，就“海上丝绸之路与广东文学”“全球化格局下的文学创作”等议题展开深入讨论。与会的文学组织负责人、作家代表达成共识：共同讲好“海丝”故事，全面展现各国、各地区人民在共建“21世纪海上丝绸之路”中的生动故事，缔造“丝绸之路”史上新的文学佳话，建立“21世纪海上丝绸之路”沿线国家和地区文学合作长效机制。

（四）“文学地理学与台湾文学研究新视野”学术研讨会

2018年11月16日至18日，厦门大学台湾研究中心与厦门大学台湾研究院主办的“文学地理学与台湾文学研究新视野”学术研讨会在厦门顺利召开。来自两岸70余名专家学者和研究生参加了会议。

本次会议从多维度探讨了空间地理和台湾文学的紧密关系，以及“文学地理学”思潮在台湾文学研究中的重要作用。会议增进了两岸学者的学术交流，对继续深化这一学术思潮起到了积极的推动作用。

（五）华文文学研究2018高端论坛

2018年11月26日至28日，由汕头大学文学院和学报编辑部联合主办的华文文学研究2018高端论坛在汕头市举行。这也是汕头大学建校以来，以“华文文学”为主题举办的第三次大型研讨会。近40位华文文学研究界的专家和教授、海内外著名华文作家出席了会议。

会议共设两场主题演讲，主讲人分别为朱寿桐教授和作家杨炼。会议共分为七个场次，前面六场主要是华文文学研究与作家创作谈，就“海外华文文学与本土经验”“海外华文文学未来发展前景”“海上丝绸之路上的中国故事”等多个议题展开研讨，第七场是华文作家会谈。

（六）第六届两岸文化发展论坛·青年论坛

2018 年 12 月 8 日，第六届两岸文化发展论坛·青年论坛在福州举行。论坛由福建师范大学、中国艺术研究院、福建社会科学院、台湾世新大学主办，中国艺术研究院文化发展战略研究中心、福建省海峡文化研究中心、福建师范大学海峡两岸文化发展协同创新中心、福建师范大学闽台区域研究中心承办。

论坛的主题为“两岸文化与青年交流的拓展与深化”，涉及“新时代两岸文学的交流：拓展与深化”“新时代两岸历史书写与青年文化认同”“新时代两岸文教交流的使命与作为”“民俗、宗教、艺术交流与两岸融合发展”“两岸青年的当代对话与思考”等议题。

（七）“新时代新作为——中华优秀文化与世界华文文学”学术研讨会

2018 年 12 月 13 日至 14 日，“新时代新作为——中华优秀文化与世界华文文学”学术研讨会在武夷学院举行。这次研讨会是福建省社会科学界 2018 年学术年会的分论坛，由福建省台港澳暨海外华文文学研究会、福建省社会科学院文学研究所、武夷学院共同主办。70 多位海内外专家、学者及作家与会。

为期两天的研讨会安排了三个研讨专场，分别是“世界华文文学理论建设”“青年博士论坛”及“地域文化、文学与传播”。与会者认为，中华文化始终是世界华文文学的文化核心，希望未来能够以中华优秀文化为世界华文文学的进一步繁荣发展提供力量，贡献“中国智慧”。

（八）欧华文学会第二届国际论坛

欧华文学会第二届国际论坛于 2018 年 6 月 18 日至 24 日在法国尼斯大学文学院举行，来自全球的近 40 位专家学者及欧洲华文作家、翻译家参加了活动。

论坛围绕“多元文化环境下的跨界写作”“视角交叉：海外文学与本土文学”“‘边缘性’自主创作的况味”“文学评论及文学现象的探讨与展望”等议题展开讨论。与会学者、作家对欧洲华文作家作品及当代欧洲华文文学的处境与发展等进行了研讨。

（九）北美华文文学论坛

2018年6月22日至28日，美国洛杉矶和凤凰城成功举办了一场跨越太平洋和三大洲的北美华文文学论坛。这次论坛由洛杉矶华文作家协会和中国世界华文文学学会联合主办，浙江越秀外国语学院和美国亚利桑那州华文作家协会承办。参加这次论坛的专家、学者和作家近60名，从海外赴会的近30名。本次论坛由洛杉矶开幕，至凤凰城闭幕。从洛杉矶到凤凰城的途中，主办方还举办了巴士论坛。

论坛为期一周，包括“北美华文作家作品研究”“北美华文文学创作与传播研究”“北美华文文学历史流变”“北美华文文学未来发展”“中西部美国华文文学研究”等讨论主题。这次北美华文文学论坛的举办，既是对北美华文文学创作的一次总结和回顾，也是对世界华文文学创作的展望和推动。

（十）菲律宾华文文学国际研讨会

菲律宾华文文学国际研讨会于2018年10月13日至18日在菲律宾马尼拉举行，本次研讨会由文心社菲律宾分社、菲律宾侨中学院主办，菲律宾华文作家协会、菲律宾千岛诗社和菲律宾中正学院承办，海外协办单位包括美国文心社、香港《文综》杂志社、国际新移民华文作家笔会、匈牙利华文作家协会、捷克华文作家协会。来自中国、北美、欧洲及东南亚等国家和地区的40余位华语作家、菲华文学研究者参加了会议。

三、理论热点

从世界华文文学的全局来看，2018年世界华文文学研究延续了前几年的研究方向，对“华语语系”、女性作家等议题的讨论热度不减，同时也增加了林奕含事件、刘以鬯、金庸等新的时事热点。

“华语语系文学”已成为当今华文文学研究的颇具争议的论题。有一种观点表明，“华语语系文学”的命名有利于东西方文学的对话与交往，有助于建构丰富多样的中国当代文学史。李林荣认为，“华语语系”的视域内实际上交织着民族国家现代建构和民族意识演变的曲折历史脉络，被确立为民族国家重要标识的汉语通行书面体例，与各地方言土语、各民族语言、各阶层话语之间，在此历史过程中，具有远比“华语语系”论述的理念预设更复杂生动的实际关联。[①] 张重岗表示，由此引发的思考是多方面的，关键的问题则是如何在全球视野中把握中国与海外、华人与世界、历史与文化之间的辩证关系。[②] 但刘大先提出："'华语语系文学'试图突破之前所谓'汉语文学''海外华文文学''世界华人文学'等概念的框架，但它的内涵与外延的无限扩大，从而使得这一概念失去了有效性；它过于强调了空间与语言，而忽略了历史与现实；它是语音中心主义的，套到表意文字文学中未必适用。作为一种源自北美学院的理论内部生产，倡导者自有其立场与价值取向，但是它夹杂的褊狭意识形态则需要研究者加以辨析，无需追新逐异、推波助澜。"[③]

近几年，因为作品的陆续影视化，严歌苓、张爱玲、亦舒等女性作家的作品持续受到关注与探寻。严歌苓的作品带有鲜明的时代性，东西方文化的碰撞与女性视角的结合，真实地描绘出不同的女性在特定时代的内心世界，学者更多地瞩目其作品中展现出的人物心路历程、青春记忆与真实历史的对立、女性意识与姐妹情谊、对自我生命存在的感知与体悟等。张爱玲有过传奇的一生，她以细腻悲戚的笔触书写出近代社会中女性的痛苦和挣扎，其作品中蕴含的浓重的女性悲剧意识是最受关注的，女性意识在男权社会中的抗争及对女性自身弱点的谴责也是讨论的重点。

此外，林奕含作品因作家个人类似于房思琪的不幸经历，引发了涉及教育、法律、文学、家庭、性别、权力、爱欲等多维度的讨论和思考。刘以鬯、金庸逝世，华语文坛的两大传奇人物就此谢幕，迅速掀起关于其人其作的讨论热潮。

（作者单位：福建社会科学院人事处）

① 李林荣：《当代汉语文学的语言、民族和国家认同——再论"华语语系"与世界华文文学》，《世界华文文学论坛》，2018 年第 1 期。

② 张重岗：《"华语语系文学"的文化逻辑》，《中国社会科学评价》，2018 年第 4 期。

③ 刘大先：《华语语系文学：理论生产及其诞妄》，《世界华文文学论坛》，2018 年第 1 期。